U0585238

肖睿 著

打雪仗

作家出版社

图书在版编目（CIP）数据

打雪仗／肖睿著 . -- 北京：作家出版社，2021. 9
ISBN 978-7-5212-1216-7

Ⅰ . ①打… Ⅱ . ①肖… Ⅲ . ①长篇小说- 中国 – 当代
Ⅳ . ①I247.5

中国版本图书馆CIP数据核字（2020）第250910号

打雪仗

作　　者：肖　睿
责任编辑：兴　安
装帧设计：刘维骆
封面绘画：阿梅尔
出版发行：作家出版社有限公司
社　　址：北京农展馆南里10号　　　邮　　编：100125
电话传真：86-10-65067186（发行中心及邮购部）
　　　　　86-10-65004079（总编室）
E-mail:zuojia@zuojia.net.cn
http://www.zuojiachubanshe.com
印　　刷：北京盛通印刷股份有限公司
成品尺寸：152×230
字　　数：250千
印　　张：22
版　　次：2021年9月第1版
印　　次：2021年9月第1次印刷
ISBN　978-7-5212-1216-7
定　　价：56.00元

作家版图书，版权所有，侵权必究。
作家版图书，印装错误可随时退换。

人们以生活为游戏，以可怕与欢乐为游戏，以爱情、野心和仇恨为游戏。人们本能地在游戏，可是自己不肯坦率承认。

——罗曼·罗兰

目录

第一章

1. 鬼鼻子

有那么几年，金市一到冬天就闹雪灾。陈诺在其中的一场暴雪中走到金河的河岸边。他头上的太阳仿佛被金色的雪闷死了，光线有气无力，散发死鱼的味道。河边的白毛风长着爪子，使劲儿撕扯陈诺的脸。陈诺的助手、金市刑警队的副队长丁烈紧紧跟着他，明明是冬季，丁烈仿佛伏热天的狼一样"呼哧呼哧"地喘气。

在河岸的尽头，陈诺看到一群壮实的人影在芦苇中闪烁，为首的男人冲他们挥手，躲藏在芦苇里的男人们目光坚硬，像是拳头随时都能把人撂倒。

冲陈诺挥手的人说："陈队、丁队，我们都在这儿蹲半个小时了。"陈诺从他手中接过手套的时候，寒风吹过，人们被冻僵的身体闻起来有股铁块的味道。

死者是个被割喉的男人。陈诺看一眼躺在地上的尸体，喉管上横着被切开的洞黑暗寂静，像悲伤的眼睛，墨红色泪水流下来，草地像是一张暗绿色的裹尸旧毯子。

丁烈瞄了眼同事："这咋回事？"

"今天一早，几个来河边滑野冰的高中生发现的。周边没有搏斗和拖拽的痕迹，现场找到两个男人的脚印，其中一个属于死者。我们还找到一个环保布袋，空的，里面的东西应该是被凶手带走了。"

他们讲话的时候，一团团发着淡淡金光的白气从他的嘴里呵出来，升到天空。每个人的嘴巴里在这片寒冷的原野中都呵出了白气，陈诺也是。白气是灵魂，在蔚蓝的天空中交会成金子一般的云彩，全人类只有一个灵魂。

躺在地上的男人肢体蜷曲成一团，仿佛散发出陈诺小时候快下雨时拿打火机灼烧黑蚂蚁群后闻到的焦臭味道。

陈诺说："凶手是熟人，在死者的生活圈里找嫌疑人吧。"

丁烈低下头，瞪着眼前的一切，还是想不明白。

陈诺示意丁烈看那尸体后面的两行脚印，不断抽抽着他那颗如赤金打造般通红的大鼻子："被害者脚印在前，凶手脚印在后，脚印很清晰，没挣扎和打斗的痕迹。死者双手没有勒痕，凶手和被害者是前后脚一起来到了河边，凶手是趁被害者不注意从他身后上去割喉的，一刀毙命。"

"说不定是遇上劫道的了。"

陈诺摇头，指着这片荒野说："附近没有什么遮挡，如果是陌生人，死者这么壮，凶手不会这么容易得手。能让一个男人没了警惕心、暴露后背的，只能是熟人。"

金市的每一片雪花都像是纯金打造的。每逢下雪，我们金市那一排排的楼宇就变成了黄金铸成的连绵山脉，一条条马路也变成了金汁翻涌的奔腾河流，就连我们呼吸的空气里都有一股金市百货大楼黄金首饰专柜里的金子味道。

死者在金市人民体育馆附近开了个调料店，人脉极广。丁烈筛查死者的朋友圈时几乎用上了所有能调动的人力，每天风风火火，累到脸蛋都凹了下去，可是没什么成效。每天晚上回来，丁烈和陈诺碰头时都会叫嚷估计今年的春节又不能在家过。陈诺从他的身上闻到一股慌张的味道，那就像发情的公山羊用犄角撞树后激起的尘埃。陈诺知道他心里的苦闷，不能在家过年，意味着父母给安排的那些相亲又黄了。丁烈也过三十了，还是没女朋友。家里也催，他自己也郁闷，再耽误几年，他自己也没劲儿结婚了。

丁烈出去调查的时候，陈诺也没闲着。他天天缩在自己的办公室，卷宗铺满了书桌。离开书桌休息的时候，陈诺就对着那几张案发现场的照片发呆。同事们早就习惯了陈诺的办案风格，他逢事就爱一个人琢磨，捏他那只被过敏性鼻炎折磨得发红如辣椒的鼻子。他只有把事情办踏实了才会和人商量，每到那时，说是商量，其实就是抓人了。陈诺毫不在意别人对他的看法，他经常说干警察就是这样，有人做大脑，有人做拳头和脚。没有高低，该拼命的时候都得拼命。

过了几天，陈诺去丁烈办公室，还没进去，就听到里面传来暴躁的呵斥声。他想丁烈哪里都好，脑子和素质在警队里拔尖，就是太年轻，沉不住气。

陈诺走进办公室，看到人们都低着头，地上落满照片。丁烈瞪着陈诺，脸憋得通红，就像刚从油锅里捞出的虾。陈诺挥挥手，那帮小家伙像是得到赦免令，纷纷溜了出去。

"怎么就急了？"

丁烈指着那一地的照片，像是手指有火焰。

"真是见了活鬼，我们把死者的生活圈子挖了几遍，愣是找不到和他有过节的人。"

原来这死者虽然社会关系复杂，但与人为善和气生财，经商这么多年，也没债务，生活圈子非常干净。丁烈带着同事们结结实实筛了几轮，什么都没捞着。他一筹莫展，只能坐在办公椅上干生气。

陈诺从地上把一张张照片捡起来，丁烈拧着眉头说："陈队，你那个熟人作案的思路我看可以 pass 了。"陈诺没有理他，把一直夹在腋下的卷宗扔到了桌子上。丁烈纳闷地问他："这是什么？"

陈诺翻开卷宗，从里面拿起一张现场拍摄的死者照片，指着死者脖颈上的伤口问丁烈："你看到了什么？"

丁烈盯住那具大睁着眼睛的男尸足有十秒钟，摇着头对陈诺说："陈队，你直说，你是啥意思？"

"现场除了这一具尸体，没有目击者，没有任何有效线索，凶手像是空气一样蒸发了。对于凶手而言，这是一个完美的现场，一次完美的谋杀。可这种完美本身就是一个巨大的漏洞，没有人能这么从容地杀死一个熟人。从容意味着熟练，这不是他第一次作案。"

丁烈急忙翻开陈诺带来的卷宗。发黄的照片上，是另一具男尸，同样被割喉，躺在陌生的荒野之中，同样大睁着眼睛望向天空。唯一不同的是，他的身上多了几处刀伤。

"五年前，在邻近的银市郊外发现了一具男尸，同样是被人从身后割喉，现场有打斗痕迹。估计是凶手行凶时被死者察觉，两人打了起来。因为犯罪现场很隐蔽，死者死后三个月才发现尸体，所以一直没抓到凶手。"陈诺说，"这才是凶手干的第一起案子，那时他手还比较生，丁烈，你要去找这两个死者共同的熟人。"

丁烈抄起陈诺留在桌上的资料转身就想走，陈诺叫住了他。丁烈说："还有啥要嘱咐的？"陈诺指着照片中死者喉管上的伤口，说："找着人，一定要小心，这人五年来什么都没想，就想着怎么干。他不怕死。"

没过几天，陈诺接到丁烈的电话，在电话那头，丁烈声音兴奋得都能从听筒里钻出来："陈队，我们抓到凶手了！"

陈诺没说什么，挂了电话后在心中感叹丁烈了不起。现在距离大年三十也就一个月时间，人口流动极大，再加上金市经济现在这个样子，一时乱象纷纷。丁烈能这么快找到人，这小子真像颗导弹，只要你给他一个目标，无论多远多难，他都会击中它。

雪一直没停，在这场大雪里人也都变成了金像。头发像金条，皮肤像金箔，躯干像金块，四肢像金条。每个金市人都知道，这片土地之所以一到下雪就金光万丈，全仰仗雪花会发出金色的光。专家说这种异象是因为金市被金漠包围着，雪花会把沙子的反光投射到金市。神棍说这是天佑金市，世人都知道金市地底埋藏着取之不尽的煤炭和天然气。这么吉祥的地方，天上不下金雪简直天理不容。

金色的大雪锻造这个地方，净化这个地方。

抓捕现场是在一个钓鱼场，陈诺赶到的时候，看到丁烈坐在地上，胳膊流出鲜血，几个同事正在给他包扎伤口。看到陈诺过来，丁烈乐得合不拢嘴。陈诺皱眉道："怎么还挂彩了？"

丁烈大大咧咧地说："小伤。陈队，真有你的，他和两个死者是老乡，小时候从一个村出来的。说生每年还见见面，说熟也不是亲戚朋友。要不是你提醒，真找不着这两个案子的关联性。"

一阵哭号顺着风传来，一个女人带着一个七八岁的小女孩，瘫软在警戒线边上。

丁烈说："那是凶手的妻女，他们家开了这个钓鱼场。"

陈诺问凶手在哪里，丁烈指指不远处湖边枯树下的警车，说："就等你过来突审了。"

路过警戒线的时候，凶手的老婆看出陈诺比丁烈的官大，拽着女儿朝陈诺扑过来，急赤白脸地解释："一定是查错了，我老公特别地老实……"

在这女人的泪水中陈诺闻到了酸涩的奶水味道，熏得他头疼。陈诺蹲在地上，递给那个小女孩一瓶水，看着这个受惊的小女孩。女孩七八岁的样子，上身穿着一件粉红色的米奇老鼠棉服，下身是一条牛仔裤，缝着一个米老鼠布标。她怀中抱着一个有些脏的劣质布娃娃，那大概是她最好的朋友。女孩土黄色的眼珠里除了泪滴，什么都没有，像两颗湿润的石子。

"办案子是我们的事，警方不会冤枉一个好人，也不会放过一个坏人。"陈诺对那小女孩说。那老婆听到这话，噎得说不出话来。

一个兄弟过来对丁烈小声说："他什么都不招，看着是要死扛了。"那老婆激动地挥舞着手臂，大声呼唤着自己丈夫的名字。无论警察怎么阻拦，都无法阻止她的狂热。

陈诺没有理她，摸了摸那小女孩的头顶，蹲下来，小声地对她说："你别害怕……"

小女孩看着陈诺，抽着鼻子说："叔叔，你把我爸放了吧，我要听他念故事。昨晚念的时候我睡着了……"

女人狠狠地打了小女孩一下："什么都别跟他们说！"小女孩终于忍不住，哭了。

嫌疑人一米九的个子，足有二百斤，缩在警车后座上。他双手双脚都被铐着，壮硕的肌肉被手铐勒得青筋暴露。他双眼血红地瞪着坐在自己面前的陈诺，陈诺觉得他的味道闻起来就像一头脚被砍断的熊。

见陈诺进来，他说："来根烟。"陈诺满足了他，烟叼到嘴里，嫌疑人深吸一口气，咧着嘴，泪水顺着他脸上壮硕的肥肉滑动着，像是雨点掉在了沼泽里。陈诺拍拍他的肩膀，说："招了吧。"

嫌疑人深吸一口气，像是要吸进去一头大象。他看眼陈诺，闭上眼睛。

"你昨晚给你闺女讲的啥故事？"沉默的车厢中，陈诺冷不丁冒出一句话。

嫌疑人哆嗦一下，脑门上暴起了青筋，脸红得要往下滴血。

"我真是无辜的，你们警察查错了。"

"咱不说这个，你先回答我的问题。"

"……《白雪公主》。"

陈诺说："对呀，白雪公主那后妈费尽心机，造了个假苹果，想害人，最后还是被自己的假苹果噎死了。正义可能会迟到，但一定会到。你要是不想像她一样，就撂了呀。"

"我撂什么？我是被冤枉的！"嫌疑人委屈地喊道。

陈诺盯着那嫌疑人，嫌疑人发现陈诺的鼻子又大又红，不断抽动着，和其他的器官极不协调，在阳光下，像一只正在苏醒的小怪兽。陈诺凑得更近了："你现在交代，我算你自首。你要非逼着我查，你枪毙几回才够本。"

嫌疑人红着眼眶，咬牙切齿。陈诺像是一个牧师在接受罪人告解，又给嫌疑人点了一根烟，说："撂了呀，撂了就舒服了……"

嫌疑人的牙咬着，嘴巴里的声音像是推土机碾过石子路，"咯吱咯吱"直响。他浑身的骨节在颤抖。陈诺把嘴凑在他耳边，轻轻耳语两句。这壮汉一下软掉了。他哭泣，泪水像碎了的银子般铺在脸上，身体像一座山在颤抖，连警车都在摇晃，在他的哭泣声中陈诺闻到了雨水掉在焦土之上的泥味。

陈诺在车外抽了两根烟，嫌疑人的妻儿在可怜巴巴望着他，陈诺假装看不见。丁烈从车上下来，一脸轻松，给陈诺一拳。

"陈队就是陈队，把他底给套出来了。"

陈诺问："他全撂了？"

丁烈点头："就是他，全交代了。"

陈诺问："为啥？"

丁烈说："五年前，金市刚开始放贷的时候，他跟第一个死者借钱，人家不借给他，还羞辱他给村里人丢脸，他情急之下把人给杀了，从此再也不敢去银市。他一直在金市郊区开钓鱼场，没想到生意还越做越好，赚了些钱。第二个案子还是因为借钱。他把自己这几年赚的钱都放贷给了一个搞装修的。后来装修商没钱还给他，这时他偶遇了第二个死者，人家也没给他借钱。他看人家过得那么好，心生嫉妒，就动手了……"

陈诺没有说话，看着河中冰面上自己和丁烈的倒影，倒影中的云朵如斑马，如鲸鱼，如飞过天空的鸽群，闪烁着神圣的金光。丁烈又问："你刚才跟他说了啥，他把事全撂了？"

陈诺说："我说，我闻到你女儿抱着的布娃娃上面有一股油盐酱醋混在一起的杂味，里面还有孜然这种平常人家用不到的调料，这味道应该是来自死者的调料店。死者遗留在杀人现场的环保袋应该就是用来装娃娃送给凶手的，上面肯定留着些什么。你是想吃枪子，还是想给闺女把故事讲完，就看现在了。"

"你他妈真是长着个鬼鼻子。"丁烈说。

"你最近方便吗？能不能借我一万块钱？"陈诺问丁烈。

"想啥呢？我一个月工资六千块钱，现在经济下行，扣百分之三十，实际到手不到四千五，这大过年的，我借给你，还咋相亲？"

丁烈还想接着说，陈诺挥手打断他。陈诺想和兄弟们借钱，可看着大家在冬天寒风里冻得蜡黄的脸，大过年的，作罢了。

"陈队，你不是也给人放贷了吧？"

"你每天琢磨点正事行吗？"

陈诺开车离开的时候，听到车窗外传来凶手惊天动地的叫骂声，没来得及细想，那女人带着女儿向陈诺的车跑来。陈诺看着后视镜中抱娃娃哭号的小女孩离自己越来越近，急忙踩油门，车开了出去，哭声像是长出鳃和鳍的马，顺着冰封水面下的暗流，游到地心深处，消失不见。

A. 我是于卫东

你问我，我从哪里来。这个问题让我很头疼，虽然这是我们前行时闲聊天你瞎找的话题，可我拽着你坐在路边想了很久很久。因为我太憋屈了，话头太多不知从何说起，我看着这条路上静默行走的人群，突然发现自己走了这么久，胳膊和腿怎么都不疼了。是那"百骨健"发挥效应了？我决定从我的疼痛讲起……

人一老，动一动，哪儿都疼。一到冬天，我胳膊就疼得像是有八匹马在拽我的骨头。

那是1997年我拼命工作落下的病根。那时我在市医院设备科维修仪器，我手艺很好，不懂英文不懂日文，单凭肉眼和双手，我能修好那些大学生都修不好的原装进口仪器。可我脾气不好，总得不到赏识，无法升职。那年的技术竞赛，我超水平发挥，三分钟修好一台从美国进口回来的心电图仪，拿了当年的技术标兵一等奖。本以为这次稳妥了，没想到当了设备科副科长的是院长儿子。第二天，我辞职了。那天晚上我抽了两盒烟，人活一辈子，我必须找到自己的出路。我老婆跟我讲："这世上有些事，你怎么折腾都没用，得把事放下，往前看。"我老婆说这话的时候，她的脸和天上的月亮一样白，我一下子没了火气，认命了。那天过去，我胳膊只要抬起来一用力，或者受风吹了，就钻心地疼。我和我的胳膊都听我老婆的话，往前走。走了这么多年，像是在走九曲黄河阵，总在原地转圈。我老婆的脸越来越白，最终她变成了一场雪，大风刮过去，啥都没留下，我还是不知道该走到哪儿去。

有时我真羡慕大街上的那些人，他们就知道往前走，走到哪里无所谓，肯定有个目的地在等他们。他们和我老婆说的一样，把事儿放下了，朝前赶路。我不是个老顽固，我知道时代变了。以前我年轻时候相信的，都是个屁。人都奔着钱去了，我觉得这挺好，我也一样。把自己日子过好，比什么都重要。阳光晒在我的身上，我眼睛疼。

我老婆死了之后，有那么一段时间，我经常半夜想她想得哭。眼睛疼，和这有很大关系。我们两个没有孩子。这么多年，她陪着我，相依为命。后来，我眼睛看东西时越来越模糊，稍微看近些的事物，就刺痛。医生检查完跟我说："你不能再哭了，要不你的眼睛该瞎了。"自从那天起，我再想到我老婆，我就从床上跳到地上练俯卧撑。

家里的墙上，挂满了我们的合照。想起刚收到前几笔利息的时候，我感觉马上就要发了，身上涌着使不完的劲儿。我拽着我老婆去补拍婚纱照，她怕花钱。我说："花钱有什么！钱是活的，你让它动弹，它才能继续给你生钱。"我们在影楼拍了最贵的照片，花了三天，把我们折腾惨了。但我觉得没什么，三百天我也愿意。我老婆在墙上冲我微笑呢。要是她还活着，我的胃就不会疼，她会把我的一日三餐照顾得很好：白粥，小咸菜，鲜肉包子。我该是个多么幸福的男人。

我老婆的去世，全怪我。我这辈子遇到过不少倒霉事，最倒霉的，就是认识那个骗子钱快乐，我还被骗得心甘情愿，急不可待。我记得我去他公司，给他交钱的时候，我几乎都要跪下来乞求他了："快把我的钱收走吧！"

一开始，利息结得很痛快，每个月我都能收到不少钱。即使我后来留在医院，继续工作，也拿不到这么多工资。我还在内心中庆幸，我可真是遇到贵人了。后来他发展我成他的下线，让我当老板。我名下有两家渔具店，一家母婴用品店。人们看我搞借贷发财了，纷纷把钱放给我，可他们不知道真正的老板是钱快乐。钱快乐给我三分五的利息，我给他们三分，我自己吃那五厘，我们的小日子越过越好。可没想到，有一天不让采煤了，金市的房地产也随之崩盘了。钱快乐的人告诉我，金市遇到金融危机了。杨总的资金链断了，不能给我钱了。我去他公司找他，说结不了利息，本钱你可以还给我啊。他瞪着眼睛说大爷，你是不是在搞笑，你这是投资，不是储蓄，本金没了，全赔光了。我脑子一蒙，当初签这投资协议的时候我心里还嘀咕，为什么不是借款协议，万一他垮台了怎么办？可我没好意思问，我的理智和勇气都被钱快乐那座迷宫一样的办公楼吞掉了。我想他要是能垮台，那除非金子能变成流水。没想到金子没变成水，倒是变成了雪。这金雪不管多厚，被太阳光一晒就无影无踪，连个屁都不是。

　　那天我被他的人赶出了公司，虽然是春末夏初，但我手脚冰凉。我在街上溜达了一夜，才回到了家。我结结巴巴地把事情告诉了我老婆，她这次什么都不再说了，只是紧紧握住了我的手。没过多久，她的肚子就开始疼，我们去医院，医生告诉我，是肝癌。我知道，这病是心病。一直到她走，我再没看过她脸上露出笑容。她只是一直拉着我的手，明明病的是她，可她似乎生怕我难过。那段日子里，两家渔具店被人收走了，母婴用品店被人收走了。我的债主们红了眼，连我东拼西凑用来给老婆治病的钱也收走了。我哀求他们救命，我老婆拉住我说老公别这样，欠债还钱天经地义。

　　半年后她死了。她最后明明瘦得都脱了相，可就是不叫一声疼。她真是一个好女人。

　　进入冬天，到处金光闪闪，我的眼都快被雪刺瞎了。眼看着马上又要过年了，可我连交家里物业费的钱都没有。我的房子和里面的一切都抵了债，连马桶都有人要。即使这样，每天我家的门上还是被人泼羊血。他们说，过完冬天，我的房子也不是我的了。在这个世界上，只有墙上的那些照片还属于我。我连着缠了那死骗子两个月，他去哪里，我去哪里。后来我实在受不了了。一定要和那死骗子掰扯清楚，欠别人的钱可以，但我可不是好惹的。我七岁的时候游泳抽筋，差点淹死；少年时武斗，我肚子上被打进去四颗子弹，我都活过来了，九死一生啊九死一生，大风大浪都过来了，我不能在阴沟里翻船。昨天晚上，大雪纷飞，我在他公司的地下车库拦住他。我浑身哆嗦着，把菜刀架在他脖子上。我从他的眼睛里看出了恐惧，他被我的样子吓坏了。我说求你了，你给我还钱，要不我们就一起死。他看着忍不住颤抖的我，知道我已经忍到头了。他拍拍我的肩膀，说大爷，你这是何必呢？明天我去"太阳城"看看工程进度，你过来，我给你拿点钱。说完，他就推开我，看都不看我一眼，消失在黑暗里。月光下金光璀璨的雪花飘落，他那串留在地上的脚印，像是一个个发出荧光的黄金矿坑，我不敢相信，刚才的一切是真实的。

今天一大早，我一睁眼就出门。大街上，冬日里的阳光格外明媚。路两边摆满了开着鲜花的花盆，路灯上也挂起了红色的灯笼，金市已经有了过年气氛。好怀念过去金市的年三十，金市的天空从早到晚在放烟花，姹紫嫣红，让我心里麻酥酥的。每个金市人都跟我一样，整夜整夜失眠。那不仅仅是烟花呀，那是有钱人射到这座城市上空的精液。什么叫"烧钱"，这就叫烧钱。烧了的钱都这么多，那户头上得多有钱。可现在都完了，逢年过节再没什么鞭炮声。零零星星的几声脆响，跟我便秘时放的屁一样软，真凄凉。这种像小爪子一样挠着人心的暴富美梦，到如今我才明白，是我们打给自己的春药。我一辈子的积蓄，早就变成了一朵烟花，化成烟被风吹跑了，连个屁都没剩下，我还站在地上傻笑。

"太阳城"。风很大，冻得我骨头疼得像是有牙齿在上面撕咬，牙齿疼得像是有骨头在牙床上敲击。以前钱快乐是怎么对我说的？"'太阳城'是一个超级豪华的小区，很有特色，会打造成全封闭亚热带四季如春小区，就是在楼盘上面罩一个罩子，罩子上有中央空调，恒温环保，像是有一个永不落下的太阳笼罩着小区业主，所以叫'太阳城'。里面主打印度风情，造型啊，装修哇，这小区门口站着的保安都是包着头巾，说着英语的印度阿三。"

钱快乐还对我说过，等"太阳城"竣工了，我要是业绩好，给他拉的款子多，他就给我在这里买一套三居室做奖励。我就是听完他给我许的愿，觉得好日子要来了，拉着我老婆去补拍了结婚照。

可夏天时这里停工了，变成了一栋黑乎乎的鬼楼。什么"太阳城"，什么印度风，就像是我年轻时相信的那些东西，无非一阵虚无缥缈的风。

烂尾楼里，穿堂风厉害，我膝盖像是被几把小刀子上下剐肉一样，我从裤兜里掏出一瓶"百骨健"，塞了几粒入口，"百骨健百骨健，活到百岁骨还健"，我心里默念着，这腿还真的不疼了。

我刚到二楼，就闻到了一股奇怪的味道，像是火药味，又像是有人在焚香。上了三楼，烟雾弥漫开来，刺得我直流眼泪。再加上光线昏暗，我什么都看不到，我不敢往前走了。我喊钱快乐！钱快乐！你在哪里？

浓雾中，我什么都看不到，浓雾是我的灵魂，我的灵魂吞噬了我的身体，突然我感到脚踝一紧，乳白色的浓雾似乎在眼前舞蹈旋转，我发现我的身体被脚踝上的绳索吊了起来，我就像是一只中圈套的野兽。我很害怕，大声呼喊着钱快乐。一个巨大狰狞的身影向我走来。当他走出浓雾，我的眼珠差点掉在地上——走来的是一只站立的老虎。他轻轻地哼着歌，是虎的头颅和虎的身躯，拖着虎的尾巴。这直立行走的老虎，哼着歌的老虎，油光锃亮，如同纯金雕塑，哼唱着儿歌，我听不懂他在唱什么。曲调十分轻柔，可声音不像是人声，像是夜晚的金蛇在冰冷的金漠中滑行时腹部摩擦沙子的声音，你能想象吗？一条蛇在唱歌。蛇来到我的身后，我浑身起了一层鸡皮疙瘩。我刚问他想干什么，我就觉得胸口一阵剧痛，老虎的金爪刺穿了我的身体，红色的珠子掉了一地，所有的意识都从我的生命里流了出去。我眼前所见，只剩下了一条漫长通向天边的大路，终点是一片花海。路上都是向花海前进的陌生人。我与他们，我与你，结伴而行。你问我："你从哪里来？"

我回答了你的问题，现在，我决定不再说话，我要奔跑起来，因为我看到了我老婆。她就在花海的深处。

我老婆没有说话，露出一个灿烂的微笑。我能看到我生命中的每个瞬间，我从苦海里解脱了。可我的眼里只有我老婆，她真年轻，她真美。美若此时此刻，金市正在冉冉升起的朝阳。

2．小叮当

河边割喉案的凶手招供以后，陈诺接到前女友小叮当打来的好几个电话。陈诺知道小叮当不会轻易联系自己，可他太忙了，就一直没接。他好不容易等到休假，还没回家就给小叮当把电话回拨了过去。

忙音中，陈诺的心"怦怦"乱跳，可没有人接。过了一会儿，小叮当的短信回了过来，约他明天一起吃早点。陈诺回了"好的"，犹豫再三，又加了一个"玫瑰"的表情，对方没有再回。陈诺回到家里就躺在了床上，那晚上做了很多梦。第二天，外面蒙蒙亮的时候他就醒了过来，梦都忘了，可空气中满溢着梦的味道。那是少年时代他和小叮当母校礼堂塔尖上的五角星，它似乎顶在陈诺的胸口，顶得他心疼。

陈诺的鼻子从两年前开始发病，起初只是闻到味道会比别人感觉更强烈，闻到红烧肉能多吃两碗饭，闻到尸体会做噩梦。渐渐地，这病变得奇怪。他能闻到很多不存在的味道，比如时间的味道，情感的味道，声音的味道。我们金市上空流窜的各种味道让他打喷嚏，流鼻涕，心慌气短，哮喘窒息，把他的生活搅得一团糟。他去医院，医生说你这是过敏性鼻炎，严重的鼻炎让你长期生活在缺氧状态下，引起了类似通感的神经类并发症，你所闻到的味道其实都是这并发症带来的幻觉。陈诺坚决不承认自己神经有问题，他害怕别人把神经病当精神病。医生帮陈诺找遍了过敏源，最后告诉陈诺，你这是治不好的绝症。陈诺傻了，问为啥。当时他们在金市医院的顶楼，医生把他拽到窗边，指着眼前一片又一片连到天尽头的金叶蒿说，你的过敏源是它。

这金叶蒿来自美国，根茎粗大枝叶肥壮，叶子的边缘有一层微微的金光。当年我们金市处在一片荒漠之中，到处都是黄土，种什么死什么。后来金市的煤炭业兴起，人们有钱了，就想把城市变绿。他们找遍了全世界的植物，最后发现了这原生于美国拉斯维加斯大沙漠的金叶蒿。第一眼看到这珠光宝气的植物，金市人就爱上了它。这金叶蒿也爱我们，它在金市活得很好，是防风固沙的利器，于是人们在金市大面积种植了金叶蒿。这是陈诺的家乡跟他开的一个恶劣的玩笑：全金市只有他一个人对金叶蒿这种美丽茂盛的植物过敏。陈诺作为金市刑警队队长不能因为区区一个鼻炎就离开家乡，金市也不可能为了他一个人拔光金叶蒿重新变成光秃秃的一座沙漠。陈诺只能和他的鼻炎，和这个世界上所有古怪的味道共存。好在那鼻子因为炎症又肥又大，立在陈诺的"国"字形脸上散发着一股老干部的味道，倒也有几分威严。

马路上风很大，刮在陈诺的车上，那车发出野狗受伤尖啸时獠牙上的味道。他操控着方向盘，远远地就看到了小叮当在路边等他，于是兴奋地摁了下喇叭。小叮当做了一个"嘘"的手势，示意他低调。

陈诺明白，小叮当是怕在街上被人认出来。陈诺心中难过，小叮当当年是最爱出风头的人，也出够了风头，她当年可是金市最红的电视主持人。两个人之间的沉默像条麻绳，陈诺闻到火星在灼烧，火星快把他的心烧漏了，快把他的灵魂烧干了。

两人一路无语，一前一后，来到一家破落的小酒店，明明是凌晨，天都没有亮，这里却贴着大红"喜"字，在办婚礼。一堆灰头土脸的老乡像一群老鼠，围坐在一张张圆桌前，无声地饮酒吃饭。每个人脑袋上都裹着一块白毛巾，向坐在正席的一对夫妻道喜。陈诺不由得纳闷，问小叮当："这还有大清早结婚的？新人又在哪里？真是他妈的前卫。"小叮当笑着一指："你看那边。"

陈诺向台上望去，新人竟是两张黑白照片。一阵阴风吹来，陈诺不由得毛骨悚然，虽然做了警察这么多年，但阴婚习俗还是第一次见。再看那些老鼠乡亲，竟然好像是在看86版《西游记》里的小鬼。

"也许他们回外星了。"小叮当说。

"谁？回哪儿？"

小叮当指指那两张黑白照片："他们。也许在他们各自的母星上他们已经和各自的爱人团聚了。也许那里都没有爱情，没有婚姻，纯用意识交流。咱们这儿还搞这一套，真是低级。"

陈诺盯着小叮当，苦笑。

小叮当看着陈诺说："我没心思吃早点了，怎么办？"

"那我们就再坐一会儿。"陈诺说。

"就干坐着？"小叮当问陈诺。陈诺没有说话，他不知道自己还能做什么。

小叮当抬眼看看天花板，说："楼上是客房。"

陈诺的心狂跳起来，像是心脏上的大动脉被电击一般。他想说什么，可再说不出什么，说什么都是错，沉默，只能听小叮当的。

陈诺先走进房间，他叼起根烟，点燃，想让自己冷静下来。楼下的婚礼现场有人在唱歌，《心会跟爱一起走》："从来没有人如此，打动我的心……"烟雾还没进入鼻腔，身后的小叮当就掰正他的身体，夺下那根烟扔掉。她没说话，嘴凑到他的嘴上。"所有的人都沉默，除了你和我。"陈诺觉得，他变成了一缕烟，小叮当也变成了一缕烟。两股烟相互缠绕着，滑过大腿，滑过肋骨，滑过鼻梁和发梢，钻入嘴巴，钻入腹腔。"也许一切太完美，感觉像在飞。"两个人用同一具身体，他们融化了，成为尼古丁，在血液里手拉着手拼命旋转，像是某种古老的仪式，像是某种前卫的舞蹈。一次次地碰撞，一点点地溶解，留在彼此的肺里，留在彼此的胃里，留在彼此的大脑里。"原来快乐的感觉，也可以流泪。"侥幸逃生的那最后一点点残存的意识进入彼此的心，成为幻觉。"心会跟爱一起走，说好不回头。"白色在爆炸，陈诺眼前无限金光。

《心会跟爱一起走》唱完了，楼下的婚宴也到达了高潮。人们鼓掌欢笑，似乎死亡的新人复生。一首首象征爱情永恒的经典情歌如同喷发的岩浆般涌到楼上，涌进这个房间，涌上他们的床，把陈诺的心烧成粉末。

"未来呢？"陈诺问小叮当。未来是小叮当的儿子，刚满七个月，眉眼长得和他妈妈一模一样。

"我爸妈带着。"小叮当从床上坐起来，乳尖上的汗水闪闪发光，晶莹璀璨如白金钻石。她看着陈诺突然笑了："你说楼下的婚礼像不像是给我们办的?"

陈诺看着她，不知该说什么。他不明白小叮当今天为什么要这样做。

"我本来不想这样的，只是想跟你吃个早点。"小叮当站起来，穿衣服，"可这样也挺好。你相信吗? 我再没爱上过别人。"

小叮当说"我再没爱上过别人"的时候，动作没有停，穿上裤子，扣好衬衣的每一道扣子，一气呵成。她语气平淡，像是在讨论一件再普通不过的日常小事。陈诺不由得敬佩女人的冷静，他做不到。他眼圈已泛红，语气颤抖地说："我知道，我也一样。"

小叮当叹了口气，回头看着他笑道："你喜欢我什么啊? 选在这里，是因为我见不得人。"陈诺不说话，心里难过。

小叮当说："今天其实是来告别的，我想带着未来远走高飞，家里头实在是不能住了。找我老公要账的人在我家四周立起了十几个大喇叭，一天二十四小时放哀乐，放得我都快要灵魂出窍了。"

陈诺狠狠地捏了下自己的鼻子，想说什么，可只能握紧拳头。

"悄悄的呀陈诺。"小叮当苦笑着说，"别咬牙切齿的，你什么都做不了。"她坐在床上，轻轻抚摸陈诺的脸，她手指间的味道芬芳扑鼻，更让陈诺心里难过。他闻到了楼下餐厅里婚宴上的酒菜味道，他不愿告诉她，他在这里闻到了一股鸦片味道，这家酒店的饭菜之所以异香扑鼻，应该是加了罂粟壳。

"小叮当，我有钱。"陈诺咬咬牙，他从床上爬起来，从兜里掏出银行卡，放在桌上，说，"这里有二十万。"

其实陈诺一接到小叮当的电话，心里就有种预感，这事和钱有关系。他就差把家里的地板都掘开，凑齐了自己所有的积蓄，凑齐了这二十万。可是小叮当看都没往桌子上看一眼，她两眼直勾勾地看着陈诺说："你这辈子积蓄都在桌子上了呀。我欠了别人三十个二十万，你再赚三十辈子也赚不回来。"

在小叮当的坚持下，陈诺低头收回了卡，那一刻他觉得手上火烧火燎，好像这辈子都没法再抬起头。

"坐下吧，我们再坐一会儿，好好聊聊天。就像以前一样，下次聊天就不知道啥时候了。"小叮当说。

陈诺搜肠刮肚，寻找着话题。他说当年初中同学的八卦，说办案时的奇闻，询问小叮当做主持人时的趣事，又聊了阵两人各自对将来的打算，聊了此时此刻陈诺能想起来的所有话题，他只是不想让告别到来。可他越想让时间慢下来，时间就走得越快，时间就是塞进陈诺喉咙里的鹅卵石。陈诺再也发不出声来。

小叮当一边往嘴唇上涂口红一边对陈诺说："把你的烟给我。"

陈诺把烟盒递给小叮当，她打开烟盒，抽出一根香烟，用鲜红的嘴唇含住烟头，再塞回烟盒，陈诺看到那烟头上的唇印饱满而又刺眼。小叮当在所有的烟头上都留下唇印后，把烟盒扔回到陈诺怀中。

"十八根烟，等于我吻了你十八次。抽光以后你一定要忘掉我，继续往前走。"

门外面，为阴间的婚礼喧嚣而又热闹。门里面，陈诺却不知道这次和小叮当离别后何时还能再相见。人世间的事真是艰难。小叮当走出门时回头，对陈诺一笑。这个笑让陈诺浑身的血变得滚烫，他知道小叮当会对自己说"再见"了，然后就是千山万水，甚至一生一世再也见不到了。

"小叮当，我们两个一起吧。"

说完这句话，陈诺感觉到自己浑身起一层鸡皮疙瘩，他十几年来没有说出的话，现在终于说了，命再也不在他手里。小叮当芬芳如旧，可他的鼻腔里都是水泥般的苦涩。

"我听过一个说法，其实我们都是外星人。"小叮当说，"都是犯了罪的外星人，地球是一座监狱，我们来到这里是坐牢的，所以人一出生就号啕大哭。等刑期结束后，我们就会回到母星了。那时我们的灵魂就不会再有罪恶，不会再有仇恨。"

小叮当认真地看了眼陈诺，然后戴上了墨镜说："陈诺，我走了，你好好的，拿着这点钱，娶个媳妇哇，娶上媳妇，就都好了。"

回到家里，疲倦和困意像是潮水一样涌上陈诺的心头，他衣服都没脱，就扑倒在了床上。在阳光下，他睡着了。

明明灭灭中，陈诺被雪球敲在窗户玻璃上的震颤声惊醒，他看看墙上挂的钟，竟然已经昏睡了十几个小时。他走到窗边，是两个孩子在雪地里打雪仗。他们又叫又跳，雪球在空中高高飞翔着，仿佛一条条在空中滑翔的金鱼，孩子高兴得像两只云雀。

B. 我是钱快乐

我家正对着的是建设到一半停工的"太阳城"小区，从我家能看到它的楼顶，停工之后楼体的铁架并没有被拆除，枯黄得像暴尸沙漠的兽骨。那个小区本来也是我的公司负责整体设计和每户的精装修，可现在都黄了。每当我的目光远眺到那片钢铁、水泥和玻璃构建的废墟，我都会想起我们金市人发达时那些疯狂而奢华的举动，那可真是我的黄金年代呀。

我感觉心跳要开始变乱，此时香炉里的线香燃烧袅袅青烟，香味如同少女的皮肤般芬芳再次抚平了我疯狂的灵魂。这线香是我从台湾一个制香世家买来的，每根价值三千块钱。据说，用了上百种名贵草药和香料，我一种都闻不出来，但每次看着它变成一捧灰烬，我就好像听到了钞票纸张燃烧时的呻吟。它提醒我，我的时间是多么地昂贵。这钱花得很值，只有金钱的声音能让我内心安静。

我梳了头，修了面，穿上我的范思哲真丝睡衣，打开屋门下楼。客厅里人们骚动着，围住了我，都是我装修公司的员工。他们看着我，像是冬天荒野里的一群狼看到了一头羊。为首的工头对我说："杨总啊，大过年的，一定得发工钱了呀，要不就得跳楼了呀。"

这群人几天几夜没有洗澡，人类特有的汗臭味在人民币上显得特别芬芳，但此刻熏得我直皱眉头。我向众人作揖鞠躬，说："我给大家磕头了我给大家磕头了。"

"不用杨总给我们磕头，我们给杨总磕头。"

话音未落，众人齐刷刷地跪了下去，磕头如捣蒜，人们灰头土脸，一个个如饿鬼投胎，一时间大厅里灰尘扑天。

我的老父亲钱奋斗走进了家，他原本高大的身躯如今也佝偻了，仿佛一座被硫酸冲刷腐蚀过的铁塔。他每走几步都要扶着墙喘好久。他孤立无助地缩在墙角，像一匹衰老的马。

"你们看看我老父亲，他快到七十岁了，不要再让他受惊吓了。我在想办法，你们看我马上就要出去，大过年的都在给大家想办法。"

我掏出一沓红包，一人一个硬往怀里塞："工钱我想办法，红包你们先拿着。"大家打开红包，发现信封里薄薄的几张红钞票，又闹了起来。

"你不要总拿你爸做挡箭牌，挡了十几回，再挡他也做不成人了。你拿这五百块钱打发人，你打发要饭的呢？把这别墅一卖，把外面的宝马一卖，不就有钱了？"

说话的是一个年轻的胖子，他叫王童。他父亲以前是个泥瓦工，在一次事故里摔断了腰，工头赔了他们家三十万赔偿款。这笔钱他们放给了武向红，武向红投资到了我这里。三十万，想着我都心酸。要放在以前，根本不是事。可我破产了，半毛钱都没法给他。

王童初中念完就没再念，在家门口搭了个违章小铁棚卖手机，久而久之耳濡目染，练就了修电脑修手机的手艺。王童带他爸来找我要了几回钱，可我真的没有钱啊，半个月前，他跑到我家里定下了锅。

"王童，你说你不给你爸养老，天天躺在我家，我又不是神仙。"
"我爸病了，养老没钱，你不是神仙钱是神仙。"
"那你找武向红要钱哪！"
"武向红把钱全给了你。"

"那是投资呀，投资失败了。是武向红欠你钱，不是我。你怎么就不明白呢？"我假装恼火地说。

我想走，却被众人拉住，王童一把拽住我说："你今天不给我个说法，你躲到美国白宫我也跟着你一起去。"

我愤怒了，举起拳头揍了王童一拳，血从他的鼻子里流了出来。我老爹急忙拽住了我，可怜兮兮地望着我。王童的鲜血滴在了我的胸口，和王童的"李宁"篮球鞋上。弄脏了我的白衬衫，也弄脏了他的球鞋。看着我老爹，我的心软了。我从兜里掏出一沓钱来，塞给王童，说："快回去给你爸治病吧。"

看见钱，人们炸了。他们围住我，说什么都要我发工资。大有要把我和这座房子拆了之势。我被拽得七荤八素，精神崩溃，我从包里拿出一把匕首，生生地插进了自己胸口，"扑哧"一声就软在了地上。

"出人命了！"众人鬼叫着作鸟兽散。转眼间所有人都走得干干净净，我父亲也没想到自己的善心逼死了儿子，哇哇大叫地出去喊人救命。大厅里只剩下躺在血泊里的我。

世界安静下来，我悄悄睁开眼，见四周没人，赶紧爬起来，收起刀子，收拾衣服，这都是我之前在广州做魔术师时的道具和血包。转眼之间，死的我又变成活的我，我重生，我又人模狗样地站在了这颗星球之上，完美的戏法。

我刚开车驶出车库，一个黑影就扑在挡风玻璃上，吓得我双手抱头，以为人肉炸弹。放下手来，我再细细一看，来者瘦高身材，头发花白，留着两撇纤细的胡子，竟是李扬德。在世人眼里，他是金市大学的中文系教授，兼容并蓄，是个杂家。可在金市市民论坛的"文学天地"中那部著名的神秘连载《金市奇人异事录》里，署名"无名氏"的作者看清了这老东西的真面目，在写李扬德那部分时作者这样写道：

李扬德，男，65岁。金市著名风水大师，生来一张好嘴。无论是易经国学，还是茶道瑜伽，甚至佛祖安拉，李扬德无所不晓，口若悬河。他在金市开班设坛，帮人求子算命做媒问官。谣传他能化酒为金，但从没人见过。

李扬德的家里没有镜子，他也从不照镜子。别人问他原因，他只是摇头，说天机不可泄露。据说，有好事者曾趁李扬德喝醉时偷用小镜子照其面部，镜子中竟空无一物。李扬德醒来后痛斥此人，诅咒此人卧床百日。结果此人真在酒席散后遭遇车祸骨折，在家中静养百日才康复。从此之后，金市再无人敢与李扬德开此玩笑，信赖他的门徒愈发多了……

我觉得写这篇文章的小子把李扬德看透了，他不照镜子是因为他没有脸。这老东西说的话我一句都不信，我和他交往，是因为他徒弟多，各行各业人脉极广。我花了重金给他磕过三个响头，他才收我为徒。

我急忙下车，扶起李扬德说："师父，你有事情给我托梦就行了，怎么还亲自来了。"

"快乐呀，要债这事得自己来，不能托梦。高尔基曾经说过：一个诚实的人绝不会白用人家的东西，也决不会白拿人家的东西，更别提钱了。你再不给师父还钱，师父就只能收你烧的纸钱了。"李扬德感慨地说。

师父的话让我臊红了脸，我恨得咬牙。当年我有钱的时候，他哭着喊着要把积蓄放在我这里。我太心软，可怜他没儿没女没老婆是个孤老，收下了他的钱。哪里能想到我破产之后他天天纠缠我，我这才知道他放在我那里的钱不仅有他的，还有很多他从别处借来的。他整天哭哭啼啼，冷嘲热讽，像一只苍蝇般让人讨厌。我说："我没钱。"

话音未落，车前传来脆生生的一声"哎呀"，我才注意到李扬德屁股后面跟着的是个二十岁出头的少女。她比我花一百七十万买的宝马的远光灯还耀眼，在北方的大雪中在我晦暗的心情里熠熠生辉。李扬德一把推开我，冲到了女孩身边，嚷嚷"怎么了怎么了"。

女孩怯生生地告诉我，草丛里有双眼睛在偷窥，她害怕。

我顺着女孩的指引，看到了王童屁颠颠往小区门口奔跑的背影。"别害怕，那就是个神经病。你怎么称呼哇？"

"我叫梁心。"女孩羞红了脸，不敢抬头，"我是李老师的研究生。"

李扬德冲过来，挡在了我们两人之间，对我说："你不要乱问别人名字，你赶紧还钱。"

他板着脸，我发现他不敢看梁心的脸。

"李教授，您啥时候还我妈钱哪？"梁心焦虑地说，"我妈愁得已经不吃饭了。"

"你可真行啊师父，你连学生家长都不放过。"我冲他竖起大拇指。

李扬德说："你先回去，钱会有的！老师还会赖你的债吗？"

"您刚才在您家就是这么跟我、跟大家伙儿说的。"梁心拖着哭腔说，"我信了，可没想一出您家门，就正好看见您从家里偷偷翻窗户，我就一路跟着您到这儿啦。"

李扬德红了脸，对我说："你知道我为什么翻窗户，因为我家里都是逼债的人！你看看，连我的学生都向我逼债了。你赶紧给师父还钱哪。"

我笑着对梁心说："毕业了，梁小姐可以来我的企业。"

"你有甚企业呀快乐，别人不知道你，师父还不知道你，你除了张嘴就剩下个屁了。梁心，你赶紧走哇，少跟这些社会上的人往来。你妈的钱就是让他给骗走的。"

梁心被李扬德骂走了，我心中感到万分遗憾。"师父，你都说了我有个屁，我没钱。你看我屁能抵债你把我屁割去算啦。"我苦笑着对李扬德说。

李扬德是个高级知识分子，他只能耍耍嘴皮子，自然做不出来这种粗鲁野蛮的事，只能瞪着眼睛来回念叨："无耻，太无耻。怪不得泰戈尔说老虎并不吃老虎，只有人用人来养肥自己……"我没有理他，不无耻我又能怎么样呢？

沿着高速，我深踩油门，四十分钟宝马就到了金市机场。那机场当年是我负责装修的。它的外形是一个巨大的聚宝盆，屋顶是一个金光闪闪的金元宝。就在一年前，世界各地的淘金客们会坐着豪华客机呼啸而来，在这里一掷千金。可现在什么都没有了，这灿烂金光变成了个笑话，我心中不由得黯然。

等人的时候，我发现机场超市不卖棒棒糖了。当年我最恨这里的棒棒糖，一根售价一百七十块，只有傻×才会买。现在棒棒糖不卖了，傻×们也不来了。傻×们不来，就意味着金市再也无法恢复以前的繁荣。我又开始怀念那根棒棒糖。

候机大厅里，旅客们的脸上一脸希冀，他们都在期待着和家人团聚。老百姓有吃有喝就是好日子，婚丧嫁娶才是人生大事。整个候机大厅喜气洋洋，像是一个巨大的肥皂泡，阳光让我觉得不太真实。

这时，身后有人问我是不是钱快乐。我等的人到了。我没有想到，来人不高大，也不凶猛，就是个可能刚满十八岁的少年。他脸白得像一片雪地。他说："爷叫孙大胜，是橘子姐派来和你对接的。"

刚一进宝马车，我突然无法呼吸，是他从后座用铁链勒住我的脖子。他嘴中呼出的明明是热气，可喷到我的皮肤上让我非常地冷。铁链勒得我脖子都快断了。

"你的车爷用了。你要在爷离开金市前把钱凑齐了。你的手机不能关机，否则爷会找到你，割下你的耳朵。"

我急忙点头，脖颈上的铁链松了，眼前的黑暗渐渐消散，氧气重新注入我的身体。我看到孙大胜一脸认真地望着我，像个等待我签收快递的快递员，而不是在谈论如何割下我的耳朵。

"爷说清楚了吗？"他不耐烦地问我。

我敢说自己不清楚吗？孙大胜打开一个笔记本，我看到笔记本上的第一个名字是我，"钱快乐"，第二个名字叫作"周灵"。我倒吸一口凉气。孙大胜看我一眼，我急忙装作揉自己脖子上的勒痕。他对我说："你滚吧。"

我刚下车，孙大胜轰响油门，宝马车箭一样飞出去，我大口大口呼吸着，我第一次发现，空气如此宝贵。

3. 无名女尸

从分手那天起，小叮当的电话就再也没打通过。陈诺从没有想过小叮当会离开这座城市，去一个陌生的地方。她在这里三十多年，离开后她怎么生活？一想到这些，陈诺非常伤心。每次闭上眼睛，默念小叮当的名字，他都能闻到月亮的味道，像是泉水般甘甜。小叮当从小就向往宇宙，爱看科幻小说科幻电影，别的女孩希望自己将来做个护士，做个模特，小叮当的梦想却是做个宇航员。她总给陈诺讲那些天上的事情，外星人与飞碟，平行世界和时空旅行。陈诺看着她美丽的脸，白皙皮肤下那些纤细的血管令他迷醉。他不关心宇宙和毁灭，他想亲吻她。

清醒总是伴随着痛苦，像酒精带来的永远是烂醉。随着时间的叠加，痛苦呈几何倍数地增长。一直在下雪，金碧辉煌的大雪中陈诺每次感到内心的煎熬过不去时，就会抽一根沾有小叮当唇印的香烟。那种感觉像是把小叮当的灵魂，把自己的过往生命吞进胃里。那并不能让他的内心宁静，反而让他更加思念小叮当。他无法再忍耐下去，他决定再去小叮当家里去找她，用尽所有办法，他也要让小叮当留下来。

陈诺刚到小叮当家的巷子口，就听到哀乐声从巷子深处传来。陈诺恨得咬牙，心想一定得找派出所的民警过来好好收拾一顿这帮催债的无赖。一个穿黑棉袄留光头的男人从巷子里跑出来，一看就是个地痞。他脸花了，都是血，一看就被人打得不轻。陈诺心一沉，拦住他问："小叮当在哪里？"那个地痞捂着被打烂的头看陈诺，刚想发怒，可觉得陈诺绝非善类，龇牙咧嘴地问道："小叮当是谁？"

"周灵。周灵就是小叮当。"

话音未落，陈诺感觉自己拽着的光头地痞身体在剧烈地颤抖，似乎陈诺提到的名字是一句可怕的诅咒。他一把推开陈诺，飞快地跑了。

陈诺的鼻子抽动起来，他闻到骨折和脑震荡的味道。他朝着小叮当家狂奔。小叮当家门口已经围满街坊，陈诺从人群中挤进去，看到几个破音箱散落在院子里，一群光头男人躺在地上，有的在痛苦地打滚呻吟，有的已经昏死过去，院子里回荡着被打折的鼻梁骨与肋骨的味道。

陈诺拽起来一个额头上肿起大包的男人："周灵哪儿去了？"

那男人说："周灵欠钱不还，我们来要债，来了个开宝马730的男人。那男人也不问咋回事，就把我们打了，她跟那个男的开宝马跑了。"

陈诺松手，男人像一袋水泥般摔落在地上。陈诺给小叮当拨电话，可小叮当的手机已经关机。

离开小叮当家，陈诺像是被人抽了筋，一路双腿发软地回到警队办公室，坐在办公椅上发呆。

他从小叮当家带回来两件她散落在地上的T恤。那T恤上有阳光的味道，有她儿子未来的味道，有孤独和深夜难以入眠的女人头发渐渐变白时的味道，还有恐惧和爱情的味道。小叮当又交男朋友了吗？种种味道交织成一座迷宫套住了陈诺的心。他想这么大的世界，如果她要走，真不知道该去哪里找小叮当。也许那个开宝马的男人就是她离开金市的原因，也许这个男人就是她的新男友，自己贸然找人，反而是捣乱。人家开的是宝马，自己赚的不比一个保安多，拿什么跟人家拼？小叮当应该跟宝马男人走，一辆宝马730要一百多万啊。只有这样的男人才能给小叮当最需要的安全感。祝你幸福，爱人，我会永远记住你。他越想心里越乱，气力越来越小，鼻子里都是各种悲伤的流行歌曲荡漾的味道。他在为小叮当感到唏嘘，同时也为自己感到唏嘘。

小叮当之所以叫小叮当，是因为她上初中时不仅长得好看，还品学兼优，乐于助人，经常给同桌陈诺抄作业，像极了动画片里的机器猫，所以陈诺给她起了这个外号，所有人都以为陈诺和小叮当会走到一起。刑警队队长配电视台主持人，郎才女貌，有情人终成眷属，电视里都这么演的。可陈诺没有想到小叮当和他火速分手，又火速地和一个外地男人结了婚。

陈诺经过多方打听，搞明白了这外地男人的爸爸是一个省内的"有力人士"。小叮当夫妻俩还合伙成立了一个公司，金市最红火那两年，他们生意搞得红红火火。陈诺每天收队后就叫着丁烈泡小饭馆，点个羊杂砂锅，喝到烂醉回家睡觉。

陈诺每次酒醉到没话说了，就拿手机给自己放《小叮当》的主题曲，那时他就能看到过去，回到过去，看到自己和小叮当最纯真璀璨的青春……

陈诺越想越烦，干脆从椅子上跳起来，用冷水泼脸的时候，他听到有人在敲门。陈诺打开门，气急败坏的丁烈站在门口。

"'华府天城'，发现了一具无名女尸。"

当陈诺来到"华府天城"的顶楼时，眼前的景象让他觉得自己是在梦中，那是一具干瘪的尸体，身上覆着一层金色的冰霜。她像是猎物般被一根麻绳倒吊在房梁上，蜷曲着。死者是个老妇人，白发苍苍，从胸口到腹腔被利刃切割开，陈诺不由得紧紧握住拳头。

法医告诉陈诺，死者死亡时间初步推算在一个月前。他注意到法医在收集尸体旁边的铁盆，里面放着几块焦炭一般的肉块，陈诺凑近一看，差点没有吐出来，那是死者还没有被焚烧干净的肝脏。他鼻子抽了一抽，闻到了一股死亡的气息。这气息本很微弱，可陈诺的大鼻子如同一个放大器，将它放大了千万倍。他循味在尸体上扫视着，在尸体的伤口上发现一粒不会比小米粒大的金色斑渍。陈诺和法医借了镊子和证物袋，小心翼翼放进证物袋。

在阳光下，陈诺眯着眼睛仔细观察这证物。丁烈这才看清，那金色的斑渍是一种汁液结痂后形成的固状物，似乎稍微一用力就会脆裂成粉末。陈诺把它递到丁烈面前，让他闻一下，丁烈使劲抽动鼻子，轻轻皱眉。

"这他妈什么味儿？好怪。"

"这是金链花汁的味道。"

丁烈皱眉问："啥是金链花？"

"金链花，生长在金链树上。金链树适合生长在亚热带地区，它的原产地是印度。金链树的花和果实可以压榨成汁液，做泻药。"

丁烈抬抬眉毛说："陈队，你啥时候成个植物学专家的？"

陈诺不理会丁烈语气中的讥讽，他说："半年前，'太阳城'预售开盘，请我们去吃饭参观。我在那里第一次见到金链花，很好奇，那个看大门的印度人用半生不熟的中国话说的。因为那个小区太奢华了，咱这秋天能冻死醉汉，它那里大盖子一罩，和春天一样。它那儿有印度的树，印度的花，印度的女人露着肚脐眼给你唱歌跳舞。我这鼻子你也知道，但凡闻过的味道，就绝不会再忘。"

"是，这还真亏你的鼻子。"

陈诺看着那证物袋中的金色斑渍说："凶手的刀在'太阳城'蘸上了金链花汁液，并没有处理干净，留下了散发异味的汁液残余。然后在这里作案时，异味和污渍沾在了死者的伤口上。我们去'太阳城'。"

他们到"太阳城"时陈诺觉得这栋大楼散发着一股失忆症病人的味道。仅仅半年，一切都变了。"太阳城"的印度人都走光了，这里一片狼藉，变成一座废墟。陈诺记忆中所有光亮的都已暗淡，所有坚固的都已腐朽，到处都是垃圾，一地碎了的瓶子，到处都散发着金链花汁的怪味。大厅中央，一具冰尸倒吊着，和"华府天城"那令人惊骇的犯罪现场几乎一样。陈诺发出了一声沉重的叹息。

第二章

1. 假药

金市民风淳朴，连着发现两起谋杀案，让警方十分震惊。当天深夜，刑警队的所有刑警都赶回了队里集合，陈诺主持开案情汇总分析会。每个干警的手里都有这样一份验尸简报：

> "华府天城"的女尸，推算年龄在65岁到70岁之间，死亡时间在一个月前。尸长165cm，重40公斤。重度腐烂。死者生前被凶手设计的简易捕猎圈套套住脚踝，尸体被发现时被绳索倒吊于房梁之上，腹部不完全敞开，疑似被利器剖开导致，腹腔内主要脏器已被割除，焚烧。尸斑存在，指压褪色，尸僵遍布全身。
>
> "太阳城"男尸推算年龄在70岁到73岁，尸长172cm，重66公斤。死亡时间为三个月前，其他一切和女尸相同。

明明是寒冬，但陈诺出了一层又一层的汗，他觉得自己汗水中有一股盛夏中的油罐车味。丁烈刚刚反馈了信息：两处烂尾楼都在郊外，附近一个摄像头都没有。而两个案发现场都暴露在自然环境下，其中间隔三个月的暴雨大雪天气是凶手最好的帮凶。现场已经找不到任何完整的指纹和脚印。

"我直觉我们这次遇到硬茬子了。"陈诺苦笑着说，"把你家里那些相亲活动都取消了吧，丁烈！这个除夕我们没法回家过了。"

桌前坐着的男人们没一个人说话，拼命地抽烟，似乎能把火星嚼碎吞进自己的胃里。他们皱着眉头，发出铁笼里囚禁着的老虎的味道。陈诺问："死者的身份调查清楚了吗？"

"陈队，他们的尸体在室外极端环境下已经腐烂，辨认不出面貌。而且我们金市已经两年没有老人失踪案了。"

人群中一个瘦干男人连连摆手，那是失踪人口调查小组的组长。

一夜过去，远处一朵烟花绽放，这是陈诺在这个冬天看到的第一朵烟花。爆炸声传到警队会议室里，引起阵阵回荡。陈诺抽出一根烟，刚要点上却发现上面沾着鲜红的唇印。他把烟又重新塞回烟盒，平静片刻，才开口说话："其实现场已经告诉了我们很多东西。"丁烈和同事们看着他，猜测他又闻到了什么别人闻不到的奇怪味道。

"现在我们先可以肯定一点，这两起案件是同一凶手所为。我们还原凶手的作案轨迹：三个月前，他在'太阳城'行凶，杀死男性被害人，行凶时可能发生了搏斗，凶器沾上了金链花汁。又过了两个月，他在'华府天城'杀死女性被害人时，用了同一把凶器，无意之中把金链花汁形成的斑渍带到'华府天城'的死者伤口中。从死者腹部的伤口我们可以确定，这凶器应该是把长刀。"

众人点头，如小鸡啄米。陈诺继续说道："这是一起有预谋、有计划、有既定模式的杀人案。其次，我看了两个案发现场的陷阱，虽然糙，但特别实用。这证明凶手懂得因地制宜，就地取材制造陷阱，非常专业。并且懂得引诱目标到自己设下陷阱的作案地点。最后，他知道利用监控盲区和自然天气消除自己的踪迹。综合这三点，我们可以得到这个凶手的基本轮廓：第一，他很有耐心，所以年龄不会很小，最起码在三十五岁以上。第二，他有着极强的攻击性和攻击能力，但外貌和说话具有欺骗性，容易让人放松警惕。第三，他很警觉，智商很高，心态坚定，有一定的攻击能力和反侦查能力。我想凶手以前是从事特种职业的，很有可能是退伍军人，或者是安保方面的专家。"

丁烈苦笑道："陈队，这样的人在金市没有三千，也有八百。等我们锁定凶手了，他早就跑了。"

会议室的门被人一脚踹开，一个穿白大褂的年轻姑娘像阵旋风般冲了进来，兴奋地向陈诺挥舞着双手。那姑娘眼睛明亮，有对小虎牙。陈诺突然闻到了荷尔蒙与多巴胺燃烧的味道，他向身边一瞅，发现丁烈的双眼发亮。

法医向大家介绍，这是证物科来的新同事，名字叫李梦，是在省城大学毕业的研究生。李梦跑急了，大口大口喘气，丁烈递给她一瓶水。她挥手的时候，人们这才看清李梦的双手拎着的证物袋中的物品是什么：一双袜子和一根皮带。

李梦激动的脸上那一点点金色的雀斑都有些发红，如乌云一般的长发中飘出少女的芬芳。她说："我刚才检查两名死者衣物时发现了有意思的事情——"

A. 我是小叮当

宝马车停在铁皮屋前面。铁皮屋很脏，陈旧得像是侏罗纪时代就隐藏在了地球沼泽中的外星飞船。我隔着车窗，看见门口停着几辆小货车，还有几十辆三轮车。铁皮屋上面的招牌是"捷速货运站"。招牌很老，都开始掉漆了。孙大胜掏出一张欠条递给我，金额是一百八十万，签名是"白刚"。它的寒光让我觉得烫手。

未来刚吃完奶，在孙大胜的怀中睡着了。他小小的胸膛随着细微的鼾声轻轻起伏，睡姿安详，婴儿是金市最神圣的人。孙大胜把空了的奶瓶轻轻放在座位旁边的储物格里，对我说："拿着欠条和线锯，进里面去找白刚，让他还钱。"我问孙大胜："为什么你不进去？"孙大胜笑着说："要是爷进去，就不需要未来和你了。"

"要是他不还钱呢？"

孙大胜说："那他到时候会给你一个交代的。"

那天我抱着未来，看着他走进了我的家，自称"孙大胜"，打倒了那群来我家催债的男人。飘浮着的血味让虚空变成黑红，男人们的呻吟让我浑身颤抖。他走到了我身边，问我是不是周灵。

我点点头，孙大胜拿出一张照片和我对比着，他惊讶地问我："这是你半年前照的，你怎么能瘦这么多？"我说："他们天天逼债，我四个月瘦了三十斤。"

"网上那篇《金市奇人异事录》写的就是你？"他难以置信的语气让我尴尬。《金市奇人异事录》是一部在金市互联网上广为流传的散文集，里面记录了金市的很多人很多事，有穷人也有富人，有男人也有女人，有好人也有坏人，有活人也有死人，可没一个人因为被写进这篇文章而感到高兴。因为作者的笔触辛辣口吻调侃，在他的叙述里大家都活得很可笑。很多在连载里出现过的实力人士都非常恼火，他们说这本书纯粹是造谣诽谤，那些事根本就没有发生过。有人调查过这作者究竟是谁，却查不出个所以然来。他就像个幽灵，活在空气中。我点点头，说："《周灵篇》写的就是我。"

孙大胜就像看着一个外星生物一样看着我说："你丈夫欠了橘子姐很多钱，你得跟爷走。"我拼命地摇头，我说："我跟你们借的钱，全放给别人了，我去给你们要钱去，你一定能拿回钱。"

孙大胜突然笑了，仿佛银河中的黑洞吞噬行星。他说："这个不重要。你找谁要债，不是爷的职责，爷的任务是从每个欠债的人手里讨回本金和利息，要是没钱还，那我们也能找到东西抵债。"

我的心向地面坠落，还没等我反应过来，他像狼扑向羊的喉管一般迅速地抢走了我怀中的未来。未来惊醒过来，哭得鼻尖都发红了。我仿佛一颗失去信号的卫星，在黑暗中飘浮。我刚想尽我最大的力量去尖叫，孙大胜抚摸着未来的脸颊说："周灵，想不想救未来，就看你了。"

小铁皮屋里面的人正在吃饭，我走进去，几十个大男人像看一个怪物一样看着我，我问他们，白刚在哪里。他们"嘿嘿"地笑了起来，其中最壮的一个男人走到我面前，对我说："我就是白刚，可我不认识你。"

白刚是个巨人，我看有一米九五，呼呼喘着气，像是一头熊。大冬天的，他只穿一件背心，两条胳膊上花花绿绿，都是刺青。要是换成以往，遇到这种人吓都把我吓死了。可现在，我像一颗红色陨石，没有丝毫畏惧，再巨大的星球也会被我撞成尘埃，更何况一个男人？我可以去撕咬他，也可以跟他睡觉，即使我双腿已经软成了两根面条。

我把借条递给了白刚，他原本红润的脸色瞬间就黑了，变得蜡黄。他问我："橘子姐在哪儿？"

我摇头说："是一个男人让我来的，那人就在外面的车里。"他向门口看看，眼神却像是一座时间废墟般空洞。

"我没有钱还。"

"那人说了，你会给他一个交代的。"

白刚的手下一听我是要债来的，纷纷气势汹汹地冲了过来，我的大脑一片空白，心狂跳，感到自己就要摔倒在地上。一只手扶住我，是白刚。

"都闭嘴！"白刚大吼一声。男人们瞬间安静了下来。

"所有人都给我滚出去，一会儿不管发生什么事，你们都不能进来，谁都不许找这个女人的麻烦。"

白刚指着我，他的动作带着一阵微微的寒风扑向我，我吓得打了个寒战。每一个人出去的时候都会瞥我一眼，如果眼神会长牙齿，我已经被撕成碎片了。

"他希望我怎么给交代？"

"我不知道。"

他看出我已经害怕到了极点，叹气道："你也欠了橘子姐的债？"

"一言难尽。"

白刚苦笑着接过孙大胜的钢丝，对我说："千万不要进来。"我点点头，他走进了里屋，我不知道里面发生了什么，铁皮屋很安静，时间像是停止了。不知过了多久，一个白布包扔了出来。我走过去捡起来，白刚在里屋说："你可以走了。"他的语气很奇怪，像是嘴里塞进去一把滚烫的火山灰。

我想打开那个白布包看一下里面究竟有什么，他告诉我，千万不要打开。

怎么走出那小铁皮屋的，我完全不记得了。我只记得我钻进车里，孙大胜接过白布包打开，里面装着一只人类的右耳。我认识那只右耳上面的刺青，是一颗蛇头，而蛇身从白刚的面部一直盘旋到后背，这耳朵是白刚的，我这才明白为什么白刚的语气是那样痛苦。孙大胜大大咧咧地把它扔进了一个黑色手提袋里，像是扔一瓶水，或是扔一本书。孙大胜对我说："干得漂亮。"

我哭了，我看着对这一切毫无察觉的未来，他的脸蛋红扑扑的，发出苹果的香味。

"求求你，我愿意为你做任何事，你放了未来吧。"

孙大胜不回应我，发动了汽车，我不知道他会把我带向哪里，我不再说话了。孙大胜看着我，问我是不是冷，我摇头。他依然开大了车上的暖气，很体贴地对我笑笑。他的笑容让我头皮发麻。

我想起来曾经有一个妇人来我家要债，她已经很老了，全身臃肿，脸上的皮肤闪闪发亮，像是抹着一层金粉。

我家里没有开灯，我不敢开灯，害怕有债主看到我家有灯光来砸门。她是趁着我潜出家门倒垃圾时冲进了我家。在黑暗中，我们窃窃私语，就像两只啃噬木头的母鼠。

老妇人对我说："闺女，求求你了，你还钱吧。"

我说："阿姨，我真的没有钱。有钱人不会深更半夜偷偷摸摸出去倒垃圾的。"

她似乎没有听到我说什么，还是在说话，像是自言自语，又像我是谁并不重要，她有一个倾诉的地方才最重要。她说她把老公积攒了一辈子的钱，还有房子抵押了的钱，全放到我公司的典当行了。老公现在病了，没有钱治病。儿子要结婚，未来的儿媳妇要房子。可她什么都没有了。她不敢告诉家人这件事，每天一大早就出门，假装是去给儿子看新房。她一遍遍地跟我讲这些事情，说我不还钱，她就没法做人了。可我能说什么呢？我比她还惨，我什么都不说。

她唠叨累了，对我说："闺女啊，告诉你，今天是我的生日。"

我的心颤了一下，我说："阿姨，祝你长命百岁。"我们在没有光的房间里，我看不清她的表情。我站起身来，四下摸索着，希望找到一些吃的东西。找了半天，却只找到一个苹果。那苹果很大，清香扑鼻。

我对老妇人说："阿姨，这个苹果就当蛋糕了，祝你生日快乐。"

老妇人许愿的时候，我有些感动。我想和她分食苹果，于是使劲用手掰它，用尽全身力气却毫无效果。那苹果始终是一个整体，散发着果香。我手一滑，它掉落在地上，摔成碎片。

苹果是假的香氛模型，不知是谁放在桌上的，也许是某个闯进过我家的债主吧。可我清晰记得，当我拿起它的时候，它明明是一颗真正的苹果呀。在黑暗中我们两个人笑了起来，笑声被淹没在苹果的香味中，笑声和现在的孙大胜一模一样。

一群年轻的学生在雪地堆雪人，他们的笑声清脆，没心没肺地又把刚堆好的金色雪人推倒，看着它裂成无数碎块，他们尖叫，就像一群蹦蹦跳跳的松鼠。我看着他们，想起小时候我特别爱和陈诺打雪仗。金市的雪黏度较大，人们说因为被蒸发到金市天空里的液体不是水，而是地底的石油。金市的孩子们心灵手巧，能把雪球捏成各种动物的形状。每次下大雪，成千上万只小金兔、小金猪和小金羊在金市的黄金天空中蹦跳飞舞，砸在人们的脸上和身上，变成冰凉的金屑。汽车发动机点火的轰鸣惊醒了我，我急忙倒挡，内心比雪还冷。后座上孙大胜正在逗醒来的未来，冲他吐舌头做鬼脸。未来"咯吱咯吱"笑着，努力向前探着自己那两只肉乎乎的小手，想摸孙大胜的脸。孙大胜说："你这孩子太可爱了，也不怕生，长大一定是个胆大的家伙。他叫什么？"

我说："他叫未来。"我停止了哭泣。

2. 老人们

李梦带来的证物袋里有两件属于死者的遗物：皮带属于女性死者，袜子属于男性死者。两件物品上都有一个共同的商标"百骨健"。

丁烈说："这应该是买药赠送的小礼物。"

陈诺道："这是甚药？"

丁烈皱眉，还没说话，李梦兴奋地插嘴道："一看就是假药。"

陈诺又问："你们在哪个药房能买到假药？"

丁烈说："哪个药房都不敢卖假药呀。"

"平常什么人会买这种假药？"

"我妈这老太太，经常往家里带假药。说是保健品。"

陈诺说："那你妈买的假药是哪儿来的？"丁烈脱口而出："骗子们卖的呀！"陈诺不说话了，看着丁烈。李梦长吁一口气，说："我就知道，我的发现肯定有用！"

"都给我把眼睛瞪大了，撒开丫子找！找不到这帮卖假药'百骨健'的骗子，咱们谁也别消停。"丁烈瞄一眼身边的李梦，中气十足地冲人们大喊。

众人呼喝，鸟兽般散。陈诺看着疲惫不堪双眼充血的丁烈，他心头流过一阵温暖。无论何时何地，丁烈总是无条件地支持自己，像一条忠心耿耿的猎狗，让他感到踏实。

钢琴声如雨点坠落青石板，她如花蕾正在盛开。她还没有像发迹时那般肥胖，也不像破产后那样骨瘦如柴。她的生命处在最美最自由的时候，她是她自己，没有任何生命在她的生命之上留下划痕。她的双眼中有荷花，汗水里藏麋鹿，身穿一件闪闪发亮的舞裙，化了淡妆。青春有多茂盛，她在那一刻就有多美，甚至妖艳得像个妖精。她在一片黑暗中，陈诺恰巧也在，像是在一场小雨中的相遇。陈诺时而离她很近，时而离她很远。她对陈诺微笑，看着陈诺。他不敢跟小叮当说话，或是伸出手，一切都完美得像是一切都不存在……

一只手在摇晃陈诺，黑暗消散，光明涌来。陈诺醒了，觉得自己眼角湿润，推醒他的是丁烈。丁烈没有发现陈诺的眼泪，这让陈诺又庆幸，又有些伤心，这个世界上没人会在意一个男人在梦中的眼泪。

丁烈告诉陈诺，已经查出了那帮骗子的活动轨迹。恰巧他们要在两天后举办一次春节活动，诈骗组织的所有人都会到场。为了把他们一网打尽，陈诺决定在那时展开围捕行动。他突然发现丁烈手里提着个塑料袋，里面是外卖餐食。他问丁烈："你妈不是说怕外卖盒有毒吗？"丁烈不耐烦地挥挥手，说："你别管了。"丁烈走后，办公室又恢复了宁静，宁静是仙人掌的味道。陈诺拿起手机，小叮当还是没有给他回电，他有些失落，失落有一股清晨的草腥味。

这些天来，陈诺一得空就给小叮当打电话，他想问她在哪里，是不是已经到了新的住处，甚至在一个合适的时机，他会见缝插针小心翼翼地问那天为她解围的男人究竟是谁？可小叮当的电话总是处于无人接听状态，这让陈诺心神不宁，以前从来没发生过这样的事。即使两个人刚分手时，小叮当也答应过陈诺，只要陈诺打电话，无论在何时、何地，她都会接听。女人心海底针，断掉所有该断掉的，这也许是她要彻底摆脱过去的一个证明。每次想至此，陈诺都能闻到自己身上有一股人在深夜两点的街上不知自己该去哪儿的味道。

小叮当放弃陈诺，选择了那个外省男人之后，陈诺就退出了她的生活圈，偶然从别人那里听到小叮当的消息，都是好消息。要么是她做大老板了，要么是她生了一个儿子，荣升母亲了。陈诺为她感到开心。直到金市金融崩盘后的某一天，陈诺去调查一宗老妇人坠楼事件，才发现那妇人坠楼的地点，正是小叮当的公司。虽然现场一目了然，是老妇人自杀，但陈诺还是大吃一惊：曾经身形丰满的她，如今瘦得就好像一张皮包在脸上，满嘴都是大泡，脸色发黑，眼睛血红。她的发间满是丧家之犬的味道。小叮当头低得更深，只是一个劲儿地掉眼泪。

后来陈诺找了一天请小叮当吃饭。三杯酒下肚，小叮当让陈诺拉下卡座的布帘，无声痛哭，陈诺这才知道，小叮当就是个挡箭牌，那"有二代"利用公司借了高利贷投资做房地产。小叮当作为法人，其实屁股下坐着一颗炸弹。

金市经济危机时炸弹炸了，债主们纷纷要求小叮当还钱，"有二代"突然提出离婚，他早已通过法律文书把自己搞得干干净净，空留了一屁股债务和未来给小叮当，自己逍遥快活去了。小叮当为此暴瘦了几十斤……

陈诺几天几夜没睡觉，终于找到了那"有二代"的下落，他正在酒店里的总统套房和一个所谓的模特进行着一些非法的勾当。陈诺带着丁烈，来到了那家酒店。他站在房间门前，听着屋内的欢叫，他能闻到一千万头着火的野牛在自己拳头上奔跑的味道。丁烈问陈诺考虑好了没有，值不值得。陈诺抽了抽鼻子，一脚踹开了"有二代"的房门。丁烈抢在陈诺前面冲了进去。两人将"有二代"摁在床上一顿海扁，虽然没榨出来几个钱为小叮当还债，但出了口恶气。陈诺本要升任副局长，但也因此泡汤。

后来，陈诺每次想跟她说什么的时候，小叮当都很严肃地说我现在唯一想做的事情就是把儿子好好拉扯大，你可不能乘虚而入，欺负我们孤儿寡母呀。陈诺无语。

两天转眼就过去，陈诺准备出发时走过证物科，发现证物科门口的地上放着一个塑料袋，里面是份外卖沙拉。房间里只有李梦一个人，陈诺敲敲门，示意李梦外卖到了。李梦对陈诺笑了，她的笑容有股茉莉花的味道，她说："陈队帮我谢谢丁队，这是他帮我捎的沙拉。"

警察到东杰大酒店的时候，陈诺看到酒店门口进进出出的人流不断，都是银发老人，像一群群白顶的候鸟停靠在海滩边，陈诺不由得皱眉。

"很热闹哇，这帮骗子快过年了也不回家？"

"有钱赚谁回家？"丁烈说，"这几天家家都有现金，正是作案的好时候。"

丁烈准备下车，陈诺一把拽住他："你什么时候改吃沙拉了？你不是无肉不欢吗？"

"什么沙拉？"丁烈脸红了，陈诺闻到一股苹果的清香，那是孩子害羞时的味道。

警察们着便装走进大堂，陈诺看到正中央悬挂着条幅，眯着眼睛念："百骨健"神药全球春节感恩大会金市分会场。活动正式开始，悠扬的手风琴声响起，两三百号老人站在原地，扯着嗓子，合唱起一首又一首老歌。虽然声音沉闷，但感情真挚，便衣警察们大都是年轻人，坐在音乐声中十分尴尬。陈诺冲丁烈使眼色，他们拿着两位死者的服装照片，在人群中四处询问，见没见过如此穿戴的人物出现。老人们都是看一眼照片，摇头，忘我合唱。

一圈问下来，没什么有用的消息，那些老歌倒是让陈诺头晕脑涨，好像晕船。此时那些老人的情绪也被烘托到了最高点。

"恩人贾博士大恩大德永远难忘！"

"神药'百骨健'大恩大德永远难忘！"

老人们谄媚的味道如芥末般充斥在会场中，陈诺鼻涕眼泪都流了下来。工作人员搬着两张桌子上台，一张桌子上摆满了鸡蛋，另一张桌子上摆满了假药"百骨健"。

舞台上出现一个胖子，"贾博士出来了"，人群骚动起来。

那是个戴金丝眼镜的大白胖子，四十多岁。他身上的味道多到让陈诺皱起眉来，这胖子闻起来就像一颗巨大肥硕的假药胶囊。

贾博士用尽浮夸的语言赞美自己祖传秘方配制，又经过美国"ABC"医药组织的高科技纳米技术改良研发后的神药"百骨健"，台下的人们一脸麻木。陈诺看得出来贾博士这些吹嘘是老调重弹，叔叔阿姨们听过很多次了。但接下来贾博士的一番话引起轰动，他宣布今天花钱买药的叔叔阿姨们不再退钱，改送蛋。

"我们不要蛋，我们要退钱！"

"你这是诈骗！"

听说不退钱了，老人们一时间群情激愤，场面混乱。人们拍马屁时的芥末味消失了，随之而来的是一层又一层的其他味道，陈诺闻到了骨质增生、静脉突出，闻到了骨折、糖尿病，也闻到了癌症、高血压、心脏病，闻到了委屈和不甘心，闻到了每个夜晚来临时难以入眠的孤独，闻到了每个白昼来临时的长叹，闻到时间把世界上密度最大之物——生命穿刺后千疮百孔的人世间。人世间就是方便面调味袋中的味道。

台上的贾博士连连挥手，头上冒出了一层冷汗，他说："叔叔阿姨们，你们不要瞧不起这蛋，这可不是咱们往日送的普通土鸡蛋。这是云南神秘部落的百年不死飞檐鸡和英国军方发明的高性能高营养战斗鸡交配下来的神鸡所下的神蛋，老人吃一颗能多活四个月到半年，价格一颗就八百八十八。今天白送给大家，叔叔阿姨们，这可是千载难逢的好机会呀！"

根本没有人理贾博士，老人们的叫骂声比刚才的赞歌还要响亮，甚至有人开始往台上的贾博士头上扔鞋，眼看场面就要失控，陈诺做了个手势，示意丁烈该抓人了。

此时帷幕突然被拉开，一群人从后台涌上舞台向贾博士冲去，几个工作人员想上前阻拦，被他们打得满地找牙。现场安静下来，那群人都是国字脸、浓眉毛、薄嘴唇，他们身上有同一股鲜花的味道，像是白玉兰，一闻就是一家人。这家人围住了贾博士，贾博士战战兢兢地说："你们要干什么？光天化日之下，你们还敢行凶吗？"为首的男人冷笑道："光天化日，你还知道这是光天化日？"那男人一脚踹倒贾博士，大骂，"姓金的王八蛋，卖假药把我爸吃坏了，住进ICU，你给我爸偿命。"

散发着白玉兰鲜花味道的人绑起贾博士举起来就往台下架，老人们心疼自己的买药钱可能肉包子打狗有去无回，纷纷不要命一样向台上涌去，警察们根本无法阻拦。等陈诺冲到舞台上时，那群人和贾博士已经不见。那些老人和赞歌，那些骗子和假药，通通烟消云散，像是陈诺在做一个荒唐的梦。

B. 我是钱快乐

帕萨特的避震远不如宝马，这条路上又都是坑坑洼洼，颠得我后背生痛。可又有什么办法，想起我那辆被孙大胜开走的大宝马，我心就疼得像被火烧了一样。这两天为了找钱，为了活下去，我打车四处乱窜。今天这个地方要不是实在没办法，我是真不想来。帕萨特转过街角，司机对我说："老板，到地方了。"我隔着窗户，看到了我的火锅店。

我看到我的老父亲，他在门口正擦拭着那辆他一直在开的皮卡车，进城这么多年，他的时间都花在了他的车和他的狗身上。我妈在他没进城前就死了，我也劝过他重新找个老伴，每到这个时候，他只会冷冷地瞥我一眼，似乎我不是在说话，而是在放屁。这让我特别委屈，如今像我这么开明，鼓励老人找后老伴的子女真的很少见。我真不明白他为什么愤怒，我和他就像镜子的两面，明明很像，可永远不在一个频道上。

我冲他摆摆手，他看我一眼，还是擦他的车。倒是他那两头藏獒从车斗里冲了下来，支棱着脑袋冲我嗷嗷直叫，真是人落魄狗都嫌。

"畜生，究竟是谁养着它们都不知道，回头我就把你们都开膛了！活该被炖了吃！"

我父亲站起来，铁青着脸看我。我俩永远都是这样，小时候是我这样看着他，现在我们换了过来。他用眼神示意我，火锅店里面有人，我示意父亲没事，走进火锅店。

店里面全是李扬德的债主，他们在店中央支了床，摆了麻将桌，还放了两口棺材，其中一口棺材里躺着个人。

我笑了，那人半坐起来，脸被愤怒憋得通红，他对我说："钱快乐，你不要笑，今天再不给我钱，一口棺材我躺，另一口你躺，咱俩今天肯定没法从这儿出去了。"

他的话还没说完，他的同伙就把我围住了。我看着这群人，他们曾经亲切和蔼，似乎随时都会从口袋里掏出一瓶好酒给我，可如今每一个人的面容都愤怒得青筋乍现，通红如猪尿泡。

"欠你们钱的是李扬德，给你们写欠条的是李扬德，不是我。"

"可李扬德把钱都给你了！"有人恶狠狠地喊道，"你吞了我们一辈子的血汗钱。"

"那是投资！我是和李扬德有经济往来，那是我和李扬德之间的事，和你们无关。就像你们和李扬德之间的事情我也管不着一样。但是我劝你们一句，你们对李扬德最好客气些，他老了，如果有一天李扬德死了，你们可就没地方要债了。"

他们不说话了，因为他们知道我说得没错。有人上来推搡我，我说："你们别动我，我害怕。"推我的人说："就是让你害怕。"我说："我想去厕所，我紧张。"那人说："不行！上厕所我们也跟着你，今天你去哪里我们去哪里。"还有人在后面喊："给他搬个马桶过来。"

我愤怒地喊道："你们这就过分了。我不会跑的，我也跑不了。你们这么多人逼我，我真的害怕，我就想上个厕所。说句实话，我现在这个情况，巴不得去死。我要是有个三长两短，生不如死的是你们！"

在众人的沉默里，那个躺在棺材里的人跳出来扑到我面前，他对我说："如今欠债的倒成大爷了吗？我不会让你舒服了，正好我也想撒尿，我陪你去厕所。"

卫生间里的风扇"吱嘎吱嘎"地响着，就像一个瘪三从胸腔里对我发出的嘲笑。我捂着肚子对那个监视我的人说："你看，这儿啥也没有，我就解个大手，你没必要这么为难我。"

"你该干啥干啥，把门开着就行，让我看见你。"

"我又不是条狗，你看着我像什么话。不说我以前好歹也是你的老板，就说现在一个男人盯着另一个男人解大手，也太荒诞了吧，一点做人的权利都没有了！"

他看我发怒，而且卫生间里连个窗户都没有，眼神有些闪烁，我知道他心里犹豫了。我继续说："我认得你，你不但自己把钱给了李扬德，儿子从美国工作赚回来的钱也交给了他，对不对？"

"你竟然还记得我？"那人的神情明显比之前兴奋，声调也缓和了。我说："我当然记得，你姓刘对不对？你是老刘。"

老刘点点头说："杨总，我真的就是想赚点利息，我真的没想到。"

"我明白，我全明白，你先出去，让我行使一个人本该拥有的权利。我会记住你今天没有让我狼狈。你要相信我，一个像我这样的人不会永远走背字的，等我资金周转起来，我第一个还你钱，好吗？"

我又说了很多的废话谎话，男人终于被我打动了，他再三确认我还记得他手机号，然后感恩戴德地出去了。我轻轻从卫生间的洗衣机洗涤剂输入槽中取出一个小布口袋，然后脱了皮鞋，蹑手蹑脚地站在洗衣机上面，推开一块活动的天花板，黑黑的洞口看起来是火锅店的通风管道，其实是我的逃生通道。当我把洗衣机放在卫生间里的那一天，我就准备好了。

这是我以前做魔术师时经常玩的把戏。无论是刀山、大炮还是深海，没有真正的绝境，都是障眼法。每个魔术师总有一条你永远看不到的暗道朝向希望。可我没有想到我重新变戏法的这一刻来得如此之快，人生啊，真是像一个兜兜转转终归会破碎的大梦。

我顺着黑暗的通风管道，爬几十米之后看到管道尽头的风扇，听到马路上的汽车喇叭声，我知道我安全了。我几脚踹掉风扇，从管道中钻出头来，光明涌入我的双眼：山清水秀唱起歌剧也不奇怪的人间你好，我跳了下去。重新站在结实的地面上，想象着火锅店里的人还在等着我提着裤子从厕所出来，想象着他们眼巴巴看着厕所的门，就像一群难民等着发救济粮的卡车，我一边咧开嘴，一边向远方跑去。

我不知道跑了多久，我不敢停下。我就是开弓没有回头箭的那支箭。我停下就是等死。我跑出城市，跑进一个僻静的小树林。我环顾四周，确认四周没有人，小心翼翼打开我藏在洗衣机里的小布包，把所有的钻石都取了出来。

大隐隐于市，不但人是这样，钱也是这样。谁都不会想到，我会把我的命埋在一棵歪脖子树下。我清点了一遍钻石，在松树下挖坑，把布袋放进去，重新填好，踩踏实了，记好了位置，我才离开小树林。有了这些耀眼的小宝贝，我就什么都不害怕了。有钱，就是死人也能活得有滋有味；没钱，活人也不过行尸走肉。让暴风雨来得更猛烈些吧！我要和它战斗到底！在我的人生里，我是最会变戏法的魔术师。我钱快乐永远都不是一个任人宰割的人。

3. 死者的名字

循着那家人身上的花香，还有街上监控摄像头的帮助，当天下午陈诺就赶到了金市中心医院，贾博士正跪在ICU病房的一个老人病床边，低声啜泣。窗台边上的花瓶里放着一束白玉兰鲜花，陈诺心想那大概就是这家人身上花香的源头。贾博士雪白的脸上都是掌印。两只眼睛乌黑，像功夫熊猫。从酒店劫走贾博士的那家人堵在病房门口，医生护士不敢进去，纷纷凑在门外看热闹。

贾博士看到警察来了，声音中带着几分哭腔地喊道："快救命啊，这里要出人命了。"丁烈怒吼："你他妈别喊叫，一会儿有你说话的时候。"

老人的家属们围住了陈诺和丁烈，那个在大酒店一脚踹倒贾博士的男人指了指床，上面躺着的老人面如死灰，陈诺倒吸一口凉气，他知道老人能欣赏鲜花的时日不多了。男人冲着陈诺怒吼："今天他必须为我爸偿命！"

陈诺说："你冷静，别吓着老人。"

老人儿子指着那贾博士，说："我爸得了骨癌，他为了卖他的假药，不让我爸来医院治。他草菅人命。"

"同志，我卖的是保健品，我是合法的。你可要救我的命啊。"贾博士跪着爬过来抱住陈诺的腿，苦苦哀求道。

陈诺拿出两张死者衣物的照片，蹲下来摆在贾博士面前，说：

"你认识这两个人吗？"

贾博士看了一眼，脱口而出："这不是于卫东大爷和丁淑娟大妈的衣服吗？他们怎么了？"

"你认识他们？"陈诺的声音有些发抖。

贾博士看到陈诺和警察们的眼睛亮了，反而不着急了。他闭上眼睛说："你把我从这里弄出去，要不我什么都不知道。"

老人的家属们再次喊叫了起来，他的儿子一下子急了眼，敲破药瓶子，拿起一片碎玻璃从身后抵住贾博士的喉头："老子今天和你同归于尽！"病房里乱作一团。

陈诺示意大家冷静，走到了那男人面前。那男人呼出的热气扑到陈诺的脸上，陈诺看着他，觉得是面对着一个野兽。

"你认识我吗？"陈诺问他。

男人摇头。陈诺说："我叫陈诺，是咱们市的刑警队队长。"贾博士咧着嘴说："队长好队长好，队长管用。"

"那又咋，要不是你有事找他，你能管我爸死活？"男人愤怒地说。

陈诺说："今天我既然来了，我就一定会给你一个满意的交代。你要是信我，你就让他跟我走。你要是不想再见你爸了，你就这么待着。"

陈诺不说话了，看着那男人。男人喘着粗气，贾博士对陈诺说："陈队长，你可不能见死不救哇。"

突然，老人动了一动，从床单下伸出手来，拉拉儿子的衣角。那手如包着人皮的枯骨，可那扯动的力量，像是用尽了自己全部的生命。

在医院餐厅，陈诺和贾博士坐到了一张靠窗户的餐桌边。餐厅没开暖气，寒冷刺骨。可贾博士肥胖的身体上飘浮着一层奶油融化的味道，令陈诺恶心。

旁边的丁烈踢了贾博士的小腿一脚："把你知道的全说出来吧，别等我们问啦！"

"这套男人穿的衣服，我认得是于卫东大爷的。他今年七十三岁，家住星火区青松路容大新都小区3号楼6单元921室。这套女人穿的衣服，是属于丁淑娟大妈的，她今年六十九岁，家住星光区解放南路理想城8号楼8单元808房间。"

"你怎么记这么清楚？"

"他们都是我的亲人，每一个老人的资料都深深烙印在我的心田，这样我才能把'百骨健'的温暖及时地准确地送到每个人手上啊。"

"也是，赚钱嘛！"丁烈讥讽道。

"还有什么？接着说。"陈诺说。

贾博士的双眼直勾勾地盯着地板，努力回忆着，像是灵魂已经出窍。

"我记得于卫东和丁淑娟出手特别大方，一买药就是几千几万的，不像其他老人，花个千儿八百块的，还犹豫着要和儿女商量，得把工作人员嘴皮子磨破了才掏钱。他们怎么了？"

"他们死了。"陈诺冷冷地说。贾博士的五官垮塌了，他咧嘴哭泣。

"警察同志！他们的死可跟我无关哪！我那药就是凉白开加点糖精，可是吃不死人哪……"

贾博士越说越激动，脸上的脂肪在颤抖，陈诺觉得他的五官似乎都要融化了。

陈诺看看贾博士，对丁烈说："把他带回去拘留吧。"一连串脚步声响起，竟然是那个父亲躺在病床上的男人。男人跑到陈诺的面前，看着陈诺，眼神里全是仇人被陈诺带走的愤怒与不甘，他闷声闷气地对陈诺说："我爸找你，他有话对你说。"

陈诺回到病房，那老人躺在病床上，皱眉闭着眼睛，只有进的气，没有出的气。老人身边的一切事物都没有变，只有他自己显得比刚才更矮小了。陈诺心想，是什么压缩了他？是床单，时间，还是病痛？

陈诺握住老人的手，说："老人家，你要跟我说什么？"

那老人睁开眼，嘴唇嚅动着，陈诺听不清，把耳朵凑到了老人嘴边。老人对他说的话，让陈诺激动得把一根烟叼到嘴上。

老人说："我知道是谁杀了他们。"

第三章

1. 神秘的客人

老人透过肿胀的眼眶，用灰色的眼珠，看着眼前的陈诺。陈诺反应过来，此时此刻自己是在医院的病房中，他急忙把烟从嘴上取下塞进烟盒，烟头上小叮当的唇印被陈诺的口水染到模糊，他心中一疼，像是真的有一次亲吻被人从中途破坏。

陈诺闻到老人的嘴里有一股杏仁味，这就是一个人临终时的气味吗？陈诺想。老人伸手拽住了他，"我知道是谁杀了他们。"他说。

陈诺心中一惊，他从没跟这医院的人说过命案的事。

"你不要奇怪，没什么能瞒住一个快去见马克思的人。我知道有人专门挑我们这些老不死的下手。"

陈诺问老人那人是谁。

"我不知道他的名字，但我知道，就是他。"

"那人长什么样子，多大年龄。"

"我只知道他三四十岁，可我没见过他。丁淑娟和于卫东叫他'干儿子'，说到他的时候都笑得合不拢嘴，他和他们是好朋友。他从没出现过，可他们的心里好像只有他。他们真把这个人当成儿子了。"

"那你为什么会怀疑那个人？"

"他们说，他身上的每一件衣服都成千上万的。他开的车，是宝马7系，一百多万呢。那时候我就在想，假设他们没吹牛，假设真有这么个有钱人，成天跟一帮快死的老头老太太混在一块儿，有说有笑，图啥呢？"

"难道你就没有提醒丁淑娟吗？"

"怎么没有，你们到我这个年纪就知道了，有个年轻人愿意成天跟你说话，是件多么让人开心的事情。"

听到老人这句话，那群鲜花一样香喷喷的人都羞愧得脸红了。

"那你再好好回忆回忆，你见没见过丁淑娟和于卫东身边出现过什么奇怪的男人，符合他们说的条件。"

老人想了想，摇摇头，说："我知道的都告诉你们了。"陈诺帮老人披好了被角，说："大爷好好养病。"

老人闭上了眼睛，陈诺觉得这段短短的时间他似乎又缩小了一圈，仿佛一只包裹着被单的狗。

"理想城"是金市最贵的楼盘之一，里面住的非富即贵，丁淑娟的家更是在8号楼8单元808室，是这个小区当之无愧的"楼王"。

刚到丁淑娟家的门口，陈诺就看到一个两百多斤的大胖子冲自己敬礼，说："警察同志们好，我是'理想城'的保安队队长。"

陈诺挥挥手，那大胖子一边喘着粗气，一边汗流浃背地为他们开了门。他身上有一股很奇怪的味道，陈诺一时想不起在哪里闻到过，他看着那胖保安队队长，胖保安队队长也看着他，露出惶恐的笑容，像是一只在微笑的狗熊。

站在"楼王"的落地窗前，陈诺能够俯瞰到整个金市。雪停了，蓝天白云尽收眼底。隔着窗户，这城市有一股消毒水的味道。

陈诺再一想手头这案子，强烈的反差让陈诺觉得这个世界也许是梦，也许下一秒他就会醒来。

同事们的摸底工作做得很充分：丁淑娟是个歌唱家，喉咙得病，就告别了舞台。十五年前离婚，前夫和儿女远在新加坡，她没有朋友，没有亲戚。在金市，丁淑娟很孤独。

在丁淑娟的家里，陈诺慢慢踱着步，观察着这个孤独妇人的家：家具都是红木的。墙壁上挂满的字画，仍然代表死去的主人向陈诺炫耀着她生前的品位和富有。占据满墙的酒柜里塞满了红酒。一个房间专门用来摆放各种豪包，另一个房间的衣柜里放满了各种高跟鞋与时装。

在丁淑娟卧室的镜子后面，警察发现了一间密室，里面是一个舞池。舞池中摆着一张意大利进口牛皮沙发。沙发面对着一个小小的舞台，舞台上面有话筒，有乐器，有镭射灯。这里已经有些年头了。墙壁上挂满了她几十年来演出的照片。

陈诺看着照片，心想她年轻的时候，是个美人。手机响了，是丁烈搜查于卫东家后发来的照片。从现场照片上观察，于卫东家和丁淑娟家完全是两个极端，那里肮脏破落，就是一个阴暗的贫民窟，于卫东夫妻的婚纱照挂了满满一墙，通过手机传递来一股类似梨子烂掉时发出的甜味，陈诺的鼻子更红了。

丁烈的电话打了过来，他向陈诺汇报在于卫东家搜查到的成果，那就是毫无成果。

丁烈说："于卫东不但穷，而且很可怜，很孤独。他老婆去世后他再没结婚，无儿无女。他们家婚纱照贴了满满一墙，也不知道是为啥。满满一墙啊陈队，看着别提多心酸了……"

"我们这边有进展。"陈诺提高了音量，他摸着自己的鼻子，此时它正在贪婪吸食着这个密室的一切滋味。这句话让在场的所有人困惑，不知他说的"进展"究竟是什么。陈诺指着房间中的某样物品说："丁淑娟有一个情人，我知道他是谁。"

A. 我是钱快乐

我把钻石藏好，从小树林出来的时候雪停了。走在雪地上，脚下的声音像是脆骨的碎裂。我内心平静，回到家躺在床上就闷头大睡。我足足睡了两天两夜，中间醒了两次，都是饿醒的。第一次醒来，我就着红酒，吃了两块牛排。第二次我喝了橙汁，把一只烧鸡啃了个干干净净。

睡觉的时候，我做了很多梦。一个梦里我梦到了我妈，她在我小时候总去的树林里望着我，下大雪，可树木枝叶茂密，像是盛夏。我妈在对我笑，我说："妈，你还好不？"她不回答我，就是笑。我就醒了。

第二个梦是我和我老婆在大海中央的一艘游艇上，她在船头，我在船尾。海浪颠簸，每次我想朝她走过去，可都被摇晃的甲板晃倒了。我永远都走不到她身边，只能一遍又一遍地大声呼唤她的名字，她不回头。电话响了。

还没等我说话，李扬德就在电话那头嚷嚷："这两天你死哪儿去了，怎么不接电话。"

我从床上爬起来，身体像散了架一样疼："不就欠你点钱吗？你还要咋，杀人你敢吗？"

李扬德不理会我的愤怒："明天早上九点，你要赶到机场，我们在那里会合，有重要的事情。"电话那头，他的语气难掩兴奋。

"我干吗要跟你去机场？跟你一起跑路？"

"我一个老战友明天来金市。"李扬德对我说，"这些年我一直在帮他打卦，他非常信赖我的人品和玄学方面的造诣……"

虽然我知道李扬德就是个骗子，但听到涉及钱，我打起精神，认真地听他接下来的话："他有笔养老钱，本来想买房子，让我帮他测测风水。但我劝他，房子升值慢，还不如投给你，钱生钱。他被我说服了，明天就来金市考察。"

"他家人同意他这么做吗？"听着李扬德的话，我觉得特别不靠谱。

"他没有儿女，老伴也去世了。他想拿钱养老。"

"你可是把你战友往火坑里推呀！"

"少废话！只有贵族才欣赏基督在十字架上呻吟的情景！这是高尔基说的。你是贵族吗？你就是个瘪三。"电话那头的李扬德冲我愤怒嚷嚷道，"你知道你把我害得多惨吗？我那些债主快把我给逼疯了。

对了，他还特意找我算了算和你生辰八字合不合财，我算出来是天作之合，你到时可千万别说漏了。"

那时已是黄昏。可谁又在乎这件事呢，我是一个破产的生意人。为了活下去，我可以在任何时间任何地点握住任何人的手，亲切问候，比对我亲爹还亲。挂了电话，我顾不上休息，一直忙到深夜，虽然吸储收贷这种事我已熟悉得不能再熟悉，可等到我确认了明天所有细节不会露馅之后，已经整整一夜过去，天色大亮了。

当我进入接机楼时，内心一时间翻江倒海。我那辆被孙大胜抢走的顶配宝马7系就是在机场买的。之所以买这辆车，是因为一个女人，一个非常漂亮的女人，我已经在她的身上花了不少钱，她对我还是忽冷忽热。那天她飞金市，我来机场接她，当她看到候机楼大厅中央的那辆展示用的宝马时，眼睛像被点燃的酒精，一下子就亮了。我瞬间明白我该如何证明我的男性雄风了，几轮加价和几个电话之后，他们终于决定让我当场买走这辆车。赶来的销售人员对我微笑道："先生，唯一一个问题，您买了它，怎么把它开走呢？"

我说："你给我在机场墙上掏个车能开出去的洞，钱不是问题。"

那天晚上，我超水平发挥，拿出了比驾驶宝马还高超的技术，她发出了比宝马发动机轰鸣时还振奋人心的呼喊，我们两个高潮迭起，她的叫声大概连地心深处的蚂蚁听到都会害臊。

如今接机楼墙上那个补好的大洞还在，水泥抹在墙上脏乎乎的，像是门牙上的一块污渍。可女人没有了，车也被逼债的抢走了。人生啊，真是像李扬德所言，一切都是他妈的幻影。

我坐在吸烟室的长条椅上，大口地抽烟，思绪纷纷。李扬德出现了，他狐疑地问我怎么哭了，我说："扯淡，实在是风太大了。"

李扬德理解地拍了拍我的肩膀，说："莎士比亚说，黑夜无论怎样悠长，白昼总会到来。说正事，他的钱，我们五五分，你那五成还得再分我两成还债，要不我不干。"

我心想钱到老子手还由得了你吗，去你妈的。我笑着说："那必须的，你这是介绍一个活菩萨给我认识呀。"

活菩萨是个年近古稀的老人，脸白得像一张纸，脸上的皱纹又深又长，仿佛能一直延伸到他心里。他的嘴唇发灰，哆嗦着，每次说话都结结巴巴。他望着我的双眼里都是血红色的期盼。他就像一根燃烧殆尽的火柴，哪怕没风，自己也要熄灭了。我咳嗽一声，刚想介绍我的生意，活菩萨抬手，于是我闭上了嘴。

　　我和李扬德带着他走了金市的几个楼盘，看着那一栋栋拔地而起，即将竣工的精装洋楼和豪华别墅，活菩萨不住地发出赞叹。偶然他也会提问："这些工地怎么都没有人呢？""这些楼盘什么时候会建好？"我总是佯装被他的愚蠢和磨蹭搞得很恼火，不耐烦地回答他："大冬天太冷了，没法开工。""明年春天就会建好。"每当那些楼盘的看门人都尊敬地叫我"杨总"时，活菩萨都会对我投来崇拜的目光。对我而言，这仅是一个再简单不过的小把戏。前一天晚上我和这些看门人嘱咐过，叫我一声"杨总"，我就给五十块钱。我已经把活菩萨内心的疑惑彻底击碎了。走到最后一家楼盘时，我回头对活菩萨说："差不多就是这样了！这些小区的装修全被我承包了。"李扬德看时机已到，跺着脚说："你考虑得怎么样？莎士比亚说过，抛弃时间的人，时间也抛弃他。杨总的时间很宝贵呀！"活菩萨的嘴唇终于恢复了血色，他对我说："杨总，我们聊一聊吧。"

　　我带他们回到了我公司的会议室，三人坐定之后，他看了我一阵，转头问李扬德："大德，你确定他就是和我百分之百绝配的贵人？"

　　"咱俩年龄都是做爷爷的人，这么多年，你还信不过老战友？何止百分之百，简直是万分之万亿分之亿。"李扬德笑着说，"我不是跟你说过，你是大火大土大金之命，缺木缺水，土里金火里金，命太硬了。你无儿无女无老伴，就是因为你命里一个水、一个木都没有。没有木，土就保不住，水土就流失了，土里金就没有了。没有水，火太旺，得把你烧死。一个人的命运就和自然环境一样，你要不补水，不补木，不预防水土流失，一定会死于非命。"

　　活菩萨冲我笑笑，可他的笑容比哭都难看。他说："那么杨先生，你的命里有水吗？有木吗？"

"我姓杨，这里就带一个木。对吧？"我微笑着说。

活菩萨点点头。我说："我叫钱快乐，可我本名不叫这个。我是后来进城了，改叫这个名。我以前住在大山里，我叫杨森林。你算算这有几个木？"

那活菩萨眼睛都亮了，说："六个啊。"

我说："我出生的地方，是在河边，出生在水年水日水时。再不会有比我水分更大的了。"

李扬德插话："对喽！钱快乐的命就不一样了，他命里就是水和木。兄弟，你的钱交给他，一定水生金金生水，生生不息。"我一拍那活菩萨的大腿，说："老哥哥，我就是水做的植物人，你还有什么不放心的？"

那活菩萨笑了，每次有人这么笑的时候，我就知道对方有贪念了，要上钩了。他突然让李扬德帮我们算双方的电话号码是否契合，我愕然道："你连这个都要算？"

活菩萨憨厚地点头，我还没有说话，李扬德一拍大腿说："66666666 对 88888888，你们两个人真是上天撮合在一起的搭档！"我冲活菩萨笑了，说："你不用信我，你得信命。做男人的，你可得有决断啊。"

活菩萨愣了半晌，长叹一声，李扬德从公文包里掏出一份贷款协议，两人各自签好名字，人手一份。我笑着拍拍活菩萨的肩膀。

"你就等着我给你赚钱吧。你的钱什么时候能到账？"

"已经到了。"活菩萨说着，撸起左胳膊袖子，摘下左手上的腕表递给我，那是一块价值好几百万的名表。

"还是你们南方人精明，谁能想到这么一大笔钱就带在你身上。"

"杨先生，这就是我的命了。"

活菩萨眼睛红了，泪水滴滴答答掉下来。

我点点头，拍拍他的肩膀说："老叔，你就放心吧。"可我心想一个男人，把命交给别人，就离死不远了。

活菩萨连晚饭都没吃，就匆匆告别，赶回南方老家了。我看着手腕上这块金光闪闪的表，觉得自己像是在做梦。

李扬德对我说："这块表真难看，一点品位也没有。我想起巴尔扎克说过，有钱的人从来不肯错过一个表现俗气的机会。这块表卖了，可有一多半是我的。"我笑笑没有说话。李扬德说他要去厕所，非拽着我一起去。我们两个进了厕所，一人一个隔间，我听他那边水声酣畅淋漓，可我尿不出来，我在琢磨怎么摆脱李扬德独吞这块表。突然听到李扬德那边隔间里有人暴喝："李扬德！你欠那么多债！害得别人家破人亡妻离子散，今天打断你的腿！再不还钱要你命！"

李扬德惊呼："我七十岁了！我有心脏病！"那边的人毫无怜悯，已经扑过来打倒了李扬德，他一边哀号一边拍墙，希望我能过去帮他。我看都没看一眼，就跑出了厕所。

2. 秘密

陈诺还没走进审讯室，就闻到那股奇怪的味道。他推开门，坐在保安队队长的对面。保安队队长睁开眼，看着陈诺。

男人脸上的每块肌肉都因为地心引力向下坍塌，可眼神里的光仍旺盛。陈诺知道，男人现在全凭着意志在支撑。

三天前，当陈诺说丁淑娟还有个情人时，同事们瞪大了眼睛，盯着陈诺所指的证物——那张意大利单人皮沙发。摁下按钮，它可以变成躺椅。在昏暗的灯光下，沙发的皮面已经凹陷，有不少划痕。它像一颗装满了秘密的头颅。

"这沙发一看就得三万块钱以上，弹簧绝对都是顶级弹簧。可坐垫已经塌了，丁淑娟体重八十五斤，她再坐二十年，都不可能把座椅弹簧压得这样变形，除非是个身形在二百斤以上的男人。我刚才也观察了舞台，上面都是高跟鞋划过的痕迹。应该是丁淑娟经常在这个密室里唱歌、跳舞，而有人坐在沙发上观赏。所以这是一种很亲密也很私密的关系。"

陈诺走到"理想城"保安队队长面前，这个大胖子紧张地攥着拳头，面色发青。从陈诺进了"理想城"开始，他一直都在问陈诺，丁淑娟究竟出了什么事。此时此刻众人的目光都聚焦于他，他反而闭上了嘴。陈诺看着他，似乎在无声地催促他：你快承认吧。

"你们警察不能因为我二百斤，就怀疑是我呀？你有什么证据？"保安队队长红着脸喊道。

"我在这张沙发上闻到你的味道。你的味道不属于这里。"陈诺指了指保安队队长的警棍和对讲机等坚硬物体，又指了指沙发牛皮上留存的划痕，"我要是检测这张沙发，肯定能找到你留下的痕迹。你还有话说吗？"

保安队队长看着陈诺，瞪大了眼睛，似乎恨不得扑上去扼死这个戳穿自己秘密的人。

陈诺说："丁淑娟死了。"

就在这一瞬间，男人硕大的身体软成个肉团，他昏死过去。

保安队队长昏迷了三天，这三天里他高烧到四十一摄氏度，有时会哭泣着尖叫，有时会全身颤抖如被电击的鱼。医生说他本身就有癫痫，强烈的心理刺激诱导这旧疾复发。保安队队长退烧后恢复了清醒，被陈诺带回警队。整个过程里他始终保持沉默，别人让他做什么他就做什么，像一个大号的金色假人。他坐在灯下，像是光的阴影。监控室的烟灰缸里塞满了烟头。

"你还是不说话？"

陈诺翻开文件夹，保安队队长瞥到了里面的内容，是丁淑娟案发现场的照片。他瞪着眼睛看陈诺，大口呼吸，像是氧气越来越少。

陈诺说："按理说，我不该给你看这些照片。可我们没有时间了。丁淑娟死得很惨，你如果真的爱她，你就应该开口说话，把你知道的都告诉我们，才能为她报仇。"

保安队队长坐回桌前，闭上了眼睛，不忍再看那些照片。陈诺合上了文件夹，放在了桌上。

"你说我的味道和她家里的味道格格不入，我想问问你，这些味道有什么不一样？"

陈诺长吁了一口气，这个男人终于开口了。

陈诺说："她家里的味道有金子的，有银子的，有玛瑙的，有钻石的，都是很贵的味道。可你身上的味道呢？……那是很不值钱的东西才会发出来的味道，沾在那张牛皮沙发上，特别强烈。现在我终于明白，那是癫痫的味道。"

保安队队长沉默良久，叹口气："我不说话，是因为她是一个有头有脸的歌唱家，我不愿意让别人知道，她和我这么一个穷鬼有瓜葛。"

"你放心吧，我们会保密的。"

"她是个好女人，我不想玷污她的声誉。可她不应该这样惨死，你们一定要抓住凶手。"男人颤抖地说。

"你们是怎么走到一起的？"

"三年前认识的，她那个时候搬到了这个小区。我从年轻的时候就是她的歌迷，能在自己工作的岗位上结识她，简直是一件做梦都想不到的好事情。

"她总是独来独往，我就尽量地照顾她。我真没想到，我们会走到一起。直到有一天，她过生日，我带着一张她首张唱片的黑胶来找她签名。她眼含着热泪说，我好久没唱歌了，你竟然还记得我，还保留着这张唱片……

"我给她看我的收藏，她所有的专辑，她演出的录像。她把我带进了这间密室，让我坐在沙发上，听她唱歌。后来的每个周末，我都会在那里聆听她的歌声，那不仅是她的青春，也是我的生命记忆……"

男人抹了抹眼泪，继续说："也许你不相信。我只是每周坐在这里听她唱歌，除此之外，我们什么都没有发生。"

陈诺瞪大了眼睛，说："你们没发生关系？"

保安队队长昂起头来，坚定地说没有。陈诺没说什么，递给了他一根烟，保安队队长叼在嘴里，深吸一口，说："但我是她生前最好的朋友。我为此骄傲。"

"你知道'百骨健'吗?"陈诺问他。

保安队队长点头。陈诺说:"丁淑娟这个身份,这个收入的人,怎么会去那里?"

"她说在那里她能交到朋友。"

"她跟你讲过在那里有什么奇怪的人,奇怪的事吗?"

保安队队长突然愤怒了,他狠狠拍了下桌子说:"我就知道他有问题,一定是那个人干的。"

陈诺的眼睛亮了,他就像一只猎豹闻到风中飘来的羚羊膻味般浑身血热了起来。

"最开始,丁淑娟去那里就是买点保健品,其实是想和人说说话。我看她挺高兴的,这点钱对住"理想城"的人来讲也算不上什么,也没阻止。有一天,她回来告诉我,在那里有一个很好的年轻人,知书达理,体贴人心,并且和我一样,也有她所有的专辑。她的话让我很奇怪,年轻人怎么会收集这么老的歌,我提醒她要注意,小心上当,可是她说我小心眼。

"后来,这个年轻人成了她的焦点,每次见面,她都滔滔不绝地说他。带她去吃牛排了呀,带她去外地旅游哇。他懂丁淑娟,懂她的落寞,懂她的孤独。我都有种错觉,他们俩在谈恋爱。我问过丁淑娟,她坚决否认。她说那是一个很好的男孩子,善解人意,善良智慧。只不过他从小父母双亡,所以他想在事业有成之后多关爱老人,算是弥补自己的人生缺憾。我这么说,侮辱了她,也侮辱了那个男孩。

"再后来有一天,她告诉我,她认这个人做干儿子了……"

"那个人长什么样子?"

保安队队长摇头:"丁淑娟不让我见他,她知道我的怀疑。我甚至跟踪丁淑娟去过'百骨健'的会场,想看看这个人究竟什么样子。他欺骗了丁淑娟,欺骗了我最好的朋友,我甚至想打他一顿。可他不在。他们说他很忙,生意开得很大,是不会和我见面的。他们围着我,说了他一堆好话,说他简直就是耶稣转世,当代圣人。"

"他们是谁?"

保安队队长看了一眼陈诺，似乎这是一个很愚蠢的问题："他不光有丁淑娟一个干妈，他总去那些卖保健品的地方，结交孤寡老人。其中有几个特别喜欢他的，都认他当干儿子了。"

陈诺头疼欲裂：丁淑娟家秘密的舞台，于卫东家那拼贴而成的落寞合影，孤独的老人，不知名的干尸，假药现场神秘的身影，碎片完整地拼成了图画，发出黑暗中笑声的甜味，仿佛某种毒气。

陈诺郁闷地问保安队队长："大概有多少人。"

保安闭着眼回想，说："我见过三个，另两个人里一个叫于卫东，一个叫武向红。"

陈诺呻吟了一声，不再理会那男人，冲出了审讯室。他对丁烈说："死者可能不仅仅是于卫东和丁淑娟，我要一个叫武向红的孤寡老人资料，立刻去查！马上！"

B. 我是钱快乐

我的手机响了，接起电话，那边阴沉的男声说："爷是孙大胜。"

我就像被人从头顶泼了一瓢冰水，寒意从额头直钻脚底。我问他有什么事。他说："你在哪儿？"

我说："这两天我一直在给你们筹钱哪。"

孙大胜说他下午要和我见个面，我要带着我筹的钱。他冰冷冷地报了时间和地点，就挂上了电话。

人们都说，只要你够横，欠债的是爷爷，被欠的是孙子。可还有句老话，硬的怕横的，横的怕不要命的。我虽然横，但我知道橘子和孙大胜这帮人做事情的风格，他们不要命，现在孙大胜就是我爷爷。

孙大胜指定的地点是一栋烂尾楼，二十年前金市首富西门萝卜吹牛逼说要花钱建一座金市最高的楼向金市献礼，结果十层楼的楼体建好了，他做生意失败赔光了。这栋楼就光着屁股在寒风里矗立了十五年。五年前金市民间借贷兴起，西门萝卜又一次成了金市首富。他买下了这栋楼，说要把它继续兴建成金市最高的楼，向金市献礼。当时十层楼在金市算是矮楼了，西门萝卜一激动，说"我要在十层楼的基础上再扩建二十层，三十层楼，它要成为金市的定市神针"。可惜三十层的楼体建好后，西门萝卜也歇菜了，金市变成了现在这个屌样子。这栋楼俯视着所有人，像一个笑话，如同一个孩子在不断地长个子，可永远没有衣服穿。

当我用尽全身力气，爬到十五楼，不由得哑然失笑。我的笑声非常疯狂。我想起了一个词叫"号啕大哭"，我不知道能不能用"号啕大笑"来形容我的笑声，如果可以，我当时就是在"号啕大笑"。

我为什么会号啕大笑呢，是因为这里只有一个女人，我知道那个女人，她叫周灵，是个路子很野的女人。我们曾经在几个商务场合打过交道，那时的我们西装礼服，人模狗样，是这座城市的体面阶层。可在此刻，她和我一样蓬头垢面，衣服脏乱不堪，像两个孤魂野鬼。

周灵颤抖地问我："你筹到钱了吗？"

我问她："孙大胜在哪里？"周灵说："孙大胜交代了，你要是不还钱，他自然会出现。"

"那不是扯淡吗？"我不满地摆摆手，"我不能把钱交给别人。"

我转身想走，周灵拉住了我。她打开了随身带的旅行袋，一股血的气味扑来，包里装着四只人类的右耳。

周灵面无表情地看着我，她已经麻木了。孙大胜离开金市时会怎么对待这个女人？我不敢想象。我只想赶紧离开这个地方。

我掏出"活菩萨"托付给我的那块金表交给她。"剩下的，我很快能筹措出来，别着急。"我都不敢看周灵的眼睛。她没多说什么，收下了表。

就趁着接金表的那一刻，周灵在我手里递了一张字条，极小声地说："你能帮我打一个电话吗？那个电话能救你我。"

我苦笑着没有说话，我不能告诉她，没有人能救我们。她的眼圈红了，泪水像一串串珍珠一样掉在地上。我转身离开的时候，我能感觉到她的目光打在我的后背上，像一杯冰冷的水。

出了楼，下雪了，雪花掉在我的额头上，我停下了脚步，掏出手机，打开手机网页，搜索《金市奇人异事录——周灵篇》：

周灵，女，32岁。著名主持人，被我们金市的无赖闲汉们评为本市第一美女。本市那些有头有脸的大人物对此说法没有明确表态，可当他们每次遇到周灵时他们眼中放出的金光足以证明他们内心深处十分赞同这个评定。

关于大美女周灵究竟有多美，在金市流传着三个小故事。

第一个故事是金市有家从香港过来的连锁珠宝行开业，老板邀请周灵做模特。当周灵身穿晚礼服走进开业典礼现场时，柜台中所有的白金黄金、钻石玛瑙、翡翠珊瑚都失去了光亮。明明是白天，明明镁光灯不停闪耀，可人们好像活在黑暗中，唯一发光发亮的就是周灵的娇美面容和性感身躯。那一晚的酒都没有了酒味，如水般寡淡。那一晚的很多男人都去金市人民医院精神科检查过。

第二个故事是一个我国以美貌著称的女影星来到我们金市拍戏，电视台派周灵去采访她。虽然周灵穿着牛仔裤旅游鞋，而那女影星是盛装出镜，可采访仍然没有做完就结束了。那女影星哭着离开金市，发誓此生再也不会来金市，那部电影就此停拍。据说女影星甚至提出过息影，因为金市的周灵太美了，自己太自卑了，后被影视公司的老板劝阻才罢休。

第三个故事是据说有位公安系统的大人物为了周灵，和一名来自外地的富商争风吃醋，在五星级大酒店的客房里大打出手。当时场面的惨烈程度被目击者称为"惊心动魄"，若不是酒店工作人员阻挡及时，一定会发生我们这些善良的金市市民不想看到的悲剧。据说，这场"雄狮般的决斗"过后，金市的和平鸽都不敢飞到那座酒店上空。

……

这篇文章里还有很多荒诞滑稽的描写，无非是夸赞周灵的美貌。我很难把文中的美女和楼上那个狼狈的女人画上等号。我拨了字条上的那个号码，也许号码的主人就是文中写到的那位公安大人物吧。第一遍，没有人接。第二遍，响了一声，被对方挂断了。

我叹了口气，最起码，我对这个女人尽力了，我尝试着救过她。我对我自己也尽力了，我是一个永不向敌人低头的人，我走进了风雪中。

3．微生物

钱快乐打电话的时候，陈诺正在武向红家门前被一群人包围，有人穿着很华丽，有人神态很萎靡，他们唯一的共同点是身上都有一股饿极了的豺狼胃囊抽搐时的味道，熏得陈诺想吐，他根本没有看到这个陌生电话。

"武向红犯了什么罪？"

"欠钱算犯罪吗？"

"你们能让她还钱吗？"

"你们带走她，谁给我们还钱？"

"谁要带走她，除非从我的身体上跨过去！"

面对这些问题，陈诺沉默，丁烈带人把这群豺狼轰到警戒线外面。陈诺敲门，无人应答。

"她现在深度昏迷了！"警戒线外有人喊道。

陈诺抬脚踹门，进入了武向红家。

武向红家在一栋破旧的老居民楼里，是一个简单装修的开间。地上摞着碗碟，这个家除了一个简单的煤气灶，一盏落地灯，就只剩下了一张蜡黄色的木头床和床上躺着的那位昏睡的老妇人。老妇人的呼吸里有噩梦的味道，她正处于生与死的交界线上。

丁烈说："陈队，这就是武向红。今年七十一岁，做了几十年工人，后来下岗卖麻辣烫。七年前，一家出去旅游，丈夫和儿子不听从工作人员劝阻，擅自下水，被海浪卷走，只捞回了儿子的尸体。然后一直独居。和于卫东、丁淑娟一样，都是孤寡老人。"

"这怎么回事？"陈诺指指床上的人，又指指外面那群面色晦暗的人，"那又是怎么回事？"

丁烈说："我找到了一直在照顾武向红的保姆，你听她说。"

那保姆五十来岁，脸比盘子还圆，虎背熊腰。站在陈诺面前，瞪着他，像是恨不得一口吞了他。陈诺却从她的身上闻到了一股电视里考拉睡觉时的味道，有这样味道的人不可能是坏人。

"你们来晚了。"保姆说，"无论张总犯了什么罪，欠了什么债，她都闭嘴了，她快要死了。"

"你叫她张总？"陈诺皱眉问道。

保姆点头："张总以前是大老板，我是她的秘书。她以前可不住这儿。她是十几家连锁牛羊肉冷鲜店的老板，住在大别墅里，还有一辆很贵的车，叫老死不死？"

陈诺看着这个身材臃肿的保姆，她神态傻乎乎的，看上去连最基本的学业都没上完。陈诺笑了："那叫劳斯莱斯。别吹牛，我怎么什么都没见着？"

"吸储放贷。"保姆说出这句话，像是有魔法，陈诺瞬间没了笑意。保姆得意地昂起头，指指外面聚集的人群，"这些人加起来，有两个亿。"

"怎么回事？你细细地讲。"陈诺从烟盒里抽出一根烟点上，那是小叮当留给他的"亲吻"。可他顾不上遗憾，甚至都顾不上小叮当了。

"张总卖了几年麻辣烫，后来她运气好，认识一个贵人，是做房地产大生意的，利息三分。张总投了几笔钱，都连本带息收回来了。她就开始用两分五的利息朝亲戚们揽储，钱也都回来了。大家赚了钱，张总就有了名气。人们见她越来越有钱，都把钱放到她这里。张总开了牛羊肉店，有了别墅和劳斯莱斯。产业越大，给她放钱的老百姓就越多。我是她最早的客户，后来就成了她的秘书。"

"钱呢？两个亿就住在这儿？她怎么又能病成这样？"

保姆的眼神黯淡下来："那别墅、劳斯莱斯和牛羊肉店都是镜中月水中花，她账户上数字越来越大，人越来越穷。直到有一天，那个贵人没钱了，给不了张总，张总就还不了别人。劳斯莱斯再值钱，也不值两个亿。人们都来逼她要债，她自己也竹篮打水，一着急，脑溢血，就这样了。都躺了一年多了。"

丁烈好奇地问道："他们都逼张总，你不逼她，还来照顾她，你图啥？"

"我在张总垮台之前已经把钱撤出来了。"那保姆不好意思地挠头笑道，"我儿子在北京做保安，他说要在北京买房。我听他的，连本带利都撤了出来，在北京买了三套房……"

陈诺和丁烈看着这个面色红润如苹果的女人，不知道该说什么。

"张总对我有恩，我就心想着，我绝不能抛弃她，一定要把她照顾到最后……"

陈诺问："武向红把钱都借给了谁？"

"一个姓黄的男人，叫什么我不知道，张总以前特别怕我们这些人越过她去和黄先生联系。后来没钱了，还没来得及说出他的名字，张总就脑溢血了。没有人知道钱究竟去了哪里。我就知道他有辆路虎车。他们每次都是走现金，我见过张总上那辆路虎车。"

"车牌号你还记得吗？"

保姆摇了摇头。

武向红的债主们和保姆一样，除了知道自己的钱最后归了一个姓黄的男人，其他的什么都不知道。陈诺花了两天时间，想找到这位开路虎车的黄先生，可在金融危机之前，金市占了路虎全国销量的百分之六十。那时有很多拆迁户虽然有钱，但每天没事可干，内心空虚，所以经常能见到开着路虎的环卫工人和保洁大妈。经警队那边也没有消息，现在严打经济犯罪，民间高利贷的受害者们很少报警，他们担心罪犯被严打进去，害怕自己血本无归，甚至有不少人还在做梦，还在计算着自己又涨了多少钱利息。于是这个黄先生在金市就和空气中的微生物一样，你明明知道他是存在的，可就是抓不到摸不着，毫无线索。金市的大雪倒是越来越大，随着时间的流逝，找到他的可能性越来越小，陈诺的心被焦灼煎熬着。大雪散发着一种透明水母的忧伤味道。

这股忧伤的味道缠绕着陈诺。他经常会在梦境中看到一场大雪。暴风雪中，一个满头白发的老人走出自己家，这座城市在吞噬他的身影，他颤颤巍巍走进一处烂尾楼。陈诺看到那老人的面孔在随时变幻着，时而是武向红，时而是于卫东，甚至变成了衰老的小叮当……

警察去了银行调查于卫东和丁淑娟经济情况，两个死者的账户加起来才剩下不到一万块钱。警察问银行钱都转去了哪里，银行说他们从七八年前就不再往银行存钱了。前些年这样的人太多，根本无从查起。

没过几天，在一个晚上武向红病危。陈诺赶到武向红家时听到走廊里传来那保姆的哭声。早一步到的同事遗憾地冲他摆手：武向红死了。

陈诺砸碎了窗上的玻璃，冷风呼啸着扑到每个人的脸上。没人去阻拦他。

陈诺揉揉自己发红的鼻头，又一个夜晚已经来临，陈诺想起不接电话的小叮当，不由得打了个寒战。

"陈队，我觉得我们找到线索了！"

陈诺循声望去，丁烈和李梦站在门前，丁烈冲着他挥手。李梦的手中拎着一个明晃晃很刺眼的物件，陈诺看不清楚。在寒冷的风中，他依稀闻到了黄金的味道。

第四章

1. 绝处逢生

陈诺走进武向红的家，看到这个家的主人躺在床上，身体已经盖上白色的被单。这个房间不再暗淡低贱。因为死，四周的墙壁上散发着自由与平静的光，陈诺从这光中隐约闻到一股道路的味道，到处都是金光大道，通往安宁所在。

丁烈下意识地抢先一步站在陈诺和李梦之间，似乎要保护李梦。李梦很诧异，她不明白丁烈为什么这样，她的脸红了。从这女孩的红晕中陈诺闻到一股受惊的松鼠想逃入森林的味道。

陈诺咳嗽一声，丁烈后退半步。陈诺说："你们发现什么了？"

李梦提起手中的证物袋，陈诺又闻到了黄金的味道。他这才看清证物袋里那块黄金是一个拴着红绳的护身符。李梦把证物袋递给陈诺。

陈诺细细端详护身符，它由纯金打造，像一块怀表，前面是龙盘着"平安"二字，后面是凤旋着"如意"一词，穿了一根纯金项链，极其考究。

"武向红把它缝进了自己的枕头里面，它对她一定很重要。"李梦说。

陈诺发现龙眼睛上红色的宝石有很多指甲的细微划痕，这证明它的主人生前经常抠动这块石头。陈诺试着抠了一下，果然是护身符的开关，护身符如盒子般打开了，里面有一张微缩照片。

陈诺看看丁烈和李梦，那是个赞许的眼神。李梦冲丁烈笑，丁烈脸微微有些发红。

照片上有四个老人，站在一座雕塑前的花海中，相拥着甜蜜微笑。于卫东、丁淑娟、武向红，警察们终于看到三个老人生前的样子，陈诺闻到同事们身上散发出一股股顶着大红金冠的公鸡屁股上的羽毛被烈日照射时的浓郁腥臊，那是愤怒的味道。照片上第四个老人，却是一个陌生人，瘦高个儿，一头短发全白了，皮肤黝黑，局促地笑着。

"是谁拍的照？"李梦说。

"躲在镜头后面的那个人极有可能就是凶手。"陈诺说，"我从这张照片上闻到了捕兽夹的味道。"

陈诺指着照片上那第四个陌生的老翁说："找到他，他是破案的唯一线索了。"

"也许我们只能找到第四具僵尸。"丁烈苦笑。

陈诺指着照片，那四个老人身后有一座雕像，穿着古代的服饰，容貌圣洁。

"这雕像是圣母娘娘，在金市国际雕塑公园。"陈诺说，"金市的老人去那里用老人卡会免票，但会在电脑上留下记录。我们按照记录去查老人卡，就能查到他的身份信息。"

丁烈转身想走，被陈诺叫了回来。

"我们不惜任何代价，都要抓到这个凶手。"陈诺平静地说。

丁烈叹了口气，他了解陈诺。他越是平静，越是在压抑着心中的愤怒。

陈诺在等待中煎熬，明明是夜晚，他却闻到天上的烈日在云层中灼人的味道。现在是冬天，可北国太阳光的味道猛烈丰沛，仿佛浪潮般涌来。在黑如乌金的夜幕中，陈诺觉得头晕目眩。

丁烈跑了回来，他直勾勾地看着陈诺，声音发颤："查出来这个老头是谁了，他叫金大正。他还活着！"听闻此言，众人沸腾了起来。

A. 我是小叮当

我开着车，驶向环城高速。天亮了，我看后视镜，孙大胜坐在后座上，未来靠在他的肩上，泪水打湿未来的脸。越是沉默，这眼泪越是灼痛我的心。我不知道钱快乐有没有给陈诺打电话，这个男人比宇宙中的电磁风暴还难以琢磨。可他是我唯一的希望。

路面金灿灿的，像是一道狭长的纯金镜面。我在心中计算：如果我猛打方向盘，让车撞在公路护栏上，再把刹车踩到底，孙大胜会有多大可能丧失行动能力。我想象着孙大胜血流满面躺在车里昏迷不醒，想象着火苗如麦穗般越来越大，最终变成丰饶大海把他吞噬。"未来呢？未来怎么办？"这个念头在我每次咬牙要打方向盘的时候都会涌现于我的脑海中，让我腿软，让我手心冒汗。我可以保证车祸后孙大胜失去意识，可我没法保证未来不飞出车窗。孙大胜的一只手搭在我肩膀上，轻轻拍拍我。

"为什么你在喘粗气，为什么你的脸这么白？"

孙大胜问我，我没有回答。我看后视镜，孙大胜的另一只手轻轻放在未来的喉咙上，我儿子在梦乡中，脸上有两个甜美的酒窝。

"你知道吗？人身上是有杀气的，爷对它特别敏感。"孙大胜说。

我感觉泪水就要夺眶而出，我生生把泪憋回了心里，车最终按他的指令停在一片僻静的森林里，孙大胜让我下车。

"你要干什么？"

"你要去执行新任务了。"孙大胜对我说。

我拼命地摇头，表示抗拒。他没有说话，只是用他那根可以变成锯子的铁棍轻轻敲两下未来的腿，我瘫软在地上。

"你还想让我干什么？让我杀人也行！让我放火也行！"

孙大胜把我的任务嘱咐了一遍，然后问我都记住没有。我点点头，飞快地跑出了森林。我没有和未来告别，因为孙大胜不允许我摘下堵住他嘴的手帕。我只是把一块冰塞到了他的手里，对他说："妈妈发誓，冰化掉之前，妈妈一定会回来。"我感觉未来听懂了我的话，他对那金块一样的冰很好奇，露出了无邪的微笑。他的眼神牢牢地盯在我后背上，像一颗正在射向地球的外星飞弹。我命不好，似乎只要一沾到我，任何东西都会变为灰烬。

我在迷宫般的地下宿舍中穿行，寻找一个叫金大正的人。

我终于找到了地方。敲门，门开了，一个老人走了出来，问我是谁。

"金大正住这里吗？"

"我就是。"

"我是橘子姐派来的人。"

金大正听到这句话，好像突然血被从身体里抽干了。他那比我们头顶冬天的弯月还要苍白的嘴唇嘟哝着："你再给我两个小时时间，让我去趟水晶之家，钱快乐答应我，给我还钱了，我就有钱还你们了。"

"你没有时间了。"

"那你让我回屋里拿点东西。"

"别拿了，拿了也没用。"

老人还在哀求，我拿出孙大胜的铁棍给他看，他的眼眶红了，为了不让我看到他流下的泪，他捂着脸蹲在地上。

金大正带着我，来到一处地下停车场。"再给我点时间，求你了，我一定能还钱。"金大正还在乞求。我摇摇头，示意说什么都为时已晚。

金大正拿走铁棍，让我去电梯口守着，如果有人来，就大声叫他的名字。他念念叨叨，像个疯子似的坐进了一辆废弃已久的幽灵车里，那辆车上积攒的灰尘就像金大正一样老。

金大正看着我，我低下了头，转过身不去看他干什么。我突然想起来，年轻时陪陈诺去钓鱼，每次鱼上钩的时候，鱼的眼神就是这样。

我听到身后的汽车里传来几声巨响，如同飞碟撞击岩石，又安静了。我知道一切结束，转过身，金大正下车了，他捂着自己用衣服包扎的脸上的伤口，对我说："我们两清了。"我点点头，他跌跌撞撞地离开了停车场。

我不敢耽误，我不再把自己当成一个人类。人怎么能眼睁睁看着另一个人伤害自己而没有反应呢？我把自己想象成为某种灾难，是大洪水大地震，是火山喷发是核武战争，遇到我是命，就像我遇到孙大胜也是命。我必须救出我的儿子。回到森林时，未来手里那块巴掌大的冰块只有指甲盖大小了，我把在金大正那里得到的右耳交给孙大胜，紧紧地抱住了我儿子，未来的身体在颤抖。孙大胜满意地拍拍我的肩膀，我们上车，继续游荡。

在路口等一个红灯的时候，孙大胜说："你怎么不说话了，你怎么不哭了？"

我没有回答他，也不敢往车后座看，只是目光直勾勾地盯着前方，希望这个红灯赶紧过去。

"现在你终于明白了，莫斯科不相信眼泪。"孙大胜对我说，"爷也不相信。"

2．金大正

大堂正中央放着一架"斯坦威"钢琴，一个穿着黑色晚礼服的少女坐在它正对面优雅地弹奏《卡农》。这家酒店接待的商务人士都穿着笔挺西服，步履匆匆。他们不看那少女，也不看陈诺和他的同事们。这里的每个人似乎都马上要去做一笔世界上最重要的生意。陈诺不知道"斯坦威"值多少钱，不知道这少女弹一曲《卡农》要多少钱，不知道这些像猎狗一样的男人女人每小时赚多少钱，也不知道人在这里住一晚上要多少钱，他只知道金大正在这里，他似乎已经闻到金大正的味道了，那味道被各种优美而冰冷的味道碾轧着，悲哀得像是一张旧钞。

"照片上的第四个老人叫金大正。今年七十三岁，现在是满贵大酒店的清洁工。金大正不是孤寡老人，他有一个儿子，可长年瘫痪在床。金大正接触'百骨健'，正是因为他的儿子。他没有上过学，是一个文盲，不认字，所以没有在'百骨健'经销商那里留下任何资料。"

陈诺一边听着丁烈介绍情况，一边看向电梯墙壁上安装的那些镜子，镜像中有无数的自己，他们对视着，让陈诺目眩神迷。他心想他们会不会和自己一样，满腹烦恼？

电梯到了满贵大酒店的地下二层，这里是酒店的员工宿舍。逼仄的通道里灯光昏暗，和楼上比起来像是两个世界。陈诺心里牵挂着小叮当，他这么疯狂地联系她，她到了新家，于情于理都应该给自己回个电话。为什么她没有音信？陈诺又想起之前给他打电话的陌生号码，他给那号码回拨过去，对方始终没有接。陈诺更焦虑了，会不会是小叮当打的？陈诺心乱如麻，一个没留神，被脚下的杂物绊倒，狠狠摔了一跤。陈诺没事，可手机摔了出去，等陈诺捡起来，屏幕碎了，也黑屏了。陈诺更加焦躁，狠狠地骂了一句脏话。回音在走廊里徘徊，像是恶意的嘲笑。

酒店的安保主管急忙解释："这里是员工宿舍。走廊杂乱的问题我说过好几遍，可没办法，他们不听……"

"我在等一个很重要的电话。"陈诺摇头，"麻烦你帮我找一个修手机的，越快越好。"安保主管冲手下咆哮："赶紧联系手机维修人员来，你们把这个走廊清理了！"

在金大正房间门口，陈诺敲了好几下门，金大正就是不开房门。陈诺皱皱鼻子，说："煤气的味道。"

丁烈一脚踹开了房门，冲了进去。陈诺紧随其后，那是一个只能放下张单人床的小房间，但挤着简易灶台，锅碗瓢盆，行李杂物，桌子上堆满了各种药品药罐。一张双层床靠墙放着，下层的床铺上躺着一个中年男人，骨瘦如柴。

他裹在厚厚的棉被里，紧闭着眼睛。屋子里煤气味道浓郁，陈诺捂住鼻子，飞奔到床前，将金大正的儿子背出了房间。

眼前昏迷的年轻人叫金永久，陈诺看着他躺在酒店大堂里的牛皮沙发上接受医务人员的急救，他的身体散发着一股树叶在蜷曲干枯时的味道。

"煤气罐泄漏和我们无关，但本着企业一贯的人道主义精神，我们的急救措施是完全免费的。"

看着只想推卸责任的安保主管，陈诺心生厌恶。他闻到眼前这脸色苍白的西装男人从头到脚都有一股沙皮狗的口水味道。陈诺走到一旁的咖啡吧中坐下。一个二十岁出头的少女坐在他对面的桌子前，紧皱着眉头，脸上愁云笼罩。她面色苍白，却依然很美，美得让陈诺想起年轻时的小叮当。一定有很多男孩在追求这个女孩，发疯、犯傻，就像自己少年时追求小叮当一样，陈诺闻到自己心里泛起的那股好像陈醋般的酸涩。这个时候，他突然发现丁烈也在观察那女孩，好像女孩的身上有毛茸茸的小爪子在勾他。女孩好奇地看这两个男人，丁烈红着脸低下头。"爱美之心人皆有之"，陈诺这样安慰自己。

一个白发苍苍的老人急匆匆冲进餐厅，冲过陈诺眼前，老人身上有一种浓郁的廉价陈旧的花边杂志的味道。老人冲到那女孩面前，焦急地说："梁心，出什么事了？你慌慌张张把我约到这里来。"

那个叫梁心的女孩大哭起来，说："李教授，我实在没办法了，我现在只有靠您还我家里钱救命啊。"她哭得更大声，眼泪在她的脸庞滑落。

梁心说："快过年了，我本来还在琢磨，怎么跟父母商量，我想大学毕业后去巴黎深造时装设计。没想到今天早上一醒过来，就听到外面客厅吵吵闹闹，我跑出去，看见我妈跨在家里窗户上，要跳楼。满屋子都是人，桌子上摆满了字条。我凑上去看，全是欠条，数目从几十万到几百万。我妈对我说，一切都完蛋了。我腿软了，差点摔倒。桌子上还有一张诊断书，我拿起来一看，才知道我妈得了躁郁症已经半年多了，还是中度的……"

"那你跟我说没用啊！我没和你们讲过狄更斯吗？他说过，世上所有的男人和女人都有各自的悲伤，他们大多数都有着委屈。"那被称作"李教授"的老人站起来要走，"你得赶紧送你妈去医院。"

梁心一把拽住他，说："您不能走，她把借来的钱全交给您了呀李老师。您听我说，我好劝歹劝，我妈死活就是不肯下来。趁着她不注意，消防队员一脚把她踹进了家，绑起来送到医院。医生看着看着，叹口气说自己治不了。我不知所措，那医生掏出一张诊断书，说刚到的。原来医生也把所有的钱都借出去了，她都不知道该如何还钱。她笑着对我说，你妈的躁郁症是中度的，我的是重度……"

这哭诉传到陈诺的耳朵里，他在心中为这个女孩惋惜，她太天真了。他不会还钱，一分钱都不会还。她破产了，还不自知。这时，他看到吧台里的两个女服务员在窃窃私语，不时还传出几声嬉笑，丁烈站起来走了过去。

丁烈走到吧台前，陈诺听到丁烈小声地问她们："认识那两个人？"

这两个服务员一胖一瘦，两人对视一眼，挺起了胸膛。丁烈看起来是个很有威严、很有身份的年轻人，这样一个人来和自己请教问题，这让两个女孩非常开心，胖女孩甚至高兴得脸都红了。

"老头不认识，女的我们认识。"胖女孩抢话，"她活得很潇洒。"瘦女孩说，两个人"咯咯吱吱"笑了起来，互相挤眉弄眼。

丁烈皱眉："她做了什么，你们觉得她潇洒？"

"她没事就来我们这儿住总统套（房）。"

瘦姑娘刚说完这句话，胖姑娘就说："你说她家里也就是一般人家，她隔三岔五来住总统套房，她图啥？"

"这你就不懂了呀。我问过梁心，她说咱的总统套房是金市制高点。每次她心烦的时候，从制高点往下望，她觉得自己就是女王了，就不心烦了。"

胖姑娘惊叹道："哇！那得多爽！"

"你想知道多爽？那你学她去网贷呀！"

"我可不敢！"胖姑娘吐吐舌头，两个小姑娘嬉笑起来。"没事别他妈瞎嚼别人舌根！"丁烈脸突然青了，紧紧地握着拳头，用力瞪着眼前的两个姑娘。两个姑娘不知道自己说错了什么，又不敢争辩，你看看我我看看你，笑得比哭还难看。陈诺好像明白了什么，可又好像什么都不明白。

突然，那个老人坐到梁心旁边，还没等她反应过来，老人握住她的手，凑在她耳边说着什么，惊得梁心"噌"地站了起来，一杯水泼在了老人脸上。老人抹抹脸，刚想发作，却发现丁烈向这边走来。老人大概看出来这个壮汉也不是善茬，悻悻离去。梁心掩面，无声地哭泣着。丁烈坐在梁心面前，小声说话，神态温柔得像安抚一头受惊的小鹿。这一切被陈诺尽收眼底。

陈诺不用听，就知道那猥琐男人跟女孩耳语了什么，正在惋惜中，他看到安保主管在冲自己挥手。他再一回头，座位上的梁心不见了，丁烈也不见了。阳光中空留少女的余味，仿佛梦中泪水的微咸。

给陈诺修手机的人到了。那是个胖胖的小伙子，安保主管向陈诺介绍："陈队，这小子叫王童，技术好，我们这儿的人手机坏了都找他，很快就能给你弄好。"陈诺扫了王童一眼，他一副重度失眠的样子，身上飘浮着干电池的味道，"李宁"篮球鞋上还沾着血。

"行吗？别聋子治成哑子。"陈诺说。

"这小子别看傻愣傻愣的，但心灵手巧，修手机有一套。"安保主管从桌上拿起坏了的手机，塞到王童手里，"你给我好好修，弄不好你以后就不要来了。"

王童没有说话，用工具拆了手机，忙活起来。陈诺看着王童脚上的血迹，作为一个警察，血总会让他感到不安。

"你鞋上的血是咋回事？"

"我爸生病了。"

王童说完就不再理睬陈诺。这时，金永久醒了，陈诺扶起金永久，问他："你爸去哪里了？"

"讨债去了，他说今天能把所有钱都讨回来。"

"你爸去跟谁要债了，去哪儿要债了？"陈诺从金永久的话里闻到了血腥味。

"我不知道，我都好久没出来过了，一直在床上躺着。"

"你好好想想，用你的脑子你的心想想，要不你爸爸就没命了。"

金永久捂着脑袋说："我头疼，我的鼻子和嘴巴里都是煤气味，我脑子里东西都是碎的，连不起来。"

医护人员告诉陈诺，这是煤气中毒还没缓过来。金永久环顾四周，惊叹道："我他妈又回到这里了？这里的光真亮，这里的花真美，这里的味儿还是那么香！"

陈诺说："你以前来过这里？"

金永久点点头说："我以前住在这里。"看着陈诺惊讶的表情，金永久解释道，"以前我家是牧民，家里有几十亩草场，后来那儿要修煤矿，我们就把草场卖了，得到了一大笔钱，我们变成有钱人了。那时候我和我爸每天早上起来就开始喝酒，吃炖羊肉。我俩每天基本上一人一瓶茅台，喝醉了我们就发愁怎么花这些钱。我俩一人买了一辆路虎，一人开了一个台球厅，一人开了一个洗浴中心。可即使这样，我们的钱也多得好像这辈子都花不完。我就是在那个时候包了这里的总统套，总统套房好哇……"

陈诺点头说："我知道，城市制高点。让你回忆不是让你回忆这么远的，你就想你爸去哪儿了。"

"以前的事记得很清楚，可现在的事情灰蒙蒙一片。所以想知道现在，就得从以前一点点往过捯。"

陈诺无奈地看着金永久，眼前这个人思维似乎永远停留在了他记忆中最幸福的时刻，那时他是活着的，而此时的他只是个还留有肉身的鬼魂。

"你捯吧，只要能捯在你爸爸身上就行。"

"后来我爸认识了一个搞装修的人，那人说他要开始做房地产了，投资房地产能赚更多的钱，让我爸把钱放给他，三分五的利。我有怀疑，我爸说你看咱俩肥头大耳的样子，像是会吃苦受穷的吗？我就信了我爸。后来有一天，我才知道，我爸不仅把我们的钱全放给了那人，还以三分的利去吸储放给那人后吃五厘的利息。"

"武向红的钱也放给你爸了？"陈诺问。金永久点点头："我爸吸储能力比她强，所以人家给他三分五。武向红又胆小又事多，总是去找人家麻烦，问东问西，和侦探一样，她把人得罪了，人家放话利息只给她两分五。她想多吃利息，就转了这么一手。真是贪婪。"

"那个人叫什么？"

"我不知道。"

"不知道你还敢把钱放给他？"

"那有啥不敢的，那时候每笔钱都回来了，就像钱能生钱一样。我不想管这些，反正有我爸，酒还喝不够呢。

"然后有一天，我爸灰着脸回来，说那个人告诉他资金链断了，他没钱建房子了。我们只能看着我们投资的楼垮掉，我们卖了路虎车，卖了茅台酒，卖了洗浴中心和台球厅。因为我在这里花过很多钱，这里的老板可怜我，就让我们在这儿打工，做清洁工。有一天我擦楼体玻璃的时候嫌麻烦，没系安全绳，掉下去，摔坏了腰，再没站起来，一直躺到现在。我爸为了给我筹钱治腰，想尽了办法。他一年老了二十岁，头发和牙齿都掉光了。今天早上他对我说：'儿子，我们有钱了。'我问他：'我们哪儿来的钱？'他没说，就冲出了家，至于他去哪里了，去找谁，我真不知道。"

陈诺看到丁烈从电梯里出来，跑到了自己面前。丁烈散发着一股很严肃的味道，就像一枚徽章。他对陈诺说："陈队，地下室出事了，又是谋杀。"

B.　我是凶手

我点燃了香，烟雾渐渐扩散，你听到我的祈祷，这令我安心。

布置这个陷阱花了我三个小时，全身的皮毛都被汗水浸湿。我才终于顺好了绳子和圈套，只要猎物踩上去，只要我轻轻一拉，就是狮子也会被倒吊。布置陷阱是每次狩猎时最重要的一步，蕴含区别好猎人和坏猎人的标准——你是否足够了解你的猎物。

我了解我的猎物，孤独让他们对身边的一切充满警惕和憎恶。同时他们很脆弱，自艾自怜，渴望着别人了解他们。给他们一点同情心，他们就会暴露共同的弱点：贪婪。你只需要挖一个坑，他们就会跳进去。

他们围着我，就在我家。就连李扬德这个老骗子，这个老奴才，都敢用恶毒的语言攻击我，用拳头伤害我。我的意识越来越模糊，看着他们嘴里长出了獠牙，脸上长出了皮毛，手变成了利爪，屁股变出了尾巴。

我坚信，这是神迹。你显灵了，是你让我认识了他们的本性。他们是披着人皮的猛兽。是狼，是熊，是豹子……

那个时候，我重新认识了我自己。我听到了我内心的声音："你还犹豫什么？你难道忘了你是谁吗？"

我在窗户玻璃上的倒影中看到了自己的本相：好一只威风凛凛的花斑猛虎，眼若铜铃嘴似血盆。那虎对我微笑，开口对我说话："你懂得通过水流的声响去寻找目标，你懂得藏在阳光和阴影中消弥行踪，你懂得利用风向和地形去设计陷阱。你怎么能任凭动物毁掉你的人生？"

我还记得我的第一次行动：引诱目标进陷阱，把他吊起来，用我的虎爪剖开他的腹部，用我的怒火焚烧他的肝脏，一切都完成得顺风顺水……

后来，我消灭了熊，我消灭了狼，还有狐狸与野猪。我不能直呼他们的名字，这是规矩：一不能直呼名字，二必须焚烧肝脏……

我似乎看到有个人影从楼下闪过，他是这次的新目标，我给他起的代号是"豹子"。我听到"豹子"的脚步声和喘息声，他似乎很痛苦，他在呻吟，真好像一条被捕兽夹夹断了腿的金钱豹，生命在时间之冰的缝隙里溜走。这让我纳闷，我的陷阱就在我眼前，除了虚无里面空无一物。他为何而痛苦？

他走上楼，我躲进浓密如蜂蜜般黏稠的棕金烟雾中。他踩进绳索，我又一次成功。他被倒吊起来，他破口大骂着，就像一头真豹子在嚎叫。可我内心没有恐惧，也没有仇恨。我做这一切是因为我知道我是谁：如果金市是一片森林，熊也好豹也好，谁也不能伤害我。你们臣服于我，你们丧命于我。

就在我准备动手的时候，我愣住了：他的右耳没有了，拿布条潦草地包着伤口，血一滴滴掉下来……

3. 手电筒

回到金大正的宿舍，丁烈指着煤气罐上的气阀，示意陈诺去看，陈诺发现上面有被改锥和钳子破坏过的痕迹。

"找到金大正后，先刑事拘留吧。"陈诺虚弱地说。

监控上金大正的身影迟迟没有出现，他随时可能和凶手见面，这让每个人内心都十分不安。在那破乱的房间里，陈诺四处巡视。当经过那张双层床时，他踩着床上安装的脚踏，扫视了一眼上铺，那是金大正的床铺，和他儿子的下铺一样凌乱，回荡着一股汗臭。

"你爸爸还有一份工作，在夜里。所以他只能在午休的时候躺这儿休息一阵。他真正的住处不在这里，应该是在一个小区巡夜，是哪个小区？"

陈诺把金永久叫回了房间，询问时他的声音低沉得像一阵寒风。

金永久脸红了，说："没有哇，我爸一直在这里吃这里住这里工作，没有第二份工作。"

"吃着碗里的，占着锅里的。你们这是喂不熟的狗哇。"一旁的安保主管愤怒地斥责金永久。

金永久辩解道："真的没有。"

那主管还想骂，陈诺瞪着他说："你闭嘴。"安保主管不服气，嘴里小声嘟囔："等他们走了我再收拾你们，赶紧给我滚蛋。"

"丁烈，你给我把他轰出去。"陈诺爆发了，"他要再废话就按扰乱警方调查铐起来！"

丁烈将那安保主管劝走了。金永久低头说："谢谢。"陈诺说："如果你还希望你爸能活下来，你就告诉我，他在哪儿守夜。"

金永久哭着说："其实，煤气罐是让我给弄坏的。"

陈诺吃了一惊，他闻到空气凝固时的味道，像是透明胶水。

"他解脱了，可以再找个老伴，重新开始生活。我也解脱了，我想去哪儿就去哪儿，和以前有钱的时候一样自由。"

陈诺沉默，自己点燃一根烟，上面有股小叮当的馥郁芬芳。金永久伸手跟他要，陈诺舍不得，本想拒绝，但于心不忍，也给他点了一根。

金永久说："我不后悔，真的。我活到现在什么都试过了，荣华富贵，我那时候把茅台当水喝。"

金永久哭了，哭得撕心裂肺，那声音闻起来就像是黑夜中的野兽在森林中误入陷阱后发出的哀嚎。

陈诺不说话，抽烟。金永久说："我爸在'水晶之家'小区工作，你们去那里找他吧。那个人约他在那里见面，说要还钱。你们去救他吧！告诉他，别害怕，没什么的。最难的日子我们都经历了，一切都没什么的。"

陈诺临走也没告诉金永久，他哭泣的味道闻起来就像一匹已经腐朽的丝绸。陈诺坐电梯回到了酒店大堂。王童在电梯门口等着，把手机递给了他。王童骄傲地说："你这个手机就是换个屏幕，两分钟我就整好了。"

有人叫王童的名字，陈诺回头，竟是梁心。陈诺听到丁烈的呼吸突然乱了节奏。梁心走过陈诺，走过丁烈，走到王童面前。王童一脸茫然，而她已经从之前的悲哀中恢复了镇定，漂亮的脸蛋上焕发着少女的容光。旁观的陈诺心想女人真是一种可怕的动物，她们说哭就哭，说笑就笑。

梁心说："你怎么在这里？"

王童脸红了："你是谁?"

"我在你那里修过手机,一年前,你有印象吗?"

王童摇头,脸更红了。梁心惋惜地叹口气,说:"不记得没关系,没准以后修手机还得麻烦你。"她嫣然一笑,走出了酒店。

王童松了口气,对陈诺说:"换了个零件,八十块钱。"

陈诺掏钱,问王童:"你认识她?"

王童说:"不认识,应该是修过手机。"

陈诺犹豫了一下,问王童:"你知道网贷是个甚?"

"网贷就是你在网站上跟人贷款,利息很高。你拿你的裸照做抵押,他就会把钱借给你。一旦还不上,裸照就会传播到你生活的城市,传到你认识的每一个人手上。"

陈诺皱眉:"很麻烦吗?"

"八十块钱。"王童低下头说,没有回答陈诺的问题。

第五章

1. 凶手

雪停了，最后一片雪花落在陈诺鼻尖上。

陈诺记得，"水晶之家"小区当年开盘的时候，宣传铺天盖地，广告塞满了金市人目之所及的每一个角落。

广告上说，"水晶之家"拥有无数珍稀水晶，都是开发商从世界各地收集来的：有印度瑜伽大师坐化后舍利形成的雪白水晶，有东北深山老林的虎胆练就的乌黑水晶，有美国森林公园中万年大槐树被雷劈中后烧成的碧绿水晶，有日本神秘忍者从宋代中国皇宫中盗取的皇帝用来催情的粉红水晶。广告上还说，这些水晶在"水晶之家"不是摆设，是有讲究的。开发商专门请了五行学家、星相专家、精神科医生和命运规划师，帮助每一个业主，根据他们的运势、五行和需求，制定了专门的房屋：通过专门的格局，专门的构造，用专业的器物摆放着专供的水晶，可以帮助业主调节他的五行，改变他的命运，克服他的恐惧，激发他的勇气，改善他的健康，催发他的性欲，填满他的空虚，实现他的幻想。"水晶之家，完美的家"。

如今这栋楼的顶楼已经变成一片盛大的火海，窗户里翻滚出熊熊火焰，熏黑了楼体。曾经明光闪闪，像是锋利的匕首般划开人钱包的水晶，在陈诺面前被熊熊火焰烧出了本来面目：那只是一根根钢化玻璃柱，在阳光下褪色，变得灰暗混沌。

陈诺的面容倒映在玻璃柱上，被切成了无数碎片。这层层叠叠的倒影，狰狞得像是狗牙，人在此分辨不出本我面目。

陈诺抬头，火海中隐隐约约传来阵阵歌声与哭声，寒风的滋味像冰糖般掉进陈诺的眼眶里、嘴巴里。

陈诺从后备厢拎出一件军大衣，用矿泉水将它打湿后披到身上就冲进了大楼。

陈诺到达顶楼的时候，看到地上躺着一个人影，被火海与浓烟包裹。千万条火舌舔在陈诺的脸上身上，像是刀剐。顾不得多想，陈诺冲了过去，正是金大正。陈诺想把金大正拖出火场，但火势太大。陈诺冲金大正怒吼："凶手是谁？"

金大正奄奄一息："黄金老虎，会唱歌的老虎。"在火焰中，他大睁着眼睛，似乎都不相信自己说的话。他轻轻摇头，然后死去。他的死发出似乎一根羽毛坠地般的味道。火焰烧焦了眼前的一切，丁烈把不甘心的陈诺拽下了楼。

四周一片焦黄，如不存在的世界。雪吞噬一切声音，吞噬一切味道。陈诺一把拽住丁烈："抓到人了吗？"丁烈咬着牙喊："还是晚了一步。"

火灭后，陈诺看见金大正的尸体被人用担架抬出来。这位只剩下一只耳朵的老人发出冰块的味道，双眼像是两颗烧尽的炭。

已是深夜，股股黑烟顺着窗口像乌龙般升入了夜空。寒风吹在陈诺的脑门上。丁烈说抓住了一个来工地偷钢筋的人。

那人獐头鼠目，脸色蜡黄，一看就被吓得够呛。看到陈诺过来，吓得浑身哆嗦："不是我放的火，不是我杀的人……我就是捡点垃圾还钱……倒了大霉了……"

"知道不是你，别怕。好好说，看到什么了？"

那人疯了一样摇头，说："我在二楼，听到楼上传来几声惨叫，大半夜吓死我了，我就吓晕过去了。"

"你再好好想想！"陈诺瞪起眼睛。

"我还听到有人唱歌，应该是凶手。"小偷尖着嗓子说，一副又快要晕过去的样子。

陈诺皱眉："唱的是什么?"

小偷摇头："听不清楚。不是普通话。"

陈诺:"唱出来。"

小偷狐疑地看着陈诺,以为自己听错了。丁烈说:"赶紧的,让你唱你就唱。"

小偷战战兢兢地捏嗓子哼唧,旋律轻松简单,是首儿歌,在暗夜中回荡。

陈诺说:"确定了吗?你再唱一遍。"

小偷又唱了一遍,哭丧着脸说:"我确定,这歌挺简单的,好记。"说罢,小偷哭了,"我以后再也不来这儿偷钢筋了。"

陈诺心脏"怦怦"跳着,金大正的尸体就在他脚下。"之前的案子凶手并没有割下目标的右耳,为什么这次却改变了行凶方式。为什么杀人还要唱歌?"陈诺的心里全是问题,却没一个有答案。

回警队的路是城市的主干道,警车经过的时候,路政的工作人员正在往街边排列的路灯上挂灯笼和装饰。灯罩是水晶的,在如同蛋壳般洁白平和的粉金色灯光折射下街面颇有节日气氛。这让陈诺觉得,世界被分成了两面,一面是这个人人都在呼吸氧气的世界,一面是只有他能到达的地方。

丁烈说:"你这个鬼鼻子在金大正家闻到了啥味,咋能知道金大正晚上不在宿舍住?"

"一个七十多岁的老人,睡在上铺,灯绳在门口,也不在床边。上下床多不方便。夜里老人起夜,什么东西是必不可少的?"

丁烈想了想说:"光。"

"那里没有光的味道。我找遍房间,就是没有手电筒。由此可以推断,他晚上不睡在那个家。"

"也许金大正用手机上的手电筒呢?"

"没这个可能。"陈诺摇头说道,"金大正是个文盲,他没法用手机。"

"陈队，你他妈就是个鬼。你说，光是什么味道？"

陈诺没有理他，他不能跟丁烈这个嗅觉正常的人说，光是一股大风的味道，大风里有山有水，有很长的路通向金色麦田。而黑暗就是被做过手脚的煤气罐味道。丁烈只会把他当作精神病。陈诺只能摸着自己又红又大的鼻子说："那金大正每天夜里能去哪里呢？又有什么事能让他每天夜里离开他瘫痪的儿子？只能是另一份薪水，另一份看大门的工作。本来以为这次能救到人，没想到……"

陈诺深深地叹了口气，车窗外的层层冰花像无数困兽的杏黄眼眸一样淹没了他。

A. 我是李扬德

我家住在学校宿舍楼，想回家，必须穿过操场。一群学生正在那里打雪仗。他们相互攻击，用沉重的虚无和庞大的真空砸向彼此的脑袋和胸口，无数的金马金牛金鸡金鹅金羊在天上飞翔，年轻人欢快地笑。雪在人身上撞击为无数白金般的结晶与微尘，雪代替骨与血殉难，雪纯真而残忍。

我双脚发软脑袋发飘，几天前，我在机场被一个要债的浑蛋偷袭，他打伤了我的脑子，至今我看东西还重影。他蒙着面，一个人怎么能蒙面对七十岁的老人下毒手，至今我也想不明白。他打我的时候，我甚至都能感觉到他的笑意。

走在冰面上，我小心翼翼，像是少女走过流氓面前。路过篮球架时，我听到了一阵啜泣，哭泣的人像是忍受着不想别人所知的悲哀。

哭泣的人那精致的五官扭曲在一块儿，哭相格外可怜，她是梁心。好奇心是我这种古稀之人唯一表明自己还活着的证据。像一道影子，我轻轻贴在墙上。

我看到，梁心的舍友张小凤正在给梁心展示自己手机上的照片，梁心捂着脸，泪水顺着她的指缝滑落下来。

张小凤叹息道："梁心啊梁心，你怎么能糊涂成这个样子呀？怎么能把自己的裸照拍给那些人呢？"

"我没有办法呀，小凤！"

梁心哭得更大声。张小凤说："你不要哭了。好在他们只给我发了照片，要是发给别人，你的裸照可就满天飞喽。"

梁心一把拉住张小凤的手，说："小凤，你真好。"

张小凤的眼睛突然亮了，她拉住梁心的手，说："晶晶，你这个蒂芙尼的手链真是漂亮啊。"梁心毫不犹豫地摘下手链递给张小凤。

"你喜欢，你就拿去。"

张小凤把玩着手中的金链，又说："我觉得你的香奈儿包包也很好看……"

梁心把自己的包、身上的首饰都塞到了张小凤怀里，说："小凤，以后我的就是你的。"

张小凤冷笑，把东西都还给了梁心，说："我不要你用过的东西。"

梁心愣住了。张小凤说："我喜欢的男生都喜欢你，我不要用你用过的东西。"

"那你让我怎么办？"梁心哭得更伤心了。

"我要新的。你用什么就给我买更新的更好的，别糊弄我。你拍照片就能赚这么多钱，你要努力呀……"

高尔基曾经说过，"富人的穷奢极欲，导致了穷人的嫉妒和憎恨。"这一场敲诈我再无心看下去。我离开操场，离开了梁心和张小凤，每个人都有自己的路要走，多一事不如少一事。

临近家门口，一个人影突然拦住了我。我定睛一看，那是一个曾经很信赖我的客户，叫林强。

"林强，你要干什么？"我问他。

林强没法回答我，他是个哑巴，长得像一头犀牛，瞪着他的牛眼睛，举着他的牛拳头，牛鼻孔里直喘粗气，把我摁在了墙上。我觉得他要是脑袋上长出两只牛犄角，非得顶在我肚子上把我开膛破肚不可。

林强是我们金市很著名的摔跤手。在那篇金市网络上广为流传的帖子《金市奇人异事录——林强篇》中，作者这样介绍林强：

> 林强，男，32岁，职业摔跤手。他虽然是一个哑巴，但每个金市人提起他来都会竖起大拇指，夸赞他是一个大英雄，是金市男人的榜样。
>
> 作为一个摔跤手，林强拿过很多国际奖项的金牌。他曾经打败过美国自由搏击锦标赛的冠军，打败过俄罗斯特种部队的擒拿格斗总教官，打败过非洲的猎狮勇士。据说金市森林里潜伏着的野生黑熊听到林强的名字都会赶紧躲进巢穴，以免被他击杀。
>
> 林强唯一的败绩，是在他的退役晚宴上遇到的对手。那天晚上他喝多了，出去撒野尿，回来时却鼻青脸肿满身污泥。人们好奇，谁能将林强打得如此狼狈。林强惊恐地说，他在酒店后门遇到一个对手，自己抓不住他，却总会被他摔得半死。人们赶去林强指示的地点，发现真相后放声大笑。原来那里是一个水坑，林强不可捉摸的对手是他自己在水中的倒影。
>
> 从那天起，人们都说："这个世界上能打败摔跤手林强的只有他的影子。"

林强冲我竖起一个巴掌，我急忙点点头："我欠你五百万，这没错。可这五百万我投资了，对方的资金链断了，我也没办法呀！"

林强蹲下来，用指头在雪上写字：这五百万不是我一个人的。

"那又怎么样呢？基本上每个在我这里放钱的都是亲戚朋友四处凑才凑出来的。"

林强拉开衣服拉链，他怀里揣着一把寒光闪闪的匕首，像獠牙。

"你要干什么？我出了事，账可就烂了。"

林强的脸憋得通红，我看出来了，他今天来是抱着同归于尽的心。

我观察林强，然后对他说："林强，我发现你印堂发黑，面色铁青，蓝面獠牙，煞气冲天，我明白，你小子是玩真的，你敢杀人。你把匕首给我吧！"

林强瞪着我，不知道我是什么意思。我说："多说无益，师父给你要钱去，等着我，明天早上十点前我回不来，你不用送我上天，我和钱快乐一起上天。"

林强用匕首划了我的羽绒服两下，羽绒服绽开口子，羽毛飞舞到天上，打着旋。林强的眼神凶狠，似乎在说没有钱，下次飘到天上的就不是羽毛了。

我咬牙，我跺脚，我转身就跑。我离家本已咫尺，可林强的匕首让我越跑越远，直至我宿舍楼那黑漆漆的楼顶消失不见。我七十岁了，可有家不能回。没有办法，谁让我轻信钱快乐？谁让我在他眼里是个不需要被顾及的小人物？就像雨果说的，"大人物想干什么就干什么，小人物能干什么就干什么。"我只能拖着我一身的病痛去找钱快乐还钱。

我一路狂奔，忘记了疼痛，忘记了心跳，跑到钱快乐家。我怒吼："钱快乐，你个王八蛋，你给我出来！"

钱快乐不在家，他那个老爹钱奋斗佝偻着腰出来，问我有什么事。我把情况一五一十地告诉了这个目光混浊、身体好像随时都会因为死亡而折断的老头，他十分紧张，我一把抱住了他，说："大哥，你带我去找他。要是他不在，咱们就一起死。"

钱奋斗开着皮卡车，载我驶出了城。

无边的荒野中，我们的车冲入一条田间土路。路面上坑坑洼洼，摔得我内脏都要吐出嘴巴。路的尽头，是一家农场的大门。大门上面有一排大字："草原黑精羊生产基地"。

皮卡驶进了农场，草腥味儿就扑面而来。车还没停稳，我就跳了下来。我一摔车门，大喊："钱快乐，你这个王八蛋！你他妈在哪儿，你给老子滚出来！"

歌声从一排木屋后面传来，是一种神秘的语言，我听不懂是什么意思，应该是钱快乐家乡的土话，真是野蛮而愚昧，就和钱快乐这个人一样。他身上的西服再贵，他也永远变不成一个上等人。我迈着两条发软的腿，顺着歌声，绕到木屋后面，来到一座羊圈前。

两具羊尸被开膛破肚，倒在血泊中。那群羊瑟瑟发抖，它们的绒毛黑中带金，如一片乌海中发春的萤火虫在寻欢飞翔。钱快乐在唱歌，他赤裸着上身，后背的虎头刺青上都是羊血，似乎随时都能从他身上扑下来吞噬万物。钱快乐手中拿着两副羊的内脏，扔到生着火的铁盆中，焚烧，肉变成灰烬，血变成烟。

钱快乐说："师父，你来了。"他把一颗生的羊眼珠扔进自己的嘴里，咀嚼，黑的白的红的，汁液流出嘴角。我闻到一股铁锈的味道，刺鼻。

钱快乐浑身是血，背上的虎头刺青闪闪发光。他像一只恶虎，站在羊圈里，虎视眈眈地瞪着那群缩成一团的黑山羊。他刀子一样的眼神，好像砍在我脖子上，我觉得自己后脖颈子"飕飕"发凉。

羊"咩咩"地叫着，像是在说："不要看我呀，不要杀我呀。"羊瞪着血红的眼珠，使劲地朝羊圈外蹦跶，羊恨不得能飞速进化，长出硕大的翅膀，飞出羊圈，飞出牢笼。

钱快乐扑倒了一只羊，还没等羊挣扎，也不知道他从哪里变出了一把匕首，寒光凛凛，他在羊的喉管上轻轻一抹，血喷了出来，连空气里都是血腥味。

钱快乐把那只羊开膛破肚，把内脏扔进了火盆里焚烧，把羊尸通过骨头和肌肉之间的缝隙巧妙地变成了一堆肉块。整个过程飞快，像是着火了一样，看得我双腿发软。

钱快乐看了我一眼，眼神和他的虎头刺青一样凶悍。我觉得强壮的钱快乐始终都是山里的猴子，野蛮人。他不爽了，手起刀落，瞬间就能把我杀了。我的怒火全消失了，瞬间就虚了。

钱快乐说："师父来了？"

我嘟囔道："造孽，你总是在造孽。"

钱快乐说："我就爱杀羊卸羊，师父你也可以试试，比跟最漂亮的女人做爱滋味都美。"

我问他："快乐，有人为了逼债要对我行凶，你就忍心看着你师父被人像你宰羊一样杀死吗？你的良心不疼吗？"

"师父，你能不能别大过年的跑我们家说良心，还死呀活呀的，多不吉利。"钱快乐不满地说，"就算你死，和我有什么关系？又不是我让你去死的。天要下雨，师父要死，我能怎么办？"

"好好好，你不仁我不义。"

我拉开了衣服拉链，露出了腰间的匕首。我看到钱快乐脸色轻轻一变，但马上又恢复正常。他冲我挥了挥手中的匕首。

"师父，大过年的，不至于吧？"

"临危不惧，不愧是我徒弟。"我咬牙说。

"究竟怎么了，你跟我说说。"

我把林强堵在我们家门口的事跟他如实一说，钱快乐还没说话，钱奋斗倒是先急了。他说："你还钱吧。"

钱快乐说："师父，我是真没钱。但我帮你想个办法，以羊抵债吧。"

我跳了起来，跺着脚骂钱快乐王八蛋："不要脸，丧尽天良。那可是六百万哪，卖了你都不值这个价，更别提你的羊。"

"你别小看这羊。我的草原黑精羊是由九十九种珍稀山羊品种杂交而成，吃着九十九种草料配成的鲜草，喝着富含九十九种矿物质的仙水，一直改良了九十九代才推向了市场。"钱快乐给我递过来一张传单。

我把传单都撕碎了，气得头顶上都要冒青烟："你骗得了别人你骗不了老子，老子天天还琢磨骗谁呢。什么草原黑精羊，都他妈涂的墨。"

"金子！黄黄的、发光的宝贵的金子！"我气急了，可那些草民男人的脏话我骂不出口，只能大声朗诵莎士比亚，"它可以使黑的变成白的，丑的变成美的，卑贱变成尊贵，老人变成少年，懦夫变成勇士。"

钱快乐铁青着脸说："随便你发疯，一只一万，你愿意，六百只随时可以带走。"

"你信不信，我死给你看？"

钱快乐指指我怀里的匕首："我信，你赶紧杀了我吧。我没办法，我早就不想活了。我以死赔罪。"

我没有办法，我只能大声地念诗，一首废名写的诗：

人类的残忍，
正如人类的面孔，
彼此都是认识的。

人类的残忍，
正如人类的思想，
痛苦是不相关的。
……

钱快乐不再理我，他专注地剖羊，我们沦陷在血水里，我却感觉在他眼里我是不存在的，我的声音是不存在的，我的钱也是不存在的。我骂累了，这个无赖让我彻底绝望。我想起莎士比亚那段话的后半截："它会使冰炭化为胶漆，仇敌互相亲吻；它会说任何的方言，使每一个人唯命是从。它是一尊了不得的神明，即使它住在比猪巢还卑劣的庙宇里，也会受人膜拜顶礼。"

钱快乐就比猪还卑劣，比羊还懦弱，可猪和羊能换钱，愤怒不能。

2. 凶手唱的歌

金大正的死，意味着最后的努力也在那场大火中灰飞烟灭了，调查陷入了僵局。腿都快跑断的丁烈回到警队，突然收到李梦的信息："速来食堂。"

丁烈本来走路都走不直了，那一刻却感觉自己身上的血瞬间火热，回复一个"好"字。收起手机，丁烈憋住满心的喜悦，没告诉陈诺，没告诉任何人。临去食堂前，他特意跑到洗手间洗了把脸。

丁烈怀揣着一颗粉红色小兔子般乱蹦的心和纷纷扰扰的思绪来到食堂，刚一进门所有的幻想就都破灭了：李梦在冲他兴奋地挥手，陈诺坐在她对面，悠闲地吃着盘子里的花生豆。丁烈红着脸坐在陈诺身旁，陈诺似乎并没有察觉他身上的失落味道，那就像是云彩一点一点消失在天空中。

"你们啥事呀？"丁烈郁闷地问。

李梦说："是呀陈队，我也很好奇，什么事。"

丁烈的心突然狂跳起来，陈诺这个家伙做事总是出人意料，他害怕陈诺会当着李梦的面点破自己那点小心思。

陈诺敲敲桌上的菜品："别想那么多，知道这两天你们查案辛苦了，特意加了个菜，先吃饭。"

丁烈觉得，这话就是说给他听的。吃饭的时候，忐忑的丁烈一边借着狂吃肉掩饰自己的慌张，一边听陈诺和李梦聊天。原来李梦的父母都是警校的老师，李梦从小就梦想当警察。高中毕业后她考上了公安大学，现在和父母一起住。

陈诺轻轻地说："像咱们平时这么忙，你男朋友抱怨很多吧？要让他多理解。"

那一刻，丁烈觉得自己的心都快掉进碗里了。

李梦摇摇头："我还没男朋友呢。丁队，你给我递下萝卜，你脸怎么红成这样，你没事吧？"

丁烈捂着嘴说："没事没事，太辣了，我不能吃辣椒。"

陈诺又问起李梦的业余爱好，他不知道从哪里打听到的，李梦大提琴拉得很好，还经常代表局里去参加各种文艺汇演。

这回轮到李梦脸红了，李梦说自己拉得还凑合，就是从小练的。

陈诺说："我不懂音乐呀，我就是向你请教，那我哼一段旋律，你能不能把它记成乐谱。"

李梦笑了，放下碗筷。丁烈也不再狼吞虎咽，他们知道，接下来要聊正题了。李梦说："陈队，你说的这叫练耳，没问题。"

陈诺停下动作，认真地哼唱起旋律。丁烈心中一惊，这正是在"水晶之家"那个小偷唱的歌。李梦找来纸和笔，又让陈诺唱了几遍，记下来谱子递给陈诺。

李梦红着脸说："陈队，大体上就是这样。也未必特别准确，您五音有点不全……"

陈诺严肃地说："你已经帮了大忙。这首歌是目前案子唯一的线索了，你再帮我们好好分析分析……"

李梦说："这是一首很有本省地域特色的民歌，但咱们这里十里八乡，乡乡方言不同，具体是哪个地方的，我确定不了，得找专业人士。"

那顿午饭三人只吃了一半，就驱车来到金市音乐学院，通过李梦找到民乐系的系主任。他们没料到系主任接过谱子哼唱几句，就苦笑着把乐谱递还到李梦手上。系主任说："好多金市民歌流传几千年，结果在现代失传。这个时代像硫酸池，没什么东西是永恒的。金市民歌到现在能找到源头的不过百分之一，这首曲子我没有听过。你们这又是查案，我不敢贸然分析……"

系主任的话像一盆冰水浇在陈诺滚烫的心上，系主任又说："你们去省图书馆，那里有一部金市民歌大典，六十年前的书了，据说收集了金市所有民歌。你们一首一首对谱子，这是唯一的希望……"

得知这条线索还没断，陈诺的脸色红润了一些。

接下来的几天，陈诺和两个年轻人天天泡在图书馆里翻阅关于本省民歌的书籍。那座图书馆是解放前的一座候车大厅改造的，现在智能手机是最红的数码产品，人人都玩手机，也没什么读者来借书。不知是因为这大厅古老，还是因为旧书太多，陈诺总能从这空荡荡的大厅中闻到一阵阵野草的味道。

"我找到了！"

一天中午，李梦终于找到了和那首歌相同的曲谱。她欢呼着，像是山雀在枝头上蹦跳。

"这是东山里山民们的童谣，名字叫《孩子别迷路》。"李梦得意地说，却发现陈诺和丁烈脸色黯淡，"我们找到了线索，你俩怎么一点都不开心？"

丁烈叹气道："要是凶手是东山里的山民，这案子可就更麻烦了。"

"为什么？"

丁烈说："东山里的人自古以狩猎为生，一直到90年代禁枪，他们才上缴了猎枪。据我所知，直到现在，他们当中绝大多数人也不愿意下山，在山上的森林里以伐木为生。这些人就好像还没有开化。没有枪，就动刀。整天酗酒，好斗。每个东山的男人从生下来就把战死当成最高的荣誉。"

陈诺打开手机，点开一张他刚从网络上搜索到的照片给李梦看。"我去！"李梦看了眼照片，惊呼一声。

黑白照片里，一个身穿兽皮的男人手持猎枪，身旁的猎物是只野鹿，早被开膛破肚。猎户身前支起来的铁盆中，燃烧着那野鹿的内脏。

这个狩猎场景，和几个案发现场一模一样。

"每逢秋季，东山的山民们都会狩猎过冬。狩猎结束后，要将猎物内脏焚烧，祭祀山神。他们相信，这样山神将会扣押猎物的魂魄，使得猎物的鬼魂无法找猎人报仇。"

丁烈念完照片底下的这一行小字，深吸一口气："这个王八蛋是把烂尾楼当猎场，把人当猎物了……"

陈诺拍拍丁烈的肩膀，说："他为啥焚烧死者内脏我们搞清楚了。我真是没想到他会是东山里的山民……"

"可凶手为什么要唱歌？要割掉金大正的耳朵？这不符合他们的狩猎规则呀。"

"抓到凶手，我们就知道答案了。"

陈诺看着那张曲谱，似乎每一个乐符的锐角上都有刀刃的味道。此时警队打来电话，让他们速速往回赶。陈诺带着两人回警队，一路无语。刚进办公室，一个同事捧着电脑就迎了上来。

"陈队，刚发现一条重大线索……"

同事不说了，愣愣地看着陈诺。那眼神里有一股怜悯的味道，像是寒冬中的一盆热水，却让陈诺莫名地躁动起来。

丁烈说："继续说呀！"

同事挠挠头，说："陈队，你先坐下，喝口水，这个新线索比较棘手……"

陈诺坐在沙发上，看着那同事，从他的脸上闻到一股黑铁色麻布的味道。

同事咬牙说："我们从满贵大酒店地下停车场的监视器里，调取到了金大正被劫走时行车记录仪拍下的一段视频，上面有绑走金大正的劫持者……"

看同事说话吞吞吐吐，丁烈骂道："你可真够磨叽的！"

他抢过同事怀中的电脑放在桌上，点击播放键。陈诺看到隔着汽车挡风玻璃，镜头拍下的停车场巷道，金大正走在前面，一个女人走在后面，虽然监控录像的分辨率极低，可陈诺还是从女人的大衣、围巾以及影子的味道上确认，这个脸色苍白的女人是小叮当。

B. 我是李扬德

过了几天，哑巴林强又在我家楼下堵住我，他魁梧的身躯挡在了我的眼前。他不屑地看着我，我知道他在想什么：我是个小人。

"咋样"，林强在雪地上写下了这两个字。

我一拍大腿，说："钱快乐拿东西抵债。"

每个人都能算清楚，有总比没有强。林强面色稍有些缓和，在雪地上写："那是别墅，还是厂房？"

我不敢看林强的脸，从兜里掏出钱快乐的传单，递给了林强。林强刚看几行，就扼住我脖子，他的手像铁箍一样，我的大脑停止供血。他很用力，我感觉他能掐断我体内的氧气。

我说："林强，我也实在没有办法了，我以死谢罪吧。"

我睁开眼二话不说，举起匕首就往自己的脖子上扎。他先是一惊，然后拿手握住了匕首的刀刃，鲜血顺着他的指缝滴下来，像是夕阳的光一样洒在我们身上。

林强没再看我，他在地上写道："我明天去他农场运羊。"

林强走了，一瘸一拐。我觉得他的影子短了一块，像是被人挖掉了。

又过了几天，我看林强再没来闹事才放下心。这天中午我正在办公室看学生的毕业论文，敲门声响起，是梁心。我冲她挥挥手，她走进办公室，来到我面前。我这才发现梁心脸色苍白，双眼红肿，像是哭过。我问她："有什么事吗？""李老师，你快去看看张小凤，她遇到坏人了。"梁心对我说。

我一路小跑，跑到了张小凤的宿舍，看到她衣着凌乱地坐在床边啜泣，雪白的肩膀和大腿上都是乌青掌印。梁心给她披上了床单。我问她，究竟是怎么回事。张小凤不说，只是哭。梁心说："李老师，刚才张小凤上厕所的时候，被人劫持了。"

我说："劫持？劫持是什么意思？"

梁心说："那人逼着张小凤脱光衣服拍裸照，然后跑了。"我一下子蒙了，说："除了拍裸照，再没干点别的？"

梁心看看张小凤，张小凤使劲摇头，然后号啕大哭。"不要哭了。"我怒气冲天，说，"堂堂大学校园，竟然出了变态，你们赶紧报警。"张小凤紧紧拉着我的手说："不能报警啊。万一这歹徒狗急跳墙，把我的裸照发到网上，我就没法活了。他说了，他就是留下来欣赏。"

事情乱糟糟的，在我脑子里突突跳动，像是岩浆在喷发。我说："我尊重你的意见，梁心同学，你一定要把张小凤同学安全送回家。这件事不要再让别人知道了"

梁心说："李老师，你放心吧，我是张小凤在这所学校里最好的朋友。"

张小凤听罢此言，紧紧拉住了梁心的胳膊，我能看出来，此刻她变成一条狗，她像需要主人般依恋梁心。那一场针对梁心裸贷的敲诈，早已烟消云散了。想起钱快乐，想起林强和我自己，想起这不幸的污秽的一切，我觉得梁心真是个幸运的人。

3．最后的欠条

警队会议室里面烟雾缭绕。陈诺看烟灰缸，里面已经被烟头塞满了，旁边的烟盒都空了。陈诺摸摸裤兜，小叮当留给他的烟还在。对尼古丁的焦渴像是虫子一样渗入他身上的每个毛孔，在血管里东奔西走左冲右突，可他舍不得抽那沾有小叮当唇印的烟。他害怕再见不到小叮当，那兜里的香烟就是她存在过的证据，也是自己存在过的证据，是爱唯一的痕迹。

对香烟的思念最终胜过对小叮当的思念，陈诺点燃一根烟，那烟草已经有些干。陈诺看着烟身一点点燃烧，变白，仿佛小叮当的灵魂灰飞烟灭。

他闻到一股烧焦的味道。这些天来，他不眠不休，搜寻着小叮当的踪迹，可她就像是幽灵消失得毫无踪迹。他从自己走过的每一寸土地都能闻到火焰燃烧时大地裂开的味道。火焰烧着小叮当的骨头，烧着她的眼睛。

"你要这么个抽烟速度，还没等找到叮当姐，你就牺牲了。"丁烈对他说。

陈诺蒙眬中听着丁烈的话，揉揉自己鸟窝一样的头发，狠狠骂了声："操。"

"陈队，你不能垮，你看看人家李梦，小姑娘一晚上没睡，又发现新线索了。"丁烈示意门口站着的李梦，这女孩把一台电饭锅搬到桌上，兴奋地看着陈诺。

丁烈说："这个电饭锅是金大正留给金永久的遗物。锅里面除了有钱，还有这个——"

李梦打开锅盖，里面有一个小本。上面没有字，本子的第一页上只有一群孩子的头像，一只羊首。陈诺翻开本子，后面的每一页都画满无数个小拳头，密密麻麻，像是蚁群。

"你可得振作了。"丁烈说，"这字条和金大正的救命钱放在一块儿，对他而言，一定很重要。可这他妈是什么，这个屋子里，只有你这个鬼鼻子能闻得到。能不能救叮当姐，就看你的了。"

陈诺拿起字条，放在阳光下，微眯着眼睛观察。他抽了抽鼻子，似乎闻到了泪水和钞票的味道。他把字条重新放回了锅。陈诺说："你们现在根据我的侧写筛查出来多少嫌疑人？"

"一共二十三个，他们都是东山人，有作案能力，在金市常住。"丁烈急忙递上一个卷宗。陈诺对着档案夹中那二十三个男人的照片逐一核对了良久，抬头说："金大正从小放牧，是个文盲，不会写字。这是一张留给他儿子的账本。"

丁烈和同事们亢奋起来，那味道就像一群即将冲刺的公马。陈诺指着一个人的头像说："是这个王八蛋。"

丁烈看着陈诺手指的男人照片，皱眉说："这个叫钱快乐的？确定吗？"

陈诺指着那小本子的第一页画上的羊首："羊，谐音杨。"手指又挪到那群孩子的头像上，说，"你看孩子们笑得多开心，像不像过得快乐？"

丁烈问："那拳头是什么意思？"陈诺说："这不是拳头，这是手腕。一个手腕一万块钱。"

陈诺对所有人说："这个叫钱快乐的男人，目前是一宗连环杀人案和一宗绑架案的嫌疑人。我们要收集他所有资料。他从哪里来，是干什么的，有没有结婚，家里有什么人，他爱干什么，他讨厌什么，脸上有几颗痣，屁股上有几块胎记！每一个细胞都不要放过。"

藏有小叮当腹部味道的烟雾还在这里弥漫。陈诺突然想起来他和小叮当最后一次做爱的情景，想起小叮当的眸光和汗水，想起她光滑的皮肤和芬芳的气味。从这回忆中，他闻到了欢叫的味道，仿佛新年除夕时大雪街头阵阵的爆竹声。

第六章

1. 钱快乐

金市奇人异事录——钱快乐篇

钱快乐，男，37岁，金市东山人，金市美家家居装修公司的老板。

小时候是金市街上的小混子，擅长制造陷阱偷狗，烹调狗肉。据说金市的野狗至今听到"钱快乐"这三个字，都不敢再吠叫。成年后，在金市与人合开出租车，他开夜班。

2005年，钱快乐离开金市，去广州打工。据他自己说，他在广州见了大世面，遇到贵人，教他中医，让他获得了医学博士学位。但跟他同时期也在广州发展的金市老乡透露，钱快乐在广州一直打拼于底层社会。2005年到2008年，先后换过十几份工作。干过快递员、建筑工，也干过保险推销员、传销、魔术师，和女性会所的按摩师。曾经被拘留过，拘留原因不详。老乡说钱快乐可能做过"少爷"，他那个医学博士的学位就是在拘留所由做假证的号友"颁发"的。

2009年起，钱快乐接触到保健品行业，先后做过"万灵参"的推销员，"除万病神功鞋垫"的功法讲师和"本草扁鹊痒痒挠"的总策划。

2012年，钱快乐回到了金市，靠卖各种假冒伪劣保健品捞了第一桶金的钱快乐投身到了金市房地产行业中，成立了多家装修公司，业务涵盖金市十几个小区。以此为依托，钱快乐在金市进行民间借贷和非法集资，敛财无数。金市遭遇金融危机后，钱快乐现金链断裂，宣告破产，无数人因此倾家荡产。金市爆发民间借贷危机后，政府开始严打经济犯罪。钱快乐的踪迹神鬼难测，人们都说他全身的关节是水做的，可以被金市的阳光蒸发成气体……

　　"网警还是没查出来这个写《金市奇人异事录》的作者究竟是谁？"陈诺问。

　　丁烈苦笑着摇头。

　　陈诺愤怒地说："等破案了我得好好找找这小子，整天在网上胡写八写，散布虚假消息！"

　　丁烈说："陈队，我觉得他有的文字还写得挺好的……有些我还挺赞成。"

　　陈诺把手机扔到桌上，网页照片里的钱快乐白白嫩嫩，斯斯文文，甚至还戴着金丝眼镜，露出洁白的牙，微笑里满是人性。

　　一股陈诺很熟悉的味道涌入会议室。陈诺觉得自己紧张到全身的血液被蒸发消失，空留下干瘪的血管。他抬起头来，看到这味道的来源，突然觉得身上爬满蚂蚁，他不敢动，不知道自己接下来该怎么办才好——

　　会议室门口，两个穿着黑色大棉袄的老人如同企鹅般摇摇晃晃地相互搀扶着，眼巴巴地看陈诺，眼神里满是乞求。那祈求中满含着苦瓜之味。

　　陈诺走到走廊里，苦笑道："叔叔阿姨。"

　　老太太还没开口就哭了，老头声音颤抖得像是狂风里的树叶："陈诺，未来不见了。我给他妈妈打电话也不接，是不是出事了？"

A. 我是未来

这是要去哪里？这车厢冰冷，即使在孙大胜的怀中，我仍然感觉不到温暖。我的意识无比清晰，我的视野却狭小而模糊。出生之前，我的身体虽在羊水中，可一阵风吹过沙漠时每一粒沙子运动的轨道我都能看到。现在我被牢牢地禁锢在那弱小的身体里，除了啼哭和微笑什么都做不了。

因为快要过年了，即使是白天，空中也有烟花绽放。我看到人们在白日焰火下欢笑、相爱。他们自如地享受着生命的价值和生活的幸福，仿佛是星群环行于自己的轨道上。人们都说婴儿天真无邪，其实他们错了，我什么都知道，什么都明白。人在婴儿时期的知觉像一扇百分之百敞开的大门，能容纳天地万物。随着成长，家庭、教育和社会的折磨一点点关上这扇门，让人变得愚蠢变得麻木。人不再靠灵魂生活，而是靠可笑的五官和四肢，靠无耻的欲望和技术。看看这些电影院里的大人，他们痴迷于银幕上胡编乱造的粗浅因果，却不知道宇宙中所有的事情都是偶然，无论多么地漫长都只是偶然，唯有被我们当作偶然的现象才是永恒。

我妈妈买了电影票转身，孙大胜竟然一手拿着一个冰激凌走了过来，那香甜的牛奶味真是令人生气。

这些天来我们一直住在车上。早晨孙大胜对我妈妈说要去鬼怪屋的时候，我以为我听错了。他又重新说了一遍，我妈妈哀求他："你把未来还给我，我不想去游乐场，我想回家。"孙大胜说："鬼怪屋是最安全的地方，爷和人见面都约在鬼怪屋。"他拉开了副驾座前的化妆镜，对我妈妈说："你打扮一下，像个出去玩的样子。"说罢，他抱着我下了车。

我也不想去鬼怪屋。太吵闹太无聊了，哪怕一阵微风吹落叶子都比待在一个黑乎乎的空间里，跟一堆到处是塑料、橡胶和人造皮毛制造的玩偶相处有意思。那都是骗七岁小孩的，可骗不了七个月婴儿。我生气地哭喊着，孙大胜轻轻地拍着我的胸脯，给我唱歌，往我的耳朵眼里哈热气。他虽然是个浑蛋，但对我还挺好。我妈妈不敢违抗他的命令，对着镜子，她简单化了妆，看起来有了些许精神。我知道，她为了我可以做任何事情。我睡着了。

再醒来时，我们已经在鬼怪屋里。这个鬼怪屋很大，都是小房间，模仿十八层地狱。每个房间里面到处都是机关和暗道，黑白无常和牛头马面会冲出来吓唬游客，那些人的叫唤与吆喝十分吵闹十分无聊，我被气得想哭。鬼怪屋里好像只有我们三个观众。孙大胜捏捏怀中的我的脸蛋，问我妈妈，你为什么不吃冰激凌。她三口吃光了手中的冰激凌。

走到鬼怪屋的尽头，一个美丽的女人看着我们，像是在等待我们。孙大胜冲她打招呼，叫她橘子姐。孙大胜很兴奋，像一个潜伏在地球上几百年的外星人终于迎来了同伴的飞船接他回母星。橘子姐走到他身边，我好奇地端详着这个女人：她四十岁左右，五官精致，身穿干练的女士西装，她进来的时候，我觉得墙壁都在发光。她也在好奇地打量我，可当她看到我妈妈的时候，眼神一下子变得冰冷。她知道，似乎我不是个胖小子，而是一张欠条。

孙大胜问橘子姐："你为什么亲自来？"

橘子姐说："钱快乐很重要，也很狡猾，你一个人搞不定他。"

孙大胜说："你不信任我。"

"你别傻里傻气的。"橘子姐看着屏幕说。

"那就是老狼不信任我。"

橘子姐说："想得到老狼信任，就得做出值得他信任的事情。"

"哪次你交给我的任务，我没有完成？"孙大胜不服气地问橘子姐。

"好汉不提当年勇。"

"没人敢欠我的钱，不信你问她。"

孙大胜指着我妈妈，可橘子姐只是扫视了她一眼，像是在看一棵树、一个垃圾桶，或者一个死人。

"你把孩子放在旁边。"橘子姐说。

"我怕他会醒来，会哭。"孙大胜说。

我意识到这是帮助我妈妈的绝好机会，赶紧闭上眼睛，假装熟睡。我脱离了孙大胜的怀抱，被轻轻放在旁边长椅的椅面上。

橘子姐接下来做的事情，让我匪夷所思，又感到脸红。我听到她和孙大胜接吻的声音，那声音像是刚从血管中流出来的血一样浓稠、一样新鲜。

我也听到我母亲的呼吸声正在变得沉重，她也很清楚，下次再遇到我脱离孙大胜的掌控就不知道是什么时候了。妈妈，向我扑过来吧，紧紧地把我搂在怀中，用尽你全身的力气高声大喊"救命!"不要再等了……

"大胜，金市和其他的地方不一样，这里太奇怪了，我一下飞机就晕头涨脑的。金市风水硬，你可一定要小心，早点搞定钱快乐回公司……"

橘子姐的嘴唇挣脱孙大胜的嘴唇，她悄声说。我感觉我妈妈正在向我靠近——

孙大胜又扑过去紧紧咬住橘子姐的嘴唇，那是一个令人感到羞耻而感动的长吻。如果我妈妈要救我，这是最好的机会。妈妈!快来呀!我心中大声呼喊着。突然，我感到孙大胜的右手摁住我的肩膀，一切都结束了。我听到我妈妈的心跳变得越来越慢，越来越沉，像是长长的影子。我失望地睁开了眼。

孙大胜重新把我抱入怀中，然后伸出一只手突然紧紧握住橘子姐的手。我很意外，橘子姐也很意外，她看我一眼，眼神明亮得像深空中的闪电，她的眼睛就是寒冷的真空。她对孙大胜说："松手。"

"我一定能完成任务，请你相信我。"孙大胜执拗地握住橘子姐的手，紧紧不放。

"松开……"橘子姐急了，用另一只手给了孙大胜一记耳光。他松开了手，瞪着橘子姐，眼神里写满不服气。橘子姐无奈地拍拍他的头，说："再给你两天时间，你可一定要小心，早点搞定钱快乐回公司……"

孙大胜笑了："请领导放心，保证完成任务。"那一刻，我才发现，他还是个二十岁出头的孩子，非常瘦弱，还不如自己的影子壮。要是走在大街上，他不会比汽车喇叭的一声鸣叫或是十字街头的一次红灯更引人注目。

橘子姐嫣然一笑，打开了孙大胜左边的旅行袋，那里面装满了现金，还有一块钱快乐给的金表。她又打开孙大胜右边的旅行袋，皱眉说："这你自己带回去吧。"

旅行袋中是埋在冰袋中的几只右耳。

几个幽灵穿着白袍子还在我们头顶飞来飞去，似乎这个宇宙中所有物理学的常识对他们都不起作用。橘子姐走了。孙大胜看着我，我冲他做鬼脸。他对我母亲说："我们也走吧。"

孙大胜声音空虚，我感到不安，使劲儿地啼哭。

2．誓言

"她卷进了一个重案，目前情况不明。"

陈诺看到泪水从小叮当父亲的眼眶中喷涌出来，味道闻起来像融化了的冰川冲垮堤坝一般。要不是丁烈和小叮当的母亲及时扶住他，这个老人非摔倒不可。

陈诺一阵难过，他想起这对老人年轻时的样子，那时小叮当的父亲是法官，身板挺得笔直，身上有一股寒光闪闪的青锋宝剑味道。母亲是会计，眉毛乌黑眼睛明亮，身上有一股写出锦绣文章的金尖钢笔味道。两个人走在大街上，郎才女貌，总是能引来人们的注目。

小时候陈诺每次看到他们，都心生艳羡。那个时候起，他就已经暗恋小叮当，他暗自发毒誓，一定要像小叮当的父亲给小叮当的母亲幸福一般，也给小叮当幸福。可结果呢，现在寒风刺骨，两个老人瘫在一起，全身散发出苦涩的味道，像是几根被砸碎的骨头和一摊肉泥用柴油混杂在了一起。小叮当不见踪影，生死未卜。誓言过期，连灰烬和骨刺都留不下，只剩下笑话的辛辣。

"未来也不见了……以前他们每个周末都会回家过的。"

陈诺没说话，他觉得自己呼吸困难。"我担心……未来也被他妈牵连了……"老太太难过地说。

"我一定把他们救出来。"陈诺安慰老人。

小叮当的母亲问："现在有线索了吗？"

"我们已经锁定嫌疑人了。"

小叮当的母亲声音发颤："那你们知道他藏在哪儿吗？"

陈诺沉默。

小叮当的母亲又哭了起来："金市这么大，我的女儿究竟在哪儿啊？"

小叮当的父亲说："老太婆你不要啰唆，警方办案有他们的方法。"

她还想再说什么，被丈夫一把搂在了怀里。陈诺和警察们看不到她在丈夫胸怀中的表情，但她的身体一阵阵颤抖。

"陈诺，我给你提供一条线索。"小叮当的父亲说。

"您说。"

老人深深吸气，额头的皱纹被吸入肺中的空气挤压在一起："有一次，一个凶巴巴的女人来家找她，那女人说自己叫王小萍。我女儿正好不在。这女人让我转告我女儿，说再不还钱老狼是不会放过她的。等我女儿回家，我问她老狼是谁。你也知道，我女儿是个天不怕地不怕的人，可那次我发现她浑身哆嗦，她一定很害怕那个老狼。"

陈诺咬牙说："我会认真查这条线索的。"

"我有感觉，找到他，你就找到我女儿了。"

陈诺没说话，他和小叮当的父亲对视着，老人的眼神中什么都没有，又什么都说了。那对眼眸像是两团焚烧陈诺灵魂的野火，烧得陈诺体内的鲜血滚烫。

老人眼睛中的火焰熄灭了。他说："你是个警察，我们相信你。你去把我们女儿找回来。"

陈诺递给老人两根烟，老人看着烟头上的唇印愣住了，又看看陈诺，什么都没说，像手里捧着水般小心翼翼地把烟塞进兜里。他扶起老伴转身离开，相互扶持着消失在风雪中。他们踏在雪地中的每一个脚印中仿佛灌满了醋，这股失落的味道刺激得陈诺鼻子发酸。陈诺想找个没人的地方狠狠给自己脸两下，这段时间以来他一直压抑着心中的念头在遇到两个老人之后彻底爆炸了：

"如果不是自己犹豫和自卑，第一时间去找小叮当，也许她就不会裹到这桩案子里，不会遭遇危险。是自己的自私害了小叮当。"

B. 我是孙大胜

爷的思绪完全平复了。如果爷是个野兽，橘子姐就是最温暖的人性；如果爷是个病人，她就是最有效的良药。

"我们接下来要去哪里？"周灵问爷。

"当然是去找钱快乐。爷答应了橘子姐的，你没有听到吗？"我没好气地回答。

她的泪水砸在雪地里，击穿积雪变成一个个金光闪闪的小坑。

我们开着车，到了钱快乐家，他家大门紧锁，周灵还在哭，求爷把儿子还给她，她的怀抱就像一只饥饿的鸟嘴。爷懒得理她，钱快乐不接爷电话，爷意识到自己遇上大麻烦，爷要找到这个言而无信的人。

爷抱着未来，让小叮当打开他的车，希望能找到一些线索。翻遍了车厢，还是什么都没有找到。爷狠狠地踹一脚车头，踹出一个坑，未来不安地翻身，开始哭号。钱快乐的车里干干净净，就和他的银行账户一样。爷绕着那辆车转了几圈，像一头黑熊面对逃进树洞里的兔子，束手无策。

"我可以帮你找到他，但你必须把未来还给我。"周灵对爷说。

爷看着她，决定死马当成活马医。爷说："爷不能把他还给你，但是爷会安慰他，不让他再哭。"爷尽量用自己的双手为怀中的婴儿挡风，轻轻地吻他的脸，做怪样逗他。婴儿感到爷的善意，嘴角露出笑容，好奇地看着爷。爷闻到一股奶香，好像温水滑过爷的心，那种感觉很奇怪。周灵想从爷的怀抱中接走婴儿，婴儿感觉到母亲就在他身边，拼命地扭动着身体。

"爷已经让步了，你不能要求太多。"爷有点生气，很不客气地教训周灵，别把爷当软柿子捏。周灵停止了动作，她在判断她的行为会为自己和儿子带来多大危险。

"你可以看看他车里的GPS导航仪。"周灵说。

爷打开导航仪，周灵说得对，上面有钱快乐的行车记录。爷依次给上面输入的地址拨电话，请钱快乐先生接电话。当爷拨电话到一个叫"草原黑精羊牧场"的地方时，对方"喂"的一声，是钱快乐的声音，爷急忙挂掉。

在去牧场的路上，爷在一家婴儿用品商店买了一根能把婴儿挂在胸前的背带，未来坐在里面发出小鸟一样的笑声。爷知道他为什么笑，镜子中的爷就像一只大袋鼠，他就像一只小袋鼠。爷冲着镜子挥动拳头。

爷到牧场的时候，看到钱快乐这个杂种从小木屋中跑出来，爷大喊他的名字，他跑得比兔子还快。爷一踩油门，未来在我胸前尖叫，宝马车如同脱缰野马，冲过去别倒了他。

爷说："你再跑哇。"

他拿手捂着头，说："不跑了不跑了，爷爷我不跑了。"

"真不跑了？"

"真不跑了。"

"那你还钱吧！"

钱快乐龇着沾满了鲜血、口水和污垢的牙说："我没钱。"

就在爷要飞脚踹他时，一个老头走过来拦在爷面前。这老头身上一股酒味，爷差点被熏倒，赶紧捂住鼻子。他叽里咕噜的，爷听不懂他在说什么，他很着急，冲爷手舞足蹈。

钱快乐苦笑道："他说他是我爸。"

老头又叽里咕噜，钱快乐给爷翻译道："我父亲的意思是，你忍心当着一个老爹的面，殴打他的儿子吗？"

爷笑了，对老头说："你儿子欠了很多钱，很多很多。"

老头眨巴他无辜的大眼睛，依然不愿走开。爷火了，爷一脚踹开老头。钱快乐赶忙给爷递烟，爷火了，一巴掌抽飞他的烟。

爷对钱快乐说："你就打算跟爷耍光棍了，是吧？"

一个小胖子走进牧场，他穿着一双白色的"李宁"篮球鞋，上面还有几块血迹，很刺眼。

小胖子"哼哧哼哧"的，看都不看爷一眼，径直走到了钱快乐面前，对他说："钱快乐，你给我抚恤金，我爸病得快死过去了。"

钱快乐赶忙指指爷，又指指自己脸上的血，说："你赶紧走吧。"小胖子看了爷一眼，坚定地对钱快乐说："还钱。"

小胖子转头面对爷说："这位大哥，事情有个轻重缓急，你等一等，钱快乐还了我钱，我立刻就走。"

爷愣了，爷说："小胖子，你知道这是在干啥不？"小胖子傻乎乎地摇头，拽住了钱快乐的手。

周灵对他喊："小伙子，你快走吧。"

臭老头对他喊："小伙子，你快走吧。"

小胖子没有回应，就是执拗地盯着钱快乐。爷瞄一眼钱快乐，不明白，他怎么都能和这种可怜兮兮的傻子来往。钱快乐看懂爷的不屑，他羞愧地低下头。

爷一拳把这小胖子砸倒在地上的泥水里，用污泥糊住他的双眼。钱快乐想跑，被爷拽住头发。未来哭了起来，声音撞着爷的耳朵，我双手更用力了。爷没有办法，爷在心里对未来说，兔子急了还咬人，何况咱们袋鼠呢？

爷拽着他的头发，向宝马车拉去，他发出尖叫。爷用一根铁链把他拴在车屁股上。在他的求饶声中上车，关门，踩动油门，车向前极速冲去。爷把电台的声音拧到最大，依然遮挡不住钱快乐的号叫声，那些黑色的山羊好奇地看着爷，然后继续安宁地吃草。

两分钟后，爷停车，走到钱快乐身边，他已经蜷曲成一团。爷扶起他，他的后背已经血肉模糊，双腿在不断地颤抖。

"何必呢，钱快乐。"

钱快乐点头，说不出来话。

"已经找了你三次了。爷从没有找一个人三次，找你第四次的时候，爷希望见到所有钱。"爷说得一定很认真，自己都能感觉到话里的杀气。杨六点了点头，动作缓慢，似乎他的脑袋有一千吨重。

小胖子逃跑了，他一定被吓傻了。

临走的时候，周灵发疯了，她非要让爷先放未来，她才会继续帮助爷。爷看得出来，她吓坏了。爷揪住她的头发，狠狠给她两拳。她披头散发，发带也不知丢到了哪里。剧痛让她冷静下来。她上了车，爷对她说："如果你真的希望你儿子好，就别再给爷添麻烦了。"

窗外的风景如河水流逝。周灵问爷："他还了钱之后，你打算怎么对我们？"我没有回答她的问题，只是问她是不是饿了，晚饭想吃什么。

"你是人吗？"周灵咬牙切齿地问爷。

这时，一辆大卡车闯红灯，从侧面冲来。爷没躲过去，一下子深陷到黑暗中，什么都感觉不到了。

在黑暗中，回忆变得无比清晰。爷看到无数个画面在面前平行展开，那都是爷经历过的事情，画面都在闪光，像天上的星星。

爷再醒过来时，浑身上下都像是要裂开一样。周灵在呻吟，她的额头上都是血。未来倒是很幸运，毫发无伤地躺在我怀中。他不知道发生了什么，努力扭动着他的身体，想摆脱爷的怀抱。在刚才车祸发生的那一瞬，爷几乎是本能地用身体护住他，承受了全部的撞击。要是爷的死对头杨二郎知道这事，一定会说爷真傻，但爷乐意。谁让爷是大袋鼠他是小袋鼠呢？

爷观察四周，那辆卡车消失不见，就像是个梦。爷回头瞥了一眼，气得差点晕过去——车后座上装满冰袋的旅行袋和冰袋中埋着的四只右耳不见了。

3．发带

刑警锁定钱快乐最后出现过的地方叫"草原黑精羊牧场"。在去往牧场的路上，车窗外的雪更大了。对讲机传来汇报，附近发生了交通事故，陈诺并没有在意，他只想快点抓住钱快乐。

警车冲进牧场，刺耳的噪声让羊们发疯，羊们拼命地摇晃脑袋，浓郁的膻味让陈诺发疯。一个中年男人一瘸一拐地从木屋中走出来，四处张望。陈诺一眼就认出他是钱快乐。

陈诺和丁烈下车，钱快乐嚷嚷："这是要干甚这是要干甚，大白天你们要杀人啦？"

陈诺细细观察钱快乐。他的脸上虽然糊满了鲜血和污泥，但眼珠子滴溜溜乱转，像两颗乌黑的宝石闪闪发光。这是一个非常聪明的人。陈诺心想。钱快乐不断地在声明自己的悲愤和无辜。陈诺却发现钱快乐是个没有味道的人。没有香味没有臭味，没有人味没有鬼味，酸甜苦辣什么都没有，这世上连空气都有味道，陈诺突然感到有些心慌，只有真正的凶手才会一点人味都没有。

"周灵在哪儿？"陈诺问他。

"谁是周灵？我不认识她。"

丁烈一拳打倒了他，钱快乐爬起来大喊："我记住你的警号了，你就等着我举报你哇。"

警方发现了被开膛破肚的羊，和在铁盆中没焚烧干净的动物内脏，就像几起烂尾楼里的凶案现场一样。

陈诺示意丁烈放开钱快乐，他看着钱快乐说："怎么伤成这样？"

"我一不小心摔的。"

"从哪里摔的，怎么摔的，能摔成这样？"

"你管得着吗?"钱快乐冷笑道。

陈诺指了指那羊尸,那火焰,说:"这又是在干啥?"

钱快乐说:"靠。"

陈诺说:"嘴硬是吧,于卫东、丁淑娟,你认识吗?"

钱快乐身子一抖,他看着地面,似乎地上有一扇门、一个洞。

陈诺又问:"武向红,你认识吗?"

"不认识。"

"金大正,你认识吗?你想好了再答,跟警察抖机灵的代价你自己掂量。"

"我想起来了,都是我生意上的客户,怎么了?"

"他们都死了。"丁烈说。

"咋死的?你们不会怀疑是我干的吧。"钱快乐喊叫道。

陈诺和丁烈没有说话,只是看着他。沉默是一种肯定的怜悯,怜悯是一种否定的嘲讽,钱快乐脸上浮起一层铁青,透出一股没有熟透的橘子皮味。

"他们都是你的债主。"陈诺说。

"我没有杀人。"

"每个杀人犯让我抓住都说自己没有杀人。"

"扯淡!你们冤枉好人!"

钱快乐愤怒地挥舞着拳头,丁烈一个过肩摔,把钱快乐压倒在地上。

"不是我,我没杀人。"钱快乐撕心裂肺地大喊着。

陈诺在空气中浓郁的羊膻味中捕捉到一缕香甜,这香甜很纤细,像一根近乎于透明的丝线,却击穿了陈诺的心,紧紧地勒住那心,几乎要把陈诺的灵魂勒断。他顺着味道,在不远处的草丛中发现一抹天蓝。陈诺弯腰把这小物件捡起来。脸瞬间就绿了。他冲到钱快乐面前,眼睛逼到钱快乐的眼前:"她在哪里?"

陈诺捡到的,是一根天蓝色的发带,做工很丑。因为那时陈诺才十六岁,笨手笨脚,除了叠纸飞机,这是他做过的唯一一件手工。

第七章

1. 初次交锋

"周灵在哪里？"

"谁是周灵，我什么都不知道。你们冤枉我！"

陈诺四处张望，目力范围内只有黑色的羊和金色的雪，没有小叮当的痕迹。他看到钱快乐后背上的虎头刺青，那老虎表情狰狞。和自己在案发现场中看到的黄金老虎一模一样。

"你一个商人，怎么还文身？"

钱快乐转身，面对陈诺。他突然笑了："辟邪。"

陈诺闻到自己的疯狂发出的味道，像是玻璃碎了。他狠狠给了钱快乐肚子两下后丁烈拉开了他。钱快乐捂着肚子弓下身，陈诺却觉得自己比钱快乐更痛苦。钱快乐在叫，自己却不能叫。痛苦像脊椎，贯穿他的身体。

陈诺点燃一根烟，鼻腔和嘴巴里都是小叮当脖颈上那亮晶晶的汗水味道。他向警车走去："把这个王八蛋押回队里去，撬开他的嘴！"

警戒线外飘来一股脊柱弯曲的味道，来自万吨钢铁般的时间压迫。那老人无助地望着他，眼皮如同触电般剧烈颤抖。老人的酒臭像是腐烂的虾。因为长期酗酒的恶果，老人想捡起地上的叶子都费劲，但眼神如果能杀人，自己早被他千刀万剐。

金水河就在眼前，过了桥是市区。陈诺从后视镜观察后座上的钱快乐，他那只被陈诺打伤的鼻子发出黏稠的喘息声。钱快乐紧闭双眼，仿佛入定一般。

陈诺知道钱快乐在干什么，钱快乐什么都不干，他在休息，存蓄精力。陈诺不怕嚣张跋扈的，也不怕那种寻死觅活的，最担心的就是眼前这种特别明白的。

钱快乐睁开眼睛，和陈诺对视着，两个人谁都没有挪开目光。

"这半个月，你都在哪里，一秒一秒给我说清楚。"陈诺对钱快乐说。

"我都在躲债。"

"有谁能证明。"

"没人能证明，什么叫躲债，就是不能让别人找到我。"

陈诺不再说话，盯着这个没有味道的人："那你的境况很麻烦，作为一个嫌疑人你没有不在场证据。"

"那你有我杀过人的证据吗？我根本没杀人哪！"钱快乐大喊，"你快把我放了。"

"你认识一个叫'老狼'的人吗？"陈诺问钱快乐。

钱快乐瞬间闭嘴，他的脸白得像一张在办公柜里锁了好几个月的复印纸。他看一眼陈诺，说"不认识"。他的身体扭动，好像是要用力把陈诺这个问题抛到头脑外面，可他的身体仍然无法掩饰惊慌和恐惧，陈诺发现他的手在控制不住地颤抖。那一刻陈诺突然觉得眼前这个还算英俊的男人非常丑陋，仿佛正在被打火机的火焰熔化五官的橡胶玩偶。

突然，钱快乐问："现在几点了？"陈诺没有回答。

车行驶到金市大桥的入口处，钱快乐又开口问："现在几点了？"

没人回答他。

"周灵是不是穿着一件红色的毛衣？"钱快乐问。

陈诺的脸变得血红。

"闭上你那张破嘴。"丁烈呵斥。

"我给她开膛的时候，把毛衣给割烂了。"钱快乐小声说，像是在为自己所犯的一个小失误惋惜。

陈诺向后扑去，想扼住钱快乐的脖子，丁烈急转方向，用右手阻挡陈诺，车颠簸一下，冲上金市大桥。钱快乐用自己的头使劲撞在丁烈的头上，丁烈发出一声闷响，昏了过去。汽车撞在大桥的护栏上停下，前盖冒出一股浓郁的青烟。

眼前的世界如同错乱的灯光，明明灭灭。视线里的事物被切割成无数碎片，不知多久，世界才浮现隐约的轮廓。陈诺模模糊糊看到钱快乐从昏迷的丁烈口袋里找到钥匙，为自己打开手铐，他想站起来，可双腿没有一点力气，只能眼睁睁看着钱快乐从桥上跳下去，消失在金水河茫茫的波涛中。

A. 我是橘子姐

打死我都想不到，钱快乐这个骗子敢袭警投河。在他失踪的三天里，我的电话都快被打爆了。老狼几乎每隔十分钟就催问我一次，有没有他的消息，钱还能不能追回来，需不需要派其他人来跟进这个项目。这些问题，我都不知道该怎么回答。眼下我还有更棘手的事情需要处理，我从没有这样焦头烂额过。我只能在心里期盼：钱快乐可千万别死，账可千万别烂。

这三天，我一直在一家私人诊所里。这里的味道像又肥又秃的无趣男人，熏得我眼睛刺痒，脑袋生疼。时间停止，我失去对世界的判断，不知道外面是白昼还是黑夜。

我的手机振动，是个陌生号码。我急忙接起来，听筒中"喂"的一声，是钱快乐。他问我在哪里。

我心里一惊，看了眼正在缝合伤口的孙大胜。事情乱成一团，已经超出我们的想象力。我走出病房，小声说："你在哪里。"钱快乐说："我这边出点事，所以没及时联系你。你都知道吧?"

钱快乐的声音直哆嗦，我觉得他的牙齿在上下打架，我笑着说：

"你冷静点，胆小男人最没魅力。你连我都不怕，你还怕什么，别咬着舌头。"

"警察说我杀人了！这事和你们，和老狼有关系吗？"

"知道害怕啦？这你要问老狼啊，要不我带你去见他。他可想你了。"

"别扯淡了！"

我被他气急败坏的喊声逗笑了："真不是你干的？"

"别逗了，我还觉得是老狼干的。我是被冤枉的，我靠！"

"那你给我打电话做啥？"

"我要还钱。"

"你早这么诚实守信就好了。男人最重要的就是守承诺。"

我问他打算怎么还钱。他说："明天早上八点，我们在钻石大道小区A座的顶楼见，我给你还现金。"

"你直接把钱打到老狼的公司账户就好了呀。"我担心警察追捕他，惹火上身。

"你在金市打听打听，现在哪个做生意的敢把钱存银行，被法院把账户封了咋办？"他不耐烦地说。

我挂上电话，走进房间。孙大胜盯着我，他那瘦削的身体上到处是纱布、绷带和棉花。他像是一具美术馆中展览的当代艺术雕塑。三天前，他给我打电话，说他遇到严重的车祸。我开车接应他和周灵母子，把他们送到这家黑诊所。这家诊所的大夫有两个优点，一是外科手术医术精湛。二是只在乎钱，只要有钱，他根本不管患者是谁，从哪里来的，为什么受伤。

孙大胜的眼神湿漉漉的，像一场小雨。我本想让他去钻石大道走一趟，可看着他的可怜样，我打消了这个念头。

他说："是不是钱快乐要还钱了？"

我说："你不要再想了，回公司和老狼说清楚这一切才是你该担心的事。他这个人多狠你心里是有数的。"

他还想再往下说，我知道他要说什么，急忙打断他："放心吧，别忘了我是谁。"

他看着我，像空气中掉下来个隐形重物，砸到了他脖子上，砸得他低下头。他没有忘记我是谁，我懂得所有他不懂的东西，他就是一个小男孩，我是他的神。

他小声地说："我的任务失败了吗？"

不知道为什么，我内心竟然泛起一丝不舍。我抚摸他的头颅："我会帮你找完成的。"

他的头发中有一股野马鬃毛的香味。

"好，你自己保重。"他的声音明亮而伤感，我是个无情无义的女人，但我的胸口还是甜了一下。

钻石大道的广场叫钻石广场，它的形状如同钻石一般。广场上还有一个人工湖，也是钻石形状，叫钻石湖。湖面已经结冰，晶莹剔透，真像一颗巨大的钻石。我爱钻石，每个人独处时闭上眼睛都会看到一个景象，那就是推着他在遍地苦难的人生路上向前走的力量。我闭上眼睛看到的图像就是钻石，深邃的黑暗中晶莹剔透的巨大钻石。

鸟栖息在冰面上，黑色的鸟、灰色的鸟和白色的鸟，在啄食着这个冬天它们注定得不到的鱼。一座灯塔伫立在湖的中央，灯塔顶端的探照灯依然像一颗钻石，我有些怀疑。这个楼盘的开发商有钟爱钻石的恋物癖。

湖中的灯塔分湖面三层湖底三成。按照原本的计划，塔顶做成空中旋转餐厅，湖底做成海底牛扒馆。据说开发商还打算在湖里养鲨鱼。一想到人们在密闭的餐厅里一边吃着沾有血丝的七成熟牛扒，一边欣赏鲨鱼的丰美身姿，我的心就像触电一样，想和这个钻石恋物癖认识一下，这是个多么性感的想法呀！可随着金市房地产业的破产，一切永远都不可能了。

在A座顶楼，我闻到一股奇怪的香味，像是黑诊所里闻到的消毒水味，觉得一个头两个大，真是难闻。我下了电梯，这里十分黑暗，几乎没有光，什么都看不到。

直觉告诉我，这是个陷阱。我回到电梯里，可电梯停止运动，它被切断了电源。我的手伸进口袋，也许是因为惊慌，我掏了两次才掏出电击枪，它还掉在地上，我急忙把它捡起来。这可太奇怪了，我是专业的，这样的失误从没有发生过。女人的直觉准得可怕，眼前黑暗中隐藏的怪物比黑暗更大。我向前走了两步，脚踝一紧，我的心狂跳，像失去氧气般失去意识。万物旋转，电击枪又掉在了地上。我被绳子倒吊在房梁上，等我再看清眼前的一切，我开始尖叫，那是一张狰狞的老虎面孔。我闻到了一股味道，好像之前在哪里闻到过……

2. 噩耗

所有的事物都像是浸泡在金色的水里一样，柔软而明亮。医生告诉陈诺，这是轻微脑震荡带来的副作用。医生本让陈诺静养一段时间，可陈诺在医院躺了一晚上，就差点被分不清是幻想还是噩梦的画面逼疯。

第二天一大早，陈诺就开着警车回到了街上。即使他把自己的大鼻子摸得像一根开始腐烂的胡萝卜般红到发黑，依然没有捕捉到那个男人的一丝气味。在街上，陈诺只能闻到小叮当和未来的生命味道，它就像烈日下的一块冰。他想砸烂他看到的每一扇门，看看钱快乐是不是躲在那后面。他一次又一次地提醒自己：你要冷静，你没有资格愤怒。他把从牧场捡到的那条发带系在自己的手上，他坚信小叮当还活着，他能找到她，把发带还给她。

那是一条天蓝色的发带，它蜷曲在陈诺眼前，形成一个不规则的圆，仿佛一只命运之蛇，吞噬自己又逃避自己。天蓝色是小叮当最喜欢的颜色，大气高贵，能让她显得典雅，皮肤白。

陈诺把这条发带送给小叮当的时候十六岁，那一刻看着少女的微笑，陈诺感觉自己心跳加快，就像是有两个小人在胸膛里做俯卧撑。那时的金市很小，骑自行车二十分钟就能全部走完。因为地处沙漠地带，交通极为不便，物资短缺，人们的穿着主要以黑蓝灰为主，根本就没有"时装"这个概念。为找这条发带，陈诺两天没上课。后来老师告状到家里，说他逃课。父亲狠狠揍他一顿，陈诺两天下不了床。如今，陈诺已经忘记那时的疼痛。小叮当看到发带时的惊喜模样，陈诺倒是铭记在心。那笑容中的每一个细节，甚至是飘浮在小叮当笑脸前的每一粒灰尘的位置、光泽和轨迹，都让陈诺感到甜蜜和一种仿佛在海中下沉的哀伤。

"陈队，李梦告诉我，法医那边还是没什么进展。一个人真能不留任何线索地杀人吗？会不会查错方向了？"有一天，丁烈和他吃午饭的时候问他。

陈诺说："钱快乐有强烈的杀人动机，也没有不在场证据。周灵母子的失踪他也抛不开关系。袭警跳河更是证明他心中有鬼。可这都不是我在心里把他列为头号嫌疑犯的真正原因。"

"那是为什么？"丁烈的眉头拧得更紧了，都能挤死蚂蚁。

"在车祸之前的问话钱快乐露出两个破绽：第一，他说他把周灵开膛了。他怎么知道凶手的杀人方式是剖腹？这细节只有警察和凶手知道。"

"杀人不留痕，他是怎么干的呀？"丁烈哀叹。

"这是咱们破这起案子最大的难点。钱快乐永远都不会承认自己是凶手。"陈诺说，"还有那个老狼，找到他了吗？钱快乐怕他怕得都哆嗦，也许钱快乐杀人就是因为这种恐惧。"

丁烈苦笑着摇头："还没查到，钱快乐和周灵的关系网里没有叫老狼的。"

陈诺闻到一股油脂被烧焦的味道，那味道来自他的大脑。

不久后的一天，他又一次开着警车找遍整个金市，在郊外荒野中偶遇一座楼体覆盖着厚厚积雪的烂尾楼。不知道为什么，一靠近这里，陈诺的指尖像是过电一样，心脏狂跳。陈诺带着手电筒，孤身一人闯了进去。

楼里到处都是蔚蓝色的养殖缸，有着巨大贝壳和修长触角的古怪生物漂浮在水中，瞪着好奇的眼睛注视着陈诺，他看到未来嘴唇灰白，躺在地上，身边到处都是打开的干脆面包装和食物残渣。

陈诺把未来重新带回地面。在阳光下，未来趴在陈诺的肩膀上，闭着双眼，睫毛上都是泪滴。陈诺使劲儿拿胡子拉碴的脸蹭未来的脸，希望他能感受到自己身上真实的体温，可未来的皮肤比冰还要冷。

未来问他："陈诺叔叔，我不是做梦吧，我是不是死了。"陈诺很想哭，他想告诉未来，你不是做梦，你还活着。可还没等他开口，他看到未来的眼中嘴里流出蓝色的汁液，那汁液的触感无比黏稠，就像是鲜血一样。

陈诺惊醒。

接下来的几天，陈诺就没有休息过，他害怕再做这样的噩梦。下雪了，雪的滋味就像有人从天上往下倒云彩一样。大雪中人们的眼睛像一对对血红的灯笼。这天陈诺的对讲机突然响了，是丁烈："陈队，我们刚接到群众报案，发现了一具女尸。"

B. 我是孙大胜

爷打不通橘子姐电话的时候，就知道绝对出事了。她只要还活着，看到爷的电话就一定会接。爷不该让她和钱快乐见面，那就是个疯子，为逃债什么事都做得出来。几天几夜，爷像野狗一样在金市乱窜，那几天下大雪，人们穿得越来越厚，爷不在乎，就觉得血在身子里越来越热。人们的脚埋在金光刺眼的暴雪里，像是一个个没脚的鬼。爷也是其中的一个。每天只有给未来喂奶的时候我的心情才会放松。这天不知为什么，金市街上突然到处都是警车，警笛吵得爷心里发慌。这时爷听到一个路过的男人对他女伴说："你快看手机，在钻石大道小区又发现了一具女尸。"

爷知道，她已经死了。爷看到雪地上有黑蓝色的墨点逝去，那是天上的鸟的影子，像是她在和爷说"再见"。

爷跑向钻石大道，在路上爷突然想起有次问她的真名叫什么。她笑嘻嘻的，可眼睛里没有笑意。她说，名字不重要。

爷看到了这个把自己叫"橘子"的女人，她被白布裹着，看不见脸，像一根木头。

大雪像是老天爷打翻了碎纸机一样，纷纷扬扬洒在活人的身上，也洒在洁白的裹尸布上。爷压紧帽檐，侧着身体，压抑呼吸，凝视着警戒线内的人来人往警灯闪烁。

一队警察从烂尾楼中走出来，有个警察竟然手中提着爷在车祸中被人偷走的那个旅行袋，再看到他身后的警察举着的铁盆，我惊得差点叫出声，铁盆里能看到几只已经烧焦的人耳。

"发现死尸的同事说，那盆里有五只右耳。"

我听到有人在窃窃私语，回头一看，是一个面色苍白的清洁工在传播小道消息，人群包围着他，为这个骇人听闻的信息发出惊叹声。

爷明明只割掉了四个人的耳朵，为什么会出来第五只耳朵？爷摸摸自己的右耳，耳朵完美地生长在脑袋上，没有裂缝没有伤口，平整得像冰，光滑得像月。爷的耳朵还在，爷没有出现幻觉，那么，这是谁的耳朵？

爷的心突然一沉，拨开人群挤到最前排，一阵暴风雪吹来，把蒙着担架的白布吹开一半，像是上帝故意让爷观看。爷心里一阵难过：钱快乐不仅杀了她，还砍掉了她的右耳。

刺骨的寒冷，把爷的泪都在爷的血里结成冰。爷从没见过钱快乐这样的恶人，他不仅想杀死我们，还想用我们的死羞辱我们。

爷低下头，转身走出人群：找到钱快乐，直到他死，或者爷死。

3．雕塑

陈诺在办公室沙发上对付了一宿。第二天清早，他拉开窗帘，看到了刑警队大门对面的马路上站着一个中年女人。她沉默不语，双眼血红，面容凄楚，那味道闻起来就像金市地底压着的煤块般黯淡。

她已经在警队对面站了一夜，看样子还要在那里站无数个日日夜夜。经济危机以来，出了不少刑事案件，陈诺在单位附近见多了这样痴痴呆呆打探消息的人。

丁烈敲门进来，手中拿着一份文件，说这是李梦对昨天那具女尸的证物检测报告，还有法医出来的那五只右耳的检测结果。警队的资料库里找不到和女尸相匹配的DNA，无法确认死者的身份。而那五只右耳因为被焚烧严重，已经不能检测到任何有效证据。陈诺想起昨天见到的那五只焦黑的右耳，它们就好像五根燃烧的毒刺般扎进自己心里，他向上天祈求，里面千万不要有小叮当的耳朵。

"医院去过了吗？有没有缺右耳的伤者或死者？"陈诺问丁烈。

丁烈摇头："都去了，没有。这个凶手究竟想干什么？我昨天晚上查了资料，东山人斗殴也好，打仗也好，也没割掉人耳朵的规矩哇……"

"事情远不像你想的这么简单。"陈诺说，"也许抓住钱快乐，我们还是弄不明白他究竟是怎么想的。"

"金市的经济犯罪真是不打不行了，以前这是多好的一个地方啊，赚该赚的钱喝该喝的酒。大家怎么评价咱金市？歌的海洋酒的故乡醉汉的天堂。现在人全都他妈疯了。"丁烈说。

陈诺发现丁烈的眼圈乌黑，问他是不是在证物科待了一宿。丁烈不说，只是"嘿嘿"笑，说他帮个忙，搭把下手。陈诺说："抓紧时间把意思挑明了，你年纪也不小了，别耽误。"

丁烈还是不说话，还是光"嘿嘿"笑。

办公室里飘浮着一层又一层蓝色的暗雾。这烟雾让陈诺的心像被正在刮掉墙皮的旧墙般饱受羞耻的折磨。烟盒又空了，陈诺只好点燃一根小叮当留给他的烟。那残留的唇边香甜对陈诺来说是一个男人最无能时的味道。

那个女人一直站在马路对面，像一尊雕塑。她在等待什么？陈诺站在窗边心想。

"陈队，我有个方案……"丁烈说。

"你说说。"

"没有线索，是因为我们没有接收线索的渠道。其实我们有无数条渠道。"

陈诺看着丁烈，没有说话。他从丁烈的志忑中闻到了一丝猎犬准备扑向猎物时的兴奋。

丁烈的手指向窗外，陈诺顺着他指的方向看去，他看到了那个苦苦守候的女人。

第八章

1. 神秘的女人

"她老公因为砍了个老赖进来了，这和咱们的案子有啥关系？"陈诺说，"这种事最近咱们见得不少哇。你刚才不还举双手赞成严打经济犯罪。"

"陈队，我们一直都没向外公布于卫东和丁淑娟的死讯，因为涉及很多人、很多家庭，可现在特殊案情得要特殊手段。我们往外面放风声，谁能帮我们抓住钱快乐，我们就帮谁跟钱快乐要债。"

消息放出去后没到一个小时，就有三四拨人来刑警队提供情报。渐渐地，来提供线索的人越来越多，警队的人手都不够用，人们开始排队。队伍一直从刑警队的办公楼门口排到了马路边，足有近四百人。无论他们的衣服是什么颜色的，可他们身上的味道闻起来就像是冬日黄昏天空中鸦群的哀鸣般昏暗。

他们是钱快乐融资案底层的受害者，那些老人的下线，在老人失踪后，他们没一个人报警。因为他们以为老人们是在躲债，要债比生死重要，没想到竹篮打水一场空。人们急了，排着队来提供关于钱快乐的线索。陈诺终于弄清楚了钱快乐是如何运作的：他站在金字塔的顶端，于卫东、丁淑娟、武向红，还有金大正，这些老人是他的下线，被高额利息的差额所诱惑，去四处吸储。钱快乐给这些孤寡老人配备的房产豪车和生意像无声的咒语一样令人着迷。人们仿佛被羊吸引的狼一般把自己的钱交给老人，却没看到肥羊身后猎人布下的陷阱：钱快乐又以投资的名义将这些钱占为己有。人们的钱明明都进了钱快乐的口袋，欠条上的名字却是这些老人。大家没法找钱快乐要债，只能逼欠条上借钱的中间人。陈诺看着这些表情狰狞的举报者，他想象这些人会怎么逼那些老人，那些老人又会怎么逼钱快乐。这想象有一股生石灰的辛辣味道，令他窒息。

丁烈对人们说："那些厂子和房子根本就不是这些老人的，你们把钱放给他们之前就没去调查一下吗？"

长长的队伍没人说话，有人脸红了，像是被人调戏的羞涩少女，也有人发出"嘿嘿"的干笑。

陈诺嘱咐同事们，别一上来就让人提供线索，要先问钱快乐通过谁借你的钱，欠了你多少钱，还了多少钱；再问钱快乐是怎么一次次赖账的；最后才能问关于钱快乐还有什么线索能提供的。并且特意强调："顺序千万不能乱。"

陈诺的法子确实有奇效，举报人回答完前几个问题，都会被那些悲惨不堪的经历所激怒，不用警察问第三个问题，或去保证什么，他们会像竹筒倒豆子般把自己知道的事情吐出来。

"陈队，你要是个坏人，肯定比钱快乐还鬼。"丁烈坏笑着说。

"你要想从别人嘴里得到你想得到的答案，你就必须先让别人问出他想问的问题。"

日子一天天过去，队伍越来越短。陈诺坐不住了，他问丁烈，有什么线索。丁烈指指自己的喉咙，摇了摇头，表示自己嗓子已经彻底哑掉了，但是一无所获。

此时陈诺和丁烈看到一个熟悉的身影走进了大门，是那个欠了网贷的梁心。她搀扶着一个看起来病恹恹的中年妇人，两人眉眼之间有很多相似。

丁烈抢在陈诺之前走到两人面前，对梁心说："我们又见面了。"

"我没有印象。"梁心脸红了，用眼睛瞄一眼自己的母亲，示意丁烈闭嘴。世上没有一个少女愿意让母亲知道警察认识自己。

"也许是我认错人了，不好意思。"

"人们都说我女儿长得像明星一样，她走在街上，大家都爱多看她两眼，可能你也是哪次在路上看见她了。"

梁心被母亲的夸赞羞红了脸。

"说正事说正事。"陈诺走到他们之间说，"钱快乐欠了你多少钱？"

梁心的母亲眼泪涌出眼眶："我现在真是把肠子都悔青了呀。我太单纯了，本来我饭店开得好好的，老公在政府工作，能给我介绍好多客户，一切都好。我赚了点钱。没想到认识了那个李扬德，他对我说，借钱给他，他能给我三分的利息。我心想，就当遇到骗子了，给了他一点钱，没有想到，三个月后真回本了，还赚了钱。我动心了。李扬德跟我说，你放心哪，只要太阳第二天还从东面升，钱快乐的生意就不会垮……"

"李扬德是谁？"陈诺问。

"是我的老师，一个教授。"梁心答道。丁烈不屑地"哼"了一声，陈诺点点头，他脑海中浮现出那个被梁心泼一脸水的猥琐老头，他示意梁心的母亲继续说。

"后来李扬德带钱快乐来我这里吃饭，我才知道钱快乐给李扬德的利息是四分，这个老家伙吃了我一分的利息。而我和钱快乐就算认识了。他看着人模狗样的，像个体面人。我和客人们打听钱快乐，他们跟我说，这是个有本事的人，有能耐的人，所有的人都说他是能耐人。我就信了呀。

"我偷偷找钱快乐，希望和他直接合作，抛开李扬德，钱快乐打听了我家里情况，对我说不行。要合作得找李扬德，这种合作模式是他公司对几个孤寡老人的慈善。我当时还傻乎乎地想，这是个大善人……"

梁心的母亲说到此处，陈诺知道她在撒谎。这个女人身上散发出的贪婪有一股浓郁的奶油味道，像是泡沫一样飘浮在整条马路上，在陈诺的鼻腔中飘来飘去。

"我把我们家所有的钱全借给了李扬德。"眼前这个面容浮肿的漂亮女人还在念叨，"不仅如此，我还借遍所有我认识的人，好几千万哪，一夜之间，就打水漂了。我去找他要，李扬德说他没钱，钱都在钱快乐那里。我去找钱快乐要，他翻脸不认人，说我的钱只能跟李扬德要，跟他要不着。他还劝我别折腾李扬德，都七十岁的老头了，说死就死。死了对他更好，死了这账就烂到底了。"

"你怎么敢把所有的钱都交给一个老头的？"丁烈说，"你根本不了解这个人。"

"李扬德开着一百多万的奔驰，住着六百多万的别墅。他还有三个加油站……"

"奔驰别墅和加油站是他的吗，那都是钱快乐的。这么好查的事情你们怎么就不查呢？"丁烈突然着急了，嚷嚷着。

"我心里起过疑，当时和我一起放贷的人很多。我跟其中两个关系好的说过，要不去房产局查查。他们骂我是咸吃萝卜淡操心，到时让李扬德知道，钱都赚不着了。"女人抹着眼泪说，"我们都被利息蒙住眼睛了，心想他们都是这么体面的有钱人，就没再怀疑。后来我知道我中圈套了，我骂他们，打他们，我说你们把我毁了呀，你们把我一家子都毁了呀。他们一言不发。我用唾沫唾他们，他们不躲。蜷曲着身子，像条蛆虫一样。再能耐的人，落魄了，都像蛆……"

梁心母亲气得浑身发抖，梁心不断地抚摸着她的后背。

"我知道钱快乐杀死的那个女人是谁。"

这句话让在场的警察们大吃一惊。

"她叫王小萍。我还知道是谁让钱快乐杀了那些人。"

陈诺看着眼前的人，像是在看一匹发狂的马。

梁心的母亲说："是一个绰号叫'老狼'的男人。"

"你怎么知道的？"陈诺问。

"有一次钱快乐带着一个女人来吃饭，他好像很害怕这个女人，又不得不巴结她，所以我对她很好奇，就躲在包房外面偷听。听到钱快乐说王小萍你不要逼我了。好像是王小萍非要借钱给钱快乐，他不敢不要。因为王小萍说不是我要吃你，是老狼要吃你，你敢跟他对着干吗？钱快乐听到老狼，就不再说话了。你们想想，他都走投无路了，还要和王小萍见面，把她给杀了。可见这个女人对他非常重要。这事一定和老狼有关，说不定是老狼让钱快乐灭口。我不需要你们帮我要钱，我的钱没戏了，你们把这个死骗子枪毙了！"

这个中年女人说得唾沫横飞，突然拿头撞墙。陈诺和丁烈抱住了她。梁心哭着说："我妈妈有躁郁症。"

"我气死了，我后悔呀。啊啊啊啊啊。"梁心母亲越说越气，干脆在刑警队高喊，"我要杀人！我要杀人！"在梁心的配合下，几个女警将她控制起来，救护车来到刑警队，穿白大褂的人把那女人带上了车。

陈诺听到梁心对丁烈小声地说："谢谢你没点破我。"

"你给我留个电话吧。"丁烈说，"我们再需要了解情况，我就给你打电话。"

梁心拿出笔，拉住丁烈的手，在他的手心上写写画画。丁烈的脸红了，陈诺在梁心的愁容上看到一丝笑意，那笑意的味道像没熟透的橘子。

陈诺头疼欲裂，他蹲在地上，举报人没剩几个，看起来都呆头呆脑，就是纯粹来找警察发泄的。梁心母女随救护车离开了，丁烈走过来对陈诺说："这事太逗了，唯一一条有效线索，是个精神病提供给我们的。"

A. 我是未来

我舒服地依偎在孙大胜怀中看着我妈妈，她被捆着手脚，四周黑茫茫一片。她一定不知道此刻自己在哪里，四周流水的声音如夜晚巷道中野狗的呜咽。母子连心，我知道我妈妈此刻一定觉得自己是在宇宙废墟之中，清醒的意识离她越来越远，她只能感受到各种未知的外星生物用触须碰触她，用硬壳下的足在她的身上爬来爬去。其实只是老鼠和蟑螂在她的身上爬来爬去，但我不能告诉她，有时候不说真相是一种善良。她的嘴里塞着毛巾。她肯定能感受到我就在她身旁轻轻呼吸，如同一只安静的小兽。

出车祸后，我被孙大胜紧紧搂在怀中，毫发无损。这个受伤的家伙以掐死我为理由要挟额头上有瘀肿的妈妈把他带到了那个黑诊所包扎，在那里我又被橘子姐抱入怀中。

孙大胜告诉我们，他要离开金市。我妈妈问他："那我们可以走了吧？我凑钱，尽快还给你们。"

"你们母子现在被我接管了。"橘子姐笑着说，"我会给你安排任务。"

我妈妈表示她能为他们做任何事情，苦苦哀求他们不要牵扯孩子。橘子姐没有反应，这是个狠心的女人，她根本不管我还是个婴儿。她捆住我们母子的手脚，遮住我们母子的双眼，塞住我们母子的嘴巴，把我们丢弃到这个地方。临走时，她还抚摸我的脑袋，说："可爱的孩子别害怕，阿姨不会让你饿死的，我回来就接你们上去。"可她说话不算数，走了就再没回来过。倒是孙大胜每天都来给我喂几次奶，在黑暗中有时候会有滚烫的泪水掉在吃奶的我脸上。

头顶传来声音，是铁盖被打开的声响。我感觉一道光洒在了我脸上，证明现在是白天。虽然冬天的阳光昏暗，但长久黑暗之后的光亮让我流下眼泪。一切依稀可辨认。原来我在一处下水道的台阶上，墙壁乌黑到发亮，挂着一层薄薄的冰，妈妈就躺在我的旁边。孙大胜回来了，他的脸上挂满泪水，像是清晨的苹果。他把我抱在怀中，说好孩子你受苦了。恢复自由的我号啕大哭，孙大胜把奶瓶塞入我的嘴，甘甜的乳汁令我迷醉，令我安静，我感到一股热流淌进我心中。

他为我妈妈松绑，告诉她，橘子姐死了，他要找到钱快乐，为她报仇。

"让我们走吧，这件事情和我们没关系了。"

他抱着我摇摇头，说："我需要你的帮助。一对抱着婴儿的夫妻走在街上不会让人怀疑。等我找到钱快乐复了仇，我就放了你和你儿子。"

我妈妈骂他是个疯子，骂他不得好死。她嗓子喊到嘶哑，泪水在脸上结成冰。他看着我说："不是为了你们，橘子姐不会死的。"

他的双手搭在我的肩膀上，关节处在滴血，受伤的少年像是一只从礁石中逃生的海豚。我知道他是认真的，我妈妈不能拒绝他。在这个冬天，我们都是伤痕累累的人，但我妈妈一定会让我活下来。

孙大胜开着车，带我们来到一家健身俱乐部，里面传来钢铁碰撞钢铁的声音，还有男人的号叫与欢笑。

"我们来这里干什么？"

"金市所有的小偷都归里面那几个人管，有时小偷知道的比警察多。"

我们走进了健身房，在一副杠铃前，围着几个男人，他们都很壮，肌肉像墙上的砖头一样坚硬。看到有陌生人，他们显得有些意外，大概察觉到了我们来者不善，他们恶狠狠地盯着我们。

"钱快乐在哪里？"孙大胜说。

为首的那个络腮胡子说："滚。回家奶孩子吧！"

孙大胜说："告诉我我就走。"

"你滚不滚？"络腮胡子不耐烦地问。

孙大胜抱着我，用另一只手捡起地上的一块铁饼，抢到那个络腮胡子脑袋上，那男人应声倒地，昏死过去。健身房里安静了几秒钟，才有人战战兢兢地说："大哥，钱快乐在哪里，我们实在不知道。但我知道他儿子在哪里。"

就在孙大胜记录地址的时候，我妈妈从他怀中一把抢过了我，抱着我向门外冲去。我的心和妈妈的心都激烈地跳动起来，妈妈的心像一匹奔驰的野马，我的心像一匹追随的小马，"这是最佳的机会！"我大喊着，"妈妈加油哇！"

可这喊声只变成嘹亮的婴儿啼哭，我们撞在了一个人身上，妈妈被他绊倒在地，我被那人抱入了怀中。那人向孙大胜走去，孙大胜的脸色瞬间变得苍白。

我抬头看抱着我的人，那是一个矮胖子，皮肤很白，有些秃顶，戴着金丝眼镜，身穿一套皱巴巴的蓝色西装，像只搁浅在沙滩上快要被太阳晒死的乌贼。

他慢慢地踱步到我们面前，孙大胜冷漠地说："杨二郎，把孩子还给我。"

杨二郎轻轻地捏捏我脸蛋，把我递到孙大胜的怀中："不知道的还以为他是你儿子。"

孙大胜紧紧把我搂在怀中："你来干什么？"

那像乌贼般的杨二郎用手帕擦着镜面上的白雾，想拍拍孙大胜的肩膀，孙大胜躲开了，似乎他的手上有什么致命病菌。杨二郎看着他，尴尬地笑："年轻人没个性就不是年轻人了。"

"你要干什么？"孙大胜冷冷地说，"我现在没空和你斗。"

"我也没空和你斗。老狼派我来的。两件事：一是抓钱快乐回去；二是带你回去，老狼要和你谈谈。"杨二郎看着他，那眼神像是两只强壮的触手，即将要把猎物勒死。

"钱快乐的债不追了？"

"现在老狼不要钱，要的是人。"

"这些案子和老狼有关系吗？"

"你见了他当面问他不就好了？"

孙大胜说："我不能走，我要给橘子姐复仇！"这句话是他一个字一个字地从嘴里吐出来的，就像是吐出自己的苦胆。

孙大胜竟然哭了，我才发觉他也只是个瘦弱的男孩。这么冷，还穿着单衣。也许他知道自己无法违背那个"老狼"的命令，他终于回到现实。一直等待机会的寒潮终于把他压垮，广袤的悲伤扑向他，少年双肩颤抖，仿佛一只被利刃划伤的小丑鱼。他越哭越伤心，软弱让他在我眼里有了一点点人性。悲伤像河水涌出他的身体，涌到健身房里。我伸出手，想帮他擦下眼泪，他突然抱紧了我，似乎希望我能给他一些温暖。哭泣无声，却更加猛烈了。

2．老父亲

陈诺让丁烈把李扬德带回来问话，当天下午有了回信，是坏消息：自从钱快乐涉嫌杀人的事情曝光后，李扬德也失踪了。

而"王小萍"是个假名，"老狼"更是只有绰号，一切依然像是一团神秘的雾。

唯一的突破口是钱快乐的父亲钱奋斗，陈诺希望能从他那里得到关于这两个人的线索。

"那老头话都说不利索，我觉得你这个想法不太靠谱。"焦头烂额的丁烈说。

陈诺苦笑着说："死马当成活马医吧！"

看到钱奋斗，陈诺觉得心中难过。老人身体比上次见时佝偻得更厉害，驼背更加明显，仿佛老人的背上长出一个巨大的肉瘤。这个老人看上去就像一个巨大的"？"，那肉瘤散发着疑问的味道，仿佛最高度的酒精，像是对这个不断剥削他健康，也剥削他尊严的世界充满怀疑，像是在质问自己是不是即将死去，像是随便一阵咳嗽腰就会被折断。陈诺突然觉得，比死亡更可怕的事情，就是这样一步步离死越来越近。

陈诺问钱奋斗："你知道你儿子在哪里吗？"钱奋斗茫然地摇头。

陈诺又问："你知道王小萍是谁吗？你儿子认不认识叫老狼的朋友？"

钱奋斗依然茫然地摇头。陈诺叹了口气，说："你摇头，是不知道，还是听不懂我在说什么？"

钱奋斗始终在轻轻地摇头，陈诺怜悯地看着他，他也怜悯地看着陈诺。

"你的儿子涉嫌犯罪，希望你能配合我，这是在帮你儿子。"

钱奋斗不摇头了，他直勾勾地看着地面。陈诺叹口气，挥挥手，李梦走了进来，对陈诺敬礼，轻轻地坐在钱奋斗对面，拿出了一本

《东山语词典》，翻开。

"你听不懂我的话，没关系。这是我的同事，他会帮我们翻译东山话。"

原来上次在图书馆，李梦借了一大堆《东山话词典》，回家苦学苦练，短时间内掌握了基本的沟通语言。这次得知陈诺询问钱奋斗，她主动请缨要做翻译。

陈诺答应了李梦的请战，笑眯眯地看着丁烈。丁烈睐眉奔眼，陈诺说怎么样，这回知道了吧，人家这心思都在破案上。能穿这身皮的没一个弱的，你可要做好心理准备哟。

钱奋斗冲着陈诺眨巴眼睛，像是一只黑山羊。李梦用东山话把陈诺的问题翻译给钱奋斗，钱奋斗又叽里咕噜地说一大堆。

"钱奋斗说他了解他的儿子，他是个大善人，大好人，只做好事，帮助别人，连只苍蝇都不敢拍死，他是不会杀人的。他不知道王小萍是谁，老狼是谁。他和他儿子之间有一些误会，钱快乐的事情从来不会告诉他。"

"杀人犯的父亲都觉得自己孩子不敢踩死蚂蚁，拍死苍蝇。你不能又说你了解你儿子是个好孩子，又说不知道你儿子的事情。"

钱奋斗手舞足蹈。陈诺不用翻译都知道他不会说什么好话，因为从他难看的脸色中陈诺闻到了煤灰的味道。

"陈队，东山人觉得不被别人信任，是遭受了最大的侮辱。在钱快乐小的时候，他妈妈去山里摘野菜，被狼吃掉了。钱快乐认为是他照顾不周，所以父子感情不好。我们这么问他，是在戳伤他的心哪。"

钱奋斗突然像是变戏法一样，从怀中掏出一个酒壶，递到嘴边给自己灌酒，脸上的皮肤从苍白变到通红，最后被酒精烧到乌黑。烈酒的臭味扑面而来，光味道就足以让陈诺心脏狂跳，他觉得，这酒至少得有六十度。

钱奋斗剧烈地咳嗽，像是要把自己的灵魂咳出来一样，一口鲜血咳在地上。喝醉的他举着双手，像是要掐死自己飘浮在虚空中的幽灵。

丁烈和同事们将他摁回到板凳上。钱奋斗流着口水，冲陈诺瞪着眼睛，小声地嘟囔着。李梦红着脸说："陈队，我就不翻译了，这老头在骂你。东山人在大山里野惯了，喝烈酒是他们御寒的办法。"

陈诺看着在地板上使劲挣扎的钱奋斗，他似乎闻到了一股烧焦的味道。生命对这个老人而言，就是一只活虾被扔到了滚烫的铁板上。

B. 我是钱快乐

我从浴室里出来，裹着我花三万块钱从巴黎定制的手工埃及睡袍，它就像天上最干净的云彩一样柔软。我坐在我的沙发上，它从意大利空运而来，用料包括整张水牛皮和一整棵活了二百年的大橡树。说实话，我不觉得比市面上八百块钱一套的沙发舒服多少，但坐在这张沙发上我就像是被女人怀抱着一样内心无比宁静。

我饮了一口来自法国的红酒，这一口下去就是一百块钱。我问林晓丹："你怎么不喝红酒，人生得意须尽欢，莫使金樽空对月。"

林晓丹还是直愣愣地望着我，好像我是一个怪物。她说："你真的杀人了？"

我说："没错，我杀了他们，他们把我逼得太狠了，我没办法了。"

林晓丹的脸色一片死灰。我生气地说："跟你开玩笑你还当真了，你见过哪个杀人犯能像我这么悠闲地裹着埃及睡袍坐在意大利沙发上，抽古巴雪茄喝法国红酒。"

林晓丹笑了："要是别人，我不信，要是你，绝对做得出来。"

她指指我俩面前的这一切，这来自世界各地的昂贵玩意儿。

"你能看着人们在你面前哭下，号下，跪下，死下，硬是一分钱不往出掏，你还有甚事干不出来。"

我说："林晓丹，你不能光胸大，胸里可也得长心哪。我不掏钱，这房子哪来的。这个世界上只有两个人能掏走我的钱，一个是东东，一个是你，我最爱的女人。"

林晓丹听我这么说，眉头舒展得都要放光。女人最爱听"爱"这个字，这会让她们自己用手把自己的眼睛挖出来，跳进陷阱。

"你给我做点饭吧，这一天到现在我还没吃饭呢。"

她问我想吃什么，我说想吃牛排，带着血丝最好。她屁股一扭一扭地走进厨房。她很爱这个家，很爱她的厨房，她买了很多高级厨具，成天待在厨房里琢磨做我爱吃的菜。即使我变成一个被追捕的嫌疑犯，她还幻想在这栋房子里可以和我厮守一生，这是个好姑娘。我热爱她可爱的、肥硕的屁股，这里的一切都是我为她的屁股付出的代价。

门铃响起。我穿上睡袍，来到门口，监视屏显示一个我最不想看到的人——李扬德。他鼻青脸肿，眼圈乌黑，像是被人痛揍一顿。我挥手，林晓丹过来，嗲声嗲气地问摄像头那边："你找谁?"

"我找钱快乐。"

"钱快乐是谁，不认识。"

"你就别让他躲了，全城的警察都在找他。他要不出来，我就报警了。"

就在我要骂娘的时候，门被撞开了。一个身高近两米的巨人带着一股寒风，提溜着李扬德的衣领冲进我的房子。

那巨人国字脸，大眼睛，头发像狮子的鬃毛般披散着，身躯挡在我眼前，仿佛一堵墙。

我认识他，他叫林强，是一个哑巴，也是一个全国摔跤冠军。他拿冠军的时候，省里专门奖励了他三十万块钱，和一栋别墅。后来这三十万块钱和他的别墅都给了李扬德，变成我身上的睡袍胃里的红酒。

"李扬德，我和你真是没有师生情分了，我那么信任你，我这个家的地址全世界只有你知道，结果你跟我来这套。"

"你真的杀人了?"李扬德面色惨白。

"是呀! 我杀人了!"我说，"我还打算去杀更多的人。你想怎么样呢?"

"你把欠我的钱还了，你爱干吗干吗。"李扬德说。

我被这个老头气乐了，我说："师父，杀人犯还你钱你敢要吗?"

"我没有办法快乐，我真的没有办法。钱全是从我手上借走的，全是到了你口袋的。你出事了以后，他们都疯了，朝死里逼我。我躲了起来，还是被林强给抓住了。我实在是没有办法。"他指指自己脸上的伤，"我今天不带他来，我会被他打死。我也要活呀快乐……"

林强语焉不详地叫唤着，嗓门很大，粗声粗气。

"我不欠你的钱，你欠条上的名字是谁，你去找谁。"

我挥手下逐客令，林强不再喊叫，他走到墙边，打开风扇开关。头上的风扇叶子飞转起来，我的头顶感到一阵寒意。

"你要干吗？"

"快乐，你给他还钱吧！他的钱不是他一个人的。他们有个聋哑人互助协会，这些钱是很多聋哑人一辈子的心血。"

林强大声地乱叫，我说："我真没钱。有钱还在这里吃软饭吗？警察说我杀了人，你们就不怕我杀了你们吗？"

突然，我双脚离地，头晕目眩，天旋地转，好像世界是艘大船，猛地翻了，然后世界不动了，我眼前是天花板。再一回头，后脑勺离飞速旋转的电风扇就剩下几厘米。我大声求饶："爷爷饶命！我去找钱！爷爷饶命！我去找钱！"

我眼前一黑，全身疼痛，像是骨头全断。林强把我扔到地上。我爬起来，眼睁睁地看着林强吃光我的昂贵牛排，喝干我的拉菲红酒。李扬德说："去哪里找钱。"我说："你们跟我走就好了。"

李扬德对我说："你现在知道他是怎么逼我的了吧。今天实在过不去，快乐，真的不好意思。"

我没有说话，因为我束手无策。我真的想扑到李扬德身上，亲手杀了这个老浑蛋。

3．玩乐的人

钱快乐的妻子已经去世，他还有一个儿子，叫钱东东，今年十二岁，一直跟着保姆在保姆家生活，钱快乐每个月会给保姆打生活费。

钱奋斗酒醒后，陈诺把他带到了钱东东住的地方，孙子正在里面等他。见到他，孩子欢叫着扑了上来，嘴里还叫唤着"爷爷，爷爷"，一头钻入钱奋斗怀里。

钱奋斗亲吻着孙子的头发，用愤恨的眼神扫视陈诺。他知道这如往日一样平常的场面并不平常，这是个陷阱。天罗地网，自己和孙子变成警察抓捕儿子的诱饵。

陈诺不愿再面对这炙热的目光，还有他们的面孔，他们总会让他想起钱快乐。陈诺嘱咐了盯梢的同事几句话，离开那里。

回到警队，已经是深夜。下起了大雪，陈诺听到雪中有人在欢笑。他看着丁烈和李梦在风雪中像两个孩子，捡拾起地上的雪捏起雪球向对方扔去。他想起很多年前的一个夜晚，自己和小叮当下了晚自习后也是在这样的一场大雪里散步，小叮当突然把一个偷偷捏好的雪球塞进了自己的脖领，冻得自己直跳脚。此时此刻和彼时彼刻重叠，两个休息的年轻警察与陈诺和爱人逝去的青春重叠。女孩的雪球永远迅猛，砸在男孩的心上炙热无比。男孩的雪球永远羞涩无力，似乎是一句永远都唱不出来的歌词。一个雪球砸在了陈诺的肩上，把他砸醒。回忆的韵味甜蜜而苦涩，这是一个充满反义词的世界。李梦和丁烈对他尖叫：陈队！来呀！快来！陈诺弯腰捡起一把雪加入了这场雪仗。他想起了多年前那场雪中，小叮当轮廓优雅，如《天鹅湖》中的芭蕾舞演员般圣洁。小叮当兴奋地说："我念首诗吧！"她从书包中掏出一本诗集，用清脆的声音朗读上面的诗：

> 从明天起，做一个幸福的人
>
> 喂马、劈柴，周游世界
>
> 从明天起，关心粮食和蔬菜
>
> 我有一所房子，面朝大海，春暖花开
>
> 从明天起，和每一个亲人通信
>
> 告诉他们我的幸福
>
> 那幸福的闪电告诉我的

我将告诉每一个人

给每一条河每一座山取一个温暖的名字

陌生人，我也为你祝福

愿你有一个灿烂的前程

愿你有情人终成眷属

愿你在尘世获得幸福

我只愿面朝大海，春暖花开

……

陈诺被丁烈推醒，已是第二天清晨。他躺在刑警队办公室的行军床上，阳光中，他觉得自己全身冰冷。现实里有一股梦幻的气味，他不知道昨夜的雪仗以及青春期时的雪仗究竟是回忆还是想象。

突破来自一家游乐场的摄像头，上面发现了王小萍的生前影像。警方确认了在她死之前几天，她曾经买过一张游乐场鬼怪屋的门票。

陈诺说："钱快乐为了钱，杀了她。可见欠债数目巨大。被人坑成这样，她还有心思去游乐场？还去鬼怪屋找刺激。我一直在想，为什么钱快乐会在被追捕的状态下还要去杀王小萍，只能是因为恐惧。钱快乐恐惧的不是王小萍，而是她背后的人，比如老狼。这些人是最害怕见光的。鬼怪屋多好，又黑又暗，也许王小萍去那里，是和人接头的。"

陈诺激动了，他四口抽完一根烟，尼古丁让他冷静不少。

"去那个鬼怪屋！"陈诺说，"那里会有线索。"

第九章

1. 无奈

"人还挺多。"陈诺站在熙攘买票的人群中，像一根黑色的石柱。盛装的青年男女们经过时似乎是看到什么有趣的事物，偷偷打量，笑容甜蜜。

游乐场负责人一脸遗憾地对陈诺说，快过年了，大家放松了警惕性。监控室的保安中午回家和亲戚吃饭，回来时喝醉发生车祸。陈诺无奈，只好派两个同事赶往医院取钥匙。

等待的时候陈诺闻到了自己心里的愤怒，像是硫黄的味道。这个世界真是荒谬，罪犯在犯案，警察在破案，它却在喝酒，还喝到把腿摔断了。它就是一块冰凉的石头，不会为任何人的命运改变。

人们脸上的笑容和眼神里的热望又让陈诺无法痛恨这种冷酷。他希望每个人幸福的。他想自己还是等吧，不能着急。看电影是好事，开心也是好事。这快过年的，除了他和钱快乐，别人不喝酒还能干什么。

游乐场的墙上贴满最近要上映电影的海报，有的关于爱情，有的关于死亡。爱情让他想起小叮当，死亡也让他想起小叮当，海报上的每个女人都散发出小叮当般的芬芳味道，像一簇簇忧郁的玉兰花。

他注意到人群中站立的一个男人。

那男人四十多岁，足有二百斤。满脸横肉，脖子上戴指头般粗的

135

金链子。左胳膊夹着一个古琦的小包，右手捧着一束鲜花。他站在这群年轻人里不伦不类，仿佛动物园把一头河马关进了孔雀馆。陈诺认识这头河马，他叫王彪，是这一带有名的大混子。几年前金市行情好的时候他靠做工程赚了些钱。有次嫖娼的时候他和妓女发生了冲突，将那女子打断了三根肋骨。女方报警，告他强奸。据说后来王家人提出过私了，女方提出五百万的赔偿条件。"五百万哪五百万。"人们都这样感叹，可见这女子有多恨王彪，可见王彪的手有多黑。王家人不愿掏这个钱，王彪在监狱里蹲了四年。放出来以后，金市不再是以前的金市，他也不再是以前的王总。正当行业的人不会跟一个蹲过苦牢的强奸犯合作，王彪就纠结一帮社会闲散人员，靠给人放高利贷为生，名声极烂。陈诺皱眉，心想这样一个四十多的大混子，大过年的，不跟家人在一起，不跟狐朋狗友在一起，跑这里做什么。

一个化淡妆的姑娘满面愁容地走到王彪面前，王彪把花递给她，一把搂住她，亲了她脸一口，陈诺认出来，那女孩是梁心。

梁心闭着眼睛，似乎在忍受痛苦，那痛苦的味道像是白鸽翅膀被撕裂后的伤口。陈诺对这个美丽的女孩更好奇了，同时也为这好奇感到有点脸红。

"你迟到了五分钟，从来只有人等我，没有我等人。"王彪似乎有些不满。

梁心连说抱歉，她刚把生病的母亲送回家。

王彪说："大家都很忙，别玩了，直接去开房吧。"

"我一直想来游乐场玩，可学习太紧张了，就当陪陪我。"

"都什么年代了，还来游乐场。你当你还是未成年哪？"

梁心苦笑。王彪说："咱俩之间只有债务，债务是人和人之间最牢靠的关系。你懂吗？"

梁心不语。王彪越说越不像话，梁心面红耳赤，拽着他检票。陈诺看到远处的人群里有个身影一晃，那影子上飘浮着一股味道，让陈诺心里一惊。可这是什么味道，在哪里闻过，陈诺却不记得了。

"陈队，去监控室吧。"丁烈回来了，对陈诺晃晃手中的钥匙，打断了他的遐思。

再观察时，那个人影已经消失。神秘的味道一点点变淡，却在陈诺心头泛起不祥的预感。

A.　我是小叮当

未来在孙大胜的怀中睡着了。

"你见没见着橘子的尸体？"

杨二郎问孙大胜。孙大胜铁青着脸摇头。

过一会儿，他又问孙大胜："听说她是让人给开膛了？"

这一路上，杨二郎一直用那个女人刺激孙大胜。这少年攥紧拳头，脸色苍白如沙滩上搁浅的死鱼那干瘪的鱼腹。他用尽全力压抑着自己的愤怒，可他的愤怒无比耀眼，就仿佛巨大海浪湮灭之时浪尖的水花。

"让我们下车吧，我保证不报警。"我看着孙大胜抱着的未来，小声地说。

孙大胜闭上眼睛，像是没听到我的话。杨二郎摇头说："不行，你们是一笔没有解决的债务。只不过是从他的手里，转交到了我的手里。"

我急了，绝不能让这个胖子抱走我的孩子。我探到杨二郎的耳边轻声说："你放了我儿子，我愿意为你做任何事情。"

"你知道对于一个人而言，最难的是什么吗？"

杨二郎看都不看我，他专注开车，坏笑着问我。我不知道他是什么意思，没有接话。

"一个人最难的，就是知道他自己是谁。比如他。"杨二郎拿嘴撇一下似乎睡着的孙大胜，"他本来是公司养的一条狗，可就因为一个女人宠他，眼睛长在额头上，结果玩现了。你不想和他一样，就闭上嘴。"

据说宇宙的尽头有无限那么深，在无限的最深处隐藏着各种人类没有发现过的怪物。那里的生物全都横着生长，全都青面獠牙，身体像刀刃般锋利。

我觉得我的命就像是宇宙尽头，我在不断地向最黑处坠落。孙大胜、杨二郎就是刀片一样的外星人。他们在我和未来身边游弋徘徊，伺机吃掉我们。

在沉默中，我们离机场越来越近。过了收费站，车在一座桥上停下，杨二郎"嘿嘿"一笑，说："我得嘘嘘一下。"

茫茫夜色像是暴风雨在海洋中掀起的入云浪潮。孙大胜睁开眼睛，看着桥边杨二郎的背影，猛地回头看我。

他问我："你讨厌他吗？"我没有说话。他说，"我很讨厌他。"

见我一直不说话，孙大胜有些着急，他指着杨二郎，此刻他正解开裤带叉着腿在桥外撒尿，尿液甩了一个完美的弧线从高空落下，落入奔腾的大河中。

"你相信吗？我一走，你和未来都好不了。"

这句话说到我心底里，我点点头。孙大胜说："想活，你就闭上眼，发生什么都和你没关系。"

我点点头，急忙闭上眼睛，像是要午睡一样。孙大胜把熟睡的未来轻轻放在我怀中，一阵凉风吹过，车门无声打开了。我想跑，但是心狂跳，站不起来。

黑暗持续几十秒，我听到隐约有水花溅起，声音很短，就像一条长有利齿的鱼跃出海面叼住捕猎的海鸟潜回水底。我紧闭双眼，直到有人拍我的肩膀才敢睁开，那是一脸轻松的孙大胜。杨二郎已经不在桥边了，他像是不曾存在过，像个梦。我被吓傻了，不敢动弹。孙大胜从我怀中轻轻抱走未来，对我说："你去开车吧！"

陈诺对我说过，宇宙的面积是可以计算的，人性是无限的。我以前不信这句话，觉得人在世上，总要有个样子。现在才明白，有些时候，人比宇宙大。

"现在我们去哪里？"

他说:"我们去找钱快乐的儿子。你跟我走就对了。你帮了我这个忙,一定放你们走。"

我们开着车,回到城里,在一处停车场里睡了一夜。我感觉未来在我身旁轻轻地颤抖,我只能尽量靠向他,让他感受到我的温度。

第二天,孙大胜叫醒我的时候,车厢里很冷,我嘴唇都被冻得发紫,身上一片虚无地冰冷,如同海水过境。未来被孙大胜抱着,双眼发亮,对我"咯吱咯吱"笑。泪水涌出我的眼眶,还没等我说话,他说:"我们走吧。"

我被他带到一处高档楼盘。孙大胜带着未来拉开车门,像个带孩子出去散步的父亲般穿过马路,走进楼门。过了几分钟,像黑鸟影子般的声音划破天空。那栋楼浓烟滚滚,冲出窗户,浓烟中隐约可见火苗的微光。不时有人一脸惊慌地跑出酒店,对着楼上的火势指指点点。

后门响了,孙大胜把一套警服扔到我身边。

"他们在8207房间,8楼。你换上这身衣服,说你是警察,要带他们转移,把他们带到这里。"

换上警服之后,我从后门的货运电梯上8楼,楼道里都是人,在酒店安保人员的组织下慌乱地撤离。8207房间门口站着两个壮硕的便衣,像是两座山一样。

我一拳砸在自己鼻子上,用手捂住,松开,感觉湿湿的,上面都是我的血。我感到眩晕,在窗户的反光中我似乎能看到未来。我用血在脸上抹一把,装作惊慌失措地跑到8207的门口,跟他们说:"钱快乐在楼下。"

他们互相看一眼,没有动。

"你们再不过去,他就跑了!"

两个壮汉被我唬住,跟着人流冲下楼。我敲门,是一个老人开的。他一脸木讷,看长相我就知道他是钱快乐的父亲。

他看着一片混乱的走廊,像是什么都没有看见,他喝得太醉了。

"着火了,我们得转移到另一个地方去。"

老人牵着男孩的手,男孩牵着我的手,我们像三条拼命摆动尾巴逃离渔网的小鱼般从货运电梯下了二楼。从二楼到一楼后门，要走步梯，楼道里浓烟滚滚，驼背的老人在烟雾中像一条冻僵的海马。那男孩害怕，紧紧地握住了我的手。我问他："小朋友，你叫什么。"

"我叫东东。"

我抱起了钱东东，对他说："你闭上眼睛，相信警察阿姨，我一定会保护好你和爷爷的。"

东东闭上眼睛，缩在我的怀抱中，我心里有些酸楚，我抱着他坐进车里，钱东东睁开眼，他对我说："这不是警车。"

我不敢跟他对视。钱奋斗想叫唤，被冲过来的孙大胜一棍打晕。他对我说："你开车。"

我搂住东东，说："够了，你把未来还给我，我把这个孩子交给你。"

着火的楼房里男人的叫喊声越来越大，听声音就知道是警察。孙大胜的手轻轻掐住未来的喉咙，声音沙哑地对我说："快去开车。"

未来不知道发生了什么，用他圆圆的眼睛好奇地看着我们，目光里有电。东东已经感知到了危险，放声大哭。未来跟着他号啕大哭。我放开了搂住东东的手，像是逃难一样冲到了驾驶座上。我是个母亲，我不能用孩子换取孩子，我踩下了油门。

在呼啸的汽车里，钱东东一直在哭。微风吹过我的脸，就如同海风般咸涩。我不敢回头看。我骗了他，我不是警察。但我没有办法，我只能想我的儿子，他不是我的儿子。

2. 见鬼

人们发出一声尖叫，陈诺的脸色煞白，眼睛瞪得都要鼓起来。人们眼前的监控里，定格着小叮当和一个面色苍白的年轻人。

那年轻人怀抱未来，拽着小叮当的手，两人各自拎着一个黑色旅行袋，检票走进鬼怪屋。

小叮当的表情呆板沉重，眼神空洞，像被巫师偷走灵魂。没过多久，王小萍也急匆匆地走进放映厅。半小时后，她提着一个黑色的旅行袋走出鬼怪屋。

"这小子是个生面孔，一定要尽快查出来他是谁。"陈诺对丁烈说。

这个面色苍白的年轻男人在屏幕上发出一股生石灰的味道。钱快乐宁愿杀人也不愿惹他，小叮当在他手中就像个傀儡。钱快乐和小叮当都是绝顶聪明的人，这个年轻人能把他们胆子吓破了，手段绝不是一般的毒辣。

此刻他发现丁烈惊讶地瞪着保安室的实时监控，像是被什么吓到了。陈诺看到监视屏幕上小叮当拽着钱东东，和钱奋斗先后从车上走下来。然后是那个鬼一样的年轻人抱着未来下车，两个孩子的泪水满含眼眶，可就是不敢洒下。年轻人的臂膀小心而温柔，似乎生怕这个孩子摔在地上，恨不得把他摁进自己的身体里。

陈诺的手机响了，同事在气急败坏地大喊："出事了……"陈诺挂断了电话。

小叮当买票，一行四人走进鬼怪屋。

"守住每个出入口，进鬼怪屋疏散人群，确保人质和无辜群众的安全。钱快乐很有可能会出现，我们要随时准备抓捕，绝不能再让他们从我们眼皮子底下溜走！"丁烈镇定地指挥着同事们，瞥了一眼陈诺。

此时此刻，小叮当就在他眼前，陈诺的心在狂跳，他一下明白小叮当为什么这样疯狂。陈诺在自己的心上闻到一股沥青的味道，那沥青滚烫，在陈诺头顶上烧出一个黑洞，罩下来，要把他吞噬。他感觉自己的脑子变成一颗皮球，里面什么都没有。这股橡胶味道正是来自自己的脑子，好像有人把手伸进他的颅骨里在拍打这颗皮球，陈诺眼前的世界都随之震颤起来。

B. 我是李扬德

我偷偷地瞄钱快乐，他躺在后座上，拿帽子遮着脸，像是一个睡着的醉汉。我心里不禁一阵酸楚，他是我最有出息的学生啊。当年他事业最红火的时候，无论他走到哪里，都是人群中最受人瞩目的明星。我一直把他当成我们这个时代真正的先知。他冷酷狂妄，心狠手辣，是个做事情的人。所以我把我所有的积蓄，我身边人所有的积蓄都给了他。虽然他叫我"老师"，可我一直把他当作是我真正的老师。

可现在呢，他躲在林强的小货车阴暗的后座上，生怕别人把他认出来。脸庞遮蔽在阴影当中，都是青肿和伤口。他看了我一眼，没有说话。这是一种蔑视，似乎在提醒我，我又比他能好到哪里去呢。我是个满腹经纶的古稀老人，可如今蓬头垢面，像条狗似的被人呼来喝去。我们是怎么混的？我心里纳闷，想起了一句话，"人虽然各有各的命运，却没有一种命运超越了人类。"加缪说的。

我们来到了一片戈壁上，除了黄土和石头，什么都没有。要不是有林强在，我真怀疑，钱快乐是想把我骗到这里杀掉。渐渐地，一片天蓝色的楼体出现在路的尽头，看样子应该是一处厂房。到了工厂门口，挂的招牌上写着"金百万酒业"。

就像变魔术似的，空厂子里突然出现一个胖胖的中年人。他满脸堆笑，身穿皮衣西裤，脚踩一双旅游鞋，牵着头大黄牛迎上来。钱快乐跳下车和他热情握手，向我和林强介绍："这是我旗下金百万酒业的老总，金百万金总，林强的钱全变成这里的物业了。"

"欢迎林总参观指导。"金总一把握住林强的手，热情地说。林强哇哇大叫着，我们听不懂他在说什么，可除了牛，都知道他是什么意思。

钱快乐好奇地问："金百万，你牵着头牛是要干啥？"

金百万苦着张脸说："杨总你可算来了，你不给拨工资，我就先把人遣散回家种地了，厂子空着我吃甚喝甚，就靠这头牛了。"

两个人一唱一和，就跟排练好似的哭穷。我冷笑一声，不说话。钱快乐听出我的弦外之音，对金百万正色道："金总，你有钱没钱是你的事，这是我老师，那是我哑巴大兄弟，他们的钱都让我投资弄这破酒厂了。我哑巴兄弟着急，你就给我句痛快话，你今天有钱还没钱还？"

"杨总，你看你说的这叫啥话，你来我能不给面子吗？跟我来。"金百万微笑着说。

金百万牵着大黄牛，把我们带到厂房最深处的仓库。他打开锁推开门，里面堆放着满满一仓库的酒。天上地下，各式各样的酒：白酒红酒葡萄酒，啤酒清酒水果酒，威士忌白兰地伏特加。酒瓶子长的圆的扁一列列一排排一行行一队队，每一个酒瓶上都打着"金百万酒厂"的商标。被挥发的酒精飘浮在空气中，闻着我都感觉头晕脑涨。

"这里的酒，价值三百万。我连本带利，欠了杨总二百五十万。没关系！你们把这些酒都带走，我就当给残疾人做善事了。"

金百万微眯着小眼睛，里面的水不知道是泪水是汗水，还是酒精，也或者是迟早被蒸发完的良心。

钱快乐上去搋住金百万就是两耳光。

"你把我们当二百五了？告诉你，这是哑巴兄弟的救命钱。你今天还不上，老子把你活剐了卖钱还债。"

钱快乐说一句，抽金百万一个大耳光，很像是庆祝大年三十的鞭炮声。钱快乐说完，也累了，呼哧呼哧地喘气。

"你们看把我活剐了，能值三百万，那就随你们便哪，无所谓。"金百万闷声闷气地说。

正如莎士比亚说的，"自从欺诈渗进了人们的天性中以后，人本来就只剩一个外表了。"金百万也好，钱快乐也好，我也好，似乎只剩下了这副躯壳，无论是生长还是腐烂，都不会再有感觉。人间真是搞笑，我们这里唯一正常的，竟然是聋哑人林强。

林强抄起一个酒瓶子，在墙上砸碎，碴子掉一地。他拿着半个酒瓶子向金百万走去，跌跌撞撞，我的皮肤上起来一层鸡皮疙瘩。

金百万看着林强手里的家伙，伸长脖子，指着自己的喉头："你牛逼你来。我他妈早不想活了。"

白色的雾气在林强的眼里升起来，寒光飞过，划过金百万的眼，刺进他身边那头牛的肚子，那牛一惊，血喷了金百万一脸。

牛刚想弹蹄子挣扎，就被林强绊倒在地上。林强真不亏是个专业摔跤手，一眨眼的工夫就压住了牛，他用那半个酒瓶子把牛肚子划开，血和内脏流下一地。那牛还瞪着眼睛，像是被人施了定身法，眼睁睁看着林强割下了自己的那玩意儿，和两颗牛蛋。

金百万和钱快乐站在原地，动都不敢动。林强把那玩意儿砸在钱快乐脸上，把牛蛋砸在金百万身上。他怒吼一声，金百万吓得跪在地上，昏死过去。

金百万酒业的另一处库房里，停着一辆黑色的保时捷卡宴。全新，锋利的造型像是深海里休憩的鲨鱼。

钱快乐说："操，老金，你还有这一手。"

"这辆车值一百万。剩下的二百万，我想办法给林强凑。"金百万垂头丧气，像被割了蛋的牛。

我看着抖成了筛糠样的金百万，小声对林强说："差不多就行了，见好就收。"

钱快乐的手机响起。他接起电话后脸色变得煞白，转身走到外面去接电话，他为什么这么紧张？我跟了出去。

钱快乐躲在拐角处，不知在哀求电话那头的谁。他说："我现在赶过去，要杀要剐随便。有任何要求都满足，只要不伤害他们……"

钱快乐被吓坏了，他对着电话胡乱起誓，跪在地上磕头，我从没见过他这个样子。我突然感到说不出的惊恐，急忙溜回仓库。

钱快乐回来时狐疑地望着我，我装作浑然不觉。林强启动卡宴准备离开。钱快乐冲过去抓住他的胳膊。林强一惊，他急忙松手，他笑哈哈地拍拍林强的肩膀："你跟我走一趟，我把钱全还你，连本带利。"

林强眨眼睛，不明白他在说什么。钱快乐说："有几个朋友恶作剧，把我儿子带到那个'无间道'鬼怪屋了。都是朋友，我报警不合适。可我一个人去又怕他们不把儿子还给我。你帮帮忙，我儿子出来了，我把钱都还你。"

　　林强是个聋哑人，可钱快乐这样说，林强的眼睛还是亮了。可见钱能发出世界上最响亮的声音。他相信钱快乐的话。看着林强傻乎乎的样子，我就像照镜子一样，想到了以前的我自己，还有千千万万的人。我们都有过那种傻乎乎的表情，我一直没有办法给这种愚蠢定义。因为林强的单纯，这种表情所代表的东西无比强烈地呈现在了我眼前。

　　庄子早就说过，"贪财而取危，贪权而取竭。"

　　这句话的意思翻译成大白话就是，贪婪的人都是活该的。

3．准备抓捕

　　"操。"

　　陈诺走进鬼怪屋时一个舌头断成两截的鬼从翻转的墙壁中冲出来扑向他，陈诺吓了一跳，他一把推开这个化装拙劣的鬼怪屋员工，那人干笑一声又翻进了墙壁。

　　他环顾四周，此时此刻自己正处在"拔舌地狱"之中，这鬼怪屋到处都是小道，通往设置成不同"地狱"的空间。陈诺向前走去，途经"铁树地狱"和"孽镜地狱"，种种残酷的景象和悲惨的号叫让陈诺脚底发软，他发现自己又莫名其妙回到"拔舌地狱"。陈诺恍然大悟为什么这鬼怪屋取名"无间道"，原来空间与空间之间又由各种机关和密道相连，形成一个迷宫。

　　陈诺在"刀山地狱"遇到了那个年轻人，他正抱着未来坐在墙边的一排长椅上看恶鬼爬刀山，扩音器里正在宣传这是不孝敬父母得到的恶果。那刀山无比虚假，一看就是橡胶和塑料。演员在上面打滚，挤眉弄眼，逗得未来"咯咯"直笑。小叮当坐在他旁边，紧紧抱着钱东东，钱奋斗坐在钱东东旁边。陈诺看到三个出入口附近的都是自己乔装打扮的同事们，陈诺心里踏实不少。每一个人闻起来都像炸弹，随时可能把自己和陈诺炸得粉身碎骨。

陈诺在位置上坐稳，不远处就是小叮当的后脑勺，她的弧线在布满灰尘的光中一动不动。那个孩子的身体在颤抖，惊恐的味道闻着仿佛是狂风中的小苹果树。

不知是从哪里竟然飘来一阵歌声：

慢慢吹　轻轻送
人生路　你就走
就当我俩没有明天
就当我俩只剩眼前
就当我都不曾离开
还仍占满你心怀
你的眼神充满期待
我的心中尽是未来
空气之中弥漫着恋和爱
发现感觉已经不再
默默的你却不肯说
只是低头寻找一种解脱
面前的你是我的最爱
……

"陈队，钱快乐出现了。"

陈诺看着钱快乐，这个没有味道的男人就站在惨绿的灯光下，光打在他身上，他就像个正走向刀山的人。陈诺惊讶地发现钱快乐好像在哭，这哭泣让他在光晕中闻起来就像一个站在彩虹之上的孩子。

钱快乐身后跟着一个壮汉，气势逼人，肌肉往外喷射着藏獒一般的汗味。

他们向钱东东走去，动作幅度有些大，有些观众不满了，他们让钱快乐快坐下，不要打扰别人看地狱。钱快乐坐在钱东东身旁，那个壮汉坐到年轻人的身后。

陈诺看着那些津津有味观赏这酷刑的人，觉得有些滑稽。这世上还会不会有这样一种动物像我们？深陷于华丽荒唐的幻梦，却对自己身处何种现实浑然不知。

陈诺听到钱快乐对年轻人说："孙大胜，祸不及家人。把我爸我儿子放了，我跟你走。"

"橘子姐是你杀的吗？"孙大胜直视那"嗷嗷"叫唤的演员，声音颤抖地问他。

钱快乐说："你觉得我敢吗？就是再借我十个胆，你觉得我敢吗？"

"那她怎么死在了和你见面的地方？"

孙大胜直勾勾地看着他。

钱快乐愣了，说："我理解，都是男人。"

孙大胜说："你不理解，你必须有这个感受，才能理解。"

孙大胜的手向钱东东的喉咙勒去。陈诺知道，再不行动就晚了，他说："行动——"

第十章

1. 火海

"着火啦——"

突然响起女人的尖叫，前排座椅燃起火球，是钱奋斗用打火机偷偷点燃身旁的座位。那座位迅速变成一个火球，向四方蔓延。孙大胜的手停留在半空，未来和东东难以自控地开始哭号。

这"刀山地狱"瞬间黑暗，烈火向四处蔓延。人们像是暴雨中的老鼠般排队向门口跑去，尖叫声中涌动着燥热，一层层扑来的热浪舔着陈诺的脸，味道像狗舌头一样。他大喊小叮当的名字，在黑暗里那比黑暗还黑暗的一群群影子中寻找小叮当，没有人回应他。

灯再亮，一切为时已晚，目标统统消失不见，只有火焰和浓烟。陈诺跑出这个大厅，看到人们尖叫着奔跑，看不出本来面貌。

远处响起孩子的尖叫，陈诺循着这声音追过一个又一个"地狱"，有火海有血池。陈诺不知自己在浓烟中走了多久，他发现自己已经孤身一人，没有支援。他已来到地底，旁边有几个刷着红漆的磨盘，鲜红触目惊心。不远处响起打斗声。陈诺加快步伐，四处都是有毒的浓烟。一个阴影挡在他的面前，散发着野兽的臭味。陈诺吓得差点开枪。再细一看，是钱奋斗，怀里还抱着东东，像是殉道者抱着一只羊羔。老人看到警察，露出比哭还难看的笑容，用夹生的汉语小声说"救命"。陈诺示意他往上走，上面有人接应。

现在至少两个人质安全，可小叮当在哪里？陈诺心里愈发焦急。他继续往下，进入一个新的空间，这里都是巨大的锯子。仍然在工作的扩音器提示鬼怪屋已经走到了底，这是最后一层"刀锯地狱"，用来对付见利忘义的小人。火光中，他看到孙大胜扛起昏迷的钱快乐要走，那跟钱快乐来的壮汉躺在一边，意识模糊，额头上有血。陈诺大声呼喊："住手！"

孙大胜诧异地回头，看到陈诺手中的枪，用手扼住胸前腰凳上坐着的未来的喉咙，未来吓傻了，"哇哇"大哭着，双手伸向陈诺。陈诺不敢再做动作，他僵立在孩子的眼前，像一只冻僵的猫头鹰。

孙大胜说："把枪扔掉。"

陈诺突然掉转枪口朝孙大胜旁边的暖气管开枪，蒸汽喷到孙大胜的脸上，他惨叫一声用手捂眼，陈诺冲过去扑倒他，给他上了铐子。他抚摸着未来的脸，说："未来别怕，叔叔来救你了。"未来却一脸惊恐，手脚在空中胡乱飞舞。陈诺发觉不对，想回头已经晚了，他后脑上挨了一拳，陈诺甚至都听到他头骨中脑浆震荡的声音，陈诺瘫软在了地上。未来哭了，红扑扑的脸蛋像一朵清晨的玫瑰。

蒙蒙眬眬中，他看到了砸倒自己的那个男人很胖，穿着皱皱巴巴的西服。地面突然露出一个洞，洞里躺着小叮当，她手和脚都被捆着，整双眼都是泪地望向自己。乳白色的浓烟吞噬了这一切……

A. 我是钱快乐

我和我父亲，还有东东在一片雪地里玩耍。东东不断把地上的积雪泼到我们身上，或是捏成雪球砸我们。他不断发出奶猫撒娇一般的欢叫，我的父亲"呵呵"傻笑着，目光慈祥。我们祖孙三个人好像从来没有这样聚过，我的心情愉快，我捏起雪球轻轻地扔到东东身上，我们打起了雪仗。

那片雪里阳光很温暖，父亲的笑容很温暖，东东的欢叫也很温暖，连砸在我身上的雪球都是暖的。在这样的世界里，我看什么都顺眼，看什么都想笑。

我的手机响了，铃声像是森林里的动物在哽咽，可我找不到手机。我感到奇怪，我走到哪里都应该带着手机。

"你们见我的手机了吗?"

他们不说话，仍然在高兴地互相扔掷雪球，像是没有听到我说话一样，这让我感到惶恐。

我怎么会在这里，我那么忙，我怎么会有时间陪我的亲人。我后背有些疼，我恍惚间有点记忆，在电影院里，到处是味道奇怪的滚滚浓烟。

雪地裂开了。

我想起来到这雪地之前发生的事情。我们在电影院里，着火了。孙大胜抱着东东想跑，我爸把东东一把抢了过来。孙大胜想把东东再抢过去，我拼了命一样撞倒他，我俩扭打在一起。东东和我爸消失在了火海之中。我脑袋上挨了一下，突然失去重心，摔倒在地上晕了过去。我们怎么会到这里? 我突然感到巨大的不安，像是蚁群爬满我的全身。我们这是在哪里? 我们为什么在打雪仗? 东东又朝我扔了一个雪球，像是在嘲笑我。我醒了过来。

我睁眼看到的第一件事就是脚下的万丈深渊。

我被吊在悬崖边的一棵大树上。我不能挣扎，否则压断树枝，我就惨了。那个叫周灵的女人被吊在我身边，老话说拴在一条绳上的蚂蚱，我们是一根树杈上吊着的俘虏。我对她说:"你要感到庆幸，人只要活着，就有翻盘的机会。"

她不说话，只是怒视着我，一滴滴泪水掉落我们脚下的深渊。

叫声再次传来，我看到孙大胜被五花大绑，躺在地上。身上很多伤痕，可他还活着，呼吸匀称而饱满，像一颗鲜红的苹果，这小子真是生命力旺盛的妖怪。

他对我狞笑。

"我真没杀橘子。"我满头是汗，"都这样了，我没必要说假话。

我没杀她。"

一个胖子用腰凳带着那个孩子从树林里钻出来，他手里还捧着一堆树枝。周灵叫那孩子"未来"，孩子睡着了，没有回应他。我知道那是她的儿子。

胖子说："你最好别吵醒他，接下来发生的事情你肯定不愿意他看着。"胖子摘掉面罩后露出的面目让我有些失望，他的五官太普通了，满脸油腻的汗水，就像是一个在夏天马路上溜达的保险推销员。

孙大胜说："杨二郎，我明明把你推下桥了，你是怎么活下来的？"

他踢了孙大胜一脚："你现在还问这些有意义吗？"

我这才知道，那胖子叫杨二郎。我突然感觉我有了生路，因为动画片里孙悟空最大的死对头就是二郎神。虽然我的希望很荒谬，可我要活下去。

我对杨二郎说："你放了我吧，我还得给老狼凑钱去。"

"已经有人替你还钱了。老狼现在要的是你这个人。"杨二郎说。

谁替我还了钱？一想到这个问题，我的心狂跳起来。

"放了我儿子吧，他是无辜的。"周灵突然插话，哀求的声音在她肿起的嘴巴里滚来滚去，像是被炒煳的豆子。

"你闭嘴，你们一个都跑不掉。"杨二郎愤恨地说，"你这个帮凶。"

孙大胜不说话，把牙齿咬得咯噔咯噔响，他被杨二郎拿树枝折磨着，花样迭出。他的身体就像掉在陆地上的鱼一样扑腾着，看得我心惊胆战。

鸟儿飞过天空，森林中有猴子在叫，这个世界上，人对人永远是最狠的。猴子不会这样，鸟儿也不会这样，我闭上眼睛，人只要活着就有希望。我在等待，等待我的希望成真。

2. 神棍

事后陈诺才知道，那个鬼怪屋由旧时防空洞改建而成。在最底层的"刀锯地狱"里有一口井，连接着金市的城市排水设施。那胖子正是从那口井中钻出来打晕陈诺，并把人都劫走的。排水道四通八达，没有留下任何线索。

丁烈还告诉躺在病床上的陈诺，警察也不是无功而返，钱奋斗祖孙两个被营救。东东被解救后一直昏迷不醒，医生说他受到惊吓刺激，又被烟呛了，现在还活着已经算个奇迹，至于什么时候能醒来得看天意。陈诺看着病床上这个小小的生灵，他有着他父亲、他爷爷一样的长睫毛和高鼻梁，阳光照在他的脸上，让他的脸孔更加苍白。

陈诺轻轻地吻了一下他的额头，东东被解救让他感到欣慰，同时他心里也更焦虑，这帮人开始对孩子下手，可见其凶恶程度。他想起小叮当的双眼，如同两座湖泊一样压在他的心弦上。陈诺想要像个普通人一样崩溃，为自己的爱人大哭。可镜中的自己告诉他：如果崩溃有用，那世上就不再需要警察。

你和未来一定要坚持下去。陈诺在心底祈求小叮当，只要活着，一切就还有机会。

丁烈在鬼怪屋收拾残局的时候，从后门的垃圾箱里发现一个被打昏的老人，后脑勺上有一个鸡蛋大小的包，手脚还捆着绳子。医生给他验完伤后惊叹："这大爷命实在是大，再往上挪两厘米，非把他颅骨砸陷了不可。那样不死，也是植物人。"

警方调查他的背景，发现他正是失踪的李扬德。李扬德醒来后声称自己本是去钱快乐的牧场找他要债，回家的路上被一个胖子劫持。对方要求他必须说出钱快乐的下落，否则就要他老命。李扬德无奈，只好带他来到电影院，然后他就被那死胖子用砖头拍晕。

陈诺决定亲自盘问这个从垃圾箱里发现的老人。

李扬德刚被带进审讯室，"扑通"一声就给陈诺跪下来，一把鼻涕一把眼泪地嚷嚷："谢谢救命之恩，谢谢救命之恩，我是被冤枉的。"

"你究竟是感谢我们的救命之恩，还是想说我们无能，你是被冤枉的。"

李扬德闭上了嘴。

"你认识钱快乐?"陈诺问他。

李扬德点头:"人就是他杀的,你们得赶紧抓住他。"

陈诺和丁烈吓了一跳。"你凭什么这么说?你有证据吗?"丁烈问他。

李扬德一拍大腿,愤怒地从凳子上站起来,伸着一个巴掌,五根手指通红,像沾着血。陈诺说:"坐回去。"

李扬德坐回去,在两人面前晃着巴掌说:"他欠了我这个数。"陈诺说:"你一个教书的,哪儿来这么多钱?"

"都是我和别人借的。我快被债主们逼疯了,钱快乐就该千刀万剐!"

"你的儿女们不管你?"

"我无儿无女,老婆早就死了。"李扬德颓唐地说,"我本以为帮钱快乐吸储能让我翻身,没想到最后搞得我半死不活。我能看出来,他对我有杀心,可他是我的学生,他鬼心眼一动,我就全看出来了。所以他一直没有得手。"

看着满头花白无精打采的李扬德,陈诺和丁烈暗自心惊。

"你们是怎么认识的?

李扬德说:"那还是五年前,我有个徒弟,七十多岁了,总在买假药,花了好几万。我看着心疼,不让他再买。卖药的就是钱快乐。当时他觉得是我坏他的生意,打上了门。那小子当时一副人样,西装革履,天庭饱满地阁方圆,像个能有出息的德行。我就劝他好好干,别整天坑蒙拐骗。他看着我家客厅里挂着的都是我和大人物的合影,知道我非等闲之辈,就不打我了,向我请教。我给他划划道道,他特别信服,就拜我为师了。"

丁烈说:"就是狼狈为奸了呗。"

李扬德哆嗦了一下,像被人抽了个耳光,他身子往后缩。

"你给他出了什么主意?"

"钱快乐问我以后在金市应该怎么发展,我指着窗外一片又一片巨大的空地,跟他说你要想尽办法进军房地产业。他听完眼睛就亮了，可马上又黯淡，他说他没钱。我指指楼下走来走去的人，说他们不都是钱吗？谁花自己的钱盖楼谁是傻子。"

陈诺笑了："你他妈倒很有先见之明。"

"我能说的，我全都说了，我真不知道他在哪里。"

陈诺叹了口气，他想抽烟，可烟盒里只剩下了最后一根烟，小叮当的唇印如同鲜血，陈诺左右为难。

李扬德突然愣愣地看着陈诺，像是变成了另一个人，眼神无比明亮，光芒妖艳，如同女巫的眼睛。陈诺似乎看到李扬德的影子在墙上越来越大，越来越浓，像雾气一样蔓延进自己心里，无法抵御。

这老头还真是有点邪门。陈诺心想。

"警官，有些事情你不能强求。"

陈诺愣了，说："你什么意思？"

李扬德的脸上写满同情："你寻找的未必是你的，等待你的也可能离开你。我本来以为你很威风，其实你的命也挺苦。"

陈诺站了起来，他发现自己的手颤抖。李扬德看出了陈诺的意思，眼里的光熄灭了。他又变回一个无助的孤寡老头。李扬德突然号啕大哭，鼻涕眼泪糊了满脸："救命啊！警察要杀人了，连老人也不放过呀！"

陈诺没有理他，径直走出门。他点燃了那根烟，烟丝发干，却有股潮湿的鲜味。抽到一半时他舍不得了，把烟头在墙壁上蹭灭，又装回了烟盒里。

B. 我是钱快乐

夜幕再次降临，杨二郎坐在草地上，他大口大口地喘气，肥胖的脸上都是汗珠，一闪一闪，像天上那不会为世间任何事所动的群星。

孙大胜被倒吊在树上，只有进的气没有出的气。我身边传来一声微弱的呻吟，是周灵。她的双腿被捆着，正在给怀中的孩子喂奶，她恶狠狠地盯着我们。我说："你不应该恨我，让你儿子受到威胁的人不是我，甚至都不是他们，是你自己。谁让你欠别人钱呢？"她闭上眼睛，不愿再多看我们一眼。

天边有微光的时候，杨二郎不知从哪里找来一辆破旧的皮卡车，在路边轰鸣着。他先把孙大胜捆好，塞进车斗，又把我和周灵抬到后座上。他发动汽车的时候，我跟他说："我不想见老狼，你放了我，我给你钱。"他瞥我一眼，没有说话。

"我有很多钱，你开个价。"

他脱下周灵的鞋，摘下来她的袜子，塞进我的嘴里。

我们来到金湖边时天彻底亮了，天空蓝得近乎透明，云层洁白，像一群群上帝放养的羊羔。湖面连一丝涟漪都没有，金光璀璨，像是镜面镀金的巨大镜子，反射世间一切。相传当年全天下最富有的商人途经此处，胯下的汗血宝马任凭鞭打呵斥，不愿再走半步。富商明白，这是天意。他吩咐手下，等到他去世后，可用自己身家买下这个湖，然后将自己安葬在湖中。老百姓们都说，金湖一滴水贵过一两金：一是用贵重的金子比喻这里秀美的风景，二是因为这个典故。

杨二郎把我和孙大胜从车里拖到湖边草地上："等我把刹车闸处理明白了，你们两个就可以永远在这里欣赏美景了。孙大胜，作为同事我对得起你。"

周灵在车里看着我们，她手脚都被捆着，孩子在她怀中睡着了。我突然有些可怜这对母子，我直觉他们落在杨二郎手上要比跟着孙大胜惨得多。也许是感觉到了会发生不好的事情，小家伙不安地扭动着身体。看着他，我就想起了我的儿子东东。

好在我此刻还活着。

也许是我的眼泪打动了杨二郎，他把我嘴里的袜子扯了出来。

"怎么还有我？老狼不是要你带我回去吗？"我问杨二郎。

"你怎么就不明白？"杨二郎指指孙大胜，"他害我，没把我害死，我必须得报这个仇。报仇的时候，你就在旁边，你觉得你还能活吗？"

我说："我给你一大笔钱，你赚钱，我自由。我保证跟谁都不说这件事，两全其美!"

"不要动不动就钱钱钱的，最烦你们生意人这点，好多事不是钱的事。"

他把皮卡开到了湖边停下，爬到车底下，丁零当啷地动作了起来。

以前我在广州变魔术的时候，经常会说，奇迹往往在你最绝望的时候发生。我是个魔术师。从我被绑起来的那一刻，我的十指暗地里就没停止过动作，我一遍又一遍演练我学习过的绳索逃生术，终于在不知道失败多少次之后的又一次尝试中，我终于找到了绳头，轻轻拉几下，双手从绳索中挣脱出来。

一切都还有机会。

孙大胜恶狠狠地盯着我，眼睛红得能滴出血来。我说："我一个人打不过杨二郎，我死了你也得死。我对天发誓，我真的没有杀橘子。"

"你发誓算个屁。"

"像屁不像屁的，这单说。我一个人打不过他，把你绳子割开，咱合伙铁定能杀杨二郎，你再找我算账。"

我正说着，杨二郎从车底下钻出来，我赶紧停止动作继续装死。他从工具箱里找出把改锥，关上门又钻进车底下。

枷锁明明已经被我挣脱，可我的双腿却不敢迈向自由一步。这是多么尴尬的人生啊! 如果李扬德在这里，一定会指着我，嘲笑我："徒弟呀徒弟，你以身作则，向我们解释了什么叫作茧自缚。"

3．交代

李扬德坐在审讯室里，闭目养神，一副死猪不怕开水烫的样子，让丁烈恨得咬牙。

无论丁烈怎么劝说，他始终像一根墨水里的钉子般沉默。

"你都知道钱快乐要杀你，你还帮他，不帮我们?"丁烈问他。

"他被你们抓走了，谁还我钱?"李扬德说，"我给我那些债主们交代不了，我是生不如死呀！你们这是逼着我拿绳子把自己往房梁上吊。"

李扬德干脆跷起二郎腿，像是来度假。隔着监控看到这一幕的警察们都握紧拳头。

丁烈问李扬德："你还是没什么要说的？"

李扬德摇头。

陈诺走进了审讯室。他自己都能闻到眼眶中那股冬日火炉中燃烧煤块的味道。李扬德的额头渗出一层又一层的冷汗。从这汗水中，陈诺能闻到眼前老人对自己的恐惧。他都有些同情李扬德，一把年纪了，按理说该颐养天年，可在他的狡诈心机之下只有愚蠢，还有孩子般的对这个世界旋转之快的不理解与恐惧。

陈诺尽量用最轻柔的语调说："搞明白了一些事情。你和他非法集资案的那些受害者还不太一样。他不杀你，是因为你还一直在帮他诈骗。你是他的帮凶，是他的共犯。"

李扬德不说话，闭上眼睛。

"金市监狱里有很多犯人的亲属都是钱快乐的受害者。很多人的棺材本都被骗走了，他们要是知道你进了监狱，你想想他们会怎么对你。"

李扬德的面色惨白，仿佛在福尔马林池中浸泡多日。陈诺说："你面前有两条路：一条是你告诉我一些我们想听的消息，算你有立功表现；一条是你什么都不说，进了监狱都是想认识你李扬德的人。你自己选。"

李扬德看着水泥地上自己的倒影，用双手捂住了脸。陈诺看不到他的面容活动，只看到他手上如枯死的树皮般满是斑点和褶皱的皮肤在灯光下发着光，闪闪发亮。这老人像是浑身缠满了绷带的木乃伊，可恐惧从他内心汹涌而出，落满了这房间的每个角落，落在陈诺的睫毛上。

"我知道钱快乐情妇的地址。"李扬德长叹一声，终于放开双手，露出面容，"地址除了他就只有我知道。"

"她叫什么名字？"

"林晓丹，名字是林晓丹。钱快乐很有可能躲在她家。"

陈诺给李扬德一支笔，一张纸，李扬德飞速写下林晓丹的地址。陈诺看着再没有秘密的李扬德被同事戴上手铐。

"你们听过这样一句话吗？"李扬德突然问所有人，"财产的分配与保卫占据了整个世界……"

没有人回答他，他苦笑着摇摇头："托尔斯泰说的。"

他的背影闻起来像一根没有半点肉丝的骨头，陈诺心想。陈诺和丁烈走出审讯室。随着春节越来越近，金市上空的烟花更加密集了，噼里啪啦，如同看戏观众的掌声。

陈诺饥肠辘辘，浑身像被拆散一样疼。他看着天空，烟火留下的痕迹如幽灵一样散去，阳光刺眼，烫得心疼。

第十一章

1. 戏法

屋里的人开了门，陈诺和丁烈对视一眼，读懂了对方眼神里的意思：这个女人很漂亮。

这不是件好事，越漂亮的女人越不好对付。

丁烈问她姓名，女人说林晓丹。林晓丹扫视了眼后面穿警服的同事们："为了钱快乐来的？"

陈诺点头，把自己的证件和搜捕令递给她。林晓丹让开路，众人蜂拥进这处豪宅，四下散去，寻找钱快乐的踪迹。

屋里的客厅摆着一排真皮沙发，就像一头头凶猛的野兽，虎视眈眈冲着众人。巨大的红木发着的寒光，有种野兽骨骸的甜腥气，让陈诺头晕。整箱整箱的名烟名酒散乱地堆放在客厅一角，另一角是叠成几摞的画，有陈诺能看懂的国画，也有陈诺看不懂的现代画。许多造型古怪的雕塑张牙舞爪，金的银的铜的铁的，陈诺看不出来这些雕塑雕的究竟是什么，但是能闻出来：很贵。

客厅中最刺眼的摆设是一台老虎机，镀金的机身上镶嵌着大大小小的珠宝和钻石，造型浮夸，色彩艳丽，就和钱快乐这个人一样。

陈诺拍拍这个说不上是玩具，还是艺术品的家伙，问林晓丹："钱快乐倒是还挺有个性，把家整得这么花里胡哨。"林晓丹说："你最好把手放下，这玩意儿能换一套房。"丁烈跑下楼，对陈诺说钱快乐不在这里。

陈诺看着眼前的女人，女人也冷冷地看着他，眼神里没一点东西，味道就像夜空里的一颗死去的星球。

陈诺的喉咙有些发干。他掏出烟，发现自己的打火机没气了。林晓丹递给他一个造型夸张、金光闪闪的打火机，陈诺点燃香烟，林晓丹说："你要没火，就给你吧。"陈诺笑了："太烫手了，拿着我怕减寿。"

"这是这里最便宜的东西了，没事。"

"人和人不一样，便宜和金贵的定义也不一样。"

林晓丹说："既然钱快乐不在，你们是不是就能走了。"陈诺拿出孙大胜的照片，问林晓丹认不认识这个人，林晓丹摇头。

"你和钱快乐是什么关系。"

"没什么关系，男女朋友关系。"

"他有孩子，你知道吗？"

"知道哇，我又没打算跟他结婚，碍着你啥事了？"

林晓丹这句话让陈诺大脑短路，接不上话，觉得有人在自己的脑袋里塞了两支旋转的螺旋桨，他的脑浆被它们剁成一团糨糊。

"他认不认识一个老狼？"

"不知道。他的事太乱了，我从不过问。"

"你从不过问，那这房子是谁的？"

"是我的。"

"你的？你年纪轻轻怎么赚这么多钱？"

"哪条法律规定了年轻人就不能赚大钱呀？"

丁烈一听这话，干笑了两声。林晓丹瞥他一眼说："你笑什么？有病……"

丁烈把警方关于这栋别墅的资料递给林晓丹，陈诺看到，房主那一栏填的是"钱快乐"。

林晓丹的腰板瞬间不再笔挺，像是有只手把她的脊椎拽了出来。陈诺闻到她身上飘来一股葡萄腐烂后渗出的汁液味道。她转身跑上楼，楼上传来各种物体摔在地上砸烂砸碎的声音，然后她跑下来，把一个红本子摔到丁烈手里，她喊道："这是房产证！看！"

"假的，你被骗了。"

"不可能！这是他亲手交给我的。"

"你不信，你上网查呀，你就没想过上网查查？"

林晓丹坐到价值十万块的意大利手工牛皮沙发上，喝一口二百块钱的矿泉水，用价值三万块钱的打火机点一根细长的女士香烟，抽一口，眼睛就比燃烧的烟头还红。

陈诺捡起房产证看一眼，放在桌上："你不上网查，是因为你心里清楚，只是不愿相信。"

陈诺觉得林晓丹一定十分地悲伤，因为她的身体在这个房间里不再像个人，而像是秋日下午的一道阳光，变得越来越暗，越来越淡，近似于透明。她的味道闻起来像烟灰一样，白得发黑。别墅外突然响起哭声，是男人的哭声，像是孤狼掉进陷阱后的悲嗥。

A. 我是钱快乐

车边蹲着的杨二郎开始不断地回头看向我们，眼神里有股残忍的笑意。他就要动手，我不能再等。

我轻轻走到他身边，抬起一块石头向他后脑勺砸去，他的身影突然在我眼前消失了。还没等我反应过来，我的胳膊就被他拽住，一个过肩摔，我被他摔倒在地上，感觉全身的骨头都要碎掉。我倒在地上，杨二郎看着我，似乎踩着云彩的神，十分地平静。

"我不会再给你们第二次机会了。"杨二郎一边捆住我手脚，一边说。

我旁边传来一声呻吟，是孙大胜。我骂他是蠢货，要是我们联手，现在都各自回家了。他闭上眼睛。

这个时候，我听到树林里传来扑扑簌簌的声音，声音很响。我以为是狼群穿越森林，心想这样也好，野狼也算为我报仇。没想到，走出森林的竟然是林强。

他们没有对话，就像两只野兽一样迅速识辨出对方的敌意。林强扑向杨二郎，他身形魁梧，黑熊般嘶吼。地上的土、天上的雪被他们的厮打卷到空中，像两个男人的灵魂。

杨二郎被林强打蒙了，林强的拳头击中他的脸好几下，他的腮帮子瞬间就肿起来。但杨二郎的反应速度更快，他晃两下，就做好防守姿态，接下来的进攻都被他的胳膊拦住。林强体形太大，力气被脂肪消耗光，只能呼哧呼哧直喘。

狡诈的杨二郎像一条始终在等待机会的毒蛇，终于反击了。他似乎看准林强的身体臃肿，不便于行动，拳头和脚专门往林强的膝盖和关节处招呼。林强也不躲闪，拳头碰在他血肉之上，发出一串串鸣响，清脆而暴烈，空气里有股奇异味道，明明是血腥，可是像燃烧的火药。

十分钟过去，林强还是没有倒下。他的眼睛里放射出妖艳的光，那是愤怒与憎恨。虽然杨二郎的这一番攻击凶猛毒辣，可他面对的是一个职业摔跤手，皮糙肉厚，抗击打能力极强。林强身上那些薄弱部位，早已被其在日常的训练中打磨得无比强悍。脂肪像是一层柔软而厚重的护垫，把杨二郎的力道，连同他的生命吞噬殆尽。

就在杨二郎喘息之际，林强压低膝盖，箭步冲上去，避开杨二郎的拳头，从腰间勒住他的身体，朝上一举，狠狠地摔在地上。一阵"噼里啪啦"的声音，像是一串气球爆炸。杨二郎在地上不再动弹，无声无息。我这才发现，这个把孙大胜都折磨到半死的人真是长着一张平庸的脸哪！就像一个走到哪里都不敢发出声音，生怕引起别人注意的人。平庸就是没有声音，就连死，也是无声无息。

阳光落在我身上，也照在杀人的人和尸体之上。我竟然没死，真是他妈老天照顾。我心里想。林强解开我的绳子。

"谢谢你好兄弟。"

我眼含热泪地向林强道谢。林强指指自己的口袋。我明白了，我说："我回去就还你钱，连本带利地还。你是怎么找到我的？"

他从我的裤兜中掏出一块电子表，很高级，是运动员用的专业电子表，不知道他是什么时候偷偷塞进去的。

"林强好兄弟，虽然这是你用来监控我的，可到最后救了我的命。大恩大德，没齿难忘。"

还没等我反应过来，林强的五官猛地扭曲在一起，我看到刀尖穿透他的身体，是孙大胜。他手中拿着他的铁棍，棍子顶端竟然藏着匕首。那棍子本来被杨二郎放在车里，我看到车窗被摇了下来，周灵一脸惊恐地看着我们，一定是这个婊子和他串通好的。

"你这个蠢货！"我冲周灵大喊。周灵吓得摇上了车窗，用手捂着头，就像一片枯草。

孙大胜推开林强，林强就像一团烂泥巴一样软在草丛中。孙大胜平静地问我还有什么话说。我真不明白，他已经伤痕累累，哪来的这劲头。记得我去德国，听到一句当地的谚语，"复仇是一道冰冷的盛宴"。看着孙大胜，我觉得他眼里有冰冷的满汉全席。

我知道，最后的时刻就要来临，他累了，决定结束这一切。我屏住呼吸，只是不想闻到他头发里血腥和草腥混杂在一起的味道。

"真不是我。再借我一百个胆，我也不敢杀橘子姐。要是我就天打五雷轰，不得好死。"

"你肯定不得好死。"

他把那根铁棍拉开，原来那是把特制的锯子。

孙大胜拿链锯缠住我的脖颈，锋利的锯齿像冰冷的舌头舔着皮肤。链锯越来越近，我即将断气，突然有个人影闪过，我以为是模糊的泪水造成的幻觉，那个人影扑到孙大胜的身上，压住他，我得以解脱。那是林强，他用他最后的力气救我，他说不出话，只能像一头黑熊般发出怪叫。

我用尽全身力气，向前奔跑，失足摔倒。我看到一个U盘从我身上摔了出来，那是我救命的法宝。我伸手想去抓U盘，却看到孙大胜推开林强向我扑来，保命要紧，我只能顺着山坡滚下去，石头和树杈打在我身上，像是把我千刀万剐一样地疼，可我不在乎。U盘丢了让我很恼火，可这是我该受的罪，只要活下来，比什么都强。

我滚到公路上，远方驶来一辆黑色轿车。我拼命地挥手，撕心裂肺地求救，轿车离我越来越近，缓缓停下，那是顶级的奔驰迈巴赫。

一个穿着笔挺定制西服的斯文男人走下了迈巴赫，他的白色漆皮皮鞋光亮得像是精心打磨过的白骨。他走到了我面前。

他冲我微笑。他像春风一样温柔，一点都不像个吃人不吐骨头的恶棍。

"我们找你很久了。"

"老狼，有话我们好好说。"

"我和你说不着了，咱们债务都清了。"

老狼的人推搡我，我乖乖上车，没有反抗。人生就是这样的奇妙，我不断地陷入一个个绝境，又一次次像变戏法般死里逃生。上一秒钟我还在悬崖上吊着，然后这一秒我就坐在德国顶级豪车宽敞舒适的牛皮后座上。有时我觉得命运是一个巨大的戏法，我们总觉得我们是变戏法的人，到最后才发现我们是戏法本身。上帝才是操纵它的魔术师。

我以为老狼会带我回他的公司，没想到迈巴赫轿车开进金漠，一片片金沙丘上反射的璀璨阳光明晃晃的，我一下反应过来他要带我去什么地方，最糟糕的事情发生了。我浑身的汗毛立了起来。我想跳车，老狼的手下给了我几拳，我不敢再动弹，流下了眼泪。

我看到一座巨大的黄金城市，我能看清男女老少的五官和身上的毛发，他们每个人都有张纯洁无辜的脸。金色的风吹过这座金城，万物坍塌，变幻为黄金绿洲，每一株草、每一滴露水都发着金光，有着无限的生机。然后花草树木迅速枯萎，这海市蜃楼又变成黄金马群，黄金宇宙。我穿过这无穷无尽的幻觉，觉得世上的一切我都无法抓住。我听到了金色沙漠对我的召唤，它找我我就必须到。即使孙大胜的链锯已经套在我的脖子上。真是可笑，孙大胜杀了林强，林强杀了杨二郎，他们像虎狼一样，可是他们在我眼里什么都不是，因为我是人。拥有高级智慧的人怎么会害怕野兽？可我害怕这座能够变成世间一切的金漠，如果生命真是一场魔术，那大漠里就蕴藏着能看穿所有低俗戏法的力量。

我喝一口手中酒杯里的"响"牌单一麦芽威士忌，打开林强留给我的那块电子表装作看时间，还好，它安装着电话卡，可以往外发信息。我不知道结果怎样，走进这片每一粒沙子都如太阳般耀眼的沙漠，一切只能听天由命。

2. 小畜生

陈诺一进门就看到李梦眼眶乌黑。李梦告诉他们，为了防止钱奋斗出事，她在这里守了一整夜没合眼。

"饿坏了吧？"丁烈问她。陈诺暗自苦笑，这家伙语气里的关心像是李梦已经变成了自己的爱人，那股迫切劲儿藏都藏不住。

"嗯！"李梦倒是无知无觉，傻乎乎地点点头。

"你想吃什么早点，我一会儿给你点外卖送过来。"

"真的呀？我想吃馄饨。"李梦不好意思地笑了，"谢谢领导关怀！"

陈诺咳嗽一声，丁烈不说话了。

钱奋斗不仅哭，嘴里还不断地念叨。他的声音和天上的滚雷一个味道，落在地板上仿佛冰雹。

昨天晚上在钱快乐和情妇藏匿的别墅外痛哭的人正是钱奋斗。陈诺冲出去的时候，钱奋斗使劲儿地跺脚，似乎只有把青色的水泥地板跺碎才能让悲伤消散。泪水挂满他的脸，因为衰老而变形，闻起来像枣核的味道，还没落到地上就被冻住，如夜里的雪地一样亮。

"是谁把他带来的？"陈诺恼火地问丁烈。

"这是他儿子的房子，里面都是他儿子的东西，都需要他指认哪，陈队。"

陈诺不满地说："纯属添乱。"

"从昨晚到现在，他一直哭，就没停过。"李梦揉着小兔子一样的红眼睛说。

"他究竟在念叨什么？"

李梦说，那座豪宅里的一切，钱奋斗从没有见过。儿子不管自己吃苦，不管钱东东受罪，有钱不还给别人，只管自己快活，还活得如此骄奢，这让他寒透了心。

陈诺从没有见到过一个男人能哭得像钱奋斗一样伤心，像是恨不得把自己的苦胆与骨髓哭到自己的身体外面去。

陈诺路过证物科的时候，陈诺看到手下人在搬运那台浮夸的微型老虎机。小小的机身，那小伙子却龇牙咧嘴，像是使出了全力。

"这什么鬼玩意儿，看着小，还要命地沉。"小伙子愤怒地咒骂着。

陈诺走进审讯室，林晓丹坐在椅子上，眼神直愣愣地看着陈诺。这姑娘是废了，陈诺心中琢磨。他把一杯水放到她面前。她看陈诺一眼，发红的鼻尖上有股过期水果糖的味道。

"那座别墅和里面的东西都被我们封存了，你有异议可以跟我们的上级沟通。"

"我没异议，反正也不是我的。"

"你把他在哪儿供出来，我替你讨个公道。"

林晓丹瞥陈诺一眼，不说话。

这个姑娘裸露在外的锁骨被寒冷的冬风吹得通红，闻起来就像一棵被冻伤的白杨。

"我挺佩服你的，你这叫敢爱敢恨。"

林晓丹不说话，陈诺知道，这句话比一记耳光还让她难受。

"我知道不管钱快乐怎么对你，你都不会恨他，不会出卖他，你爱他。可你相信吗？不光是我们在找钱快乐。"

陈诺把卷宗放到桌子上，翻开，里面都是尸体和断手的照片。林晓丹紧紧闭上眼睛。陈诺告诉她，有一个疯子怀疑爱人被钱快乐杀了，正在满城追杀他。

"钱快乐只有被我们抓住，才能保住他那条狗命。"

林晓丹望着陈诺，眼眸漆黑，眼神复杂。陈诺判断不出她在想什么，有心事的女人身上的味道在陈诺这样的粗糙直男闻起来就如生命源起时的血液，如宇宙尽头中的灰烬，根本无法解释。两行眼泪顺着林晓丹的眼眶流了下来。

流泪的女人是如此相像，陈诺的心被针扎了一下。

陈诺按捺悲伤，继续说："那几拨人有多狠，你看过照片，你心里很清楚。再磨叽，你会后悔的。你是个好女人，好女人心里只有自己男人，把握住机会。"

林晓丹深深吸气："把手机还给我。"

林晓丹的手机上有条短信，内容很简单，只有三个符号：三棵萝卜。这是从一个陌生号码发过来的短信。那个号码数字排列杂乱无章，应该是网络电话号码发的短信。

"有一天晚上，我睡得正香，手机响了，我收到了这条短信。钱快乐进了房间，说短信是他发的。我问他，这什么意思。他说他天上地下只怕一个人。这人想毁掉他就和踩死一只蚂蚁一样。所以无论何时何地，无论来自什么样的方式，哪怕就是被认定成垃圾广告的信息，只要是三棵萝卜，就意味着他被那人劫持，要死了。我答应他，一旦收到这个信息，我会不惜一切代价救他。"

"那个人叫什么？"

林晓丹摇头："他没告诉我。他说到时候我自然会知道。我就记得当时他脸白得像个死人，声音又哑又干，我从没见过他这么害怕过别人。"

"就一点信息没留下？"

林晓丹说："他肯定没有说。第二天醒来他全好了，又像以前那样活蹦乱跳，要不是我手机里存着短信，我真怀疑这是我自己做的梦。"

陈诺看着短信中那语意模糊的三棵萝卜，突然拔腿跑出审讯室。

那台老虎机就在证物科仓库的墙边，金光闪闪。它的液晶屏黑漆漆一片，屁股后面有一条通着插头的电线，陈诺急忙给机器通电。

"陈队，你这是要干吗？"尾随而来的丁烈问。

陈诺说："有时很重要的事情，就藏在很无聊的事情里。"

通上电，一阵欢快的音乐，老虎机上液晶屏闪烁，显示玩一次需要的金额是一百块。陈诺往闸口里塞张红色钞票，摁下摇把，三辆自行车。陈诺再塞一张，又玩一次，三只公鸡。陈诺咬牙，手在老虎机上摸索，终于找到了伪装成红宝石的开关，一摁，液晶屏"咯噔"一声，如录音机磁带闸般打开，里面是个小液晶屏，四个大字"百战百胜"，然后出现作弊系统，一堆符号，陈诺选了三棵萝卜。合上大液晶屏，再次投了一百块钱，陈诺摁下摇把，这三个符号先后如约而至，音乐突然停止，原本严丝合缝的机器发出不属于老虎机的声音，像是齿轮和钢索。过了几秒，前半部分自动裂开，竟是一道密门。众人咋舌，终于知道这机器为何小而沉了，它上下前后的钢板都足有拳头厚，是台十分结实的保险柜。

柜中除了一份文件，什么都没有，陈诺取出文件扫一眼，是一份钱快乐的借款合同。债主是一家叫作"威信达"的商贸公司。条款十分潦草，违约条款干脆就几个字"双方协商解决"。

丁烈看完合同说："这也太敷衍了事了吧，不还钱怎么办？"陈诺说："没有违约条款，意味着钱快乐在对方眼里连只苍蝇都不是。"

陈诺眉头绞在一起，额头通红，能渗出血来。

B. 我是未来

我妈妈看着地上污水中自己的倒影，那倒影也回望我妈妈，我从我妈妈的表情中捕捉到一丝失落。她一定觉得自己已经变成了一个满脸戾气的丑陋女人，可儿不嫌母丑狗不嫌家贫，她在我心里永远是最美丽的。

我妈妈搀扶着孙大胜，孙大胜抱着我。我们进楼门，上电梯，来到房门前。我妈妈敲门，三长三短，像是对暗号，过几秒，门开个小缝，一个男人探出头来，他皮肤雪白，戴着金丝眼镜。我都能看到他皮肤下青色的血管。他看到我们，刚想关门，孙大胜说："医生，我要是让警察抓住，第一个就举报你。"那男人无奈，打开门，把我们迎进来。

两天前，在金湖旁边那个森林，我躺在妈妈的怀抱中饿得奄奄一息。我妈妈手脚又都被捆着，无法给我哺乳。我的知觉如同小鱼，被时间这条大鲨鱼一口吞噬，我陷入黑暗之中。我昏迷到深夜，被车门拉开的声音惊醒。我看到草丛里覆盖着两道黑色的影子，那是杨二郎和林强的尸体。我旁边还有一道红色的影子，是孙大胜，挣扎着爬过来打开了车门。他喘息着，只有进的气没有出的气。解开我妈妈的衣服，把我塞到她胸前，我大口大口地吸吮着母亲的乳汁，温暖的生命在我的全身流动。我妈妈流下的泪水落在我的脸上，孙大胜轻轻把我搂在怀中。我听到他对我妈妈说："我救你和你儿子，你救救我。我死了，你儿子也活不了。"

他的手又放在了我的喉咙上，我妈妈点点头，他用另一只手持刀割断了我妈妈手脚上的绳子。

"先带我离开这里……"

我把手轻轻地搭在他的手上，也许他从我手心的温度感到了我的不安，孙大胜吃力地抬起肿胀的眼皮，看着我做鬼脸。我笑了出来。

"我带你去医院。"我妈妈说。

"带我回那家黑诊所，不要去医院，去那里我只能坐牢。"

车钥匙找不到了，我妈妈想回城里得先找到一辆车。他们来到路边，公路上的风因为没有遮挡，格外刺骨。终于来了一辆车，这是我妈妈唯一的机会，她没有犹豫，冲到公路上，急刹声刺耳，我闭上眼睛，感觉到一股强风扑在我的脸上——

我睁开眼，车前盖离我妈妈只有一步之遥。一个身材健壮的男人摇开车窗，探出脑袋来骂："你找死呀！"

我妈妈扑到他面前，他吃惊地看着我妈妈，眼神里充满恐惧。

"熄火！下来！"

他说："大姐，你要干什么。有话好说。"

我不知道我妈妈哪里来的主意，她把手揣在兜里，假装有一支枪在里面。这个男人被她吓住了，这么冷的野外，他的脸红了。

"再废话，我弄死你。"

她极力地装作镇定，粗着嗓子对他说："从车里下来，把手机给我。"

他下车后看着我妈妈，眼神像一只受伤的雏鸟。

"大姐，这儿前不着村后不着店，联系不到人我得冻死。"

我妈妈龇着牙，五官绞到一起。我想起动画片里的捕猎鲨鱼，他就是失足坠入大海的羊羔。我妈妈冲他晃晃我衣服兜中根本不存在的手枪，再让他看看那个浑身是血的男人。她说："手机。"他无奈地掏出手机递给我妈妈，她扔在地上踩碎。孙大胜跌跌撞撞地上车，躺好。我妈妈坐在驾驶座上，看眼那个倒霉蛋，发动汽车，踩下油门。

孙大胜的呼吸越来越平稳，这是车里暖风的功劳。他叫孙大胜，可未必有孙悟空的本事。我妈妈才是孙悟空，所有的母亲都是孙悟空。我们能变成抢劫别人汽车的悍匪，还能变成比悍匪还可怕的动物。

那家黑诊所和我们离开时一样，到处一尘不染，蓝地板白墙壁，天花板上吊着手术灯，正对着一张手术床，旁边架子上放着棉花、酒精、各种药品和外科医生做手术时需要的金属刀具。墙上的衣架上有白大褂白口罩，一间卧室里摆满货架，都是药品。另一间的门锁着，看不到里面。

"你再乱看，我把你的眼睛缝上。"

那个皮肤白皙到近乎透明的医生恶狠狠地对我妈妈说。我妈妈看他一眼，没说话。

他像是一台在拆卸炸弹的机器人般稳定而冷静地修剪孙大胜伤口的腐肉，缝合他血肉里断裂的血管。

"你的技术真好。"

"把止血钳递过来。"

我妈妈愣了，他看我一眼，自己从托盘中拿到了他需要的工具。

"我当然好，我是金市最好的外科手术大夫。我差点就成为金市人民医院的外科主任了。"

我妈妈看着他，什么都没说。他说："我知道你心里是怎么想的，你在想我要真像我说的这么厉害，怎么会混成现在这个样子？开黑诊所，跟这些人为伍？"

妈妈没有问他，她知道答案。

"你把电视打开。"他一边缝针一边对我妈妈说，"其实我也认识你，你是那个叫周灵的主持人，以前晚会上都是你。其实你是谁无所谓，我是谁也无所谓。咱们都落魄了。都说时间如流水，扯他妈淡，时间就是硫酸，一遍一遍洗咱们，把咱们洗得越来越不体面，越来越难看。"

我妈妈问他想看哪个频道。

"看什么都好，只要能让这个王八蛋放松下来。等我给他做完手术，他是死是活，就看命了。"

"你必须救活他，他死你也得死。"

他一愣，我也被吓住了，都没敢哭出声。我妈妈的目光像是正在向地球冲来的巨型陨石，可以在这颗星球上引起巨型海啸。波浪能冲走医生，冲走孙大胜，冲走手术刀，冲走消毒酒精，冲走这栋房子，冲走整座城市和万事万物，因为我从他的目光里捕捉到恐惧。

"像我外科手术做多了，有时候觉得人真是奇怪。身体那么地简单，无非一百多斤的血肉，脂肪加骨头。可就是这么简单的一百多斤，能说谎不打草稿，能吃人不吐骨头。"他说。

云彩如鲸落般缓缓地滑入了天的深处。

3．抓捕

　　阳光晒在陈诺的胳膊上，他感到很温暖。他看着小叮当和未来坐在海边，用沙子堆砌好一座城堡。小叮当冲他笑，眼神甜得像糖。他听到远方传来雷鸣般的声音，起浪了。海浪像风一样飞快地打来，小叮当和未来仅发出半声尖叫，就被这道海浪吞噬。陈诺的眼睛里都是海水，城堡变成沙地，像从来没有存在过。小叮当和未来也不见了，只剩下孤独的大海。

　　陈诺猛地醒来，他坐在一辆大巴车上，暖气很足。这辆车正在金市的主干道上疾驰，车窗外，街上的景色如湍急的河水般流过。

　　"老狼有很多家公司做遮挡，没有一家他是法人。要不是有钱快乐保险柜里的这份借款合同，我们根本查不到钱快乐和周灵的债主是同一个人。"丁烈对陈诺说，"这小子还真是狡猾得像一条狼。"陈诺端起手中的手机，浏览器打开的网页正是《金市奇人异事录——丁强篇》：

　　　　……丁强，男，50岁。

　　　　丁强一直从事煤炭行业，是多家小煤矿的矿主。金市的房地产泡沫破灭后丁强进入金市的民间借贷领域。

　　　　他给多家进行民间非法吸储后资金链断裂的公司借款，靠从举债者那里收到的高额利息与抵押地产获取暴利。做事极为毒辣，不少老总被他害得倾家荡产。

　　　　据说丁强对金市了如指掌。就算他被蒙着眼睛，也知道自己站在金市的哪条街道上。走在金漠里，他仅凭沙子的干燥程度，就能准确地预测出哪里有蛇穴，哪里有狼窝。只要是老金市人的子孙，哪怕只是婴儿，他一眼就能看出是谁的孙子，谁的外孙……

全市民间借贷崩盘后，丁强请所有借过他钱的老板吃饭，要求老板们立刻还钱给他。那顿饭吃了三天，老板们回家后有很多人改吃素了，因为他们看到肉就想吐。没有人说那三天究竟发生了什么，但大多数人都按他要求照做了，只有少数几个滚刀肉不愿还钱，比如大混子钱快乐……

　　据说丁强怒吼起来声音如同金漠中的野狼嚎叫，令人魂飞魄散。人们给他起了个绰号：老狼。

　　……

　　车厢里坐满荷枪实弹的特警。丁烈坐在陈诺的身边，用力地抽烟。

　　"你很紧张吗？"陈诺问丁烈。

　　"陈队，这是我们唯一的线索。"丁烈皱眉道，"这里要没钱快乐的消息，就是个死案了。"

　　陈诺没有说话，眼睛死死盯着车窗，特警队的车已经驶到"威信达"公司的楼下。

　　特警封锁这栋楼的所有出口，陈诺率领所有人乘电梯上顶楼。电梯里没人说话，陈诺听到的，只有面罩中沉重的呼吸。

　　"叮咚"，电梯门打开，"威信达"公司的招牌在墙壁上熠熠生辉。放眼望去，整个顶层都是这家公司的办公区域。穿着黑西服白衬衣的年轻男女在落地玻璃隔成的一个个房间里进出，像是一群群在觅食的燕子。

　　前台的女人抬头看到一群警察出现，脸色瞬间苍白，她没有开门，而是拿起电话通风报信。丁烈抄起地上的一个消防栓，砸碎玻璃门，带特警们蜂拥而入。大厅中的人乱作一团，四散而逃。陈诺大喊全都不许动。喊声像是定身术，人们纷纷站住。

　　"你们逃不掉的，配合调查，早点立功。"陈诺平静地说。

　　这群男女如同排练好一样，全部举起手，抱在脑后，靠墙站成一排，仿佛一群在马戏团里训练有素的土狼。陈诺挥挥手，警方开始查封所有人的手机、电脑，问询和呵斥此起彼伏。陈诺看着这里的人，觉得他们似乎早就知道有这么一天，每个人都散发出一股解脱的味道，像神仙集体升天。

陈诺和丁烈走进会议室，看到一群面目凶恶膀大腰圆的光头男人，房间里飘浮着一股汗水和焦油混杂在一起的臭味。这群男人看着警察进门，都憋红了脸，显得手足无措。

陈诺指着这帮壮汉说："你们谁是丁强，自己站出来。"

木地板响起"噔噔噔"的脚步声，陈诺却没看到人动弹。等陈诺反应过来，一个小小的黑影已经打开了窗户，想都不想就跳了下去。冷风瞬间灌满会议室。

"我操！"陈诺惊叫。他冲到窗户边，见那个跳窗的侏儒正在顺着墙外的空调护栏向下飞快地滑行。

"他就是丁强！"一个光头男人用哭腔说道。

一阵刺耳的噪声传来。原来是侏儒所攀爬的空调护栏承受不住他的重量，和墙面连接的螺丝纷纷迸射。护栏扭曲变形，即将和楼体剥离，抱着护栏的侏儒不敢再动弹，在风雪中像一只受惊的猫，再过几秒钟，护栏断裂，他将被活活摔死。

陈诺顾不得多想，登上窗台跳出去，沿着空调护栏向下滑行。生铁的冰冷和强大的重力让他觉得像是有一头野牛用蹄子践踏自己的手指。就在他的左手拎抓那侏儒的衣领，右手抓住窗户边沿时巨响传来，空调和护栏摔落半空，砸在了地上。

"救命！"侏儒尖叫，"救救我。"

冲下楼的丁烈和同事们打开窗户，把两个人拉进了房间。侏儒还紧紧抱着陈诺，似乎一松手就会摔死。

陈诺看着眼前的侏儒，尖嘴、长脸、三角眼，胡子很长面目凶恶，长相还真像一条饿狼，只不过是一条五官与身形都被压缩了比例的狼。陈诺厌恶地把他推开，双臂疼得像是被斧子砍裂一样。陈诺这才发现自己浑身已经被汗打透了。

陈诺借口撒尿，去卫生间隔间里连抽三根烟，还吐了片刻，身体终于不再颤抖。

当他再次走进会议室时，丁强坐在椅子上，已经戴上了脚镣，这让丁强显得有些滑稽。

"我估计我这次让你跑，你也不敢跑了吧？"陈诺说。

丁强点头。他额头上都是汗，那汗水湿漉漉的味道就像一只在夏天柏油路上奔跑的藏獒。

"你是警察，为什么要救我？"

"废他妈话。你都说了我是警察，我能不救你吗？"

丁强咬牙说："你救我一命，我今天都说实话。"

看着丁强瞥自己的样子，陈诺知道人们害怕他了。这个人玩真的。

"抽烟吗？"陈诺问他。

"来一根。"

陈诺自己点一根，给丁强扔了一根。在烟雾中，丁强戴着手铐皱眉抽烟，浑身散发着鳄鱼身上的泥巴味道。

"说说吧，钱快乐为什么要杀人？和你有什么关系？"

丁强看陈诺一眼，说："为了钱他别说杀人了，吃人都行。可跟我没关系。我只割人耳朵。"

"钱快乐在哪里？"

丁强掐灭烟头，看着陈诺，目光忽明忽暗，像是在计算，像是要把陈诺的心看穿。

"我就是个收账的，钱快乐那些破事真和我没关系。割人耳朵也是吓唬人，逼他们还钱……"

"手上有人命吗？这几起案子是不是你和钱快乐干的？"

"我不可能犯命案。要都拿命换钱的话我这买卖就没法干了。"

丁强眯着眼看陈诺，脖子红得能滴出血。他在判断眼前这个警察是否相信自己。陈诺明白，丁强是豺狼，当遇到前面是死路的情况时他们出卖任何人时心里都不会有障碍，只要能保住自己。陈诺又扔了一根烟给他。

"你答应我了，要说实话。今天把你知道的都说出来，要有利于我们破案，我算你认罪态度良好。"

丁强点点头，深吸一口烟："我儿子在金市的一个很好的外企工作，他从小爱读书，是个好孩子，所以我不让他参与我的事。他现在已经是个部门的小头头了。你能帮我控制控制案子的影响吗？"

"别废话了。"陈诺把几张监控的截图摆在丁强眼前。

丁强点头说："都是我的人。女的叫橘子，是我们这儿业务部的总监，那个小男孩叫孙大胜，是我们这儿的金牌业务员。那个胖子叫杨二郎，是孙大胜的死对头，我们这儿的银牌业务员。"

陈诺冷笑说："狗屁金牌银牌，出了什么事你知道吗？"

"橘子派孙大胜去找钱快乐要债，结果钱快乐不还钱，还杀了橘子。我派杨二郎去追孙大胜回来，结果事情失控，别说钱快乐，这两个人我现在都失去了联系。"

丁强的语气很平静，不像是在讲人命的消失，而像是在描述一场球赛，或是一场小雨。陈诺感到自己像在和一块冰说话。

"你能确定是钱快乐杀的橘子？"

"我推测的。他为了钱，什么事都干得出来。"

"你为什么要割人耳朵？"

"不还钱不听话，还要耳朵干吗？就是个意思。"

"你真是疯子。"

丁强苦笑："要不我该咋办？"

"钱快乐究竟在哪里？"

"不在我这里。"

陈诺突然愤怒了，声音也变粗了："你派了这么多人找他，钱快乐听见你的名字都哆嗦，比见到警察还害怕。他欠你那么多钱，不在你这里，你骗鬼呢？"

"他已经不欠我钱了。"丁强用古怪的语调说，"我只是个打工的。"

陈诺愣了："什么意思？"

"前几天，有个人替钱快乐还了钱，连本带利，那可是一大笔钱。"丁强狠狠地抽烟，"这个人还让我一定要找到钱快乐，把人交到他手上。他知道钱快乐和那群老头老太太的事，我有直觉，他找钱快乐和这事有很大关系，说不定是灭口……我不管，我做生意。钱快乐已经交给他了……"

陈诺急了，绕过桌子走到丁强面前，问他那个人的名字。丁强没有回答陈诺的问题，他干笑着，那笑声闻起来仿佛野兽饥饿觅食时疲劳的胃囊。

陈诺看到丁强脸上的肌肉在止不住地颤抖，原本红润的脸色现在变得比墙还灰白。

"我可以告诉你他是谁，可你一定要保护我……"丁强的眼眶里竟然有泪。

"什么人能让钱快乐、丁强这些大流氓比见了鬼还害怕？"陈诺感到非常惊讶，他对那个抓走钱快乐的人更好奇了。

第十二章

1. 丁烈的尖叫

委托"威信达"公司找钱快乐的人叫欧阳晓。他还有一个特别奇怪的外号，叫西门萝卜。

"为什么叫西门萝卜？"陈诺好奇地问丁强。

"这老头特别怪，爱吃素，并且特别爱吃萝卜，一餐不能没有萝卜，兜里头随时揣着几根萝卜叶子，饿的时候就抽两根放到嘴里嚼，像电影里的美国大兵嚼口香糖一样。"

"西门萝卜在哪里？"

"出了金市，往西边走七十公里，往金漠里扎，西门萝卜不爱见人，整天就待在沙漠里。"

大雪像漫天飞舞的金箔，车窗外的金漠在夜色中放射着冰冷而微弱的月光，没有丝毫生命迹象，雪和沙漠在相互吞噬。这片沙漠散发着甜味，是雪花的味道。味道包裹了一切，陈诺觉得自己就像被一片巨大的萝卜叶子包裹住的一粒肉块。

丁烈递给陈诺一份卷宗。翻开卷宗，陈诺第一眼看到西门萝卜年轻时候的照片，穿着老式军装，戴着军帽，面朝阳光，一脸灿烂的笑容，露出虎牙和酒窝，无忧无虑。

西门萝卜的简历非常复杂，他年轻时当过兵，参加过某场著名的边境战役。中年时靠做煤炭生意在金市起家，然后生意触及这里的房地产、路桥和餐饮等多个领域。在金市民间集资风潮兴起后没几年，把生意都交给手下，退居二线，隐居在沙漠中。

"陈队，卷宗还不算有意思。"丁烈把手机递给他，"写这帖子的小子不来当警察真是屈才了。"

金市奇人异事录——西门萝卜篇

欧阳晓，也就是西门萝卜，在我们金市是无人不知、无人不晓的大富豪、慈善家。笔者在写《金市奇人异事录》时大多采用讽刺挖苦的口吻，因为笔者其实看不上其中的大多数人。写他们只是为了记录一段时光，用粗俗虚假滑稽的文字博君一笑。但对西门萝卜，我是充满了敬意，不敢造次。笔者认为他的一生，就是金市人民艰苦奋斗、奋进拼搏的历史缩影！他的精神，就是金市人民在这荒芜沙漠中创造出繁华城市的金市精神！西门萝卜先生是一个最普通不过的金市人，却也是金市的象征，金市的骄傲……

西门萝卜生在金市西郊那座被称作"金漠"的沙漠里。说是"金漠"，可一粒金子都没有。他出生的那个小村子很穷，村子里好多人一辈子都没出过沙漠，一辈子就洗两次澡。一次出生，一次下葬。

西门萝卜先生从小就有个梦想，那就是去看一看大海。因为他从小听村里的教书先生说大海里的一切都能换钱，这广袤而丰美的海让西门萝卜向往不已。等他刚过十八，他就离开村子，离开沙漠，一路向南，终于见到了大海。西门萝卜先生这样形容自己第一次看到大海时的情景：海边阳光太强烈了，把我眼睛晒出了眼泪；海边的风太大了，把我的嘴唇都吹裂了。大海是好，但不属于我。我终于意识到，我是沙漠的儿子，我必须回到沙漠。

西门萝卜回到了金市，可去大海的经历给他带来了一个宝贵的经验：在海边他看着那些运煤船，才知道家乡的煤运到外面是那样值钱。他全身心地投入了金市的煤炭业发展当中，成为今日的西门萝卜先生。而金市能发展到今日的规模，金市人能过上这样幸福美满的生活，和西门萝卜先生及和他一样的奋斗者们的艰苦奋斗息息相关。可后来发生的事情，不由得让笔者和与笔者一样善良的金市人们感慨，人心不足蛇吞象，竟然在我们这片以厚道与善良著称的土地上也出现了如此的现象。

在人们眼中，西门萝卜赚的钱十辈子都花不完，他们都觉得西门萝卜会像那些大富豪一样，过上骄奢淫逸的生活。他们没有想到，西门萝卜有一天回到了自己出生的村里，盖了数百栋别墅，里面配备了自来水、天然气、卫浴等完善的现代生活设施。

村里人本来以为西门萝卜先生回来是搞房地产的，心里还在纳闷这里也不是风景区，没有清新的氧气没有美好的景色，谁来买他的别墅。

突然有一天，西门萝卜宣布每户人家一座别墅。他富了，就要让自己的乡亲们也同样富裕起来。人群沸腾了。

人们不感谢西门萝卜赠予的别墅，反而觉得这是他应该做的。每家都想要比别家更大的房子，更多的钱。

他们得不到更多的，就去阻止别人得到。他们相互栽赃，彼此陷害。事情慢慢地失去控制，有人家的房子被烧了，有人家的小孩被推到了井里。数百年来都邻里和睦的沙漠小村庄一时间乌烟瘴气，人人自危。他们埋怨西门萝卜，为什么要是每户一栋别墅，不能是每人一栋别墅。为什么不分现金？有人开始写举报信诬告，西门萝卜不再是欧阳大善人，他变成了一个恶棍，一个魔鬼，十六岁放火，十八岁杀人。

有一天晚上，西门萝卜怀揣着最善意的心思建造的那别墅群着了大火，怎么扑都扑不灭。大火燃烧两天两夜，一切都烧光了。纵火的人是西门萝卜的发小，童年时最好的朋友……

后来，西门萝卜先生花钱买下了整座村子，把人们统统迁走。没过几年，沙漠吞噬了村庄，从此隐居。

写到此处，想到西门萝卜先生独自在沙漠中的孤独与悲伤，笔者不由得也心如刀绞，弃笔掩面号啕大哭，为西门萝卜先生，也为无知愚昧的人。西门萝卜的故事，真是全市奇人异事中最令人悲叹的一个。

陈诺看着天上飘飘洒洒的雪花，看着眼前一望无际的黄金沙漠，脑袋里突然有一刻放空，他在想，天上的雪花，沙漠里的沙子，还有地上的人，哪个更多？

远方有条河在天际边升起，像发亮的白毛巾。

"我怎么不记得这里还有条河？"

"陈队，这片沙漠都是西门萝卜买下来的。河是人工河，西门萝卜造的。"丁烈说。

丁烈的话吓住了陈诺："我靠，造这么片人工河得多少钱，就为了住在河边？"

"贫穷限制了咱俩的想象力，人家不住在河边，人家住河里。"

陈诺觉得自己好像是在梦中，在这么美丽的世界上，他却在追捕一个可怕的怪兽。突然，他看到河面倒影中有一个女人的身影，是小叮当。她在流泪，脸上都是伤口。

陈诺揉揉眼睛，那女人的身影已经消失，他握紧拳头，攥得指节发白。他突然感觉到属于自己的时间不多了。

丁烈说："你怎么了？"

陈诺看着他，从他惶恐的表情中才感觉到自己的脸色有多么难看。

他摇头说："没事。一会儿，我们要小心，这个西门萝卜很神秘，神秘的人都不好对付。"

太阳在慢慢低沉，金色的阳光打进陈诺的嘴里，阳光的味道是咸涩的。

陈诺听到一声本不该出现在沙漠中的轰鸣，一艘大船如同鲸鱼一样，从巨大的沙丘之后出现，烟囱中冒着的白烟能够遮挡住太阳。

陈诺头晕目眩：天空大地，海洋沙漠，人类动物统统错位。丁烈说："西门萝卜就住在这艘船上。"这时又传来一声汽笛声响，船靠岸了。

陈诺没有说话，他看着走下舷梯的枯瘦老人。老人的眼睛里精光四射，脸上手上的每一道皱纹都深刻扭曲，像是一刀刀在肉体上刻划出的伤疤。他只有在看着沙漠、雪花和湖水时，眼神才是温柔的。他身上有一股萝卜的味道，那味道比水更纯净，比动物更无辜。

"陈队长，你好，我是欧阳晓，他们都叫我西门萝卜。"

西门萝卜对陈诺伸出手，陈诺握住，那手干枯但有力。西门萝卜对陈诺说："我这湖怎么样？

陈诺松开手笑道："我还以为是自己出现了幻觉，看到了海市蜃楼。挺好，我要有钱也想弄这么一出。可惜我没钱。"

西门萝卜大笑："你这个小伙子不错。"

陈诺很奇怪，不知道什么原因，也许是因为那股萝卜味道，自己一点都不反感这个老人。

"把钱快乐交出来吧，交出来我们就走。"

"钱快乐是来过，可就是来给我拜了个年，然后就走了。"

陈诺苦笑。

"我七十多岁的人了，不骗人。要不你搜，这船上除了照顾我的工作人员，再没人了。"

丁烈带着同事们冲上船。河水中的波光粼粼，陈诺又看到小叮当微笑的倒影，他惊愕地一抬头，面前却只有无垠的沙丘，还有正在观察他的老人。

西门萝卜问他："你怎么了？"陈诺不说话。西门萝卜拍拍他的肩膀，说，"你比我这个快死的人脸色都难看。"

西门萝卜话音未落，甲板上突然传出一声丁烈的惊叫。丁烈的胆子大得能半夜睡在荒坟里抓鬼，这尖叫一点都不像他。陈诺推开西门萝卜，向船上跑去。

A. 我是小叮当

孙大胜躺在单人床上，他气色好了很多，眼睛仿佛遨游太空的飞碟般闪闪发亮。我们刚来的时候他可怜巴巴，像是一条鳍被砍掉的异形。这个黑诊所医生果然医术精湛。

我儿子在他怀中打着甜美的呼噜，真是个没心没肺的孩子呀。孙大胜也在打呼噜，却大睁着双眼。

"什么时候能放我和未来？"我推醒他，问他。

"你相信我。只要你帮我，我就放你走。"

我怎么可能相信他？这个困境让我恐惧，不敢想象我和未来会是什么结局。孙大胜的仇恨像夜里深邃的海，我就是漂浮在海上的落难者。这恨海在一点一点吞噬我的意志。

"我先走了。"

今天吃完午饭，医生微笑着这样对我说。我吃惊地看着医生，孙大胜似乎没听见，仍然低头拼命地进食。

"他的伤都好得差不多了。祝你和你的儿子好运。他走出这个房间，他会做出什么事我不敢想。"

"既然这样，你又为什么要救他？"医生要推门离开的时候，我愤怒地问他。

"因为他想做的事情也是我想做的，我恨死钱快乐了。"

医生微笑，冲我挥挥手，推门出去。

我看着面前的这个男人，不敢做出任何行动。时间在飞速地过去，像一个黑洞。那黑洞越来越大，我即将没有葬身之地。

吃完饭，孙大胜站起来，高高地举起未来。未来露出笑容，"咯吱咯吱"地笑，小手小脚在空中乱晃。

这个男人看着未来也哈哈大笑，用手轻轻挠未来的肚皮，未来趴在他怀里睡着了。孙大胜笑容亲切和蔼，眼睛里的怒火犹如隔着冰川投射而来的光："我感觉我浑身有使不完的劲儿。"

2. 想象力

丁烈的尖叫声在甲板上回荡，这声音在大船的甲板上闻起来像是沙漠上空那轮比冰还透明的月亮。

"陈队，你赶紧下来!"

丁烈的叫声从一扇门里传来，陈诺走进那扇门，屋里楼梯下深邃的黑暗似乎直通船底。他沿梯而下，感觉自己像是在深入一只巨兽的腹腔。陈诺心跳和呼吸的回声越来越大，各种幻觉像是往事般在黑暗中层层叠叠地涌动，最后都变成小叮当的脸。

"陈队，你快点下来，我在这儿呢。"

声音忽远忽近，在这个地方，仿佛梦幻一样不真实。

一丝光亮出现，光的味道就像白色的牛奶流到黑夜的地板上。陈诺向光亮冲刺，能看清的世界越来越大，原来他冲入了一个大厅。灯光一瞬间很刺眼，瞳孔渐渐熟悉这光线后，陈诺闻到一股浓郁的骨头味道，他确认自己所看到的不是幻觉，深深地吸了口凉气——

一具庞大的鲨鱼骷髅，骨头雪白得像是月亮，獠牙和肋骨如刀刃般错落。鲨鱼的尾骨高高摇摆，似乎正在拍打波浪。这具庞大的骸骨像是即将要扑到陈诺身上，两个眼窝变成黑洞，闻起来一股血腥味。

"吓一跳吧。"

陈诺回头，西门萝卜微笑着走来。

陈诺点燃一根烟："我操。"

"忘跟你们打招呼了，这是我的收藏。"西门萝卜说，"我从小就热爱大海，最崇拜的就是鲨鱼。它是大海之王。"

陈诺不说话。西门萝卜指着眼前的骷髅骨架说："鲨鱼见了血，就一定要吃掉对方。人都说鲨鱼残忍，嗜血。这都是蠢话。人见血了都得拼个你死我活，更何况鲨鱼？这是生命的权利，争取一切机会活下来的权利。大海多残酷哇，要不怎么活下来？"

陈诺不说话，他心中有些难过。他想起了小叮当，小叮当热爱太空，说起天上的事来如痴如醉，她喜欢太空的原因会不会和眼前这个老头一样？如果西门萝卜是鲨鱼，那小叮当呢？她是什么鱼。自己又是什么鱼？他闻着自己身上的汗臭，觉得自己像是动画片里的小丑鱼。

"人不是鲨鱼，鲨鱼不会借钱，也不会赖账。"陈诺说。

那具庞大的骸骨在西门萝卜面前就像是一只摇尾巴的宠物。

警察们灰溜溜地回到甲板上，阳光刺眼。他们已经把整条船搜了几遍，都没有发现钱快乐的踪迹。可以确认，他不在这里。

此时陈诺看到岸边停着几辆卡车，车斗里装满了蓝色的水桶。

"我们在沙漠生活，总要用水。"西门萝卜说。陈诺发现西门萝卜的瞳孔无比黝黑，像是有一群又一群的鲨鱼在涌动。

"我不关心这事，我只关心钱快乐。你真的不把他交给我？我一定能抓住他。"

西门萝卜摇头："你知道我为什么要丁强找他吗？"

"因为他欠了你一大笔钱，你不甘心。"

西门萝卜摇头："我没有爱人，没有儿女，孑然一身，最爱做的事情，是换上我家看门人的衣服去金市市区里乱转，看看和我同龄的老家伙们在做什么，和他们说说话。在一个专门给老人卖假药的地方，我遇到了钱快乐。他对我嘘寒问暖，关怀备至，伯伯长大爷短，口口声声就希望我多活几年。我说我没钱。他就说不图钱，就是看着我像他爸爸，就是想孝顺我，说着说着就掉眼泪。这个世界上关心我的人很多，可为了想让我多活几年，想到掉眼泪的人就他一个。我觉得遇到这么一个实在善良的小伙子，真是我的福分。我认他做了干儿子。最让我感动的是当他知道我是西门萝卜后一定要和我断绝关系，我问他为什么呀儿子，你知道有多少人想做我儿子做不了呀，你还身在福中不知福。他说爸爸，我不想让人在我背后说我认您做父亲是贪图您的钱财，我真是只想好好孝顺您的。我还能说什么？我对他更是高看一眼了……

"后来，他说他要做生意，问我愿不愿意投资，那些年但凡有点本事的人都在搞房地产，更何况我这长了尾巴比猴都精的干儿子。我毫不犹豫就借给了他。后来行情你也知道，煤炭不让卖了，房地产就垮台了。他的生意失败了，他着急上火，嘴角鼓出一片大泡。我对他说，我的钱你不用着急还，先还别人的，我一时半刻用不着钱。他说那怎么可以，谁的钱不还，您的钱我也必须还。您是我爸爸，是比我亲爸爸还亲的爸爸。他笑得比蜜还甜，语言比宝石还真。我的那个感动哟，钱不重要，他的这份心意真是让我恨不得把所有财产都留给他。有一天，他约我在一个烂尾楼里见面……"

西门萝卜的声音突然小了，音质发涩发干，发出像裸露的干涸河床中干枯鱼骨的味道。他咽了一口口水，喉头颤抖，陈诺觉得他很恐惧。

"那天我上了楼顶，到处都是浓烟，我叫钱快乐的名字，可是他没有出现。我感觉不妙，想离开那里，可当我走到楼梯口的时候，我看到刀光一闪，玻璃上的反光救我一命，我躲过了致命一击。我被钱快乐砸倒在地上。他想拿刀捅我，可他没想到我当兵时有个习惯，兜里总要揣把小刀，我掏出我藏的刀子，捅伤他的胳膊，他被我吓跑了……"

陈诺问他，刀在哪里，西门萝卜从兜里掏出小刀，塞到他手里。

"这是什么时候的事情？"

"初冬的时候，我逃回家就发烧了，整整三个月昏迷不醒，等于从鬼门关里捡回了这条命。再醒来时我才知道丁淑娟、于卫东这些老朋友都不在了……"

"醒来为什么不报警？"

"太丢人了。我只想安度晚年。至于钱快乐的下落，我真的不知道。"

"你可是只鲨鱼呀！"

"我未必是鲨鱼，可钱快乐是病毒细菌，是癌症艾滋。海里游，天上飞，人间走，你就是逮不着他，干生气。你们不也一样吗？"

"丁强说他在你这里。"

"就是那个放贷的流氓吗？他也是病毒，他们相互牵制以毒攻毒，我就是个普通市民。"

陈诺被老人噎得苦笑，西门萝卜说："我只知道，像他这种人，只能让老天收他……"

陈诺还想再说什么，西门萝卜摇摇头："我能提供的全说了，我累了。"老人步履蹒跚地回到船上。

警察们失落地回到岸上，一阵风吹过运水的卡车，扑到陈诺的脸上。陈诺走到水桶前，拿手指蘸了一点桶中的水，放进嘴中抿两口，皱起眉头来。西门萝卜站在船上冷冷地看着他，转身走回船舱。

在万物都荒谬错位的沙漠，陈诺闻到了危险的味道，像是某种无形的化学剧毒。陈诺真担心那具鲨鱼骨骼会长出血肉，长出鳃和鳞，背会突然裂开，长出透明翅膀，扑到他面前，撕咬他的脸。

B. 我是钱快乐

水面飘浮的冰冷寒气打在我脸上，我光着身子被倒吊着，寒冷让我苦恼。我似乎永远都被倒吊着，世界万物颠倒。巨大的黑影像是刀子划开丝绸般在水中游来游去。

"那是鲨鱼。"

我被吊上去的时候，西门萝卜平静地对我说。那一刻我才明白，老人若是残忍，胜于孩子千万倍。

我在这里究竟吊了多久，我也不清楚。这里没有白天和黑夜，只有两双在水底注视我的冰冷眼睛。

我刚被吊上去的时候，西门萝卜问我，不还钱就罢了，为什么要杀他。我叫他干爹，我说："干爹，是不是哪个环节搞错了。我没有杀过人，更别提要杀你了。"他不听我的解释，只是一个劲儿地冷笑。

当初对他下手，是以为他和其他的孤寡老人一样，又贪又蠢。可在知道他是个有钱人时，我就该停手。像这样的人，比狐狸都精。大鱼吃小鱼，小鱼吃虾米。他是大鱼，我是小鱼，我怎么敢贪婪到想吃掉他呢？我真后悔。

我对他说："干爹，我有钱。我现在还给你好吗？"

"你觉得我在乎吗？我昏迷了三个多月。"

我闭上嘴，自知大限已到，不再求饶。死在这样一个人手上，我也不冤。做一个咬紧牙关的死人，要比做一个磕头捣蒜鼻涕眼泪的死人要有尊严。

鲨鱼越来越兴奋，在水里疯狂地打转。我饿了多久，它们就饿了多久。那个留八字胡的男人走到水池边，推一把我脚上的绳索，我天旋地转。他说："时间到了，你准备好了吗？"

几天前，我脚朝天头朝地地问西门萝卜："干爹，你打算怎么对付我？"

他拿一把小刀在我的脖子上轻轻划一下，几滴血掉进水池中，两条鲨鱼拖着巨大的黑影扑向那一缕血痕。它们在水底发出的声音像是飞机升空时机舱里的轰鸣。我心底暗叫一声"老天"，鲨鱼划动鱼鳍，眼神直勾勾地望着我，像是孩子看着心仪的食物。牙齿是雪白的，眼睛是血红的。

"你是个坏人，钱快乐。像你这么坏的人，就应该被鲨鱼咬成肉酱吃了。但你不能死得这么容易，你要在这儿反思你的罪恶。"

西门萝卜这样对我说，然后他指着那个八字胡说："你要等到我的鲨鱼饿疯了，他会把你扔进池子。"

现在这两条鲨鱼终于饿疯了，八字胡看看眼睛血红的鲨鱼，对我苦笑道："永远都是最脏最累的活留给我干。"

"大哥，你饶了我吧，我给你钱。"

他看了苦苦哀求的我一眼，不说话，从西服里掏出一个酒壶，喝一大口，冲我一笑，开始摇动池边的齿轮。我的身体缓缓下降，我的灵魂离头上的天堂更近一步，我没有尖叫，尖叫在真正的危险前是奢侈品。我的语速更快了，我告诉他，我的钻石有多么的纯净，我的黄金有多么的沉重，我的珠宝有多么的璀璨。他的脸色像是被火烤着一样，一点一点慢慢变红。

鲨鱼探在水面上的嘴巴快探到我的头发，他停止动作，看着筛糠一样颤抖的我，点燃一根烟。

"兄弟，不是我不爱你的钱，是我没命拿呀。你要是不死，那我老板非得把我喂了鲨鱼。你就别再说了，听着我也难受。"

"大哥，你别把我生生喂了鲨鱼。你在岸上给我个痛快，我死了你们爱把我咋样都行。你要答应，我把藏钻石的地方告诉你，成吗？"

八字胡男人狐疑地看着我，眯起眼睛。我在半空中悬吊着打转，像是我命运的灰色轨迹。

"我手脚都让捆着，我还能干啥。你给我一个痛快，我还你一生痛快。这买卖不做，你得多傻。"

八字胡男人再次转动齿轮。"我一直都好奇，你当老板的，为啥后背文个虎头？"他问我。

当我的双脚回到地面上的时候，我听到我的内心在说，阿弥陀佛，上帝安拉，不管你是谁。谢谢你。

"辟邪。"我小声说。

"啥？你说啥？"他把耳朵凑了过来。

我拼尽全身力气，把我的脑袋撞到他的鼻梁上，我听到骨头断裂的声音。

3. 尸体

"风吹过来的时候，我闻到桶里水的味道，是咸的。"

丁烈眨巴着眼睛，不明白陈诺说这话是什么意思。

"我刚才尝，那是海水。"

"他们在这儿要海水干吗？"

"人不需要海水，人喝海水活不了。"

"是呀！海里的鱼才需要海水。"

"你说，他养了什么鱼，宁愿对警察说假话都要瞒着？"

丁烈转转眼珠，惊叹："我靠。他想干啥？"

雪覆盖整个沙漠。狂风中夹杂着黑金似的沙和白金似的雪。陈诺开着警车在跟踪运水的车队。因为视线极差，陈诺和同事们又不敢开车灯，好几次差点跟丢车队，全靠陈诺的鼻子紧紧抓住那一丝海水的咸味。

夜深了，车队终于在一个山洞前停下。司机们下车，开始往山洞里抬水桶。陈诺打开警笛，刺耳的警报声响彻沙漠。

山洞里，一个留着八字胡的男人躺在地上昏死过去，他鼻梁断裂血流不止。在水池中，两条鲨鱼不断盘旋、翻滚。风吹来，水里血红色的腥味飘到岸上，像是一个人在黎明时分孤独地吹奏圆号。

警察推醒那个男人。陈诺问他："钱快乐哪儿去了？"那男人说："什么钱快乐杨五一，我不知道。"

"再不说我把你扔到池子里！"

陈诺的咆哮在岩壁上回响。那男人沉默，闭上眼睛，一副视死如归的样子。让八字胡男人闭嘴的事物要比鲨鱼可怕吧？陈诺再一次感受到西门萝卜的力量。

唯一的线索断了，陈诺明白。钱快乐就像一粒沙子掉进这片沙漠，永远消失，案子真的死了。

陈诺回到家的时候，已经是深夜。他洗了个澡，为入眠还喝了半瓶酒。可当他真的躺在床上之后却翻来覆去睡不着觉。西门萝卜、李扬德、林晓丹、丁强这些人的脸不断地在他眼前浮现，每个人的脸上都布满了褶皱，像是一张张被转手了无数遍的纸钞。每一道褶皱中都散发出血、汗、泪与呕吐物混杂在一起的味道，像一条条蟒蛇般紧紧缠住陈诺的大脑，令本想复盘案情的他头疼得仿佛要裂开。他从梦中惊醒，窗外的光令他心惊。

"操"，陈诺咬牙切齿地冲墙角的黑暗骂一句，从床上跳起来。

他走出家，此刻白茫茫的大雪覆盖一切。月光打在雪上，灼烧着眼睛。已是深夜，一对情侣却在不远处的自行车棚里相拥絮语。

陈诺急忙向前走去，他弯腰捡起一块雪，吞入口中，希望这方法能够让自己冷静下来，想出下一步的对策。可想半天，脑子里一片空白，像这阵雪。

第二天，陈诺和警队的同事们忙活到深夜，没有钱快乐的下落。这在陈诺的预料之内。他不知道自己还能做什么，只好在桌上把十七根烟头和半根香烟排成一排，它们身上的唇印像火一样地刺眼，灼痛陈诺的双眼。陈诺闭上眼睛，黑暗中他听到小叮当在最后一次做爱时那温柔的话语：忘掉我吧陈诺，把我忘掉。

陈诺睁开眼睛，心中在想：我绝对不能放弃，天塌下来我也不会放弃。

第三天上午，陈诺刚回到警队，丁烈走过来，眼神像是走失的孩子般迷茫。陈诺说："怎么了？"丁烈说："陈队，他们又发现了两具尸体，在金山那边的林子里。"

大雪封了山道。警察到达金山时已近黄昏，山中的星群格外璀璨，像是天空铺着一层冰。

凶案现场围观的人格外多，里三层外三层。丁烈恼火地问同事："为什么不把围观者赶走？现场都被污染了。"

"这些人都是聋哑人。我们想尽了招，他们就是待在这儿，一动不动。"同事苦笑着说。

丁烈说："两名死者的身份都核实了，一个是丁强的手下，绰号杨二郎。另一个叫林强，曾经和钱快乐一起在大光明电影院出现过。"

陈诺看着两副担架点点头，他认出了那个壮汉，就是他在电影院砸晕了自己。

"林强是一个聋哑人互助组织的会长，之前是个摔跤手。"丁烈继续说，"他跟他的会员们集资四百多万，都借给了李扬德。李扬德又把钱全以投资的名义给了钱快乐。老样子，这是一笔烂债。"

聋哑人们站立在夜幕下，像一株株石头缝中的草，随风摇晃，任人摆布。风声在山间"呜呜"呼啸，在陈诺的"鬼鼻子"闻起来，就如这些哑巴心中的悲伤一样响亮。

陈诺说："你们走吧。"人群不动。陈诺说，"你们走了，我们才好办案。"人群依然不动。陈诺苦笑道："你们就是在这里站一百年，我也没钱给你们。"人群后面突然传来一声呐喊："我有钱！我给你们还钱来了。"

人群骚动，陈诺看着说话的那个人，他从大雪深处向自己走来，纷纷扬扬的雪花中他犹如一层白雾般面目模糊。陈诺觉得老天爷在拿自己开一个巨大的玩笑。钱快乐对警察们说："一直在找我，你们辛苦了。"

第十三章

1. 自首

丁烈一脚踹倒钱快乐，压住他，戴上手铐。

哑巴们手舞足蹈，哇哇乱叫。要不是警察手拉手组成警戒线，抵御一波又一波的人潮冲击，他们会扑上去把钱快乐撕碎。愤怒的声浪怀有巨大希望的哀求，自相矛盾，发出尴尬的味道，像是哑巴们嘴里的口水般酸涩。

陈诺走到钱快乐面前，看着他冲自己傻笑，像一条毒蛇在冲自己吐着猩红的信子。他一把扼住钱快乐的脖子，手像一个铁箍，丁烈怎么掰都掰不开。

"周灵呢？"

钱快乐吐着舌头说："她没死。我逃跑的时候她还活着，就在那个孙大胜手上。"

钱快乐满是真诚的面孔憋得血红，那真诚里酸甜苦辣统统没有，他仍然没有任何味道，仿佛百货大楼橱窗里一个空心的塑料模特。

陈诺大口喘着气，说："她现在在哪儿？"

"不知道，你想找到他，就要尽快抓住孙大胜。"

陈诺松开手，警戒线外的人群越来越愤怒，他们哇哇乱叫，声音像是荷塘里被淋了汽油烧着的蛙群般有股浓郁的焦臭。

哑巴们一次又一次撞击着警戒线，想扑到钱快乐面前。

钱快乐推开丁烈，走到警戒线前面对人群，他的微笑像一滴火般掉进了人们的眼里，无数只手从一双双饱含热泪与血丝的眼底生长，向他伸来，想把他拉进人群。

　　"我是来还钱的。"

　　他的声音虽然不大，但拥有魔力。一瞬间，人们就安静下来。哑巴们散发出一阵阵如同猿人毛发的味道，这些没有声音的人望着钱快乐，目光里渴望的味道像猿群在膜拜他们当中第一个学会用火的同伴。

　　"操，你倒成救世主了。"丁烈小声咒骂。

　　钱快乐没有理会他，他用戴着手铐的双手从裤兜里费劲儿地掏出一张银行卡，在众人面前一晃。

　　"林强连本带利到今天，欠聋哑人互助会的一百七十二户的钱都在这儿，他跟你们两清了。"

　　那卡在半空中旋转着，划出金色的优美弧线，落在雪地上，像一只百灵鸟从幸福天堂下落在人世间的雪地上。

　　人们向后退去，他们像阳光下的雪消失在时间中一样，和那张金卡一起隐于这苍茫群山。

　　一上警车，钱快乐说："先声明，我不是自首，我没犯法，我是来帮助你们的。"

　　陈诺看着钱快乐，冷笑："你从电影院跑了之后都干吗去了？"

　　钱快乐说："我凑钱去啦！"他胡编乱造了一大堆为聋哑人凑钱时遇到的险情，其核心思想除去自己不仅不是杀人凶手，而且简直就是见义勇为的道德模范。"我不觉得我有多伟大。我心里就一个念头，再苦，也不能苦了这群聋哑的兄弟姐妹！"

　　陈诺看着钱快乐，足有十几秒，才开口："为什么第一次抓你的时候，你说你把小叮当开膛破肚了？杀人方式是只有警方和罪犯才知道的信息。"

　　钱快乐愣了："我猜的，我蒙的，不行吗？"

　　陈诺摁着他，扒下他的衣服，在他的胳膊上发现一道刀伤，虽然已经愈合了八九分，但因为创口较深，还是留下了永久的疤痕。

"你咋知道我这儿有道疤？"

"应该是我问你，你这伤是怎么来的？"

钱快乐苦笑道："你们去过林晓丹那里了吧？"

"你把她坑苦了。"

"她是个好女人，就是脾气暴。秋天她跟我聊结婚的事，我不同意，她拿我的水果刀捅我胳膊。你们去找那把刀，肯定和我的伤口对得上。"

这一切巧到像是假的一样。陈诺如果想要相信钱快乐的话，相信小叮当还活着，他就必须认为这个世界真有如此戏剧性的巧合：要杀西门萝卜的不是钱快乐，另有其人。而正是这个人犯下针对孤寡老人的那几起血案。

如果这是钱快乐在撒谎，陈诺又凭什么相信小叮当还活着这件事。陈诺心想鼻子呀鼻子，为什么在这个关键时刻你掉链子，闻不出钱快乐身上的破绽哪！

"那把刀就在别墅的茶几底下，你可以去找。"钱快乐焦虑地说道，"上面还有我的血，你一化验就知道了。"

"我们会查清楚的。"陈诺不耐烦地说，"你是怎么从西门萝卜那里逃脱的？"

钱快乐硬挤出一个笑容："告诉你们一个秘密。其实这是起情杀案。"

A. 我是小叮当

孙大胜走进来时未来坐在他胸前的腰凳上冲我挥手笑着。孙大胜也在笑，手中还提着一个装满饭盒的塑料袋，可和我的目光一接触，他们却不笑了。如果是陈诺，他一定会这样说，我眼睛里充满一股恨不得把他撕碎的敌意，那味道就像塑料饭盒因为发热释放的刺鼻毒素一样。

孙大胜把塑料袋放在地上解开，把饭盒一个个端出来，打开盒盖。热气打在我的脸上，无比温暖。

"吃吧，趁热吃。"他说，"今天的菜真丰盛。"

"你想自由，你就不能饿死。"

我咬咬牙，掰开筷子开始吃饭。他要给未来喂奶了，他的动作像一阵春风般温柔，四勺奶粉配一百二十毫升的温水，微微摇匀，把奶嘴轻轻塞入未来的小嘴。他真像一个刚刚有了儿子的年轻父亲。如果不是我的手脚都被他捆着，我们就像一对姐弟恋的夫妻。

这段日子我们一直在等待孙大胜想出报复钱快乐的办法。我也曾经想过逃跑，想过向陈诺求救。可我没有把握能成功，谁敢保证孙大胜发现我逃跑后不会立刻对未来下手？谁敢保证陈诺一定能救出未来？即使有人敢保证，我也不敢逃跑，我是未来他妈。孙大胜是个疯子，是钞票的另一面，是月亮背面。落在他手里，我就像一条沙丁鱼落到了抹香鲸巨大的胃袋中，胆怯像胃酸一样庞大浓郁，腐蚀我、消化我，我像是夜行于茫茫夜海的深处，不知道将来会发生什么。

未来喝尽了奶瓶中的最后一滴乳汁，孙大胜对我说："我们得去趟刑警队。"

我看着他，以为自己听错了。我问他为什么。

"昨天晚上钱快乐这个衰人投案自首了。"孙大胜说，"他所有的债主都在那儿，听说刑警队门口都被堵了。"

孙大胜接下来会做出什么事情？会怎么对我和未来？我像是被人当头泼下一桶冰水，瞬间全身发凉。未来倒是没心没肺，又睡着了。

他安慰似的拍拍我肩膀："钱快乐是个想方设法。出卖他亲妈都要活下来的人。他去自首肯定有他的目的，我也不会放弃杀他的机会。"

2．定罪的证据

"你该看看你的样子，真的很像一个变态，一个杀人犯。"

钱快乐坐在审讯室的椅子上。陈诺说这话的时候，脸色比锈迹还难看。窗外寒风凛冽，大雪纷飞。

"你坐在我这个位置上，戴上我戴的铐子，你也像杀人犯。"钱快乐苦笑道，"可我不是凶手。真正的凶手是西门萝卜。"

"为什么？他为什么杀人？"

"他爱上了周灵，可周灵的秘密情人是于卫东这个糟老头子。这事儿好像还是金大正促成的。周灵一个著名主持人，一个社会名流为什么会爱上于卫东这样的穷鬼，两个人根本就是两个世界的人。别说西门萝卜了，连我都搞不明白。西门萝卜因爱生恨，雇凶把这三个人都杀了。他为什么这么着急找我？他是想栽赃，想灭口。"

"你怎么知道的？"

"西门萝卜有次托我买珠宝，我很好奇他心爱的女人是谁，于是就派人跟踪了他。"

"你有证据吗？"

"我有个U盘，里面有西门萝卜杀人的证据。是些视频。"

空气里似乎有沙子，每一口呼吸都无比干涩。

"U盘呢？"

"从杨二郎那里逃跑的时候掉出口袋了，弄丢了。"

陈诺冷笑。

"我说的都是真的！"钱快乐委屈地叫嚷，"西门萝卜要杀我灭口，我只好来向你们寻求保护。"

陈诺沉默，看着钱快乐。他闻到自己身上有股浓郁的烟草味道，小叮当的半根烟始终在他的衣服兜里，他舍不得抽。

钱快乐的胳膊上套着充满空气的血压计，几个指头上都夹着用来测量皮肤反应的电极，警方正在对他进行测谎询问。

"你们应该去找西门萝卜，而不是折腾我。"

钱快乐面色红润，充满了自信。自信散发出新鲜椰子的青涩味道，钻入陈诺的每一根向钱快乐伸去的毛孔。

陈诺推门走出了审讯室，进入观察室对丁烈说："派人去找西门萝卜，把他带回来问话。"

隔壁的专业测谎人员在继续审讯钱快乐。

"陈队，吃午饭了。"丁烈递给陈诺一个盒饭，两人一边看监控一边咀嚼午饭，可屏幕上的内容让他们尝不出嘴巴里饭菜的味道。

丁烈突然不吃了，脸变得像屋外地上的积雪一样白。陈诺顺着丁烈的视线看到李梦正和一个男人在警队门口谈笑，那男人西装笔挺，和李梦年龄相仿，长得很英俊。

陈诺没心情管这些闲事，大口大口往嘴里扒拉着塑料盒里的饭菜。

李梦和那男人告别，反身回来，看到陈诺和丁烈看着她，高兴地挥手。

"李梦，那男士是谁呀？"丁烈问她，他的声音发闷，好像喉头挨了一记重拳。

"一个高中同学，好久没联系，前两天他加了我微信……"李梦看着丁烈，皱起眉头，"丁队，你怎么了，脸这么白？"

"感冒了。"丁烈咧嘴说，"没事。"丁烈的声音闻起来就像板蓝根冲剂一样伤心。

测谎人员从审讯室出来，手里拿着机器里吐出来的几页纸。同事告诉陈诺，检测结果出来了，测谎仪认为钱快乐说的是真话，西门萝卜是杀人凶手。

丁烈说："陈队，你别着急，我们已经派人去找西门萝卜了。再说钱快乐的嫌疑并没有解除，我看他肯定有问题。测谎仪是辅助手段……"

陈诺没有说话，他感觉自己和钱快乐好像在下一盘棋，棋子也是他们自己，已是将军，可被将的是陈诺。窗外，一个橙红色的亮点升起来，在空中剧烈地爆炸。那是一朵巨大的烟花，半个天空都被它点亮。

陈诺走进审讯室，钱快乐从陈诺的表情中知道了检测结果，他咧嘴笑了。

"你们就是冤枉我。我欠人钱，我没不在场证明，我就是他妈的凶手吗？"钱快乐声音越来越亢奋，像是找到对手的死穴，近乎咆哞，"赶紧去抓西门萝卜吧！再不去就晚了！"

钱快乐唾沫横飞，陈诺看着他渐渐长出复眼，长出透明的虫翼，从侧腹部刺出又黑又亮的铁一般长满锯齿的触手，他在变成一只苍蝇。时间是他的"嗡嗡"噪声，陈诺的太阳穴一鼓一鼓的，看着飞来飞去的绿豆蝇钱快乐，他感觉自己的心跳越来越快。可他什么都不能做。

窗边的丁烈惊叹："陈队，你快看！"

陈诺走了过去，眼前的景象让他震撼。

B.　我是小叮当

刑警队门口站满人，他们的面颊像冻柿子一样，因为寒冷和激动变得通红。他们都是钱快乐的债主，债像渔网，人犹如被一网打尽的虾群。

我透过面包车的车窗玻璃看着人群与街道。玻璃上有一层冰花，街上的事物都是模糊的，我像是在世界末日之后的冰冻海底向上仰望这一切。

人们围在警戒线前，对警察们说着好话。他们希望警察把钱快乐放出来。钱快乐是无辜的，钱快乐是个好人……

人们脸上都是堆出来的笑，皱纹挤在一起，像是在巴结主人的沙皮狗。

人们的语言里都是大过年芬芳而吉祥的祝福，虽然他们已经被债务压弯脊椎。

"警察叔叔，放人吧！"人们的舌头像是抹了蜂蜜和糖浆。七岁的小孩也说警察叔叔，放人吧！就连七十岁的老人也说警察叔叔，放人吧！要是未来能说话，也一定会说警察叔叔，你们快放人吧！

人们把警察当作了从天国降临瘟疫之城的天使。空中爆炸的烟花越来越多，轰隆隆隆，映在人们脸上的五官还有深藏躯壳中的心，变幻着如同极光般的姹紫嫣红。

可人们的灵魂又冷又软，犹如水母，犹如海葵。

孙大胜脑袋左右乱晃，眼珠乱转，不放过任何观察四周情形的机会。我瞪着他，他毫无感觉，似乎绑架我儿子，害得我们命悬一线的人并不是他。

我猛然醒悟到，这辆面包车所停的位置，正是我和陈诺年轻时经常碰头去约会的地方。

那时我会站在这里看着街旁小店玻璃上的反光，检查妆容和打扮是否得体。然后陈诺会出现，身穿笔挺的警服，高声呼喊我的名字。整个一条街的人都会在他的呼喊下扭头看我。我红着脸，看他微笑地跑到我身边。我会拧一下他的胳膊，或者递给他一个苹果，对他小声地说，你傻不傻，你就不能小声点吗？他会骄傲地用更大的音量说，我干吗要小声？你是我的女朋友，我恨不得让全市的人都知道。我们当时真是俊男靓女，走在街上就犹如两条在珊瑚间嬉戏的蝴蝶鱼。

那是多久之前？十年前？十五年前？

今年的冬天，太阳落山特别早，夜来得特别快，我看到光明在一瞬间消亡，黑暗笼罩金市，这黑暗都闪着黯淡的金光，像是每个人身上都背负着无边的寒冷。

孙大胜正在观察车外情景，钢棍在他手边闪闪发光。我的脚探到车座下的一个坚固物体，应该是消防器。也许是食物里的营养让我大脑中的血液加速循环，我抢过那个消防器。他愣了一下，我用消防器狠狠砸在他的脑门上。孙大胜闷哼一声，闭着眼全身软了下去……

3．围观的人

他们嘴中呵出的热气凝成一团团淡金色的薄雾消逝于半空中最大密度的深蓝夜色里。陈诺认得他们，就在不久之前，这人群都来这门口为警方提供钱快乐的线索。可现在还是他们在整齐地呼喊着"释放钱快乐，钱快乐无罪"的口号。

陈诺穿起便服，出门下楼，走进人群。他听到这些市民在比赛着钱快乐欠谁的钱最多，谁家的情况最惨。陈诺从人们的语言中闻到一股股幸灾乐祸的味道，如同一块块潮湿的墩布。他的心突然剧烈地跳动，因为他闻到一股泪水的味道，他心头一惊。陈诺很熟悉这味道，是小叮当的泪水。

泪水之味来自等待的人群，那里充斥着各种怪味，泪水的味道在这些怪味中如一叶扁舟在惊涛骇浪中翻滚，若隐若现，近似于无。陈诺冲进人群，他知道小叮当就在这里，他要在泪水的味道消逝前找到她。

陈诺戴上口罩，害怕有人认出他。在人群中他闻到一缕皂角的味道，泪水的味道藏在它后面。陈诺走过去，一群人围着一个中年女人，眼神明亮地望着她。这女人虽然头发乱得如被野狗啃过，但腰板挺得笔直。她骄傲地扫视眼前这些男男女女，语调肯定地说："大家不要害怕，上帝会解救他的子民们……"

那女人一边说一边向四周的人发传单。有人点头接过，有人摇头拒绝，还有人沉默不语，像是不知道自己在哪里。女人见谁都是微笑，不急不慌，似乎上帝帮钱快乐给她还了钱。裹着羽绒服的人类仿佛一座座受难者的圣像。泪水的味道被他们堵在中间，无法逃脱，于是躲了起来。

小叮当的泪水味道如同一只野兔般见到人们双腿之间的空隙，再次溜掉。陈诺挤出人群，可街道像一口烧开的锅，发出火锅底料中豆豉一样的怪味，微弱的泪水味道却早已消散在橘色的雪雾之中。

一个少年骑着辆倒三轮在人群中和陈诺擦肩而过。他没认出戴着口罩的陈诺，可陈诺认出了他。他那双"李宁"牌白色球鞋上的血迹很刺眼，那是给自己修过手机的王童，他身上的旧电池味道更浓了。少年蹬着的三轮车车斗里躺着一个老人，裹在被子里瑟瑟发抖。

陈诺又看到了另一张青春的脸，他心中更加难过了。

梁心像一颗钻石般站在人群里。她身穿巴宝莉的大衣，领子立起来，更凸显身体优美的曲线。爱马仕的围巾裹住她的面颊，她身上散发出高级的爱马仕香水味道。陈诺想，梁心应该属于巴黎的美术馆，米兰的咖啡厅，而不是这里，不是贫苦和无望。

"那杨总究竟有没有杀人？"

有个男人的声音怯生生地在夜空中响起，人们的眼睛冷冷地扫视声音的来源，齐声谴责那个提出问题的男人，似乎他的问题很可笑。男人羞愧地躲进人群中，他提问的地方只剩下了一片渺小而虚弱的黑暗。

"咱们现在的救星，就是杨总。杨总只要不倒，大家都会好。"

"绝对不能让杨总坐牢，要不咱们的钱就没了。"

那个叫王彪的流氓穿过人群，拉住梁心的手，把她拉出人群，拉进路边的酒店。陈诺同情梁心，可他没有办法，他只能转身离开人群。

陈诺绕进刑警队的后门，回到办公楼。丁烈对他说："陈队，西门萝卜失踪了。"陈诺点点头，和丁烈连抽了几根烟。然后他打开审讯室的门，空调的热气扑面而来。他看着对面坐着的钱快乐，钱快乐也瞪着他。陈诺叹了口气。

"钱快乐，你走吧！"

钱快乐听到陈诺的话，愣住了："啥？"

"测谎仪证明你说的是真话，你不是凶手。我们也再没问题问你了。你没事了，你自由了。"

第十四章

1. 释放

"西门萝卜抓住了吗?"

"这和你没关系。"

"可他要杀我!"

"你没有直接证据,也许你是被迫害妄想症呢? 我们得先找到他核实情况。"

"我来了就绝不走! 西门萝卜是个疯子! 你们得保护我。"他冲陈诺大喊,窗户上的玻璃"嗡嗡"作响,就像钱快乐在止不住颤抖的身体。

陈诺看他一眼,笑了:"要是来个人说有人要杀他,我们就扑上去,我们还破不破杀人案了?"

钱快乐用很长时间才琢磨过来陈诺这句简单的话里蕴含着多么复杂的意味,他的脸憋得通红,身体散发出像是孩子被母亲发现自己在手淫时的味道。

"你这是要让我去送死呀……"钱快乐气得浑身哆嗦。

"关键没这么多警力,丁烈,你赶紧给他办手续。"

钱快乐急眼,要咬陈诺,陈诺以擒拿动作拽住他的一根手指,钱快乐疼得直抽冷气。

同事们冲进来,拽住陈诺。钱快乐说:"我真的求求你们保护我。"陈诺摇头，说："你也是个体面人，别给我们捣蛋了。"

钱快乐竟然吐了，一阵阵的酸涩扑鼻，他颤抖的身体如被阳光暴晒下的柿子上卧着的苍蝇。

陈诺心想，掷人雪球之人肩膀上必将沾雪。

"这怎么闹的，这怎么闹的。"钱快乐的声音在颤抖，散发股股劣质柴油的腥臊味道，像是喉咙里装了一台马达。

没有人理他，人们目光如雪球般冰冷。钱快乐明白，他无法改变自己的命运。他缩着脖子，战战兢兢的身子越来越小，像是在枯萎。他认命了。

钱快乐走了，陈诺的鼻子抽抽，钱快乐的背影有股动画片的味道，像是《猫和老鼠》里的汤姆，它被汽车撞，被炸药炸，被钢琴砸，身体怪异扭曲，百般挣扎，就是为了一只老鼠。

警车驶出警队，警戒线外的人群扑上去阻拦，每个人都在喊叫警察冤枉人，钱快乐无罪。

"我们没冤枉人，杨先生之前是配合我们调查，现在调查完毕，他已经走了，现在应该到家了。"

人们相互看着，似乎需要别人告诉自己下一步该怎么办。他们无法理解陈诺的话。陈诺说："散了吧，还等着在这儿过年呢。"人们还是屹立不动，像是夜幕下的一堆雕塑。

警车拐弯时，丁烈突然踩急刹车，陈诺吓了一跳，以为撞了人。丁烈没说话就冲了下去，朝着丁烈迎过去的方向，陈诺看到梁心正从酒店里冲出来，王彪在后面追赶着她，路人纷纷咧着嘴看这西洋景。梁心撞进了丁烈的怀抱，像一头受惊的鹿冲进树丛。

陈诺摇下车窗，看着那女孩躲在丁烈身后喊："救救我。"

王彪想拉走梁心，丁烈一把推开王彪。王彪怒吼："你他妈谁呀？"

陈诺看着王彪举起的手，那黄金手镯上的龙愤怒得似乎要从嘴中喷出怒火。

当王彪看到丁烈后面的警车和晃悠悠走过来的陈诺，放下了拳头，恶龙隐于衣袖。

丁烈小声地问梁心："没事吧。"梁心不说话，王彪说："陈队，你也在呀，这是个误会。"

"你闭上嘴，我没问你。"丁烈指着他鼻子喊，脸憋得通红。

陈诺看着梁心，梁心咬牙点头："是误会。"

梁心不说话，也没动作，像是稍一反应，自己就会摔个粉碎。

丁烈对王彪说："赶紧他妈滚蛋！"

王彪离开时一步三回头，眼神里满是不舍。梁心对陈诺、丁烈鞠躬，说："谢谢你们。"

陈诺说："有任何事，找警察。"

丁烈说："你给我打电话呀，上次不是给你留我电话了吗？"

梁心冲丁烈笑："没事，我能应付。谢谢你们。"她转身从相反的方向离开，背影里的味道仿佛那只被汤姆猫追杀的杰瑞鼠。陈诺觉得老天爷真是可怕，即创造像眼前女孩这么美的人类，也创造像王彪这样龌龊的人类。上天真是百无禁忌，众生平等。

"丁烈，你小心吧。"陈诺说。

丁烈开着车，气得面色通红，胸膛起伏剧烈，就像一头愤怒的公牛。"我小心什么？"丁烈说。

陈诺苦笑，不再说话。

A. 我是钱快乐

我想要自由的时候，好像全世界都在追杀我。我去公安局，想让他们把我关起来，警察却把我轰出门。这过山车一样的生活真是让我晕头涨脑。

我回到别墅，被警察抄过的家里一片狼藉。屋子里静悄悄的，像座坟墓。我坐在沙发上，不知道自己下一步应该怎么办。我不想开灯，黑暗中我不知道时间过去多久。听到肚子发出响声之后，我来到厨房，在冰箱里发现两包方便面。那是我这辈子吃过最好吃的方便面。

这样的日子我过了三四天，西门萝卜没出现。倒是有好几拨要债的人找上门来，他们拼命地摁门铃，踹房门，我都没有出去。我没有欠他们钱，欠钱的是那些死去的老人。我在等待西门萝卜的出现，脑海中总会浮现电影里出现过的那些英雄人物，我把自己想象成他们。我以我血荐轩辕，让暴风雨来得更猛烈些吧！

这天夜晚，我正在吃饭，门厅里突然响起我熟悉的敲门声，就像我们之前说好的，三下长，三下短。

我走到门前，冲猫眼往外看，拧把手，门锁"咯噔"一声，灯光从拉开的门缝中倾泻出来，打在林晓丹消瘦的脸上。

她冲进家里，狠狠给我两记耳光。我拉住她的手，我的脸肿了起来。

"你疯了！"我看着她笑了。

她猛地一把抱住我，把头埋在我怀里："你终于回来了，你终于回来了。"她喃喃自语："你这个要人命的浑蛋。"她的头颅在我的胸膛上轻轻晃动，我很痒，也很温暖。那是来自我内心的温暖，人世间给予我的唯一温暖。

"警察都不要我，我只能回来。"

她抚摸着我脸上的伤口和青紫，突然又抽我一个耳光。她质问我："你他妈给我的房产证是假的。"

我苦笑，想问她为什么还要回来。可又觉得不用问，我全都明白。我内心百感交集，她突然笑了，温热的嘴堵住了我的嘴。

"钱快乐，你真他妈是个浑蛋。"

我们接吻，像两个热烈的疯子。我把她推进书房的卫生间，然后推开了她。我一边模仿奇怪的声音，一边用手势告诉她不要说话。她红着脸点点头，这个聪明的女人明白我的意思。她从包里掏出一张纸和一支笔，在上面写写画画。

"有一个叫周灵的女人来找我，她说她认识你。"

我立刻收敛笑容，这个名字让我想起孙大胜，虽然在我眼里他就是个小臭虫，可也把我折腾得够呛。

"她找你干什么?"

"她说你有一个U盘在她手上。"

"她什么意思?"

"她让我转告你,你给她钱,她就把U盘交给你。"

"孙大胜呢?"

林晓丹打开自己的手机,播放一段视频,那是她在一辆面包车里拍摄的,周灵拽着孙大胜的头发,额头上一道很深的伤口。他全身捆满绳子,脸色都是血污。周灵给他几记耳光,他没有丝毫反应,这个男人已经废了。

我接过林晓丹的纸笔,写写画画,笔尖在纸上划出的沙沙声像是磨刀的声音。

"如果我不愿意呢?"

"周灵说,她看了视频的内容,知道里面是唯一能证明你不是凶手的证据。要是你不给钱,那她就毁了U盘,放了孙大胜。"

"这臭婊子……她要多少钱?"

林晓丹接过纸笔,写出数目。这个数目大得吓我一跳,但还是值得。我突然想起一件事,脑子爆炸。我手心发痒,狠狠给林晓丹一个耳光。

林晓丹捂着脸,血从嘴巴里流了出来,她呆呆地看着我。我咬牙切齿地在纸上写:你把钱都交给警察了?

她摇头,抢过纸和笔,愤怒地书写。

"你就是为了这个打我?"

看她摇头,我一把搂住了她。

"太好了宝贝,那些钱是用来救命的,只要命还在,我就还是我。只要我还是我,你就还是你。"

林晓丹看着我在纸上写的字,眼神里很复杂。

"钱快乐,我太爱你了,我被你毁了。"

当天晚上是我这么长时间以来睡眠质量最好的一夜。有林晓丹陪着我,我没有噩梦,没有惊醒。实在是太累了,连林晓丹的大屁股都没有办法点燃我的欲望。

第二天一早，我从床上爬起来，林晓丹已经站在床边等着我。

林晓丹没有说话，只是紧紧抱住了我。她血红的嘴唇在无声的火光映衬下妖娆得像是一朵玫瑰。

2. 匕首

"陈队，你说钱快乐住在这么好的房子里，也跟咱们一样天天吃方便面。他这么折腾，图个啥？他为什么不能见好就收呢？"

在钱快乐的别墅对面楼上的一套两居室里，守在望远镜旁边的陈诺正拌着老干妈辣酱狼吞虎咽方便面，他把另一桶刚泡好的面递给丁烈。

"咱们天天吃方便面的人，就别琢磨别人幸福不幸福了。"

已经将近一周过去了，警察一直在严密监视着眼前的豪宅。钱快乐没有动静，失踪的西门萝卜也没有出现。

丁烈苦笑着揭开纸盖。

"只要有人犯罪，我们永远就只能吃这个。"

此时两个饭盒塞到了两人面前，两人一愣，是李梦。她掀开饭盒的盖子，是热气腾腾的饺子。

李梦红着脸说："这是我自己包的饺子，想起你们可能也要吃饭了，我就端了两盒赶过来了。"

丁烈拿塑料叉子叉起一个饺子塞进嘴里，被烫得合不拢嘴："好吃，好吃！"

李梦笑了，说好吃我以后再给你们做。

陈诺吃了一个，很淡，李梦应该是忘给饺子加盐了。他刚想说，看到丁烈又往嘴里塞了两个饺子，像一只野狗般可怜巴巴地望着他，于是把话随着饺子又咽进了肚子。陈诺又硬着头皮吃了个饺子："好吃！好吃！"

"真的吗，陈队？"李梦笑得合不拢嘴。

"真的真的，这饺子里有深情厚谊呀李梦。"陈诺感叹。

"陈队，我怎么越蹲守越没信心了。"丁烈哑着嗓子说。

"不管他们谁是凶手，都是疯狗。一定会狗咬狗两嘴毛，等吧，这才一个礼拜。以前有个案子我蹲了足足十个月。"

外面响起"咣当咣当"的刺耳声响，是木头在摩擦水泥地的噪声。陈诺伸长脖子望去，脑袋"轰"的一下炸了，那个卖手机的王童，拖着一具乌黑的木头棺材站在钱快乐的别墅门口。棺材里躺着一个骨瘦如柴的老头。王童拿起一把锤子，拼命地砸门。

"怎么办？这小子，我觉得这是要干钱快乐。"

陈诺示意丁烈不要说话，静观其变。敲门声越来越大，从胆小如鼠到气势如虹，最后简直变成一串串剧烈爆炸。这重击声像王童的内心回响，这孩子在崩溃的边缘。

"杨总，你再不给我还钱，我和我爸今天就死在这里！"

陈诺听着王童的叫喊，气得脸色铁青，心想真是拔毛的凤凰不如鸡，被逼债的钱快乐让王童欺。

这时门打开了，出来的不是钱快乐，是林晓丹。她对王童说："王童啊，你这是怎么了。我这里有鞋，你赶紧把你的鞋换下来，血了呼啦，大年三十多瘆人。"

王童没理她："钱快乐在哪里？"

"他不方便，咱俩说一样。"

"还钱。我爸要治病，再不进医院他就要死了。"

王童指着棺材里的老人，他脸色发绿，只有进的气没有出的气，像一具披着人皮的骷髅。

"你过段时间来好不好？现在不是时候，过几天你来，我给你凑钱。"

"你让钱快乐出来，我今天必须见钱。"

林晓丹有些生气，她的脸红了。她说："人人看钱快乐落难都欺负他，你王童也来欺负他，他好的时候可没少给你利息。"

"还钱，不还钱我爸要死了。"

王童继续用锤子去砸别墅的门，他像是已经被饿疯的狼，眼珠子绿幽幽的，能滴出绿色的血泪。

棺材里的老人突然发出一声长长的叹息，王童伏到棺材边，听到老人说："现在不用还，我的钱当放贷了，明年按三分利结。"

老人的话散发出一股羊毛般的味道，像是沉重的夏夜热风，让人脸烫。

林晓丹推开王童，对老人说："你放心哪，你老人家和儿子就坐在家里享福唯，每个月数利息都数到手软。"

老人心满意足地点点头，原本马上就要离开他肉体的生命，此刻又重新燃烧起来，他的脸色红润了，身上重新焕发生命的光泽。每当金市人说出"利息"这两个字的时候，陈诺都能闻到一股清香的味道，像世界上最纯净的水，最神奇的药。

老人冲王童挥挥手，说："我们走吧。"

王童搓把鼻涕，他单纯的头脑无法处理这么复杂的信息。他只能眼睛直勾勾地瞪着林晓丹，眼珠散发出一股蜥蜴那分叉长舌的味道。

林晓丹不敢看王童，王童也没说"谢谢"，他只好恶狠狠地瞪了那扇铁门一眼，然后牵起棺材一头的绳子。这时陈诺发现这棺材是特制的，底下还装着四个轱辘。

王童要拉着他兴高采烈的父亲离开，此时林晓丹突然走出家门，做出一件陈诺没有想到的事。

林晓丹撩开衣服，露出她足以迷倒任何一个男人的腹部，摘下肚脐上的白金脐环，塞到了王童的手里。陈诺在望远镜中看到脐环上还镶嵌着一颗钻石，足有小指的指甲盖大小。

"你带老父亲好好过个年，然后治病吧。"

林晓丹脸色红润，似乎良心发现让她轻松不少。王童把钻环塞进裤兜，看着那扇半开的门，突然一把推倒林晓丹，拎着锤子冲进那铁门。

陈诺的脑袋就像炸开一样疼，他知道要出大事了。敞开的别墅门中半明半暗，隐隐约约巴赫赋格曲一般精巧的塑料味道传出，越来越广大，越来越浓郁。巴赫的味道罩住别墅，罩住街道，罩住人和动物，罩住灯光与时间，整个金市与千万生灵都像是由一块完整的洁白塑料雕刻而成，叮叮当当。陈诺抬头，下雪了，那是巨大的谜题之味。

B. 我是孙大胜

爷在离钱快乐别墅不远处的一栋大厦顶楼用高倍望远镜观察着他家门口的情形，居高临下像个神仙。爷既能看到钱快乐这个贼人，也能看到警察。那栋楼很高，足有三十层，站在这么高的位置看一切，他们都像要被开水浇头的蚂蚁一样徒劳。有雪花掉到爷的脖子上，很凉。爷抬头，雪花铺满了天空，雪花上面是不是也有人在看爷，看爷的人是不是橘子，觉得爷也是一只快要被烫成小黑点的蚂蚁？

那天在刑警队门口她用消防器砸伤爷额头，抢走了未来，她想扳开车门，可车门没有反应。爷早就锁了车。爷看到冷汗渗满她的额头，未来在这个言而无信的女人怀里"哇哇"大哭，这么可爱的孩子怎么会有这样的妈？爷凑过来，从她怀中轻轻抱走未来，温柔地抚摸着他的背，未来不哭了，委屈地看着爷，眼皮缓缓落下，又睡着了。

爷听到车外人群一阵喧嚣，摇下窗户，警察在向市民们宣布钱快乐被释放了，已经回家了。我摇上车窗。

"你给爷一个理由，让爷还放过你。"

周灵从裤兜里掏出一个U盘，她的手在哆嗦。"钱快乐逃跑时我捡到的。"她说，"他很在乎。"

爷夺过手机，取出存储卡插进面包车里安装的多媒体系统，显示屏上出现的画面让爷不敢相信自己的眼睛。

"用这个，我和钱快乐交易，把他引出来。"周灵一张一合的嘴唇没有一点血色。

我看着她，她没有闪躲。这个女人是认真的。

未来伸了个懒腰。女人为了孩子真是什么都做得出来。

现在，周灵的目光让爷的心突然抖了一下。她是在看那个躲在别墅对面楼中的老警察，她眼神温柔得像月亮。同是天涯沦落人，爷理解她。

周灵发现爷在看她，眼神就像合上电闸的屋子，瞬间黑了。爷只好重新抬起手中的望远镜。

这个时候，爷听到一阵悠扬的音乐声，是林志炫演唱的经典老歌：《单身情歌》。这是我们专门用来接钱快乐电话的手机响了，这首歌倒真的很适合给钱快乐送葬。

"喂。"

周灵紧张地看爷，打开免提，钱快乐的呼吸像是阴沟里的老鼠般从话筒里蹿进我的耳道。

周灵按爷提前安排好的那样对着听筒说："咱们就别说废话了。半个小时后，在'天乐大峡谷'见。B楼顶层。你把钱带上，我把你要的东西带上。"

"你有没有搞错，钱在我手上，能救你的只有我。时间、地点该由我定。你现在应该也能看到都有些什么人在我家门口，我能出来就不错了。"

"你能见就见，不能见你在家等死。"

钱快乐犹豫了片刻，说："好吧，按你说的办。"

"你能出得来吗？"

"这不用你管了，我会变魔术。"

周灵看爷，爷点点头，爷这次绝对不会失手。

"到时见。"周灵说。

话音未落，钱快乐已经挂断电话。

"等我和钱快乐见面的时候，我把未来还给你。"

"你会怎么对钱快乐？"她的眼神里露出一丝惊慌。爷没有回答她，爷站起身，踹开了楼顶紧锁的工具间。

周灵在雪中就像一头受惊的麋鹿。

搜寻结果非常成功。几分钟后，爷特制了一件橡胶雨衣，内里有几道用图钉和衣架特制的铁钩，上面挂着一把剔骨刀，还有两把尺寸较小的裁纸刀。爷还找到了一把射钉枪，还有一盒钉子。

爷对周灵笑笑，扣下扳机，钉子像一颗子弹般划着乌黑的光弧顺着她的脸射到墙里，力道十足，竟有一半埋进墙中。

爷披上雨衣，眨眨眼睛，对周灵说："现在咱们可以走了。"

那件橡胶雨衣上没有任何气味，连橡胶的味道都没有。橘子姐对我说过，气味是一种很可怕的东西，它无形无色，可有时会在最关键的时刻出卖他的主人。"没有气味的人才是没有弱点的人。想干大事就不能有味道。"

姐。爷在心中呼唤她，爷对她说，我已经做好大战一场的准备。爷似乎看到她在微笑。

3．演戏

"所有人都进去！"

陈诺冲到别墅门口，林晓丹在夸张地尖叫。她似乎一点都没想到这个地方塞满便衣警察。

"你们要干吗？"她显得迷惑，好像此时此刻不在现实中。陈诺掏出枪，推开她，不顾尖叫和哭喊，冲进别墅。

二楼的主卧木门紧闭着，钱快乐就在里面。王童在门前大喊着"钱快乐还钱"，他拿着锤子在盲目地挥舞着，像是要砸碎一切，可一锤又一锤只砸在虚空之上。警察包围了他，他用锤子砸木门，人们的手伸向各自的枪套。

"你冷静，一切都能谈。"丁烈看着他的眼睛，慢慢地说。

"还钱！还钱！"

王童已经陷入迷狂，他拎着锤子旋转，跳跃，像是一个陀螺，试图撞碎一切靠近他的事物。丁烈趁他暴露后背时扑上去像是捕食的螳螂般压住王童。警察们抢走他手中的锤子，给他戴上手铐。

陈诺和丁烈把王童带回客厅，他的父亲在棺材中躺着，面色苍白，一场惊吓把这个老人折磨到只有出的气，没有进的气。

"警官哪，你们可怜可怜我们吧。没钱我就要死了，放了我儿子吧……"老人呜呜哽咽，哭泣声如老狗嘴巴般酸腐。

陈诺站在到处都是人类脚印的雪地中，目送王童推担架远去的背影。雪地上的那一片脚印散发出如老木头被灯光炙烤后混合汗水的舞台特有的味道。陈诺觉得自己是站在舞台上，正在演一个把戏。所有人，包括他自己在内，都是演员，唯一知道把戏真相的人就是钱快乐。他用一个又一个假象叠加在真相之上，人们被他逼疯，上帝无语，可他却躲在暗处哈哈大笑，那嘲笑中有一股油彩的味道，赤橙黄绿青蓝紫，如小丑面对镜子变戏法时的孤独笑场。

第十五章

1. 情妇

"这么大动静，钱快乐怎么一点反应没有？"陈诺心中突然产生不祥的预感。他跑回别墅二层的主卧，敲门说："钱快乐，我是陈诺，开门！"门那边毫无动静，陈诺一脚踹开门，卧室里什么都没有。

陈诺一间房一间房地搜寻钱快乐的踪迹。"哪怕你变成一粒尘埃，我也要捏住你的喉咙。"陈诺在心里对钱快乐说，"没人能在警察面前变魔术。"

客厅，卧室，书房，健身房，影音室，台球室，游戏室，婴儿房，客房，红酒间，雪茄房，警察搜遍这座别墅里所有房间，都没有钱快乐的踪影。在警察和追债者的严密监控中，这个男人凭空消失。

"钱快乐在哪里？"在别墅外的草坪上，绝望的陈诺问林晓丹。

林晓丹闭着眼睛，无声无息，像是没有听到陈诺的声音。

陈诺突然想起王童，转身就跑。在小区门口，他隔着很远就看到那个少年扶着他父亲坐在路边长椅上，"呼哧呼哧"喘气，白雾在暖黄色的空气中聚拢成一团，这对父子如同两匹疲惫的马。

棺材就在他们眼前，空空荡荡。

"昨晚钱快乐打电话，说我们配合他演场戏，他就给我们打钱。他说他是躲债，我们也不知道他是躲你们哪。"老人呻吟着。

陈诺掀开棺材的底板，下面还有一个暗格。丁烈愤怒地看着陈诺，像一条主人被侵犯的狗。

丁烈问他应该怎么处理王童。"要不是这小子，钱快乐也跑不掉。"丁烈愤怒地说。

陈诺看着丁烈无望也无畏的脸，再看看骷髅般的老人，说放了他吧，他不重要。

在钱快乐书房的卫生间里，陈诺四下观望，这里的一切都如雪般洁白。马桶，洗漱池，蒸汽浴室，化妆镜，每一处器具都闪烁着意大利高档洁具的光泽，唯有浴缸烂成了一堆瓷片。

昂贵的大理石地板像镜子，能倒映出陈诺的面貌。他五官浮肿，面色憔悴，那味道简直就是一张被使用过的面巾纸。

警察破解林晓丹的手机之后，在里面了发现小叮当要把U盘和孙大胜卖给钱快乐的视频。知道小叮当还活着，陈诺的手紧紧攥成双拳，关节上一股股的疼痛传到心里。

"为什么要砸浴缸？"

"里面藏着钱。"

"钱快乐在哪里？"

在别墅客厅，陈诺问林晓丹。陈诺关闭手机，等待答案。

林晓丹一直紧闭双眼，无论听到什么，她都没任何反应。

陈诺点燃一根烟，问林晓丹："你抽吗？"

林晓丹睁开眼，眼光像X光一样扫射着陈诺，陈诺很坦然，接受这质疑。林晓丹感激地点头，陈诺递给她一根："烟不好。"

陈诺打着打火机，林晓丹深吸一口香烟，烟草燃烧，时间变成灰。

林晓丹苦笑着掐灭烟头，对陈诺说："我真不知道他去哪里，他太鬼了。他去哪里根本不会告诉我一个女人。"

"你不是在帮他，你是在害他丧命。你不知道周灵能做出来什么。"

林晓丹表情古怪地瞥了眼陈诺："我听钱快乐说，周灵是你的情儿？"

"我很了解她。她根本不在乎钱。"

林晓丹脸色变了，像吞掉苍蝇一样难看。

"你什么意思?"

"这是个局。孙大胜用周灵的儿子要挟她,假装自己被她绑架,引钱快乐上钩。你以为你是在帮他脱罪,也许他现在已经死了。"

林晓丹脸庞上的光泽阴晴不定,那变幻的光中飘浮着一层夏天阵雨的味道。警察们大气不敢出,生怕自己发出的声响会让她受惊,让她闭嘴。

终于,林晓丹开口了:"'天乐大峡谷'顶楼。"

陈诺的心落回到肚子里,林晓丹长长地叹一口气,双手掩面,哭声的味道像是光滑的大理石,如同雾气般钻出指缝,在客厅中弥漫开来。

A. 我是未来

"'天乐大峡谷'不是个峡谷。"孙大胜拿着他捡到的传单,对我念道,"它是一个主要用音乐和声音改善人类居住环境适宜度的奢华商用物业。里面所有的楼体和设施都是模仿中国古典乐器建造而成。开发商在世界各地搜集两千多件各国家各民族的古乐器,请来一百多位当今最红的艺术家将其打造成绘画、雕塑、影像等多领域的艺术品,摆放在小区的各个显要位置和公共区域,供小区业主欣赏。'天乐大峡谷'的每一个空间都经过设计师和专业人员的精心设计,无论是晴空万里还是阴雨绵绵,自然的声音经过'天乐大峡谷'的建筑物,都会变成悦耳和谐的音乐,让小区业主的灵魂得到华美的洗涤。"

孙大胜发出一阵干笑:"未来,你知道吗?在吹牛方面,你们金市的开发商们绝对是宇宙第一。"

我咧嘴笑了,眼睛直勾勾地望着孙大胜,又望望我妈妈。她的脸色苍白到近似透明。

"你放心,事情一完,我就把未来还给你。"孙大胜紧紧抱着我,对她说。

风很大，直往我的脖子里钻，"天乐大峡谷"没有乐器，没有优美的音乐，只有黑暗肮脏的残败楼体，像是史前海沟中的怪兽留下的残骸。

"往前走。"孙大胜对我妈妈喊道，"等一下无论发生什么，你都不要回头看，继续往前走。"

他们走进这栋楼的正门，我妈妈走在前面，孙大胜走在后面，我们的视线被黑暗吞噬。微弱的火光亮起，是孙大胜将打火机点燃。我们的脚步声惊起一群群在楼里搭建巢穴的飞鸟。

电梯坏了，二十多层楼，我们只好一级一级爬楼梯，就像坠落海洋深处的黑暗。在孙大胜怀里我感觉到钱快乐就是地心，离他越近，孙大胜的呼吸就越困难。爬到一半的时候，我看到血从孙大胜的棉袄里滴到地上。他挥挥手，示意我妈妈停下。他掀开衣服，我看到之前那个黑诊所医生为他缝合的伤口再次裂开。

我妈妈拿出手机给钱快乐打电话，可没人接。

"咱们必须上去。"

孙大胜点点头，示意我妈妈在前面走。这个时候，楼顶隐隐约约似乎有歌声传来，我还闻到一股奇怪的味道，像是有人在焚香。这时我看到孙大胜惨白的脸上浮现出一丝笑意，显得很古怪。

"你笑什么？"

"说实话我还挺羡慕钱快乐。一会儿他就在上面安息了，可我们还得下来呢。"

楼顶是复式楼房，分上下两层，面积很大，视野宽敞，如果开发商能把这里建好，会是一座非常舒适的寓所。可这永远都不再可能，这里的一切都隐藏在烟雾里，变得模糊不清，如同一道道在海底浸泡着的影子，空气里散发着一股呛嗓子的松香味。

孙大胜大声呼喊钱快乐，却无人应答。那像是诵经的歌声越来越大，歌词像是外语，我听不明白他在唱什么。我突然感觉到巨大的不安，那是灵魂的直觉。它告诉我，此刻我不做些什么，我就再也见不到我妈妈了。我"哇哇"大哭，孙大胜猛地一愣，寒光劈到了我们眼前的地上。要是孙大胜再往前走一步，斧子就砍在了他身上。我妈妈冲过去推开他，我们摔倒在地。

"把未来还给我！"

还没等我妈妈反应过来，孙大胜抱起我，站起身飞速地从大衣中掏出自己改装过的气枪，扣动扳机，两枚钉子激射而出，黑影一转身，躲开钉子，再次消失在烟雾中。

好像在梦中。火焰里，我看到了一只老虎的影子，它直立奔跑，和人一样。

孙大胜大声咒骂着钱快乐，我听到一声打火机齿轮的轻响，就见火苗从地上升起，向墙壁和天花板蔓延，然后一声巨响将我震得脑袋发晕。孙大胜被冲击波重重地推到墙上，我掉在了地上。就在那一瞬间，火焰如同一条凶猛的怪鱼，张开它的大口吞掉了那条猛虎和孙大胜，连一粒骨头渣都没剩下。

我无法克制我的惊讶，火舌舔痛我的脸，让我意识到这是现实不是幻境。

2．拯救

陈诺刚爬到楼顶，就看到浓重的烟雾里钻出一只全身金光灿灿的老虎，陈诺来不及多想，举枪射击。子弹打在它身旁的墙上，溅起火星和石子。他抬眼看陈诺，口罩上的双眼通红。陈诺这才看清，火焰中的老虎是人影。陈诺正想追过去，小叮当一把抱住了他："快去找未来！未来丢了！"陈诺再抬头，那猛虎一般的黑影消失在熊熊火焰中。陈诺的鼻子抽动，捕捉到了一缕异味，他的鼻子想紧紧抓住它，他浑身的血都在燃烧。陈诺觉得自己似乎闻到过这股味道，可在哪里闻到的，这是什么味道，他无法分析。

小叮当哭声凄厉："未来！未来！"

只有火焰在陈诺眼前。他咬牙把小叮当拖出了火场。

大火在四十分钟后熄灭。除了小叮当的哭声和一片废土，这场火什么都没给陈诺留下。没有钱快乐，没有孙大胜，也没有未来。寂静中，人的呼吸比冬天的北风都沉重。陈诺看着怀中的女人，她的身体无比真实，痛苦也无比真实。众人退到了外面，大厅里只剩下陈诺和小叮当，陈诺看着小叮当，她的面颊挂满泪水。寂静的烟雾中小叮当突然尖叫，陈诺紧紧抱住她。因为惊吓，她的身体在战栗。陈诺希望自己的体温能够温暖小叮当。小叮当号啕大哭道："救未来，未来就在这里，快去找未来。"

陈诺对她说："我发誓，我会把他找回来，我发誓。"

那股异味早已在大风中消散，却在陈诺的心中撞出一个黑洞。钱快乐明明是一个没有人性也没有味道的人哪，怎么身上会有异味。他把脑子挤出汁都没想出来这异味的由来。对这异味的印象本身又产生了新的异味，像蜘蛛、幽灵和灰尘的味道。

丁烈把U盘插进笔记本电脑，里面果然有很多段视频。视频的时间跨度为一年多，地点都是在同一个满是老年人的歌舞厅里。这起命案中的死者都在，因此粗糙的画面看起来格外诡异，像是生者与死者的聚会。

在视频中，最早的几段是老人们围成一个圈，随着激扬的音乐跳迪斯科。他们使劲拍手、跺脚，嘴中发出"哦哦"的叫唤，仿佛一群年轻的猿人。丁淑娟是这些聚会的主角，永远都在圈子的中央，旋转起来那花裙子像一道圆形彩虹。

又过了一段日子，画面内容发生了变化：丁淑娟和金大正永远都在跳舞、吃饭、欢笑和拥抱。两个老人脸上遍布的皱纹像是干涸已久的河沟，温暖的爱情仿佛清澈的河水般灌满两人面容上的每一条沟壑，青春在他们的脸上重新焕发。金大正在他们身边又蹦又跳，傻呵呵的，仿佛一个天真的孩子。而西门萝卜坐在角落里，在每个人都欢天喜地的世界中看着这对恋人，看着他的朋友们，他没有任何表情，佝偻的身体像是一个鬼影。

唯一能看出来西门萝卜还活着的迹象是他的眼神，充满恨意，像无数刀子一样刺向朋友们舞蹈的身体，顶入陈诺的脑海。

那是一双杀人犯的眼睛。

在陈诺看到的最后一段视频中，西门萝卜站在丁淑娟被杀的现场，看着她的尸体，用雪洗掉自己手上的血迹。他似乎感觉到有人在窥视自己，惊慌失措地回头看镜头，匆匆离开……

B. 我是小叮当

"你不要着急，小叮当。你要把你经历的，尽量详细地告诉我。别慌，想到什么，就说什么。"

陈诺和我说这话的时候，我坐在一辆救护车里，医生告诉我，我没有大问题。我说："去你妈的没有大问题……"

大夫愣了，看陈诺。陈诺在他耳边低语几句，大夫同情地看看我，走出了救护车。陈诺把一罐咖啡递到我手里，它很温暖。我没有想到，这辈子我还能活着喝到热咖啡。我的视线牢牢盯着陈诺，一秒钟都不愿挪开。

"未来找到了吗?"

"你一定要冷静，把你知道的全告诉我。你越冷静，说得越清楚，我才能越快地找到未来。"

我知道，哭泣和号叫没有用。我几口把那罐咖啡喝完，开始讲述这段时间发生的事情。我先从被孙大胜劫持讲起，他是抢走我的未来，又如何逼着我去找那些欠债的人，逼他们一个个割掉自己右耳的。他有多么地憎恶钱快乐。我还讲到了橘子姐，以及她和孙大胜那畸形的爱情。我告诉陈诺，我们是如何出了车祸，又是如何在橘子姐死去的凶案现场发现孙大胜那些血淋淋战利品。还有孙大胜和杨二郎的故事……

我讲这些的时候，感觉到自己浑身的肌肉都绷紧，每一个脑细胞都在燃烧。因为陈诺说了，我说得越细，他会越快找到未来。我怎么会没看住未来呢？我的眼睛要它还有什么用？我呼吸急促，胸口发闷，这一路遇到的每一个人每一件事像是巨浪与漩涡重新浮现，我穿行其中，身体被他们撕成碎片，碾成粉末，身体不由自主地一阵阵发抖。

"照你这么说，孙大胜和钱快乐有仇？存不存在合作犯案的可能？一个割耳朵，另一个剖腹杀人？"

我摇头，坚定地说："钱快乐为了逃避债务，杀了橘子姐。并且差点撞死我们，他还抢走孙大胜割下的那些耳朵，羞辱孙大胜。现在孙大胜活着唯一的目的，就是找钱快乐复仇。"

陈诺轻轻拍打我的背，像是要把我的恐惧击碎。

"刚才钱快乐架着我的时候，我以为我就要死在你面前了。"

陈诺轻轻握住我的手，像是要把他的力量传递给我。他看着我，眼睛发出光。每当他的眼睛发光时，他一定察觉到了所有人，甚至是我这个当事人都没有察觉的东西。这是陈诺的天赋，也是陈诺身上的枷锁，他是一个天生的好警察，可一个好警察注定不会是一个让女人幸福的好男人。这就是我后来没有选择他的原因。

我问他怎么了，他问我，刚才那个影子，你觉得是钱快乐还是西门萝卜？

我愣了，我说我被吓傻了，没看清楚。

"你为什么这么肯定？"陈诺的声音很轻，更像是说给自己听，"难道我的鼻子出错了？"

我听不懂他在说什么，我什么都没有肯定。我说我见过钱快乐身上有虎头刺青，刚看到那个人时他很像一只老虎。也许他是钱快乐。

陈诺摇摇头，沉默。

有那么一刻，像是大风吹走眼前的迷雾。我的心里有某个景象要清晰起来，这个时候，我又想起未来的笑容，似乎在我身后喊"妈妈"。我顾不得再去想其他事情，我哭了。钱快乐也好，孙大胜也罢。他们统统随风消逝。

"未来……"我悲伤地呼唤我儿子的名字。

3. 淹死的幽灵

"钱快乐要拿多少钱换孙大胜?"陈诺问小叮当。

"六百万。怎么了?"

"没事,我就想知道一条人命在钱快乐心里值什么价。"

陈诺目送警车载着小叮当远去,忧愁重新涌上他的心头。明明他已经拥抱小叮当,可他却觉得这像是幻景。他看着眼前那栋烂尾楼,钱快乐跑了,孙大胜也跑了,唯独这栋烂尾楼正散发着大火之后特有的焦臭味。

"我总觉得哪里不对劲。"陈诺对丁烈说。

"哪儿不对劲?"

"我说不上来,就是种直觉。这里不像我们想的已经空了,除了焦味我还能闻到一股怪味。"

这股怪味和刚才跑掉的影子身上那股味道不同,这股味道像是汗水和呕吐物混合在一起的馊味。

"不可能啊陈队,现场真的干净了。"

陈诺不说话,摸摸自己红肿的大鼻子:"鼻子呀鼻子,难道你得了妄想症,难道刚才钱快乐身上的味道,此刻现场残留的味道都是你的幻想?"

那股味道依然存在,鼻子流出一点鼻涕,像是委屈流下的泪滴。陈诺拿出手帕擦了擦它:"你们先回警队吧,看看各个路口的摄像头上能不能有消息。我在这边转悠一圈。"

人都走完了,陈诺没有走,他想回忆自己觉得不对劲的那股现场残留味道。他太累了,很快进入梦乡。可即使在梦中,那股馊味还是不散。不知道时间过去多久,他被自己的梦惊醒。他看向车窗外,天色还是一片漆黑,万籁俱寂。他清醒不少,刚才的梦境在他的回想中愈加清晰。那是一座石头做成的迷宫,陈诺在里面奔跑,却始终找不到出来的路。他在一条死胡同的尽头发现一面镜子，他走过去，镜中的自己是面色铁青的钱快乐，他手里握着的东西，正发出那股令陈诺心神不宁的馊味……

陈诺下车朝楼体冲去，一边跑一边给丁烈打电话，对方哈欠连天，一听就知道还没睡醒。

"快回'天乐大峡谷'。"

"怎么啦，陈队？"

"钱在这里。"

"什么钱？"丁烈精神了。

"用来买孙大胜的钱。他把情妇家里藏钱的浴缸砸碎了，证明他去赴约的时候还是想进行交易，那是整整六百万现金。他把钱带到'天乐大峡谷'。后来我们的出现打碎他们两边的计划。六百万目标太大，我们又一直守在那里，他带不走。钱还在那里，现在我们撤走，他应该要动了。"

"他会不会把钱藏到别处？"

陈诺摇头："六百万，能装整整两个旅行袋，不好藏。他是钱快乐，是能为了钱出卖一切的人，他绝对不会让那些钱离开自己掌控的。再说，我终于知道我在现场闻到的馊味是什么，就是钱的味道，六百万的馊味。"

"我马上派人去'天乐大峡谷'。"丁烈兴奋地说。

"我快到了。"陈诺说，"希望钱还在那里。"

一阵婴儿的哭声从地下传来，是未来的声音。陈诺闻到了肾上腺素在自己体内轰鸣时迸发的火星味道。

因为停工时排水系统还没有建好，"天乐大峡谷"的地下一层变成一个巨大的脏水池，水足有两人深，已经结冰。寒风刺骨，冰面上漂浮着冰凌和垃圾。陈诺打开手电，光柱在水面上扫来扫去。

在灯光下，钱快乐正脸色苍白地望着他。

钱快乐在灯光下仿佛金色的鬼魂，抱着未来，背着一个巨大的双肩背书包。他站在冰面上，从脚心传递上来的寒冷让他瑟瑟发抖，他被吓坏了。未来在哭，小小的脸蛋上被冻出了两个硬币大小的疮。

"把孩子还给我。"

"你看U盘里的东西了吗？"

"看了，你过来，把孩子递给我。"

"我不是凶手，放了我吧。"

"可以，你先把孩子还给我。"

"你骗鬼呢！你别过来！"

陈诺站住，钱快乐竟然在哭。他的泪水也是透明的，微微发亮，和所有人一样。

"我真的受够了，我害怕，太吓人了，你让我走吧。"

陈诺点头："没问题，孩子你不能带走。"

钱快乐把未来轻轻放在冰面上，小心翼翼地向后退去，示意陈诺不要过来。陈诺点点头，钱快乐退出去六七十米，转身向地底更浓重的黑暗跑去。陈诺跑到未来身边，把他抱在怀中。未来的小手轻轻摩挲着陈诺的脸，像是那里有什么能令他不再惧怕这黑暗的东西。

"救命！"

惊叫传来，光柱扫去，陈诺看到远处掉进冰窟窿的钱快乐。他溺水了，双手在水面中无力地拍打，脑袋时而浮起，时而沉入水中，大口大口地被灌污水。陈诺咬牙，未来似乎有预感，又开始啼哭。他轻轻地放下未来。

陈诺跳进那冰洞里，污水冰冷刺骨，他的身体被瞬间冻麻。他的手抓住钱快乐的肩膀，可棉服表层被污水浸湿后非常腻滑，陈诺脱手。钱快乐说："陈队，这钱分你一半，你救我。"话音未落，他又沉入水中，灌几口污水。陈诺绕到他身后，发现有根电线缠住他的左脚。陈诺潜水，帮他解开绳子，把他拖出水面。

"陈队，钱还在水里，全给你。我没杀人，放我一条生路。"

陈诺扑倒钱快乐。他想给钱快乐戴上手铐，突然觉得脑袋一阵轰鸣，像是要裂开一样。他看到钱快乐手中拿着一块砖头，钱快乐又狠狠地给陈诺脑袋一下，陈诺几乎晕厥，他用尽全身力气抓住钱快乐的另一只手腕。

他们脚底的冰面承受不了压力，再次破裂。两人脚下一空，向水下沉去。陈诺和钱快乐被水底黑洞里的漩涡向下吸去，落入那里必死无疑。

钱快乐在拼命挣扎，陈诺死死抓住他的手不放开。氧气越来越少，陈诺的意识仅剩下微不足道的一点。紧紧抓住钱快乐，那几乎是他作为一个警察的本能。

第十六章

1. 忏悔

陈诺眼前一片漆黑，大口大口地灌水，身体软成一根面条，重成一颗铁球。濒死之时，他感觉有几个人游到自己身边，用结实的手臂托住自己，还有钱快乐的身体，生生把他们托出水面，托到地上。

一个人影在他眼前呼唤他的名字，他看不清那人的面貌。清新的氧气重新回到身体，模糊的视线渐渐变得清晰。陈诺再细一看，那人竟是西门萝卜。老人抱着未来，正在好奇地看着他。

钱快乐在惨叫，几个人都摁不住他。他拼命挣扎，像疯了一样想冲回那冰水中的漩涡，冲进那个差点把他淹死的黑洞。

"六百万哪！全被水冲走了！"

陈诺突然想起西门萝卜那条在沙漠里遨游的鲨鱼。那些鲨鱼在海里捕猎的时候，大概就是钱快乐这样子吧。

西门萝卜挥挥手，他的手下用绳子绑住陈诺的双手双脚。

"你这是干什么？"

西门萝卜不说话，陈诺眼前一黑，那些男人砸晕了他。

陈诺再醒来，发现自己坐在西门萝卜的迈巴赫里，车窗外是茫茫沙漠，他的手脚被捆着。钱快乐坐在他对面正在破口大骂，骂苍天，骂沙漠，骂西门萝卜，也骂陈诺。他的手脚也被捆着。

陈诺不说话，寒冷散发着旧剃须刀片上的红锈味道，他像是触电一样哆嗦。虽然他已经换上干衣服，车里的暖风也打得非常足，可他还是哆嗦。

"我们把'天乐大峡谷'搜了几遍都没找到你。"陈诺问钱快乐，"你在哪里？"

钱快乐头发依然湿漉漉的，不知道是因为冰水浸泡过他身体，还是因为他压根儿就不是那个戴面具的人。他身上干干净净，和陈诺第一次见到他一样，身上一点味道都没有。

钱快乐说："我一直躲在一辆警车下面。"

"为什么不报警？"

"卖U盘的是你女朋友，我怕你们之间扯不清反而耽误我。感情解决不了的事我还是花钱解决吧！"

陈诺冷笑。这个理由不仅能让钱快乐摆脱嫌疑，还对陈诺倒打一耙。眼前这个没有味道的男人真是个大流氓，陈诺被钱快乐的无赖撒泼气得肺都要炸了。

"我把钱藏好，就去跟他们见面。结果我还没到顶楼，就看到一个很像西门萝卜的人在和孙大胜搏斗，我心想完蛋，这是个局。那个孩子躺在地上，我怕他被火烧死，抱起他想逃跑，可你们到了。我没办法，我舍不得我那六百万，越危险的地方越安全，我就躲在了地下车库。等你们撤了，我本来想去找钱，遇上你了……"

"你自己相信你说的话吗？"陈诺嘲讽道，"也许你是去杀人灭口的。"

"我找到了凶手，你们不抓。我自己去买证据，你不相信。你们究竟想咋样？"

钱快乐的身体使劲地蠕动，身上散发出一个还没学会爬行的婴儿身上的奶酸气息。要不是被绳子捆着，他非得冲上来和陈诺打一架。

"你会付出代价。"

两个人的车厢里突然传出第三个人的声音，是西门萝卜。

"钱快乐，你不要狡辩，警察听你胡扯我不会听，你就是凶手，你必须付出代价。"

钱快乐闭上嘴巴，全身绷紧。他像是碰到魔法，瞬间变成一个石像。西门萝卜的声音像个幽灵，在真皮座椅和光线迷幻的氛围灯之间游荡。

"别他妈装神弄鬼。"陈诺说，"你有种当着面说。"

西门萝卜的干笑声从奔驰的高档音响传出来，似乎陈诺的话很荒诞。

"陈警官，你看看你的样子，我把绳子解开，你又能拿他怎么办呢？你其实什么都不敢干。你一次又一次地让这个杀人犯逃走，你没有证据，你拿他没办法。"

"陈警官，这也是我想对你说的话。"钱快乐冷笑着说，"你马上要见到凶手了，可你能抓他吗？"

陈诺沉默，他不知道该说什么。

"还有十五分钟到地方，钱快乐你要是还不跟警察招供，你就是我的。你说不说，对我来讲都无所谓。"

钱快乐突然萎靡，像是被针扎的气球。他的脸变得很白，比被刚才在冰水里浸泡着时还白。

"我和你不一样，我敢干，也能干。恶人自有鬼来磨，收拾他是我的事。"

"咔"的一声，西门萝卜关掉对话系统。奔驰车里寂静无声。

"你说他会怎么对你？"陈诺看着那张油滑浮夸的脸，平静地说。

钱快乐说："你是警察，你要保护我。"

钱快乐身上发出一股灯泡碎掉时烧焦灯丝的甜味，这个家伙终于要绷不住了。陈诺心想，再推一把，也许他就撂了。

"西门萝卜是玩真的，这是你最后的机会。"

钱快乐哭了。陈诺没有想到，钱快乐会像个孩子一样号啕大哭。

"老大爷，你睁睁眼吧！这是不让活了！警察收钱了，和凶手一起冤枉我，我活不了了！"

钱快乐的脸上糊满鼻涕眼泪，把那股他好不容易分泌出来的人性气息冲刷得干干净净。陈诺觉得就是真正要上刑场的人都没有他伤心。他哭得越来越凶，哭得上气不接下气，沙漠似乎都要被他哭湿了。

A. 我是钱快乐

我们站在人工河河畔，这是西门萝卜的杰作。一个男人能在沙漠里开出条河，他能在我身上凿出什么，我真是不敢想。

月光洒在雪上，这条河显得比海都蓝。远方天空中都是金市人放的烟火，红的绿的，都像人似的，都有过灿烂辉煌，然后变成一阵烟，顺着河飘走，留下股让别人闻到心里会难受那么一下的味道，第二天早上也就都散光了。

离过年还有点日子，金市人就开始折腾：买年货，放鞭炮。不管出什么事，只要不死，金市人就得高兴。

我对陈诺说："天底下的万物都跟人似的，和什么作对也别和时间作对。金市人这一点好，好活一天是一天，不拧巴。"

陈诺没理我。我扔掉手中的烟头，哆嗦着让西门萝卜的手下再给我续一根。他们相互对视，不知道这个流泪的男人怎么还有心情抽烟。他们不会懂，只有动物和昆虫才会休息，人永远不能停下来。人的手里总要干点什么，时间才过去得容易些。

陈诺对他们说："再给他来一根，没有断头饭，就断头烟吧。"

那个给我们开车的小伙子冷笑，让我好好抽，能多抽一口是一口，那边也不知道有没有烟抽。

他说的"那边"不像是指监狱，也不像指我的家。我吸溜一下快掉下来的鼻涕，说："离过年没几天了，我不和你生气。"

"你也知道哇！大过年的，你撂了得了。"陈诺说，"咱早完事，我跟西门萝卜说，保你平安，没准儿我们还能赶上年三十的饺子，也念你的好。你不松口，一群人跟你受罪。"

我摇摇头："真不是我，杀人的是西门萝卜。"

陈诺为我点着烟。烟雾打在他的脸上，像是随风飞舞的鬃毛。这个蓬头垢面的警察真像电视里演的非洲狮子，做事也像吃肉的，紧紧咬住我就不放。我真是服了，不知道自己上辈子做了什么害他的事。

一阵旋律响起，是陈诺在哼唱。我的眼眶不由得湿润了。陈诺说："这段旋律你熟悉吗？"

"这是我们山里的歌，名字叫《可怜的孩子，迷路的孩子》。"我对他说，"你问这干吗？"

"那个凶手杀人的时候，我听到他在唱歌。"

我接着往下唱，一些往事涌上我的心头，我似乎看到一只猛虎从金色的雪中向我走来……

唱着唱着，泪水再次从眼眶汹涌而出。我想不明白，其实我也是个人，也知道疼，怎么就走到今天这个样子。

"你唱得挺好，跟那个杀人凶手有一拼。"

"都这个时候了，我真没杀人，敢唱就证明我心里没鬼。"

"孩子呀，不要走到路远夜黑的地方去，家里的阿妈在等着你。孩子呀，不要走到猛兽潜伏的森林去，家里的阿妈在等着你。孩子呀，不要走到大雾迷茫的沼泽里，家里的阿妈在等着你。孩子呀，不要走到再也看不到归途的地方去，家里的阿妈在等着你……"

金色雪片漫天飞舞。

"我们那里要是孩子中了邪，或者生病了昏迷了，就会唱这首歌曲为孩子招魂。"

汽笛鸣响，我看到那艘巨大的船向这里开过来。西门萝卜站在甲板上，岸边的手下们冲他挥手。船靠岸，水汽打湿我的脸颊，寒冷刺骨。

"我最后问你一次，你是不是凶手。"陈诺咬牙切齿地说，"你想好回答我。"

我摇摇头："西门萝卜才是凶手，你太糊涂了。"

在甲板上，西门萝卜抱着那个孩子。孩子已经换上新衣服，躺在新褓褓中舒舒服服地睡觉。有人给陈诺解开绳子。老头却看都不看我一眼，就好像我是一棵萝卜，或是根本不存在的一缕风而已。

"陈警官，我抓住凶手了，这个算不算见义勇为，回头你是不是得给我送面锦旗?"老头笑着说。

我一下子跪在西门萝卜面前，膝盖下发出"咚"的一声，像是有尊石像摔碎在了甲板上。

"爸爸。"我的叫声凄厉。

我说："我想你呀爸爸!"西门萝卜颤抖一下，我的泪水涌出眼睛，打在他的皮鞋上，我向前蹭了两下，西门萝卜看着我，眼神发冷，我想起那在沙地中钻来钻去躲避太阳的蜥蜴。

"你还是不承认?"西门萝卜问我。

"爸爸，我愿意为您老顶罪。只要您好，您如意，做儿子的怎么样都行。上刀山! 下火海!"

西门萝卜看都不看我，只是问陈诺，U盘里的内容他看了没有。陈诺点点头："我没想到你还深爱着丁淑娟。"

西门萝卜笑了，笑容里有光，他肯定想到了那段甜蜜的日子。然后他看我一眼，眼神里有大雪，我的心瞬间结冰。

"你觉得我是杀人犯吗?"西门萝卜问陈诺。

"你有强烈的杀人动机。"陈诺说，"我看到一份视频，你正在从丁淑娟的尸体旁逃跑。"

"铁证如山哪!"我兴奋地大喊，"爸爸你快承认吧!"

他的手下们愤怒了，要揍陈诺。西门萝卜挥手，众人停了下来。

西门萝卜红着眼圈说："我醒来时，看到丁淑娟给我发了短信，约我跟她见面。当我赴约时，看到的却是她的尸体。我知道我被栽赃了。从那一刻我就发誓，我一定要亲手为朋友们报仇……"

陈诺说："我现在没法判断真假。你跟我回去，我会调查清楚的。"

西门萝卜不理他："我最早认识的是金大正，他虽然不识字，可是人很好。他不知道我有钱，就觉得我为人豪爽，就跟我交了朋友。通过他我认识了于卫东和丁淑娟。于卫东对我最好，看我可怜，经常邀请我去他家吃饺子。他包的韭菜猪肉馅饺子真是鲜哪。这么好的人，可惜了。我不想说丁淑娟，我只是想让你知道，我再恨他们，他们也是我的朋友。我没有亲人，只有朋友。他们死得太惨了。你说，他怎么下得去手？这些人和他的父母年龄一样大呀。"

陈诺点头："你把舷梯放下来，我带他回去调查，我肯定给你个交代。"

西门萝卜微笑，笑容很可爱、很慈祥，像电视剧里的太白金星，像画里的圣诞老人。

"剩下的事情就是我的了。有时候死是解脱，我不能让他解脱，我得给死者一个交代。他怎么对我那些老朋友的，我就怎么对待他。陈警官，本来我没必要和你见面，让他们带你来见我，就是为了让你知道我是怎么想的。你知道了，就等于所有人都知道了。我干事情从来不喜欢干得不清不楚，我喜欢让人都明明白白。现在话都说清楚了，你选吧，是你自己从船上跳下去，还是我让他们把你扔下去？"

2. 不可能犯罪

西门萝卜的手下们围着陈诺，拢成一个圈，众人发出沉闷的嘘声，包围越来越小，好像身后有西门萝卜的鲨鱼在盯着他们，稍一回头就会被鲨鱼吞进肚子里，连根骨头都不留。又好像他们就是鲨鱼，陈诺是一条肥硕可口的金枪鱼。

"你们好歹得给我件救生衣吧？"

一件橘红色的救生衣划过陈诺和人群的头顶，落在陈诺的脚下。陈诺穿上救生衣，站在甲板边，看着冰冷的河水，愤怒和惊讶让他止不住地颤抖。他对西门萝卜说："你最起码把孩子还给我。"

"还不到时候，我以我的人格担保这个孩子的安全。等我完事了我会把孩子还给你。你快跳吧，没事，我拿手电给你照着。"西门萝卜说。

陈诺指着钱快乐，想说什么，又什么都说不出来。他一咬牙，一闭眼，脚一蹬，身体离开甲板，在虚空中坠落。

他耳边传来空中野风的味道，像是尖椒的汁液。他全身一麻，水从四面八方涌向他，像无数飞翔旋转的大砍刀一样剐着他的血肉。他再次感受到之前在"天乐大峡谷"地下感受到的刻骨寒意，像是从噩梦中醒来，又进入另一个噩梦。

当陈诺从河里漂到岸上的时候，丁烈和同事们已经寻踪而至。陈诺打着摆子，全身冻得失去知觉。他被丁烈背上警车。河面上黑乎乎一片，西门萝卜的大船已经远去。

搜索持续到第二天早上，当丁烈对他说找到大船时，陈诺已经换好干爽的衣服，裹着毛毯，在车厢里被空调暖风烘烤着，脸上终于恢复人色。但他心里很清楚，什么都晚了，他一想到自己眼睁睁看着未来被人带走了，他的鼻子里全是失落的味道，像是在河岸边面对空无一人愤怒咆哮的金属喇叭。

那艘大船搁浅在河岸边，被河水拍打着，孤零零地飘摇，像是一具被蚂蚁掏空血肉的骸骨。

回到金市，陈诺开始发高烧。他总觉得自己还在冰水中下沉，他拼命地想要游上岸，可是水面已被冰封。他看这个世界，要透过层层寒冰，一切被光在冰的折射下扭曲、变形。陈诺心想，世上要真有幽灵，看世界是不是就像自己一样。陈诺的内脏像是要烧着一样，他陷入了昏迷。

当天晚上，他在梦中胡言乱语，突然觉得一个人钻入了自己怀中，亲吻他嘴唇上干裂的伤口。陈诺睁开眼，小叮当朦胧的身影在黯淡的光亮里，轻轻吻他的眼睛。他紧紧抱住她，想跟她说未来的事情。小叮当摇头，小声地说："我知道，我全都知道。"陈诺觉得自己眼眶湿了，小叮当说："你要好起来，你要站起来。"他们亲吻，陈诺觉得怀中女人的身体像冰冷的冰，像光滑的瓷，像月光下的云朵。陈诺被裹在这虚无的云朵之中一层又一层地出汗……

小叮当从陈诺的裤兜中搜出了那留下的最后半根烟，陈诺什么都没说。陈诺躺在小叮当的怀中，来回传递着抽完了它。烟头上的唇印像是血迹一样。

醒来已是第二天，小叮当不见了踪影。床上连一根长发都没有，陈诺像是一块被浸泡过久的海绵，浑身湿透。闹钟显示他在床上足足高烧七十个小时。要不是还残存的烟味，昨夜怀中的小叮当就像一个梦。有人摁门铃。

陈诺打开门，丁烈站在他面前苦笑着说："陈队，又出命案了。在一座叫'春天小镇'的烂尾楼。"

陈诺看着丁烈，他觉得丁烈的五官都没长在原来的位置。他在努力分析着丁烈话语里的意思，却还是听不懂。

"今天早上那里发生火灾，消防队员救火的时候，在火场里发现一具尸体，已经被烧成焦炭。经法医检测，死者在着火之前就已经死了。肚子被人剖开，内脏扔进火里烧成灰烬。"

陈诺赶到"春天小镇"的时候，现场散发着浓郁的硝烟味道。它和烟花的味道截然相反。烟花新鲜单纯，像是孩子们的愿望和少女们的梦想，而这里一切却像是苦涩的泪水。

恐惧的味道像是硫酸，嘶喊的味道像是仙人掌，哭泣的味道像是酒精棉签，搏斗的味道像是狗舌头，挣扎的味道像是脚镣，焚烧的味道像是干涸的河床，这个现场充斥着各种刺鼻的臭味。陈诺抽抽着鼻子，觉得自己像是走进了一个他只想赶紧醒来的梦境。

金市地处高原，空气清新，可也有轻微的霾污染。"春天小镇"当初主打的概念是空气清新如天然氧吧的居住环境。这个小区的每一栋楼都按照最高的空气安全标准，修建了完善的新风系统，是全亚洲最大的，整体安装新风系统，空气最为清新的豪华小区。

如今，陈诺看着这里烧焦的一切，闻着这里能把人脑坑熏开的毒气，心想"春天小镇"变成了毒气室，老天的幽默真是残酷。

陈诺花好一阵时间才分出来这具尸体哪里是头哪里是脚。丁烈说死者身上被泼洒汽油，他就是纵火点。所有证据都被大火毁灭。

陈诺问丁烈，有没有关于钱快乐、西门萝卜或是在"天乐大峡谷"失踪的孙大胜的踪迹，哪怕一点点线索都行。

"没有。我怀疑他们是雪做的，太阳一出来，把他们都蒸发到天上了。"丁烈绝望地回答陈诺。

"死者身份确认了吗?"陈诺问。

丁烈摇头，说："都烧成这样了，没法确认。"

众人看着陈诺，每个人都感觉从楼洞的黑暗里吹过来的不是风，是迷雾。迷雾塞进嘴巴，塞进眼睛，让人透心凉。

陈诺闻到金属的味道，这味道中还混杂着一丝河马粪便的臭味，自己之前闻到过这股味道。他轻轻把脸靠近尸体，像是在倾听死者的低语。众人看他刚刚有血色的脸庞瞬间就又变成灰白。大家不知道发生了什么，他们只听到陈诺说："我知道他是谁了，我们去死者家。"

B. 我是钱快乐

又在下雪，我似乎都能听到人们的脚踩在雪地上，"嘎吱嘎吱"的脚步声。

在一栋我不知是何地的大楼顶层房间里我被关了三天，不知道自己被毒打了多少次。在这个房间里，窗户是黑色的特制玻璃，从外面看不到里面，从里面能看到街上的行人，他们打闹着，蹦跳着，嘻嘻哈哈。天上的焰火噼里啪啦，一个接一个爆炸，一圈接一圈荡开，像是一张写满希望和想象的大画布。

我坐在西门萝卜的豪华皮沙发里，别提多舒服了。我似乎坐在一个丰满的妓女的膝盖上，她柔软的身体支撑着我。我的头颅在她的双乳间，世界柔软得像是在打呼噜。

但我浑身是伤，饥肠辘辘，只想回家，却不能回家。只要我还有一分钱没还清，只要我身上还有哪怕只剩下一分钱，坐在皮沙发上也和坐在监狱大牢里一样。我得受罪，我得在人世间苦行。我的屁股底下像火烧，像针扎，无法安宁。

我举起双手戴着的手铐，向坐在我对面的西门萝卜苦笑。我说："爸爸，三天了，我就在你手上，你直接动手不就好了吗？为什么非要栽赃我？"

　　我眼前一黑，是身边的男人们又拿布口袋罩住我的脑袋。一拳又一拳重重地击打在我的腹部。氧气和血液像是被他们挤压出身体，我除了流眼泪，似乎丧失掉所有的意识和机能。

　　等我眼前的金星散去，我的脸变得湿漉漉的，嘴里又咸又苦。疼痛无法打倒我，但恐惧可以。我的心里就充满恐惧，因为我突然意识到一件事：当一个人，尤其是老人，他要是爱你的时候，他就是一个彻彻底底的老傻瓜。可反过来，他要是不爱你的时候，你就完蛋了。你和个臭虫，和粒沙子没什么区别。尤其是西门萝卜这样的老人。

　　他拍拍我的后背，说："你为什么要文一只老虎？想吃人？"

　　我说："辟邪。爸爸，你究竟想怎么样？"

　　他说："我真是佩服你，现在只有咱们两个，你能瞪着眼睛说瞎话。"

　　我苦笑，一口血吐在脚下纯白的山羊毛地垫上，他的保镖怒瞪着我。

　　"你这个话，让我脑壳发冷。咱俩是谁瞪着眼睛说瞎话，老天知道。"

　　"你究竟在想什么，你怎么能那么坏。"

　　老人看着我。他的眼珠子比石头冷漠，比黑夜深邃。

　　"爸爸，你说的这是什么话，我啥时候杀过你。我连这个心都从来没有过。明明是你因爱生恨，杀了你的朋友们。"

　　他冷笑，说："你说得真好。"

　　我左边的那个胖子摁住我，无论我怎么挣扎，身上都像是压着一堆猪蹄髈。柔软，但是沉重，无法挣脱。我右边的那个瘦子从大衣口袋里掏出一把又细又长的钢针，他把其中的一根顺着我右手无名指的指甲缝插进我的指头里，要不是那个胖子摁住我的嘴，我的叫声能响遍这条街道。

西门萝卜问我："干儿子，这次你想说实话吗？"

胖子松开手，我用一连串最脏的脏话骂西门萝卜，我要不是被拷打的那个人，我听着都会脸红，怎么会有人那么恶毒地骂一个老人。

瘦子又往我左手的无名指里插进去一根钢针。我晕过去一会儿，再醒来，我就乖了。

我对西门萝卜说："咱俩肯定有误会。"

西门萝卜说："那晚，你把我约出来，我准时到了，等来的却是你拿着把刀想杀我。"

我说："爸爸，真不是这样，我是约了你，可我没凑够钱，路走到一半，我没脸见你，我就掉转车头回家了，没去。杀人的是你啊！"

钢针插进我左手的拇指，我感觉我的指头、我的手和我的灵魂都离开了。我拼命摇头，想把痛苦甩出我的知觉，可它像一个幽灵紧紧缠绕住我。我失去了所有的力气，身上的衣物被冷汗浸湿。

西门萝卜扒开我的衣服，指着我胳膊上的伤，说："这伤是我留下来的。"

我苦笑，我没有力气争辩，我低下头。

"爸爸，你放了我吧。快过年了，所有的人都在过年，我不想死。"

西门萝卜无动于衷，他说："干儿子，你就不要想着过年了。你干了别人没干过的恶事，你得到了别人没得到的好处，你就得付出别人没付出过的代价。你告诉我你是怎么干的，怎么就能一点痕迹都没留下，把警察为难得都快蹲下哭了。干爹让他们给你来个痛快的。"

我哭得稀里哗啦，我妈死的时候我都没这么哭过。我的十指都插进了钢针，我说："西门萝卜，你杀了我吧！你这个杀人犯！别折磨我。"那十道痛苦像十个怪物一样爬进我的腹腔，要把我的心肝脾肺肾统统撕烂。我失去了组织语言的思维能力，我流着泪来回念叨一句话："我没有杀人，我没有杀人……"

3. 死者竟是他

雪像是永远都不会结束。金灿灿的雪花掉在车窗玻璃上，被雨刮器碾成一滴滴深黄色的油。在我们金市，一切坚固的和有灵魂的不会烟消云散，如被封存在巨大的琥珀中。

死者的住处离"春天小镇"并不远，当陈诺的车开进小区时，小区里正有一群业主在和物业工作人员吵架，指责物业管理不严，小区里垃圾成堆。业主们敲锣打鼓，大声呼喊着要求撤换物业。人们满头大汗，像是在进行某种艰苦卓绝的劳动。物业公司有两个工作人员站在人群前闭目养神，如同入定的老僧。

没有人知道一个人就死在他们身边，死去的人可能天天和他们擦肩而过。

陈诺心想，人就是如此，看别人的灾祸充满热情，就像看电影。反而倒霉事就快砸在自己头上了，还以为不过春风吹过发梢。

陈诺看着这大楼，心想人在本质上都是动物，人发明的楼宇、汽车和飞机看似先进，其实还是对动物活动的模仿与崇拜。这从人类发明之物的形状上就能看出来，楼宇像蜂窝，汽车像走兽，飞机像野鸟，人性因素无非是加了些许基于对神鬼力量的想象变形。人并没有为这个世界创造什么新的东西，人就是一半神仙一半野兽的动物而已。

死者家的门已经被打开，同事们在屋里搜查证据和线索。大厅正中央的沙发后面挂着巨幅照片，大混子王彪站在海南的"天涯海角"石岩旁，一脸灿烂微笑。

陈诺看不出来王彪拍摄这张照片的季节。虽然陈诺没去过海南，但他知道，海南是个永远四季如春的地方。照片里的王彪穿着T恤，精神抖擞。两条胳膊上布满了五颜六色的纹身，像是野兽的花纹。

那时的王彪精神抖擞，显得野蛮霸道，一点都不像此时此刻他那具被烧焦的尸体，缩成一团，仿佛一块黑炭。

"这狗日的现在是真的去天涯海角了。"丁烈挠头苦笑。

在案发现场，陈诺面对死者身份说自己知道死者身份时，身边的人都愣了。

陈诺翻开那具被烧焦的尸体，举起死者的左胳膊，他手腕上戴着一只黄金手镯，造型是恶龙吞噬自己尾巴。手镯并没有被火焰焚毁，只是外表被熏黑，污垢下的黄金在月光中熠熠生辉。

被烧死的这个人是王彪，不知道为什么，陈诺对这件事一点都不觉得诧异。他忘了自己看过的哪部谍战电视剧里曾经有句台词，是一个地下党员跟另一个地下党员说的，其大意是小鬼子太疯狂了，上帝他老人家，想让谁灭亡，就先让谁疯狂。

李梦蹲在地上搜集证据的时候，陈诺发现丁烈的眼神很奇怪，他总是故意不去看李梦，可眼睛却如失控般的陀螺一样总撞在李梦身上，发出额头撞出瘀青后的味道。陈诺问李梦："发现没发现，丁烈好像生病了？"

"没有吧！"李梦吃惊地说，"他今天早上捎我过来的时候还挺精神的。"

陈诺苦笑，心里明白丁烈一定又是因为李梦抽风了。男人一过三十岁自尊心就大得可怕，可追姑娘最不需要的就是自尊心，抱着自尊心追求心上人就像醉酒驾车一样危险。

李梦要回警队，陈诺听帮她搬箱子的丁烈偷偷问她，最近和那个同学又见面没有。

"没有哇！"李梦忽闪着自己的大眼睛摇头道，"他老婆这两天快生了。我听说还是双胞胎呢。"

丁烈长吁一口气，像是吐到空气中的都是铁一般浑身轻松："过两天破案了，我请你看电影吧！这段时间太累了。"

"丁队，你们要是能在过年前破了这个案子，让大家年三十能在家里吃上饺子，我请你！"李梦笑着说。

"那一言为定啊！"

"一言为定！"

丁烈的身影轻松了不少，闻起来像一根崭新的弹簧。

有人在王彪的卧室里大声叫喊陈诺的名字，像是那里也藏有鲨鱼。

陈诺跟随丁烈来到床边放着的电脑边。老式的电脑上污迹斑斑，风扇发出了巨大的轰鸣。电脑界面上密密麻麻地排满子文件夹，每个文件夹的名字都是女孩名字。

陈诺扫视一眼，竟然看到梁心的名字。丁烈脸憋得通红，紧紧攥拳。陈诺叹口气，挥动鼠标，进入子文件夹。里面有视频、照片和聊天记录。

陈诺打开聊天记录，细看。先是寒暄，梁心表示自己是在某游戏网站的贷款平台广告上看到王彪电话的。王彪说自己放贷很专业，不需要抵押，一小时内放款。再步入正题，梁心表示自己需要一笔钱，三万。王彪答复没有任何问题，但是必须得裸体，手持身份证正反面拍照片做抵押。一系列的犹豫、纠缠、谈判后，梁心还是把自己的裸照交给了他。再然后，梁心周转链条断裂，她还不上钱。王彪开始威胁恐吓，说自己要把这些照片发到梁心的家人老师手机上，梁心恐惧万分。王彪话锋一转，聊天记录变得猥琐不堪……

丁烈没打招呼，就转身走出房间。陈诺关掉聊天记录。又打开其他的几个文件夹，也都是不同女孩和王彪借款的过程记录和裸照视频。陈诺突然感到有些恶心，离开了电脑。

同事在厨房发现新线索，在一台废旧的冰箱中，发现了一个账本，里面都是钱快乐和王彪借钱的账目。陈诺嘴上没说，但心里琢磨，如果真是钱快乐这个王八蛋干的，他这一辈子可能就干了这一件好事。

第十七章

1. 证据

"陈队，地上、水里我们都找遍了。没有西门萝卜，我怀疑他们在天上飞。"

第二天早上，在街面上搜查了一晚上的丁烈苦笑着对陈诺这样说。

短短几天，丁烈脸上长了不少疙瘩，闪烁的红光中散发着因为极其不健康生活而产生的焦虑味道，如同新鲜的芥末。

陈诺呻吟一声，捂住脑袋。现在钱快乐和西门萝卜都有强烈的杀人动机。可陈诺手上没有掌握能够确认凶手身份的直接证据，而抓住钱快乐的西门萝卜极其有可能失控。被劫持的未来落在这样一个老人手上非常危险，陈诺觉得自己的脑袋快要裂开了。

就在焦虑无比之时，一个人推开门冲进办公室，带进来一阵冷风。那人影提起手中的证物袋在大家眼前晃荡。陈诺看到里面有一枚烟头，上面还沾着些唾液和血迹。

李梦对呆若木鸡的陈诺和丁烈兴奋地嚷嚷："陈队，这是昨天在案发现场发现的，已经鉴定过了，是钱快乐的。陈队，我们终于找到钱快乐这王八蛋杀人的直接证据了。"

丁烈高兴地抱住李梦，又像摸着一块滚烫的炭般松手。陈诺没有说话，他心里有一个念头，一个不该有的念头在若隐若现：梁心和电脑里那些裸体女孩终于解脱，她们可以安心过个年。

外面的天空已经被烟花点亮，警队的地板在震，玻璃也在震，嗡嗡作响。陈诺的耳膜隐隐作痛。他大声叫喊着，丁烈皱眉，用更大的音量喊叫："你说什么？"

陈诺把他拉到走廊，杂音消失不见。陈诺说："有一个问题绕不过去。"丁烈说："作案时间？"陈诺点头："没错。王彪被杀的时候，钱快乐应该和西门萝卜在一起，怎么可能再杀人。"

丁烈皱眉说："可这个案发现场发现沾有钱快乐DNA的烟头，还有钱快乐的欠条账目。"

丁烈摇头道："有杀人动机的嫌疑人没有直接证据，好不容易找到直接证据，他又绝不可能出现在案发地点，会不会是西门萝卜栽赃？"

陈诺一时语塞，情况过于诡谲，这个案件闻起来总有一股鼻涕的味道。它不仅堵住他的鼻子，也堵住他的大脑。陈诺明明感觉到哪里不对，可就是无法从种种怪异现象中提炼出来真相。

"找到西门萝卜，他是唯一的钥匙。"

此时李梦走了过来，她把一塑料袋药品塞到了丁烈手中。丁烈瞪着眼睛问李梦："你这是干吗？"

"丁队，这是些预防感冒的药。估计这几天你们都得在外面忙，别感冒了。"李梦红着脸说。

"哪里那么容易感冒！"丁烈挠头，"你尽瞎折腾。"

李梦走了，她的脚步像是小鹿般惊惶。陈诺对丁烈说："你是该吃点药了，丁烈。"

当天下午，陈诺出门的时候看到丁烈站在门口东张西望，像是在等人。陈诺过去拍拍他的肩膀，丁烈猛地回头，却好像受到惊吓。

陈诺说："等李梦呢？"

从丁烈身上他闻到一股冻柿子的味道，这味道让他怀念自己的青春岁月。他问丁烈："还是西门萝卜要来自首？"

丁烈摇摇头："我要办一件很重要的事情。"

陈诺看丁烈表情严肃，不敢再问。陈诺知道，丁烈是个大大咧咧的钢铁直男，性格像竹筒，藏不住事。像这样的男人要是严肃起来，那证明是走心了。而且，很可能是因为女人。陈诺正琢磨着，就见梁心从远处匆匆走来。她把自己的大衣领子高高竖起，神色惊慌。

　　丁烈看了陈诺一眼，拎包过去，迎到梁心面前。两人交谈着什么，梁心脸色越来越苍白，像是要晕过去。丁烈拿出一个硬盘交给她时她双腿一软，要不是丁烈扶住她，这个女孩当场就会晕过去。此时丁烈接了个电话，拍拍女孩的肩膀，转身跑上警车，冲陈诺挥手。

　　"陈队！快上车！有西门萝卜的线索了！"

　　"在哪儿？"

　　"城郊一个村子。"

　　车头转动时，陈诺回头看，梁心已经消失在了放学后的人海中。

　　"你在干什么？"

　　"我告诉她，王彪死了。那些照片和聊天记录，我拷贝了一份给她，告诉她那是唯一一份，让她自己销毁掉。"

　　"我是说你在干什么？李梦挺好的，她主动送药，有这份心，证明她还挺关心你。"

　　丁烈听陈诺这么说，脸色红了。"呼哧呼哧"直喘气，那声音听起来就像一头愤怒的公牛。

　　"陈队，她是受害者，该有自己的人生。"

　　陈诺眯上眼睛，不再争论。丁烈开足马力，警车飞驰起来。

　　他们赶到那个小山村的时候，看到西门萝卜的迈巴赫就停在路边。四个车门敞开，四个轱辘没了，玻璃也都破碎，车身上覆盖着一层厚厚的积雪。村民们卸走奔驰车里所有能被卸下来的东西。丁烈愤怒地问村长，车怎么变成了这样。吼声让树枝上的积雪簌簌落下，村长傻笑。附近居住的人担心警察来是抓小偷，聚集在警察周围，手里紧紧攥着铁锹，还有镐头。他们凶狠地盯着陈诺，小树林般立着的铁锹、铁镐上寒光的味道就像秃鹫爪子中抓的腐肉一样飘浮在奔驰车的车架上，那豪车的车架就像被阉割了的未来战士。

村长不满地说："你吼啥，村里人不就搬了他不要的东西吗？咱给你们提供个情况，亏不着你们。"

村长挥手，一个矮胖黝黑的农民钻出人群，走到陈诺面前。

"他是最后见过那老头的人。"

"你跟警察讲讲，老头是咋说的。"

"真的不是我们偷，是他不要了。"那男人说，"我那天上山放羊，这车就在这里停着，那老头，还有他几个手下就问我，附近有没有废弃的矿井。我说咱这儿要别的没有，废矿井太多了。采矿害死咱们村了，村子都下沉了……"

"问你啥你说啥，没问你的别瞎说。"村长红着脸说。

"我给他们指了一个最偏的矿坑，然后就想走，老头叫住我，问我会不会开车。我说我不会。他就指着这辆车说，那你看这里面啥值钱，你就拿走换钱吧。我说大爷，这车还不错，你就不要啦。他对我笑，说以后他用不上了。"

陈诺脸色苍白，问他那个矿坑在哪里。男人给他们画好一张图，然后不服气地说："这破车，要不是他送给咱们，咱们还真不想要。"

A. 我是钱快乐

黑暗深不见底，我担心它随时可能把我甩出去，在石头上摔成一堆肉泥。

"坚持下去。"我对自己说，"只要我活着，就还有机会。"

黑暗默默地把我塞进它胃的深处。真冷，天上的烟火和人间的喧嚣离我越来越远。

黑暗里的味道是甜的。煤渣、钢铁还有木头，一切有形的都散发出苹果烂掉时的香甜。原来腐烂到极致的事物不是臭的，而是甜的。我在想，我死在这里之后，会不会也变成甜的。

在地底，风从四面八方的黑洞涌来，我瑟瑟发抖。他们用指铐把我双手的大拇指铐在一起。指铐很紧，我的指头都变苍白了，感觉不到疼痛。

坚持下去。

"干儿子，你这辈子最大的遗憾是什么？"西门萝卜抱着周灵的儿子，小声问我。那孩子在老人怀中鼾声甜蜜。

这个问题问住了我，我想了又想，终于想到我小时候居住的东山森林里，一到晚上各种鬼哭狼嚎，我爸说林子里有熊，有狼，甚至还有老虎。我妈会抱住我，跟我一起睡。这样我才能睡得着。后来我妈死了，她死的前一天还跟我说，等明天不下雪了，就跟我爸带着我去打雪仗。那时我不知道什么是打雪仗，我妈跟我说就是朝你爸身上扔雪球，把他扔成一只大白熊。我兴奋得一晚上都没睡着觉，就等着跟他们去打雪仗。我妈死后，我坐在炕上哭了三天三夜。我终于明白外面的那些野兽，究竟为什么嚎叫。因为它们的父母，它们的儿女，皮就在我住的屋子里，挂着、铺着。可这件事我不愿告诉西门萝卜。我说："爸爸，我吃喝玩乐都经历了，我没什么遗憾的。你现在是啥意思？让我交代遗言吗？"

石壁边上放着一个炸药桶，绿色的引线伸到我们的脚下。

只要我还活着，就还有机会。

"这是二十年前我开煤矿，买来炸山的，放了这么多年，也不知道还好用不好用。"

他挥挥手，把孩子交给他们。他对那两个保镖说："把这孩子交给警察，以后你们得自己加油了。"

那两个男人对视一眼，明白了这就是告别的时刻。他们给他鞠躬，进了升降梯。嘎吱嘎吱，越来越远。他们回到人间，他们消失不见。

坚持下去。钱快乐，你一定要坚持下去。

我咒骂西门萝卜，他就像没有听到一样，他坐到被捆得像个粽子的我身边，说："一会儿，我点了引线，一切就都结束了。"

我愣了，半天说不出来话，心彻底凉了。

"咱俩之间有这么大仇吗？就非得拽着我一起死？你是啥身家，

我是啥身家，你值得吗？"

"干儿子，最后送你一句话，在死亡面前，人人平等。"

话还没说完，他的手机响了，电话铃声把我俩吓一跳。简直就像阳间的人对鬼魂的呼唤。

他接起电话，不说话，只听那边说。越听，他的眼睛越亮。越听，他的脸越红。他不时狐疑地看我一眼。

他说："好，我知道了，马上就去。"

他挂上电话。我长叹一口气，知道自己一时半会儿死不了了。只要不死，我就还有活下来的机会。

"干儿子，真是日怪了。'春天小镇'，就在咱俩来这儿的时候，发生了一起杀人案，死者也被开膛破肚了，和他们一样。可你在这里呀，那是谁干的？"

我大喊："这也是我想说的！是不是你雇凶杀人栽赃给我！我是被冤枉的。你快把我放了。"

西门萝卜说："钱快乐，我会查明白的。你等我回来。"

升降梯又"嘎吱嘎吱"响起来，那两个保镖回来了。孩子再次回到西门萝卜怀里，好奇地看着周围一切。老头不理我，对他俩说："把他看好了，我很快就回来。"

我觉得我的手指在燃烧，坚持下去，一定要坚持下去。

西门萝卜走了。我使劲地翻滚着我的身体，并且大声求饶。

"爷爷饶了我吧，祖宗饶了我。"

没有用，这两个男人像两只石狮子一样安安静静地守着我，对我的丑态毫无反应。

黑暗中传来一连串的笑，那两个保镖脸对视一眼，证明这不是幻听。其中一个冲着黑暗喊："谁？出来。"

黑暗仍然是黑暗，仅仅是黑暗。

我的心在狂跳。我提醒自己，不要慌，不管来的那个人是谁，都是我逃命的好机会。

只要我活着。

一个保镖向黑暗走去，被黑暗吞噬。突然又一阵笑声，那保镖在和一个男人搏斗的身影闪现，然后再次隐于黑暗中。一声闷哼，保镖没了声响。无论同伴怎样呼唤他的名字，只有黑暗在我们的眼前。

　　身边的男人熄灭手电筒，我什么都看不到了。那笑声延续着，时远时近，我无法判断他和我们之间的距离。我也不知道保镖躲到哪里，这个世界上，我是孤独的。

　　一束光打在了我的脸上，是保镖的手电筒。我顺着灯光下沿，看到他躺在地上。我才知道，那是保镖昏死后的喘息。

　　灯光后面的人离我越来越近，越来越近。光线渐渐消失，被他面孔和身体的轮廓吞噬。孙大胜站在我的面前。他浑身血污，蓬头垢面，像一只野狗。看来他那天逃离"天乐大峡谷"之后过得很惨，可此刻他是胜利者。

　　"没想到吧？"他对我说。

　　我看着他，惊骇得叫都叫不出来。他把我往电梯口拖："我从'天乐大峡谷'逃出来，就一直跟着你们，想办法下手。"

　　"橘子真不是我杀的。"

　　他愤怒地拽住我衣领："你把嘴闭上，你就活该去死。"

　　坚持下去。

　　我用好不容易自由的右手握住他的手腕，我的两根大拇指上血迹斑斑，已经扭曲变形，像是骨折了一样。

　　我说："我可以把嘴闭上，但我不愿死。"

　　他愣了，不相信这是真的，他似乎一个看戏法看傻的观众。就在他揣摩我是怎么挣脱指铐的时候，我用擒拿动作把指铐反铐他的手，另一边铐子我把它铐在电梯的铁柱上。

　　我把钥匙扔进了黑暗的矿井中。

　　我在井道中狂奔，止不住地笑。人们总把我当成一个破产的男人，一个从头烂到尾、从心烂到皮的无赖。永远不要忘记，我是个魔术师。逃生这件事，我再熟练不过。

孙大胜一定不理解，为什么在一瞬间，他从一个行刑者变成一只替罪羊。可人和人之间的事，都是一瞬间。

只要我活着，就还有机会。

我回到地面，大口呼吸。新鲜的空气好芬芳，人世的月亮好皎洁。我自由了。只要没死，就还有活下去的可能。这种感觉可真好。

2. 剁手的外地人

青紫的眼皮像是肉瘤一样，散发出腐烂的萝卜味道。鼻梁也都被打断，裂着的口子里飘出一股股没洗干净的羊下水味。嘴巴上的血已经冻结成痂，闻起来如同一只只巨大的食肉甲虫。孙大胜躺在地上，大口大口喘气。

"你们两个人，他只有一个人，你们怎么就让他打倒了？"

西门萝卜皱眉问那两个保镖，陈诺闻到墨水一般的愤怒味道，那来自于西门萝卜铁青的面目。

"你这么厉害，为什么就让钱快乐把你给铐这儿了？"西门萝卜问孙大胜。

孙大胜不说话，闭上眼睛。那两个保镖像是泄愤一样狠狠地殴打他，打得他背都弓了起来，味道如同一只得病的虾米。壳已烂掉，皮肉蓝到近乎于透明。孙大胜却还是一言不发。

西门萝卜从孙大胜的腰间解下他的链锯，把链锯拉出来一截，发现锯刃上沾着的血迹，把链锯扔在地上。

"这是甚东西？"

"你不是想杀死他吗？"

陈诺躲在黑暗中，慢慢向两人靠近，他们的味道越来越清晰。陈诺在空中闻到了电流的味道，像是炒煳的花椒，自己的肾上腺素在燃烧。一滴水从高空掉落，经过半空，砸在陈诺的鼻子上。他心里一

249

惊，猛地停下，后面的人以为要行动，准备举枪。

陈诺摆手，众人缓缓把枪放下。

"陈队，没事吧。"

耳机中，传来丁烈的声音。他正带着狙击手爬向制高点。

"没事，你们就位后随时等我命令。"陈诺说。

西门萝卜问孙大胜："你叫什么名字？"

孙大胜沉默。

"看你不像是本地人，从哪里来的？"

孙大胜还是不答。西门萝卜无奈，再次捡起那链锯，翻来覆去看，突然眉头紧锁。

"街面传闻金市来了个割耳朵的外地人，是不是你？"

孙大胜睁开眼看他，咧嘴笑了。

"你是'威信达'公司派来的？"

孙大胜点点头。

西门萝卜再问："橘子是你什么人？"

孙大胜不笑了，他愤恨地看着西门萝卜，再次闭上眼睛。

"都是报应。你知道你们公司派你来，是谁花的钱，帮谁讨债？"

孙大胜看着他，像是在看一棵长相奇怪的歪脖子树。

少年的眼睛如同黎明太阳升起时的沙漠瞬间变得血红。

"你跟爷说这么多废话干吗？"孙大胜说，"有本事你把爷手铐解开。"

"你明明是来杀钱快乐的，可现在却代他去死。人哪真是有命数……"

陈诺打开手电筒，灯光直射眼前的人。他们脸白唇黑，眼睛里的光如绿色的萤火虫飞舞。在这地心深处，人是站在舞台中央供鬼魂欣赏的戏。

"所有人别动！"

陈诺咆哮，声响回荡于矿井中，飘浮着如同煤渣一样的时间碎片味道。

B. 我是未来

"警察来了，你说不定还能活下来，高不高兴？"

西门萝卜抱紧我，冲孙大胜笑着说。西门萝卜笑得很扭曲。大人活得真是可怜，痛苦到了极致，并不是哭，而是笑。

警察包围了我们，那两个保镖投降了。风在黑暗里乱窜，像困兽。

孙大胜说："你把爷放了，爷一定能找到钱快乐，带到你眼前。"

西门萝卜愣了一下，眯着眼睛看孙大胜。他不明白，孙大胜不是在对他说话，是在跟那个叫橘子的女人说话。

我看到陈诺一瘸一拐从黑暗里走出来，拎着个喇叭，像是一个邻居大爷早上从菜市场回来，拎着一只母鸡，或者一篮子蔬菜。

西门萝卜把我高高举起："你先让你的人撤出去再谈。"

我看看四周，觉得自己好像在半空中悬浮。我号啕大哭，哭声令人烦躁。可我不害羞，我恨不得一泡尿滋在西门萝卜这个老家伙脸上，让他知道我未来不是好惹的。陈诺挥手，那些荷枪实弹的警察消失在黑暗中，仿佛一群小鸟跳入阳光。

"你说过会把孩子还给我的，不能言而无信哪。"陈诺说。

"别废话了！"西门萝卜苦笑，"你要是不来，这孩子就不会有事。"

"我觉得你可惜。你先想值不值。"陈诺说。

"你不是凶手。"孙大胜说。

西门萝卜举着我的胳膊在颤抖。孙大胜对西门萝卜说："老头，爷敢保证，你没杀过人，你甚至都没有见过人杀人是怎么一回事情。"

陈诺指指黑暗中的炸药桶，说："他说得没错。你想和钱快乐同归于尽，你要复仇。我相信丁淑娟他们不是你杀的。"

西门萝卜冷笑，不说话。

"爷见过杀人的人，杀人的人眼睛里有种特殊的光。你问问警察，是不是这样。"

陈诺说："你把孩子放下，一切都好说。"

西门萝卜摇头："丁淑娟是个好女人。"

陈诺说："咱们回队里，我泡两杯茶，你好好跟我说说。"

"我爱丁淑娟。她不光唱歌唱得好，人也好。"

我感觉温热的水从西门萝卜的眼里掉到我的脸上。

"我和她在一起什么都不用说，也不用害怕她会利用我。"

陈诺点头："你就是被钱闹的，生怕有人害你。"

西门萝卜苦笑道："她不会害我。我没想到她不选择我，倒是选择了于卫东。"

"跟你在一起会很累。"

"她也是这么说的。"西门萝卜用赞许的口吻对陈诺说，"她说我们都是老年人，只求平静。她还说虽然于卫东很爱他老婆，但由此可见他会心疼人。我不一样，她看不到我在想什么，她甚至有些害怕我。她说得对。我不恨于卫东和金大正，这两个老头太有趣了。会钓鱼，会讲笑话，会跳舞，不像我每天阴着脸。丁淑娟和于卫东在一起很幸福，我能看得出来。他们都是我的好朋友，我希望他们幸福。"

陈诺说："他们也一定希望你幸福，不希望看到你现在这样。"

"我必须给他们一个交代。钱快乐太坏了。他们把钱快乐介绍给我，让我关照他。我们把钱快乐当儿子看。我最爱的人，最好的朋友都被钱快乐杀了。我们的儿子毁掉了我们。"

陈诺的眼睛在黑暗中闪闪发光："别想那么多，把孩子给我。"

"我从钱快乐手上逃出来，在医院昏迷了三个月。"

陈诺冲我伸出手，我在半空晃动四肢。西门萝卜像是没听到陈诺的话，仍然在念叨，不像是跟陈诺说话，像是自言自语：

"醒来后医生说我得了病，也就剩下半年好活了。医生宣布我的死刑后，我明白我不能再等了，我必须亲手给我的朋友们一个交代——"

孙大胜不知哪里来的力气，突然蹦起来撞倒了西门萝卜。我掉在地上，褓褓抵挡了大部分的冲击，可我还是觉得屁股生疼。"不好！"

我听到了陈诺在喊叫，吓得我不敢再哭了。这时我闻到一股烧焦的味道，不知是谁趁机在他们对峙的时候点燃了另一边的引线，火星向炸药桶飞去。

陈诺冲过来一把抱住我，拖着西门萝卜，跳入轨道上布满铁锈的采矿车，却发现那采矿车的轱辘锈住，需要有人推动。孙大胜冲了过来，陈诺举枪本想打他，却未料到他双手扶住了采矿车。

他不看陈诺，也不看枪口，只是用呆滞的眼神看着我。他冲我温柔地笑，然后用尽全身的力量推动矿车。我知道，谁推采矿车谁就会被火焰吞噬，这个男孩是要用自己的命换我的命。他用尽全身力气，瘦弱的身躯快要被他的动作绷断。

陈诺愣住了，像是在看一个外星人般看着眼前的男孩。采矿车向更深的坑道滑行，越来越快，越来越快，飞出了孙大胜的手，飞入黑暗中。"再见！孙大胜！"我冲他喊叫，可迸出嗓子眼的只是婴儿的啼哭。一声巨响——

孙大胜被无限光明吞噬，陈诺紧紧搂住了我。

3. 他不是凶手

采矿车飞驰，冲入黑暗。黑暗又浓又沉，后面爆炸声不断。

陈诺紧紧抱着怀里的婴儿，被那凶悍少年的牺牲所震惊。他觉得世界上的万物在这爆炸声中似乎都在塌陷、碎裂。

他不知西门萝卜是死是活，用脚尖轻轻踢他一脚。他听到一声轻哼，才放下了心。

不知过了多久，采矿车终于停下了。

西门萝卜抬头，如醉倒街头的老狗，口齿不清地说："你为什么救我？"

陈诺懒得理他，将其搀扶起来，此时此刻，矿井那边已不再有爆炸声。坑道里烟雾弥漫，陈诺呼吸困难，再想到未来和西门萝卜，再拖下去，不被炸死，也要窒息而死。当务之急，就是找到一个出口。

他靠着墙壁，抬头看到狭隘缝隙中的一片星光。陈诺把手电调至强光，开开合合，光柱忽隐忽现，是无声的求救，也是最后的求救。

陈诺从没觉得头上的星空如此珍贵过，他似乎在星空中看到小叮当的面容浮现。他在想，究竟是谁趁他们不备点燃了引线？是钱快乐去而复返，还是另有他人？那个时刻矿井中有一股浓郁的怪味。疑问和怪味像一双手般拨开了矿井中的迷雾。他熟悉这股味道，之前在"天乐大峡谷"时他在凶手身上闻到过，这次他终于知道它是什么味道了，它是凶手。

从发现第一具尸体到此时此刻发生过的无数事情，活人的痛苦，逝者的悲伤，这个案件所有的碎片，在他眼前闪现，像是漫天星辰。渐渐地，一颗颗星星失去光辉，星空越来越黑，越来越黑，最后一颗星球也即将熄灭。突然，一个念头从这黑暗中升起，把这些碎片连在一起。爱恨种种，生死种种，贪婪舍得种种，都在一瞬间变成一个相互关联。无比紧密的整体。陈诺知道，那就是此案全部的真相，唯一的真相。

这个叫作"真相"的东西，比此时此刻的黑暗还要冰冷。

他听到有人在头顶叫喊自己的名字。

未来是个命大的孩子，将来一定很有福气。他在鬼门关里来回好几次，却毫发无伤。离开陈诺怀抱的时候，他已经安然进入梦乡。

月光刺眼，好像火焰灼烧着陈诺。一个女警接过了未来。想到小叮当抱回未来的样子，他长嘘一口气。

他觉得在矿井里好像待了两三辈子那么长。

医护人员告诉陈诺，西门萝卜身体很弱，得休息四十八小时才能问询。

丁烈把几个案发现场的照片给医护人员看："你们猜猜，要是再等四十八小时，还能出啥事？"医护人员无言以对，踏步出车时重重地合上车门，算是抗议。

丁烈说："现场发现了孙大胜的尸体，都炸碎了，是他点的炸药？"

"不是，他救了我们。"陈诺说，"钱快乐也不是凶手。"

西门萝卜和丁烈愣了。

丁烈说："陈队，我没听错吧？"

"杀死那些老人的凶手，是另一个人。并且，我已经知道他是谁了。"

第十八章

1. 他是凶手

站在平原上，向远处的地平线眺望，能看到城里的灯光比星星还璀璨。

陈诺能闻到人家饭桌前热气弥漫的饭菜散发出的各种香味。这世界对有的人温暖，也对有的人冷酷。

丁烈着急道："凶手是谁？"

"是你们破了案。"陈诺对西门萝卜说。

西门萝卜捂着自己额头上的纱布，纱布上有一股触须被折断的蚂蚱身上才有的草腥气："你什么意思？"

陈诺说："你再仔细想想，你见到的杀人者，真的能确定是钱快乐吗？"

西门萝卜说："看身形，看眉眼，我肯定就是他。"

陈诺说："那次他放火了吗？"

西门萝卜点头。

陈诺说："你再仔细想想，凶手真的露脸了吗？"

西门萝卜摇头："烟太浓了，我没看清五官。"

陈诺说："我见过他两次，也没看清他的五官，只有烟雾里的影子。我没法确信地说他就是钱快乐，你又凭什么说他是呢？"

"他只能是钱快乐，否则他又能是谁？"西门萝卜说，"那种非要置人于死地的狠毒。那影子像一只老虎，钱快乐的后背有虎头文身……"

回忆让老人的脸上褪去血色，脸变得苍白，比纸还白。陈诺看着打摆子的老人，不忍再问。原来他对钱快乐的恐惧要远远超过钱快乐对他的恐惧。

"一定是钱快乐，他是能从我的死里得到最大利益的人。"

陈诺说："他是钱快乐，可他又不是钱快乐。他和钱快乐，是一个人，又是两个人。"

丁烈拍着脑袋说："我要疯了。"

陈诺拍拍西门萝卜的肩膀："孙大胜说你不是一个杀人的人，当我看你的眼睛时，我在想另外一件事。钱快乐的味道，不是那个杀人者的味道。"

丁烈说："陈队，你啥意思？你这鼻子咋还不灵了？咋关键时刻掉链子，他是杀人犯，因为他的身上没有任何味道。这是鼻子告诉你的，都是你说的呀！现在他怎么就不是了？"

"钱快乐狡诈、贪婪，这我都承认。他身上没有人的味道，这我也承认。可他的确不是这几起案子凶手。"

"可每个死去的人，都是钱快乐的债主，都死于和钱快乐的约会，这怎么解释？"丁烈说。

"刚才，我在凶手身上闻到一股味道。我回想我跟这凶手见过的两次面，回想所有的细节。"陈诺说，"我们每次都是近身搏斗。我想起来凶手的身上有一股味道，那是长期酗酒后发出的酒味。我终于明白为什么他每次杀人时都会点香了，是要遮掩这股酒臭……"

西门萝卜抬头，惊讶地说："让你这么一说，那人要杀我的时候，我好像也闻到一股酒味。很淡，被松香味遮住了。面对生死关头，真没办法注意对方身上的味道。"

丁烈说："这有什么，说不定是他杀人前都要喝酒，酒壮尿人胆。"

陈诺摇头："你不喝酒，你不懂。那凶手身上的酒味，不是嘴巴里的，不是皮肤表面的，而是从人的内脏器官由内而外渗透出来的味道，是一个常年酗酒的酒鬼身上才会有的味道。而且，那是低端白酒才有的臭味，像钱快乐这样的人，即使喝酒，也不会喝这么便宜的酒。"

丁烈颓唐地靠在了警车上。他从口袋中掏出一根烟点燃，叼在嘴里，口齿不清地说那能是哪个酗酒的王八蛋。

"我在矿井里，觉得活下去无望，要窒息而死的时候，脑子突然变得更无比清醒。"陈诺说，"我终于想起来，我还在另外一个人的家里、身上，闻到过这股味道。"

丁烈像蚂蚱一样地蹦起来，手上的烟都掉在地上。

"那人是谁？"

陈诺说出那个名字，微弱的声音像一阵狂风刮过人们的心里，敲打得人生疼。

陈诺安排同事把西门萝卜先带回刑警队。老人离开的时候，对陈诺说："我很想知道这件事最后会怎么样。我活了将近八十岁了，现在我已经不知道该怎么看这个世界了。它究竟是个啥样子，人究竟是个啥样子，我看不清楚。"

陈诺的车还没进草原黑精羊牧场，就看到熊熊的火光映照天空。陈诺脑子一闪，对丁烈说："还是晚了。"

无数火球在草场上奔跑，那是被烧着的山羊。原先的小木屋一个巨大的火柱，热浪扑鼻，生灵被烧成焦炭时发出的味道浓郁刺鼻。陈诺顾不得想这些，车还未停稳就跳下车来向着火的木屋扑去，被同事们拦了下来。丁烈跑过来，说："陈队冷静。"

陈诺咬牙道："冷静他妈什么冷静，都化成灰了。"

丁烈不说话，就是死死抱住他，生怕他跳进火里，变成个火球。

看着渐渐弱下去的大火，火中的一切，木屋，铁床椅子，锅碗瓢盆，照片纸张统统扭曲变形，变成白灰，在夜空中被卷入狂风。这万物的灰化为乌有，依然似无知觉般刮着风雪的北方大地恢复了平静。

A. 我是老虎

眼前黑得看不到脚尖。我像是头上罩着麻袋，脑子里混沌模糊，如同走入雾里的林子。我身上还有股淡淡的酒味，它和我身上的汗味混在一起，我感觉自己是一只老虎，刚刚咬开羚羊的喉咙，正在把它拖回巢穴。

声音越来越小，我这辈子真有意思，都在捕猎，都在干着见不得光的事情，好像无论去哪里，主动的、被动的，那些地方也都没有光。有时我看着自己的影子，比照镜子面对自己真容时还要亲切。

我走进地下室，摘下头罩，远方传来火车的汽笛鸣响。有时我真想随便跳上一列火车，去一个我不知道的地方，最好是荒野，没有楼房和汽车，只有野兽。我会教东东去湖里捕鱼，去森林中打猎。我们收集露水，采摘蘑菇。我会用狐狸皮为他缝制最暖和的衣服，用木材为他制造最结实的房屋。他会成为最了不起的猎人，成为一个真正的男人。

我把铁桶拉到面前，将身上的黑袍子、手套、鞋子与面具统统扔进铁桶，冰冷的风让我全身的汗毛都立了起来。我把一桶散装白酒拧开盖，先灌了几口，"咕咚咕咚"，然后统统倒进铁桶里。划一根火柴，扔进了铁桶，火苗升腾。房间亮了起来，我的黑影在墙壁上，如同一只老虎，我和它没有分别，像一对兄弟。

我从角落里提溜出来一把剔骨大刀，是我在牧场用来卸羊的。我把它放在铁桶上。火苗被刀刃阻挡成两半，它能切开世间所有。

我开始磨刀，看着刀刃上溅起的片片火星，我唱起了歌。每次打猎时我都会唱这首歌。在我们山里，生灵天天在森林游荡，猎人天天在森林里打猎。虽然猎人大多数时候会杀死猎物，但也会有极少数时刻，因为马虎了，大意了，或者遇到熊啊老虎啊这些猛兽，猎人也会死于非命。

大多数猎人，都不得善终。越是枪法高超的猎人，在林子里死得越凄惨。森林里的死，大多都是一瞬间的事。怎么死的，谁下的手，统统不知道。

钱快乐的母亲去世后，他有很长一段时间哭哭啼啼，说他害怕。我不知道他有什么可害怕的，这让我心生烦躁。我把他带到了森林里，那次也是大雪天，到处金光闪闪，光刺得人睁不开眼。风打在我们身上，我骨头都疼。钱快乐看着我，他被吓傻了，不知道我是什么意思。我说："儿子，你不能再悲伤下去了。在这片森林里你要想活下去，你就要战胜你心里的恐惧。你记住，只要你不死，能活下去，一切就还有机会。"我假装离开了他，躲在树丛里悄悄观察他。

这个孩子哭了一阵，见我没有回来，只好顺着脚印去找回家的路。我早把脚印打乱了。到天黑的时候，他已经彻底迷路。钱快乐的哭声惹来了一只浑身金灿灿的老虎，它瞪着他，不知道这样一个弱小的生命为什么会出现在大森林里。钱快乐不再哭了，他害怕地注视着老虎，生怕它扑向自己的喉咙。我悄悄地把枪口对准了那只老虎——

钱快乐俯下身子，假装自己是一只野兽，嘴里恶狠狠地发出动物一般的呜咽声，瞪着那只老虎。老虎环顾四周，大概害怕这个孩子是陷阱，甩甩尾巴，转身回到了金色的树林中……

此时此刻，我的眼珠上如同抹了猎物的血，看什么都是血红色的。

我不再伪装衰老和残破。我的双手不再颤抖，而是坚定地握在刀把上，如狼的逼视。我的脊背不再弯曲，而是挺直如鹿腿。我的眼神不再混沌，而是精光四射，杀气腾腾，如一只胆大心黑的秃鹫。我的神情已不再像一个孤独佝偻的老头，满是凄楚和哀伤，而是脸上挂着一层发光的红晕，如刚刚沾血的虎齿。我浑身有使不完的劲儿，自信而从容，如夏天在河里乘凉的熊。刀磨好了。

2. 孩子

大火熄灭后，警察进入现场搜查，遍地羊的焦尸，一切都已经被烧得不成形状，可没有发现钱奋斗的尸体。陈诺松了一口气。

丁烈在地窖里发现一个被捆住手脚的同事，原来在"大光明"电影院发生的激战过后，钱奋斗和钱东东受惊，被警方送回医院保护起来。钱奋斗说自己有心脏病，要回牧场拿药。在牧场，同事等待的时候被他从身后打晕。再醒过来，就是此时了。

回到警队后，丁烈问陈诺："该怎么办，钱奋斗也失踪了？"

陈诺来回踱步，整整一夜，希望从乱麻一样的案情里拽出一个线头，却只有幻象碎片在他脑海中浮现，有时是钱快乐，有时是钱奋斗，有时两个人的五官叠加在一起，分不清楚谁是谁。

天亮的时候，陈诺接到小叮当的电话，说她在刑警队门口。陈诺走出去，看到小叮当抱着未来，她手指尖还拎着一个塑料袋，里面是一把香蕉。

陈诺走过去摸摸未来的脸蛋，这婴儿身上的味道像一颗新鲜的奶糖。

陈诺说："他怎么样？回去没发烧吧？"

小叮当摇头："没有。他很好，睡饱了就要吃奶，吃完奶接着睡。我觉得他根本不知道这些天发生了什么。"

陈诺说："那你们就在家好好休息呀，来这儿干吗？"

小叮当把香蕉塞给他，那香蕉里有一股小叮当手指间的香甜。小叮当说："知道你查案回不了家，饿了你就吃点香蕉，补充体力。"

陈诺点点头。小叮当发现来来往往的人都好奇地打量自己，不好意思地低下头。陈诺剥了一根香蕉，塞到自己嘴里。陈诺嚼着香蕉才发现自己已经饿坏了。

"陈诺，谢谢你。"小叮当小声地说。

陈诺愣住，费劲地吞下香蕉。他说什么好像都多余，只得"嗯"了一声，那声音中有一股很久没有上机油的马达工作时发出的异响声般的铁锈味道。

未来"咯吱咯吱"笑了起来，冲陈诺挥手。

陈诺乐了，说："好小子行，胆大，跟坏人做斗争也没尿，将来跟叔叔一起做警察。"

陈诺闻到了一股悲伤的味道，如同空空荡荡的电影院。他诧异地发现小叮当的眼圈都红了。陈诺问怎么了。小叮当说："过完这个春节，他爸就要接他了。"

"为什么？你要把未来交给那个浑蛋？"

小叮当说："他一听儿子被抓走了，就飞回金市，非要带走未来。跟着他总比跟着我安全。"

"他能教出来什么好？"

"现在我也顾不上想这个，我看到他的态度，对未来一定会好，毕竟是儿子，血浓于水。等你有孩子你就明白了，孩子像吸铁石，永远会把父亲吸到身边。"

小叮当语气平淡，却像一记重拳砸在了陈诺头上，他差点摔倒在地。他握住小叮当的手，说你不要慌，任何事情等我办完案子，我们一起面对。他转身就往警队跑去，空留小叮当皮肤上那股香蕉的香甜。

"钱奋斗，钱快乐，钱东东。"

双眼血红的陈诺喊叫惊醒了在沙发上酣睡的丁烈。

"陈队，啥意思？"

"钱东东，钱快乐，钱奋斗。"

"钱东东就是个孩子。"

"对于你是小屁孩，对于钱快乐和钱奋斗来讲，是吸铁石，是不顾一切都要保护的命。我们得抓紧，他们之所以这么久还留在金市，就是打算带走钱东东。"

"万一他们心狠，人间蒸发了呢？"

陈诺摇头："那这个案子就根本不会发生了。"

大雪覆盖的城市散发着河流的水汽，如雾般从陈诺眼前的车窗外流逝，世界像是银子做成的。陈诺坐在警车里，觉得自己的心比外面的景象还模糊。

拼命踩油门的丁烈瞥了眼陈诺，叹了口气："我突然想起我妈，我爸走了的那天晚上，我跟她说，我一定好好照顾她。她摇头，说我还是没长大。她不需要我照顾，她让我赶紧找个老婆，生个孙子。不养儿不知父母恩，人心都是向下长的，都疼下一辈。陈队，你说这向下的心，就这么吓人？能杀这么多无辜的人？"

陈诺觉得呼吸困难。他打开窗户，寒冷的北风扑面而来，让人心头一紧。

"你妈说得特别有道理，你是该赶紧结婚，生个孩子了。办完这件案子我就给你放假，你和李梦多聊聊。"

到医院病房的时候，天已大亮。北国的天空上月光皎洁，另一边的太阳像个银球。病房在四楼。陈诺推门进去，里面已是人去屋空。窗户大开着，陈诺冲过去看，医院楼后的空旷雪地中有一大一小两个黑影。

陈诺吼了一声，从窗户攀到救生梯上，丁烈喊："你不要命了。"陈诺没理，看到脚下有个焚烧完垃圾的垃圾箱，黑烟升入金色天空。陈诺咬牙，又下去几级就纵身一跳，掉入垃圾桶中。柔软的垃圾溅起无数火星，陈诺又掉在雪地上了打几个滚，雪浇灭了他羽绒服上的火焰。陈诺跳起来，还没等自己清醒，就直冲着那两个黑点飞奔过去。三百米，二百米，一百米，离这对父子越来越近。钱快乐不断地回头看他，表情越来越惊恐，像是在看一个鬼。

陈诺飞扑过去压住了钱快乐，钱东东滚落在一旁，这父子俩身上的味道像受伤的野狗。任凭陈诺和自己的父亲如何厮打，钱东东不哭也不笑，只是呆呆坐在雪地里。血红的目光像两根空心的钢丝扎向陈诺。陈诺和钱快乐在积雪中翻滚着，雪花飞溅，他们厮杀的动作因为厚厚的御寒衣物变得笨拙而迟缓，在这雪中显得像两个男童在打雪仗般幼稚。钱快乐从身边抄起一根金色的冰，用尖锐的顶端狠狠往陈诺喉咙插去——

丁烈一脚飞踹把钱快乐踢得彻底失去反击能力。钱快乐的脸肿了半边，嘴里的血掉在肮脏的雪污中。陈诺配合丁烈压住了钱快乐，给他戴上手铐。

钱东东哭了，他从地上抄起雪块捏成球狠狠地砸在陈诺脸上。

陈诺看到钱东东的脸被眼泪打湿，小小的胸膛在剧烈地起伏，像是在忍受巨大的折磨。他似乎从那孩童的眼眸中也看到了自己，五官残忍无比。陈诺安慰自己，不能停下。

"把孩子带走！"陈诺冲警察们喊。大家愣了。丁烈挥手："别他妈让孩子看这些！"

钱东东被两个警察带走了，陈诺拽着手铐把钱快乐从雪地上拽了起来。看着儿子抽泣的背影，钱快乐大口大口地吐出金色的雪雾，他说："谢谢你。"

陈诺说："去你妈的。"

钱快乐说："就差一步，你们就永远都找不到我了。"

陈诺说："无论你在哪里，警察都会找到你。不过你不用再躲警察了，凶手不是你。"

钱快乐眨眨眼睛，像是听不明白陈诺的话。他琢磨半天，突然笑了，原本紧绷的身体随这笑容瞬间垮塌了下来。

"我靠。我让你们给整的，都快真的以为自己是凶手了。凶手是谁？"

陈诺把如何确认钱奋斗是凶手的过程一五一十告诉了钱快乐。

陈诺看到悲伤如同天际线的潮水般从钱快乐的脸上涌现，越来越近、越来越强，形成泪水的漩涡，从他的鼻尖升起，逐渐扩大到他的整个面部，旋转他的五官、肌肉和神经，他瘫倒在地上，沉默无息地哭泣，像一只被剥夺声音的野兽。

陈诺死死地盯着钱快乐，这个男人压抑到极致，终于爆发，他的喉咙嘶号出了一声漫长的"啊"，陈诺从没有听到过这么悲伤的声音。闻起来如同洪水从天边升起时的海沟深渊，拍下千万层巨浪时的大地颤抖，冲毁庄稼和城市时泛起的厚重烟尘。这味道将氧气烧成灰烬，将宇宙烧成灰烬。还有回忆与希望，关于人的一切，统统烧成灰烬。钱快乐终于藏不住他的味道了，他是一片漆黑的灰烬。

B. 我是陷阱

我想念东东的小手，肉肉的、滑滑的，像大树下和岩壁上生长出的新鲜蘑菇。我想念东东的微笑，他笑起来眼睛明亮得能渗出甜美的汁液。我想念他叫我"爷爷"时的欢笑，仿佛小鸟在枝头跳跃时发出的尖叫，清脆得像一只小手，轻轻地挠着我的心脏。

东东刚生下来的时候浑身粉嘟嘟的，全身皱褶，像一只小狗。他睁开眼睛好奇地打量我，也不哭。好像在说："就是你吗？你就是我来到这个世上的源头吗？"他的一双大眼睛像两盏明亮的探照灯一样令我目眩，我冲他笑笑。看着他那硕大的鼻子，嘴角上的两个小酒窝，真是活脱脱就是他爸的那个样子。

他爸出生以后，我和我老婆带着他爸下山去拍过一张全家福，他爸皱着眉咬着牙，还没到周岁就一副恶狠狠的样子。每次大家看到钱快乐的时候都说过年哪过年，你看看你这儿子，一看就和你一个模子出来的，不是一个善茬。

我现在最后悔的事情就是年轻的时候光喝酒了，没怎么跟钱快乐一块儿玩。记得他母亲还在的时候，有那么半个月他天天哭着喊着让我们带他去山里打雪仗。在他妈的葬礼上，他看着我，我心里一惊，这小子的目光像两道冰锥一样，里面全是恨。缓过来以后，他再也没跟我提过打雪仗的事。那次遇到老虎之后，他回到家几乎不和我说话了。我也没有办法，那时候禁猎，我的枪也被收了。我只会打猎，不让我干这个就像要了我的命。除了喝酒我还能干什么？

后来钱快乐长大了，有一天我回到家，他不见了，他的衣服和东西也都消失了，我知道他离开了。我失去了老婆，也失去了儿子，我更爱喝酒。酒是个好东西，它是最贤淑的老婆，是最孝顺的儿子，是谁也夺不走的猎枪。

我喝了几十年酒，他们不让我再喝了，说山上要办旅游景区，我也不能住了。酒精彻底毁了我的神经，我像一头老到快死的熊一样不知道该怎么办。钱快乐出现了，他说他不能不管我，把我带到了金市。

我孙子东东出生的时候钱快乐不在，那是他生意最辉煌的时候，他说是这个孩子的出现为他带来了好运气，他不能辜负这好运气。他没法陪东东，我陪。我像是要补偿我对儿子的冷漠一样把全部的热情放在了东东的成长身上。我给他洗澡，我给他唱歌，我带他和小绵羊说话。我们是最好的朋友，他做噩梦的时候都会叫我的名字，让我救他。我抱着他小小的身体，我感觉我的心和他的心在一起跳动，我对自己发誓，绝不让任何人伤害他。

今年下第一场雪的时候，我还带他打雪仗。每次打雪仗，他都尖叫着用雪球砸我。我摁住他，把雪抹在他的脸上，冰冷的雪在他温暖的小脸上化成冰水，他的四肢使劲地挣扎着。东东真是钱快乐的儿子，我的孙子，他天生不惧怕寒冷，冰雪是他的乐园，他身体里流淌着我们猎人的血。

我穿好衣服，收起磨好的刀。把那个玩意儿的包装拆开，把它揣进怀里。我走出门，阳光刺眼，我就是陷阱，我们又要去打雪仗了。

3. 一根绳上的蚂蚱

"你哭痛快了？"陈诺说。

泪水在钱快乐的脸颊上风干，他从地上站起来，衣服被揪烂，裤子也掉了，看上去像个低能巨婴。陈诺挥手，丁烈给他戴上手铐。屋子外面烟花漫天。似乎除了这里，所有人都如同处在一场无比欢乐的战争中。

"我儿子在哪儿？"钱快乐问陈诺。

陈诺说："我已经派人把他送到他的老师家里去了，你放心，他很安全。他还嘱咐我，转告你，希望你一定能做个好人。"

钱快乐苦笑。陈诺问钱快乐："你知道你爸在哪里吗?"

钱快乐摇头："我一直以为他现在和成天在街上晒太阳、打太极拳的老头一样，只不过说话有点不利索，脑子比别人糊涂。"

陈诺说："你仔细想想，现在找到他是关键。"

钱快乐说："我俩关系并不好。我很小就从山里出来了。他七十岁的时候，我把他从东山接出来，也就是尽人事。我们基本上没话。我把他安排在我的牧场做看门人，一个月给他一万块钱。我也就能做到这些。"

陈诺冷笑："可他却能为你杀人。"

钱快乐被陈诺的话噎住，翻个白眼，说不出话。

陈诺说："你当时为什么要离家出走?"

钱快乐说："那时我们部落里的人都被旅游公司整体迁移，下了山。只有他和少数几个人不愿意，他说别人都是出卖了山神，背叛了祖宗，可我知道是为什么，他害怕面对别人，害怕社会。他脑子有毛病。人越走越少，他开始喝酒，酗酒，每天都大醉着，打我母亲，打得我母亲鬼哭狼嚎。后来有一天，他们出去打猎，回来的时候只有他一个人。他说是我母亲误闯进了老虎的巢穴，被老虎吃了。可族人们偷偷在传，是因为我妈受不了他的殴打，跳进老虎窝自尽了。我不知道事情原委，我也不想知道，我就逃出了山。"

陈诺说："你成年了也再没查你母亲真正的死因?"

钱快乐沉默半晌说："还有一种说法，在山林里，我母亲是想靠陷阱杀了他，却没想到被他发现了。他把我母亲喂了老虎。可谁都没有证据，他是个天生的猎人。"

钱快乐背上的虎头刺青栩栩如生，好像随时能从皮肤上钻出来。

陈诺说："你觉得他还会杀人吗?"

钱快乐不说话，外面整个天空姹紫嫣红，鞭炮轰鸣，大地在颤抖。远方的深邃黑夜里，响起金市钟楼的报时声，一记又一记，像是满街都是金块的味道一般敲在陈诺的心上。

钱快乐被带走后，陈诺对丁烈说："钱奋斗把自己活过的痕迹一把火都烧了，证明他已经察觉我们知道他是凶手。留给我们的时间不多了。"

这人间满是布匹皱褶的霉味，窗外的钟声还在回荡，庄严辉煌，似乎上帝在抚慰它。丁烈嘟囔道："我靠，我从没觉得这钟声像现在这么难听过。"

第十九章

1. 沼泽

"……钱东东出生那天，我俩站在医院走廊上。他对我说，儿子，你能从山里的一个普通话都说不明白的孩子到有了今天的成就，生活得这么幸福，我真为你感到骄傲。在森林里，你这样的男人就是最优秀的猎手。他说这话的时候，我鼻尖也酸了，眼眶也红了。虽然这么多年我和他没什么交流，但真是感到血浓于水。他还跟我说，他愿意为我做任何事情。我对他说，你什么都不用做，你把自己照顾好，把那些山羊照顾好，就是为我做最重要的事情了。现在想想，我真是不了解他，那可能是他一生最快乐的时光。

"后来，我落魄了。所有人找我逼债，也有人天天找到牧场去。我老婆扛不住这压力，上吊死了。给她办追悼会的时候，我跟他又见了。他问我究竟欠别人多少钱，我对他说爸呀，你一辈子都没管我，现在也别管我了。生死明灭，都是我自己的事情……"

钱快乐说这些的时候，身体不断分泌出一股泥水的味道，如同夏日荒野里的沼泽，拽住人的意志，不断向仿佛火车隧道的时间深处下沉。

"别东拉西扯，你爸能跑到哪里去？"

钱快乐低着头，闷声闷气地说："脚长在他腿上，他要去哪儿，我真不知道。"

"好，那我不问你爸。"陈诺说，"你的钻石藏在哪儿？"

听说不问钱奋斗下落，钱快乐本来松了一口气。他听到陈诺这个问题又愣了。他眼睛乱转，眼睛的味道如同偷吃糖果被抓住的小孩般辛辣："什么钻石？哪里来的钻石？"

"你带着你儿子跑路，这是不打算回来了。那肯定是带着救命钱，你身上也没有文玩，只能是钻石……"

"真没有钻石。我真是想带着我儿子去福建或者广州打工的。有钻石，我就还别人钱了，也就没今天的所有事情了。"

"你要打算顽抗到底，我有的是办法治你。"

钱快乐的泪花从眼眶中泛出来，他咧着嘴说："天地良心哪，你们可不能屈打成招哇。"

陈诺说："我不打你。"

陈诺示意丁烈打开审讯室，对钱快乐做个"请"的手势。钱快乐面对敞开的门，不敢动弹。他看着陈诺，使劲眨巴眼睛。

陈诺蹲在钱快乐面前，身体前倾，嘴角挂着笑意，眼神明亮。

"我可以让你走。最坏的结果是，你带着你说不存在的钻石，带着儿子远走高飞。我们抓不到你爸，他这一生逍遥法外。要是那样，你知道我会干什么？"

钱快乐不说话，指甲抠着椅子扶手，指甲铁青。

陈诺指着丁烈："刚才我和他在外面抽烟，我俩发誓，要是抓不到你爸，我们就脱掉警服，后半辈子就跟着你，你去哪里，我们就带着你的债主在哪里。你再没有半点翻身的机会。我会把你耗死。"

钱快乐的背塌了下去，像是一堆在午后的石板上化掉的肉。这股肉发出琴弦断时的味道，有种灼痛感，他的额头冒出汗珠。

"我和你耗上了，你会活得很惨。"陈诺说，"钻石和爸爸，你只能选一个。"

钱快乐的脸色血红，像是在被烈焰炙烤，可审讯室里明明很冷。自从陈诺告诉他钱奋斗是凶手之后，他身上的味道就变成了超级市场的调味料货品区。酸涩的伤感，甜美的快乐，苦涩的压抑和辛辣的愤怒，种种味道如同一袋方便面调味包般从他的内心散发而出。陈诺捡起桌上的面巾纸擦拭鼻子，它因为从没有闻过这么多复杂的味道交杂在一起而兴奋得流出清鼻涕。钱快乐沉默了好一阵才说："有个地方他没事总去。说是玩，就是狩猎。他一直努力不忘掉自己是个猎人。在那里，他把山羊放生，然后用绳索做陷阱捕杀它们。"

A. 我是猎人

我还记得我在金市的第一次捕猎。那时这里刚刚开始下雪，还夹杂着雨点，噼里啪啦掉在地上的声音像是小鹿恩子在草原上戏耍。

那声音此起彼伏，从地面传到楼顶，在圆形的石头大厅中形成一波波回声。我眼前的一切，包括那个被捆起来的猎物仿佛都被这声音蒙上一层黑纱。

那猎物向我求饶，说放了我吧！我再也不敢跟你们要债了。

我不说话，舌头在隐隐作痛。生死有命，靠咒骂，靠乞求，都没法帮它，也没法帮我。想救自己，只能靠自己。我的舌头好像在流血，嘴里一股咸涩。

它问我："能不能告诉我，我要死的这个地方，究竟是哪里，好歹让我死个明白，别死无葬身之地。"

我拍拍墙壁，它乌黑发亮，上面的油光如同剥下动物的皮之后连着肉的那一层丰美的油脂。

"豺狼虎豹从不问自己在哪里。"

它看着我说："你是疯子！你是疯子！"它的声音很软弱，像是草原上一片雨水中的烂泥地。

我向它走过来，我的心狂跳，舌头发紧。它似乎快要被某种外力扯断，它不安地向墙角缩去。

我说："你这就没意思了。你看森林里那些羚羊和狐狸，临死的时候除了流眼泪弹蹄子，不再干多余的事情。我起先很困惑，它们就一点都不想反抗？后来我才明白，这是大智慧。走就走得痛快，给这世间留个体面。"

"我不是羚羊，也不是狐狸。"它流着泪说。

我跨过它的身体，想压住它。它使劲地翻滚着，避免我找到它的要害。可没有用，我是个老手，我终于把它的身体翻过来，让它的正脸面对我。我的脑袋贴近它的脸颊，眼睛上下审视着从哪里下手。我感觉到机会到了，这就是我一直等待的那一瞬，唯一的一瞬——

今天又下了和那时一样的雨夹雪，雪并不寒冷，要命的是打湿头发和棉袄的雨水。我有些颤抖，看到的每一滴雨点都闪烁着黄鼠狼眼睛般的绿光，雨滴仿佛一群群萤火虫般托起汽车、人和楼宇。似乎雨一停我们都会被摔在地上摔个粉碎。如果你这一生喝过的酒和我一样多，你就知道时间是片森林，永远都走不出去。无论你在电梯里，还是在地铁中，你有钱没钱，你干了什么，你就在这片森林里，哪里都去不了。

2．神秘的建筑

陈诺坐在审讯室里，看着对面的钱快乐。他感觉钱快乐的身体好像小了一圈，散发出一颗干瘪橘子的苦味。经过漫长的审讯，两个人都已经疲惫不堪。

陈诺听到钱快乐说钱奋斗自己有个地下猎场的时候，眼睛一亮。他问钱快乐："那个地方在哪儿？"钱快乐苦笑："我要知道，不就告诉你了吗？"

陈诺说："你再好好想想。"

钱快乐说："我才发现，我一次都没问过那个地方在哪里。这可真是报应啊。"

陈诺说："临门一脚了钱快乐，找到钱奋斗，对谁都是好事。"

"他隔几天就会去一次那个地方。"

"坐什么交通工具?"

钱快乐想了想说:"应该是步行。"

陈诺说:"每周都会步行去几次,那证明离他住的牧场不远。老人的体力有限,应该在半径不超过十公里的范围内。"

"他可不是普通的老人。"丁烈说。

"扩大范围,离牧场半径不超过二十公里。"

"这个范围还是太大了。我们没有时间做排除法。"丁烈挠着头说。

陈诺让钱快乐好好回忆,还有什么能提供的线索。

钱快乐说:"那里的手机信号很不好,电话总是动不动就没声音了。"

陈诺说:"那就是在地底。不是仓库,就是防空洞。"

"附近有牡丹花。因为有两次我看见他去那里的时候背着羊粪,他说是做牡丹花的花肥。"

节日的硝烟味让陈诺眩晕,金市的街道闻上去就像一只燃烧的靴子。

在牧场的西南方向7.6公里处,警方发现了钱快乐描述的地方,是金市火车站地底一座废弃的仓库。仓库的门口是火车站的花圃,里面种满了梅花。大雪里,朵朵红梅如同血般燃烧。

万物的味道如同轧路机碾倒居民楼,在马路上如牛粪刚落在地面上般鲜活到狰狞。陈诺看着那一栋栋高楼上的玻璃,密密麻麻,重峦叠嶂,仿佛一只巨大飞虫的复眼。

陈诺突然对丁烈说:"我记得1999年有过一阵子谣传,说要世界末日。有个练气功的人疯了,大街上持刀砍人。那时我还是个年轻警察,我师父带我去处理的。那疯子是个女的,五十多岁,眼睛血红破衣烂衫,野狗见了都吓跑了。我们赶过去的时候,她正拿着刀在街上乱窜。家家户户闭着门。看到我们过来,她二话不说举起刀就冲过来,我吓得想掏枪,我师父瞪了我一眼,说她他妈疯了,你他妈也疯了!这一眼瞪得我像是被人施了定身法,动都没法动一下。我师父迎着那女人过去,第一下没砍着,第二下砍在了我师父胳膊上,我都能听到刀刃砍在骨头上的声音，血一下子扑出来，差点把我师父的胳膊砍断。我师父抱住那女人，让我赶紧滚过来。我就像是从梦里醒过来一样，赶紧跑过去，和我师父一起制服了她。"

丁烈一边打方向盘，一边用眼神的余光瞄了一下陈诺，说："2012年也说是世界末日。也是除夕夜那天，我为了抓一群贩毒的，在一个夜店门口蹲了整宿。那晚夜店的晚会主题是世界末日，我们也赶上了金市十年不遇的大风雪。我被冻成孙子了，我一边哆嗦一边跟身旁的兄弟说，这他妈什么世道，坏人在销金窟里醉生梦死，警察在外面冻成冰人。我都有点盼世界末日赶紧来临，但是什么都没有发生。第二天凌晨，天蒙蒙亮的时候，我给那帮王八蛋一窝端。给他们上铐子的时候，我心里还有点空落落的。这本该是个发生奇迹的时代，世界末日没来不说，咋一点奇迹都没有发生呢。这些事，我都记得，可他妈这和现在的案子有啥关系。"

陈诺看着一群孩子点燃一盒礼花，欢笑着尖叫，飞速四散。一颗烟花冲天而起，绽放灿烂。

他从座位边的盒子里拿起烟盒，抽出一根点燃，烟火在车厢里缭绕，芬芳刺鼻。

"我记得我们两个想摁住那个疯女人的时候，差点没摁住她，几次我想拔枪。她杀猪一样地喊，世界末日世界末日。我被她喊得头晕脑胀，冷汗直流。只有一个声音，像是块冰贴在我的脑门上，让我保持理智，那是我师父的声音。我师父说，别开枪别开枪，她就是魔怔了，我还能行，我还能坚持。后来，我师父为了养伤，在医院里待了四个月。本来快好了，结果查出了胃癌晚期，直接从外科干到重症病房，人一下瘦成肉干，没到半年，就没了。现在想想，我还能回忆起他让我别开枪时候的样子，眼睛亮亮的，可那个时候，他已经胳膊上砍着刀，肚子里长着瘤子。真是心酸，那么好的人。佛经里总说我不入地狱谁入地狱，我师父就是我不入地狱谁入地狱。"

B. 我是孤魂野鬼

　　禁猎以后，东山一到冬天就特别容易出命案。因为男人们待在山上没事情做，不是喝酒，就是去勾引女人或是被女人勾引。这两件事都容易让人发生争执，或者说男人们就是借着这两件事和别人过不去，也和自己过不去。我见过一个人就因为别人抢了自己那盘花生豆，二话不说抽出刀就插进那个人的肚子里。也见过两个男人为了一个心爱的女人在打猎的时候大打出手，最后引来了熊瞎子，要不是我跑得快，可能也和他们一样被熊吃了。我曾经以为我也会为了酒或者女人出事，可没想到最终是因为我的儿子。

　　这大概就是报应吧，人们说生女儿是难过一天，剩下的一辈子都甜美。生儿子反过来，也就他出生那一天高兴，剩下的日子都是难过。因为儿子是来向你讨上一世你欠下的债务。我前半辈子没怎么为他高兴过，更别提为他难过了。酒精伤了我的脑子，很多时候我什么都感觉不到，也记不住，我就和一块石头一样。直到在金市，我看到他被它们逼迫欺压，我心中说不出的难过和愤慨，比它们辱骂我、抽我耳光还让我难以忍受。我知道我为了他能做任何事情，在这个世界上我儿子似乎欠了所有人的债，可唯独一个人欠他的，那就是我。

　　走在大街上，我听到零星的爆竹声音，世道真是不如前两年红火，那时离过年还有一个月的时候人的耳朵就别想闲下来了。二十四小时，人们彻夜不眠，就像打了鸡血一样。我被吵得根本没法睡觉。不过说实话，那些爆竹好看极了，有的像花，有的像人，有的变字。

　　冷风灌进裤管里，顺着腿往身上爬，像花斑蛇。身上的伤口被它撕开，里面仿佛长了牙齿，这牙齿在撕咬骨肉一样疼。我发现人老了唯独就剩下一个好处，就是更能忍受痛苦，可能是因为没做成的事情太多了。如果有机会，真想让钱快乐带着我和东东回趟东山，我会教东东认识森林里的花草树木，小鸟野兔，我们三个可以在雪地里好好打一场雪仗，可惜永远都没有这个机会了。我永远都只能是一个孤魂野鬼。

我上电梯，"叮咚"，到了我要去的楼层。没有人在乎我。谁会在乎一个喝酒快把自己喝死的糟老头呢？我来到那扇门面前，敲门，一下两下，门开了，光洒出来，像热水一样温暖。我看着微笑的孩子，把我买的礼物塞到他手里。那玩具手枪发出"嘀嘀嗒嗒"的音乐。

我咧着嘴轻轻摸摸他的头，走进了屋子。

3．来不及了

陈诺冲进防空洞的时候，有一种错觉，觉得自己钻进了时间隧道，回到五十年代。这里的一切都是旧的，连黑暗都是旧的。旧世界的味道像是一缸置放于虚无之中几十年的酒。

陈诺觉得钱奋斗已经被这陈旧吞噬了，成了一堆残渣剩骨。

在防空洞的尽头，警察发现一座还在散发烟雾的铁桶。那烟雾白里发青，有一股长畸形了的萝卜味道。陈诺探头进去看，铁桶里的一切都已经被烧成了灰，只留下曾经那事物的轮廓，在青烟中还散发着一缕缕本来之物的影子味道。

陈诺苦笑："我们还是晚了一步。"

李梦小心翼翼地用铲子把铁桶里的灰烬捡到证物袋里。干完这件工作，她突然扶住墙干呕。丁烈急忙跑过去拍着她的背，李梦幽怨地看着那个铁桶："说见鬼了，我上学的时候解剖尸体都没有待在这个地方这么害怕。"

丁烈说："我理解，我理解，这里杀气太重。晚上回家你要多喝开水，最好洗个热水澡……"

李梦突然不吐了。她推开丁烈，俯下身来，用胳膊从地面上的水沟中伸进去使劲探着，鼻尖上出了汗珠。她站起身来，手里拿着一张花花绿绿的包装袋。陈诺看着那包装袋，上面画着给男孩玩的塑料手枪。

李梦说："这是新的。"

陈诺从那包装上闻到一股狐狸的臭味，他浑身的汗毛都立了起来。陈诺转身就向洞口跑去，一边跑一边对丁烈喊："钱奋斗要跑了，他要带着钱东东跑了！"

夜空暗黑，大地披着积雪，从眼前到天边，黑白分明。警车碾轧过雪地，发出"嘎吱嘎吱"的怪响。大雪有一股子宫中羊水的味道，陈诺像是个刚从母体钻出来的婴儿面对着陌生万物。

警察们赶到医院时钱东东正在熟睡，万籁俱寂，医生说没人来探望钱东东，他一直在哭泣，刚刚睡着。

陈诺已经满头大汗，近乎休克。自己的判断失误了吗？那个玩具手枪是用来做什么的？陈诺的鼻子被割裂一般地剧痛，发出咆哮味道，如同长了手脚，像是要从脸上跳下来狂奔。他感觉到，有些很可怕的事情正在发生，阻止它们的机会随着时间，像是自己手心捧着的一簇细沙，不断地漏下去，被狂风一点一点地卷走。

"陈队，"丁烈呼唤陈诺的名字，陈诺没有听到。丁烈又呼唤了一声陈诺，陈诺才回过神来，瞪着丁烈。丁烈说，"陈队，我们发现钱奋斗的踪迹了。"

"两分钟之前，110报警台接到报警电话，一个老太太说昨晚她正在吃饭，她邻居家里好像有很大的异响。那户人家本来就欠了人很多钱，她以为是有债主上门要债。可是声音又不太对，她思前想后，天亮了还是报警了。小区摄像头拍下了钱奋斗进小区的画面。"

陈诺内心涌起一股不祥的预感，他问丁烈："在哪里？"

丁烈深呼吸，说出了地址，正是小叮当的家。陈诺的脑袋一阵眩晕。

第二十章

1. 空洞

当陈诺走进小叮当家敞开的大门时，看到桌子上放着纱布、剪刀、一些药片和一杯水。陈诺摸杯子，陶瓷冰凉，他的手指却感到一阵灼烧的疼痛。他冲到阳台上，看着寂静的蔚蓝天空，那里空空如也。

"抓叮当姐和未来，很明显是对着你来。他为什么要针对你？"丁烈问他。

陈诺没有说话，窗外结住的冰霜里有一股甜腻紫葡萄的味道，仿佛他心中的迷惑。

丁烈说："陈队，你不要慌，我一定把他们救出来……"

陈诺没有说话，眼前的一切散发出一股令人窒息的腐臭味道，让他的心脏狂跳，让他的思维混乱。他不知道自己下一步应该怎么办，他觉得那股味道来自小叮当和未来的身体。

陈诺的手机响了，他看来电显示，竟是小叮当的手机号码。陈诺摆手提醒丁烈收声，他深呼吸，接起电话。

"不管你在哪里，自首是你唯一的出路。"

电话那边传来钱奋斗粗重的喘息声。

陈诺说："你把人质送回来，一切都好谈。"

钱奋斗的喘息很空洞。

隔着话筒，陈诺都能闻到钱奋斗身上那股酗酒者的疯狂味道，面对胡言乱语，陈诺沉默。电话那边突然传来一阵杂音。陈诺握紧了话筒，说"喂"。他突然听到未来的哭声，小叮当在喊"救命"。

"你想要什么？"陈诺问钱奋斗。

"我什么都不想要。"钱奋斗说。

陈诺虽然伤心，但感觉活力从内心向头顶、指尖与脚底流去。因为爱人的叫声虽然凄惨，但这也证明她还活着。

A. 我是钱快乐

警车的座位很硬，坐在上面，硌着我的屁股生疼。我突然觉得老天爷就像是跟我开玩笑。我拼命地想从警察手里逃出来，为此惹好多事，也搞得身败名裂，浑身伤痕。结果还是应了那句老话，"你看苍天饶过谁"。别人怎么样我不知道，但我最后还是坐在了警车里。

我想不明白究竟是哪个环节出了问题。如果当时我没有给儿子留口信，如果我自己逃了的话，事情是不是有转机。

前面副驾座上的警察手机响了。他接完电话，跟开车的同事耳语了几句，驾驶员猛打方向盘，掉头。车开得像飞了起来。

我看着曾经走过的路在眼前倒流，觉得时间在倒转，命运在重来。我感到害怕。这辈子除了发财这几年，没一天是好的。每个人都盯着我，眼神里没有善意。我不想回到我生命的任何一个瞬间。

身边的风景在不断回转，汽车的马达在轰鸣，我问他们："你们这是要把我带到哪里去？"

没有人回答我。副驾驶座上的警察回头看我，他戴着口罩，可能是感冒了。他脸上的皮肤比路灯的光线还白。他看着我的眼神，让我想起小时候有一次我一个人在森林里迷路，遇到过一只老虎。

那是一只金色皮毛的老虎。它在我对面焦躁地来回打转，不停嗥叫。我被吓傻了，伏在地上也拼命号叫起来。只要我活着，就还有机会。否则我就只剩下一堆血骨。它终于累了，转身隐匿于即将消逝的黑暗中。

后来我去了广州，最早跟我同住的舍友是个文身师。我让他在我后背上文了那只老虎。战胜恐惧最好的方法就是成为恐惧。

我记得那只老虎看我的眼神，充满不甘心、怜悯和愤怒，和现在这个警察看我一样。

陈诺告诉我，周灵和她儿子被我父亲抓走了。我脑子炸了，腿软了。他看我的眼神里藏着子弹，藏着刀，瞬间我的身体就被冷汗浇透。我哭了，我的眼泪比金市天空的大雪中掉落的雪花都多。

"你想想，你父亲会带他们去哪里？"陈诺问我。

我一听这句话，哭得更伤心了。我说："你们想怎么对我都行，不要折磨我父亲哪！"

他说："在哪里？"

我想说话，可我的话到了嘴边就变成含混不清的哭声，止都止不住。

陈诺把一根烟塞进我的嘴里，为我点燃打火机，尼古丁在我的身体里流淌，让我清醒了。我看着地上薄冰中自己的倒影，头发潦草，鼻涕眼泪把自己的脸都弄花了。我突然觉得有些丢人，有些不好意思。我在想我不能崩溃，只要我活着，一切事情就还有转机。我看了眼陈诺，说："他绑走周灵想干什么？"

陈诺苦笑："现在我和你，是绑在一条绳上的两只蚂蚱。你父亲绑了我最爱的人。我们都不想他们出事。现在全靠你了，钱快乐。"

我深吸两口烟，才弄明白他是什么意思。我突然有些同情他，我的父亲有此一劫，是我的报应。可他呢，他是个好人。我能看得出来，他是这世界上少数没有贪欲的人。为什么他要忍受和我一样的折磨。

我让陈诺把刚才和我父亲的对话一句一句重复给我，当我听到父亲那段关于猎人和狐狸的谬论时，我的心脏狂跳起来。

我说："也许，我只能说也许，也许我知道他在哪里。"

他的眼睛亮了，充满希望地看着我。

我咬咬牙，让他对我保证，尽量不要伤害我父亲。他说我保证。我看着他无邪的双眼，他和我不一样，他的保证是神圣的。

人和动物的一个重要区别，就是人会发誓，可只有那些纯粹的人才会实现誓言。

2．猎场

无际的荒野。它显示出疯狂过后的永恒宁静。世界像秋季熟透的果子，芬芳华美，可瞬间就泯灭于腐烂。

陈诺看到东山了，那是一片巍峨群山，绵延到黑暗尽头的黑暗里。陈诺站在山脚，心中茫然，像一片灰色。

人们下车四处张望。陈诺被迎面刮来的寒风吹出了两个大喷嚏，他问钱快乐："你确认他在这里，这是救他的唯一机会。"

钱快乐喘着粗气，像一匹遭到疯人鞭打的马。

"我父亲已经疯了，他把你们都当作了猎物，那他就需要一个猎场。"

"猎场？"

"每个猎人都有他自己的一片猎场。他熟悉那里的一草一木。猎人打猎的时候，猎场里的每一道阳光和每一粒灰尘都是他的助手。不管是什么动物，只要进入猎场，就会成为猎枪下倒地的猎物。"

"这里是他的猎场？"

"从我记事起，他就在这片地方打猎。每次出去，都是几天几夜不回家。他有个据点，是座山洞，累了他就在那里休息。很隐蔽，连鼻子最好的熊瞎子都摸不到。"

"你还能找到那个山洞吗？"

"穿过芦苇荡，能到山脚下的湖边，洞就在那里。"

陈诺挥手，让钱快乐带队，他走在钱快乐后面，其他人随后。这支队伍钻进芦苇荡，向山中走去。陈诺眼前钱快乐的背影忽隐忽现，飘曳的芦苇中，迷离的月光下，他的影子散发出幽灵的味道，那味道仿佛另一道更黑的影子，在翩翩起舞，在絮絮低语。丁烈在他身后小声地说："我怎么觉得这个王八蛋不靠谱？"

陈诺没有回答，手悄悄地摸向了腰间侧面的枪套。他指指钱快乐的腿，意思是如果钱快乐要借机逃跑，就朝他的腿开枪，千万不要打死他。丁烈点了点头。

走出芦苇荡的时候，烂泥和腐朽植物的腥臭味被风吹散，空气清新不少。陈诺叹口气，他看到了那个山洞。钱快乐指着洞口说："陈诺，你要小心。"

陈诺的眉头皱了起来："什么意思？"

"我父亲虽然是个醉鬼，虽然老糊涂了，可他是这座山里最杰出的猎人。他以前的外号叫山老虎，也就是山里的神。对付一个猎人，你要用猎人的思维。对于猎人而言，鹿呀、兔子呀只是小猎物，真正让他们有成就感的猎物是熊和野猪。因为它们足够危险，也足够大，够一家人过冬。为了打这些大猎物，猎人可以牺牲那些小猎物，把野鸡野兔子做成诱饵，设计陷阱。"

陈诺问他："山洞还有没有别的出口？"

钱快乐摇头："那边的出口被湖水环绕，除非他想淹死在里面。洞口很小，一次只能进去一个人。"

陈诺点头："我跟在你后面，我们两个进去。"

钱快乐说："啥？"

陈诺点头："如果是陷阱，你父亲总不能把你当猎物吧？"

钱快乐说："你打过雪仗没有？"

"你什么意思？"

"打雪仗的时候，你可以向任何一个人扔雪球，任何一个人也可以向你扔雪球。"

陈诺看着钱快乐，他的笑容里有一股血腥味，像是野狗吐出舌头。

"也许我同样是个猎人呢？"

丁烈说："陈队，你小心。"

282

陈诺说："你们在外面接应我，随时准备行动。"

钱快乐在前面带路，手电的光束直通向隧道尽头，那里是一片黑暗的冰湖湖面。

陈诺目测眼前的黑暗进了射击范围，大喊："钱奋斗，我们来了。"

钱快乐的背影一抖，没说话，继续往前走。

两人停下脚步，等待里面的回复，可除了风声什么都没有。钱快乐回头看陈诺，询问下一步如何行动。陈诺皱眉观察，山洞里悄无声息，没有半点亮光。耳机里传来丁烈的声音："陈队，特警的狙击手就位了。"陈诺咬咬牙，示意钱快乐继续往前走。

钱快乐毫无畏惧，大步向前，渐渐加快步速，竟然跑了起来。钱快乐的脚步声在山洞里回响，震得陈诺耳膜刺痛。他觉得冷汗打湿了自己的身体。他让钱快乐停下，钱快乐像是没有听见，径直向前跑去。黑暗的山洞味道如同涌动的墨海，无声无息。

陈诺说："钱快乐，你慢点走。"

钱快乐加快了脚步。陈诺怒吼："钱快乐！"钱快乐迟疑了一下，回头说："你想看你的女人让人开膛破肚？"

陈诺举起了枪，钱快乐快跑几步躲进山洞尽头的黑暗里，紧接着，钱快乐肝肠寸断的叫声传来，陈诺持枪冲入黑暗之中。

外面警察们的耳机里一阵刺耳的嘶鸣，众人纷纷皱眉扯掉耳机。丁烈第一个冲入山洞，他一边跑一边在心里祈求老天爷，不要发生最坏的情况。可最奇怪的事情发生了，山洞里空无一人，没有发疯的复仇者，没有被捆绑的人质，就连陈诺和钱快乐也消失了。此时，外面传来一种奇怪的声音，丁烈和同事们循声而去，发现自己站在了山洞的出口，正如钱快乐所言，四周被湖环绕。被冰冻的湖面正在一点一点地碎裂，到处都是黑洞。

钱快乐在巨大的冰块上蹦跳，快速地向岸边移动。丁烈举枪让他站住，他回头对丁烈说："陈诺掉河里了，你们快去救吧。"

钱快乐指指暗流湍急的冰河，丁烈收起枪扑到河边，寻找陈诺的踪迹。钱快乐离丁烈越来越远，终于跳上岸，消失在湖岸边的芦苇里。

丁烈和同事们用手电四下探照，湖水里只有碎裂的冰块和冰凌。丁烈大声呼喊着陈诺的名字，只有回声和风声，没有应答。

B. 我是钱快乐

我在树林里奔跑，那些警察的叫喊声离我越来越远，渐渐消失不见。在这里，小径交叉错乱，像是我的思绪。

当陈诺问我我父亲究竟在哪里的时候，我真是死马当作活马医，信口胡编了猎人猎场这一套。我竟然又一次获得了自由，这是我自己都不敢相信的事情。

我跳到冰面上的时候，心里也没有底。冰面会不会碎裂？我会不会掉进湖里，被冻成一个冰坨？我没有答案。我只是想，世上并没有救世主，也没有皇帝神仙，想救自己的儿子，只能靠自己想办法。如果冰面坍塌了，淹死我，我认了，该死屁朝天，砍头不过风吹帽，脑袋掉了不过碗大个疤。

陈诺举起枪让我站住。我说："你相信我，我去找我爸，我跟他谈，我一定能把你的人也救出来。"

他的眼也红了，只是一个劲儿地喊叫，让我站住。我怎么能听他的呢？这个时候，我内心也不知是从哪里来的勇气，我跳了起来，使劲踩冰面，我听到脚下传来了"吱吱嘎嘎"的声音，像是有条巨龙从湖底冲来，那是冰面在断裂的声音。

陈诺向我跑来，我朝前跑去。我们的每一步，都可能踩入万丈深渊，但没办法，这是我们的生活，这是我们的命。

我在冰面上使劲蹦跳着，四处传来冰块碎裂的声音。我看到周围的湖面破裂，湖水从冰洞和冰缝中涌出来，整个大地都像是在摇摇晃晃。脚踩在冰上面，像踩在一大团柔软的棉花上。我听到身后传来一声尖叫，回头看去，陈诺已经不见了，只有一个刚裂开的冰洞在我身后，洞里是湍急流淌的湖水。陈诺消失在茫茫黑夜里，被冰河给吞噬。

我没有办法，我想挽回这一切，他坠河纯属意外，他冤枉我这个无辜的人纯属活该。陈诺的同事们追了上来，我只能跑向茫茫黑夜。

我向前狂奔，脚下满是粗壮的树杈和尖锐的石块。前方有一个黑乎乎的巨大黑影躺在地上，等我看清楚时，惊得我向后退了两步，脚绊在一根树杈上，摔倒在地。

那是一匹马的尸体。寒冬中，它没有腐烂，被风干的尸体瘦骨嶙峋。马的两个眼眶像是黑洞，朝向我。我看着马，马也看着我。我还活着，它已经死了。它从哪里来，它怎么死的，我不知道。在这马尸旁，我奇迹似的冷静下来。四周只有风声，和乌鸦的鸣叫。月光洒在白骨上，格外地凄凉。

我蹲坐在地上，告诉自己，不要慌不要慌，只要我还活着，只要我有钻石，一切就还有机会。

在公路上，我拦到一辆拉煤车。司机笑起来很粗鲁，胖脸上都是油腻。他没有问我是谁，听到我的目的地，他就说可以，正好顺路。

车在茫茫黑夜中苦行，那个司机对我说："看你满头大汗，肯定是遇到了什么大事。没有必要，任何苦难你第二天起床再看，都不叫个事。"

我的嘴角抽动了两下，心想你说得容易，咱俩调换一下试试。

"师父，你好好开车吧！"我说。

他说："看你穿着打扮，有钱人。以前我曾经很富有……"

我看储物箱里有烟，不是好烟，但顾不上那么多，我抽出一根，点上。

"就前两年的事。那个时候我有一个很爱我的女人，天天逼着我跟她结婚。我其实也很爱她，可我不知道，她爱的究竟是我，还是我的钱，我迟迟不敢答应她。我也有一大堆烦心事，可我不怕，觉得只要有钱，我就是无所不能的。后来有两大笔钱我放出去，没有收回来，资金链断了，瞬间我就什么都没有了。"

我看着平静讲述这一切的卡车司机，他的皮肤上焕发着一层光，仿佛雕像一样，让我心里不舒服。

我觉得这个世界突然变成了一面镜子，我看到的他无非是镜子中我的倒影。我不明白上天在我救我儿子的中途为什么要让我照镜子。这世界上所有让你不明所以的稀奇古怪，都不是什么好事。

"我发现凡是从大风中抓来的东西，都不牢靠，早晚还得被大风吹走。"

我冷笑，说："师父，你好好开车，传道也得注意交通安全。"

"后来我想出了一个招，骗保。"

我说："这世界上最狡猾的一群人都在保险公司。"

他点头说："太对了。我买了巨额的人身保险，受益人是那个女人。然后我把车开进湖里，假装自己被淹死了。我躲了起来，希望找个地方重新开始生活。没想到，那个女人知道我死了，悲痛欲绝，竟然在我假死的地方跳河自尽了。"

我看他，他的脸上点点泪痕闪烁。

"刚被抓的时候，我整天在找自杀的机会。我后悔死了，她是真的爱我的。"

我拍拍司机的肩膀，说："人都是这样，失去了才知道惋惜。"

他说："后来有一天，下雨了，我隔着铁栅栏看着那雨，雨点噼里啪啦的，我听到那女人的声音好像在雨里面，她说你要替我好好活下去。每一滴雨点里都有我。那场雨过后，我的内心得到了平静。我活了下来，出狱，找了个开车的工作，有了新的生活。过去的一切，都像是上辈子的事情。只有下雨的时候，我才依稀和以前的日子有些联系。所以，你不要为任何事情感到绝望，明天总会来临。"

明天肯定会来临，我希望我儿子是活下来的那个人，而我是抱着必死的决心在黑夜里赶路的。

他突然说："这个世界真是搞笑，搞笑死了。"

我看着他，说："啥意思？"

他说："你一看就什么都有，可活得不人不鬼。我呢，什么都没有了，万念俱灰，可还在劝别人要对生活充满希望。"

我们不再说话。车到了我要去的小树林。我跳下车。他对我喊：
"希望我们有缘还能再见。"

我笑笑，转身跑进森林。卡车发动，轰鸣远去。

3．怪物

卡车即将再次启动的时候，陈诺从车斗上跳下来。他的脚踩在积雪上，没有声音。

陈诺压抑着呼吸，跟随钱快乐走入森林。两人一前一后，仿佛一个幽灵在跟踪另一个幽灵。

当钱快乐踩碎冰面逃跑的时候，陈诺突然闻到一股味道，像是一个人正在用粗糙的手掌捏起一把火药中的硝石。这味道来自钱快乐说过的那句话："对付一个猎人，要用猎人的思维。"他被这句话点醒，"我为什么不能做一个猎人呢？"陈诺捡起一块冰扔到湖水里，发出惊叫，然后滚到钱快乐视觉盲区的黑暗中。

钱快乐回头，没看到陈诺，继续逃亡。陈诺一直跟着他，死死地咬着他的身影。

在森林里，陈诺在追逐中肺差点爆炸，他从没有见过跑这么快的人。明明是冬天，陈诺却觉得自己是在盛夏中的厨房，眼前男人的跑姿里散发出一股股满地蟑螂奔跑觅食的味道。

北国的冬风无比残忍，它从西伯利亚而来，途经蒙古，携风带雪。每年冬天，金市都会有十几个夜里醉卧在路边的酒鬼被风给冻死。陈诺缩在卡车车斗里，凛冽的寒风呼啸而过，他觉得体温在极速下降。他不知道卡车要开向什么地方，也不知道钱快乐的目的地究竟在哪里。

手机找不到了，可能是在追谁时从口袋中掉出去的。陈诺失去和外界的联系，只能在心中不断地提醒自己，不要睡过去，咬紧钱快乐，他是你唯一的希望。

森林的深处，积雪的尽头，时不时发出奇怪的声音。陈诺不知道是积雪压垮了树枝，还是有野兽在游荡。此时此刻无论什么怪兽咆哮着从树林里冲出来，他丝毫不会感到奇怪。

钱快乐走到一棵大树下，终于停下来。他深吸一口气，在树下徒手挖掘。此刻泥土被冻得坚硬无比，陈诺看到钱快乐的十个指头都被割伤，流出鲜血。

钱快乐好像毫无知觉。

他挖呀挖呀，挖出一个小小的黑布袋，隐隐约约有光线闪烁，有蛋糕的香甜弥漫。

钱快乐望着那黑色的小布口袋，陈诺从他眼中看到了比钻石还夺目的光芒。他听到钱快乐在自言自语："只要我还活着，只要我还活着……"陈诺觉得这些日子，自己真是什么样的怪物都遇到了。

第二十一章

1. 钻石

陈诺跟着钱快乐走出森林，回到公路上。像一个人追寻他的影子，不前不后。深夜过半，寒风刺骨。钱快乐没有觉察。他跺着脚，浑身哆嗦，等了足有五分钟，终于过来一辆捷达车，停在他身边。

车窗摇下，驾驶员留着寸头，戴金项链，是个流里流气的小混子，散发着一股洁厕灵的天蓝色味道。他问钱快乐要去哪里。陈诺的心狂跳。钱快乐下一个要去的地方一定就是小叮当会在的地方。

钱快乐说："我可以买你的手机吗？"

那小混子愣了，说："啥？"

陈诺也愣了。

钱快乐说："我可以买你的手机吗？"

小混子笑了，说："你有病吧。"

小混子想把车窗摇上去，钱快乐一把摁住车窗边沿。

"我没有开玩笑，你出个价。"

小混子说："靠，八万。"

钱快乐点点头："行，没问题。"

他从兜里面掏出一颗钻石，放在小混子眼前，说："把手机拿来。"

小混子看着那颗闪光的石头，眼睛里都是狐疑。他有些吃不准。

"你蒙傻子呢？就这玻璃珠子，值八万？你干脆抢去吧。"

钱快乐咬牙切齿地对小混子说："小子，你可想好了，这是钻石，价值远不止八万。遇到我，是你祖坟上冒青烟了，你爱信不信。"

小混子挠挠头，从裤兜里掏出一部智能手机，刚要递到钱快乐的手上，却又收回去。他对钱快乐再次微笑。

"涨价了，我要三颗。"

钱快乐气得差点没晕过去。

小混子说："不管这钻石是真的，还是假的，给我三颗，我把手机给你。"

钱快乐声音嘶哑地说："你倒挺会敲竹杠。"

小混子说："愿不愿意，就看你的了。"

钱快乐点头说："行，你小子行。"

他又从兜里摸出两颗钻石，那小子一把将钻石都抢过去，把手机塞到钱快乐手里。

他说："大哥，你还想要啥？"

钱快乐不说话，使劲在手机上摁着。陈诺觉得他似乎在找什么东西。

小混子说："车你要吗？"

钱快乐看了一眼小混子："我再给你一颗钻石。"

小混子说："十颗。"

钱快乐喊："什么什么，你说什么。就你这破车，半颗钻石都不值。"

小混子说："那是在平时，你看你这样子，肯定特别赶时间。这样吧，五颗。"

钱快乐狠狠地踹脚车门："你他妈想什么呢，你给我下来。"

小混子眼里凶光四射，散发出一股蚊子在夜空飞翔时被人用手掌拍在墙上，变成一朵血花的味道。小混子打开车门冲下来，陈诺这才看清楚，那小子手里握着一把刀刃锋利的军刀。

钱快乐说："你想干吗？"

小混子说："东西全留下，车你开走。"

钱快乐说："你撒泡尿照照自己，你还敢抢我。"

钱快乐话说得硬气，可脚却没闲着，不断在后退。小混子步步紧逼。陈诺心想，如果情况危急，自己也只有冲出来救他。

正在陈诺犹豫的时候，小混子突然停下来，嘴巴大张，似乎只有寒风能吹跑他的惊惶。陈诺才发现远方雪地里出现一群穿着军大衣的人。他们戴着厚重的狗皮帽子和医院护士经常使用的白色棉口罩，手里拿着砍刀和斧子，迅速地包围了这两个男人。

小混子说："你们是谁，你们想干吗？"

为首的人在深夜里还戴着墨镜，他说："滚。"

钱快乐转身就想走，戴墨镜的人说："不是你。"

钱快乐愣了，那小混子连滚带爬，跑出了包围圈。

钱快乐说："滚开，要不我和你们拼了。"

他身后的一个蒙面人举起手中的铁棍，狠狠地砸在他的腿上。钱快乐闷哼，倒在地上。他抬起头，脸上尽是冷汗。

钱快乐从裤兜中掏出那个黑色的小布袋："我结的仇，无非都是钱上的事。这有一袋钻石，你们放我走吧，迟了就耽误我大事了。"

他身后的人又狠狠地给他一棍，钱快乐松开黑布袋，钻石撒落一地，仿佛满地星光。他晕死过去。

陈诺刚想站起来，眼前一黑，摔倒在雪地里，他感到汩汩的热血从自己的头顶流出来。他看到两个蒙面人站在自己面前，一人手里提着根棒球棍，其中一根上面正在往下滴血。

"不管你是谁，你也救不了他，不想再挨一下，就别动，清楚吗？"

陈诺点头。他眼睁睁地看着那些人捡起了钻石，抬起了钱快乐。只有那台钱快乐用钻石换来的手机上还残存着钱快乐的味道，陈诺的鼻子生疼，像是在大声喊叫，这是我们找到小叮当唯一的线索了。

"人，你们带走，手机给我留下行吗？我伤成这样，我得打电话叫人来接我，我手机没电了。"陈诺哀求。

钻石换来的手机被丢弃在雪地中。陈诺眼睁睁地看着这群人绑走钱快乐。陈诺看着夜空，心里骂老天爷不公道，救人为什么这样艰难。苍天无语，星空闪烁。

陈诺咬牙翻身，向钱快乐遗落在雪地上的手机爬去。哪怕希望渺茫，能向前一步，哪怕是爬着前进，也离希望更近一步。

他终于爬到手机旁边，看着那幽蓝屏幕上的画面，哭笑不得。他冲着虚空骂道："钱快乐呀钱快乐，你就是个王八蛋。全世界最王八蛋的王八蛋。"

A. 我是小叮当

这里是哪里，我扫视四周，想找到一些迹象。

白墙遮挡住我的视线。没有窗户，我看不到外面的光线；也没有管道，我感受不到外面的风。

现在应该天快亮了吧？我像是在一艘死去的飞碟里般安静。钱奋斗正在给我儿子未来喂奶。只要是欠别人钱，这种事就没一个尽头。未来从一个疯子怀中换到另一个疯子怀中，我不知道我的日子是怎么过的。

我微笑着看未来。我只能对未来微笑，希望我的微笑能够让他获得信心。陈诺一定会来救我们的，我坚信这一点。

"你这笑容真是太古怪了。"

我抬头望去，钱奋斗一边做鬼脸逗未来，一边看着我。人是一种短视的动物，文明社会剥夺了我们对死亡和厄运的洞察力。每次大难不死，就好了伤疤忘了疼，该放炮放炮，该吃饺子吃饺子，像扑火的蛾子。

我嘴里呜咽着。他皱眉："看在你儿子的分上，你想说什么就说，可你要是喊叫，你一定后悔。"

我流泪点头，他扯下了我嘴里的布条。

我说："杀人的是你？"

他摇摇头，说："一场雪，冻死了一头鹿。你告诉我，是哪片雪花杀了它？我不过是最后落下的那片雪花。"

未来"嘿嘿"地笑了，在这老人怀中舒服地伸懒腰。

"你，陈诺，杨二郎，孙大胜，还有他。"他指着我可怜的儿子说，"我们都是雪花。"

他想把布条重新塞回我的嘴里，我拼命躲闪着，说求求你，求求你。他"嘿嘿"一笑，指了指已经被眼泪弄花脸的未来，我使劲点头。他再没有说话，扔下布条。

"你怎么知道我住在哪儿？"

"你儿子被送到医院的时候我孙子也在，我偷听了你跟护士的对话，就记住了。"

我开门的时候，他把玩具塞到未来手里，吸引了我的全部注意力。等我发现的时候，他已经走进我家关上了门，一切都晚了。

我说："你把孩子放掉。"

"你觉得可能吗？"

他的汉语很生疏，说话含糊刺耳，像是嘴里塞进去了一只肥硕的刺猬，那刺猬挣扎着，用身体使劲拍打他的牙齿、他的喉咙。

"这和孩子无关，你惩罚我。"

老人看着我，那眼神像一颗飞弹在追踪猎物，似乎要把我的面孔用眼神刻在自己的记忆里，哪怕化成灰，这个形象也永不泯灭。

"所有的事情都和孩子有关。"

我说："警察一定会来的。"

他点头："我知道。那个叫陈诺的警察，一定会来救你对不对？"

他笑了，像一只憨态可掬的企鹅。我的心凉了，我知道这笑容的意思。

2. 真相

丁烈看到陈诺正靠着一棵树半坐，血在他的后脑勺上凝结成冰。阳光洒在陈诺的身上。陈诺面色铁青，长长的睫毛上都是白色的冰霜。这一夜的寒风已经把他冻透了，他冲丁烈和同事们挥手，嘴角流露胜利的笑容。

"钱快乐那个王八蛋，我知道他爸究竟躲在哪里了。"陈诺自豪地说。

陈诺把手机递给丁烈，丁烈看到手机屏幕上打开一个叫作"足寿康"的App，上面是一张金市的地图。表示定位目标的蓝色小火箭闪烁着，所在位置是金市的制高点——"黄金时代"酒店。

"这'足寿康'是什么？"

陈诺说："'足寿康'是一款老年健步鞋，肯定也是骗子产品。但它有一项特殊功能就是带GPS定位，是专门给老年痴呆症患者用的。钱快乐把这双鞋送给钱奋斗，就是用来定位这老头究竟在哪里。真是有其父必有其子。"

"'黄金时代'这地方易守难攻啊。"陈诺挠头苦笑。

说到"黄金时代"酒店，警察们的心头都是一震，那是每个金市人记忆里的痛。开发商希望把它打造成一座高概念环保的超五星级酒店。说是"黄金"，却主打环保，声称将不会有任何水泥、钢钉和塑料管道进入建筑，全部装修都将采用世界上最先进最高科技的环保材料。

据说，酒店建好后，顶楼会是全世界最高的旋转餐厅。它配备从法国、意大利还有日本请来的米其林三星级大厨制作西餐和日本料理。酒吧也会请获得世界冠军的调酒师坐镇。酒柜里藏有全世界最好的威士忌。酒店有最低消费，一个客人一晚上八千八。

金市的市民们憧憬着它建成的那一天。市民们都说，等到酒店盖成了，金市人就能赚那些外地傻帽的钱。他们所说的外地傻帽，就是来这里干实体的外地生意人。金市人那时很纳闷，有钱为什么要投资实体呢？卖窗帘，卖家具，卖茶叶，卖五金，又苦又累，丢人现眼。既然有钱，为什么不放到典当行呢？钱生钱利滚利，半年回本半年翻倍，幸福生活近在眼前。

外地傻帽不听他们的，只是操着各种他们听不懂的方言，把物价提高，以高消费配合金市人的高收入。外地傻帽们也都赚上钱，一个个笑得打滚。物价再高，也高不过飞翔的利息，财大气粗的金市爷爷们毫不在意。

突然有一天，资金链断了。外地傻帽们像迁徙而来的候鸟一样，一夜之间全飞走了，只留下了大眼瞪小眼的市民们，不知道自己明天的饭在哪里吃。还有高耸入云的"黄金时代"。每次陈诺经过那里，都能闻到这栋大楼散发着一股鱼刺的味道，狠狠地卡在每个人的喉咙里。

B. 我是钱快乐

"他什么时候能醒来？"

"他会不会认账？"

我听到人们窃窃私语，我没有睁开眼睛，我的手脚都被捆着，头和后背像裂开了一样疼，这帮王八蛋一定用棍子砸破了我的头。

疼痛让我连注意力都集中不起来，更别提能有什么好办法逃生。

我的额头又一阵钻心地疼痛，人们惊呼。

"他是不是醒了？"

"醒了醒了，现在是装呢！"

有人用棍子捅捅我的脚，我装作没反应。

"睁开眼吧！"

我感到一股寒意，有两根指头揪住我的右耳朵，锋利的刀刃搁在耳根上。

"我数三下,不管你是真的还是假的,我都会割下你的耳朵。"

我笑了,在众人的惊呼下,我说:"你不用数三下。"我睁开眼睛,发现自己被一群人围观。他们戴着口罩,眼神惊慌。我扫视他们,除了为首戴墨镜的那个人,人们通通倒退三步,像是一群猿猴面对恶虎。

我说:"你们是谁?"

人们的目光都投向那戴墨镜的人,他就像是猿群的首领。戴墨镜的人没回答我的问题,而是走到我面前给了我两个耳光。

我被他打蒙了,感觉自己两边脸颊一瞬间就肿了起来。我吐出两颗带血的牙。

那人看着我说:"在这儿,有权利问问题的是我们,不是你。"

我不敢再顶嘴,低下了头。那人摘掉墨镜和口罩,让我看他。我看清他的面孔,觉得不可思议。

站在我面前的人竟是那个载过我的运煤车司机。

他阴沉着脸对我说:"你不会认为你真能随手就拦住一辆顺风车吧。"

我哭了,哭声不大,眼泪不多,可我明确地能感觉到我在哭泣。我说:"这么多年来,我唯一相信过的人就是你。"

他说:"我跟你讲的故事里,只有两点是骗你的。一点是我不是在工作,我是在找你。你一失踪,大家就都出来找你了。我也没有想到你会冲我招手,上我的车。苍天有眼哪!第二点是那个女人并没有因为我投河自尽,她把家里能卖的都卖掉,然后带着钱失踪了。我对你说的是我每天夜里梦到的景象。可我不恨她,冤有头债有主,我的上线是你的下线李扬德。"

"对不起,我欠了你钱,我拿钻石还。"我对他说。

他拎起那个装钻石的袋子,说这些钻石的确要充公。随即他冷笑:"这里有一百四十三个人,你知道你总共欠了这些人多少钱吗?你知道这些人的钱是怎么来的吗?"

我没有说话，我心里清楚，手头这点钻石远不够还清我欠这些人的钱。

那卡车司机对他的同伴们说："你们把口罩都摘了。"

人们相互对视，像是听不明白这指令是什么意思。卡车司机冲到离他最近的同伴身边，一把扯下那人的口罩和帽子。露出真容的人头发花白，是一个和我父亲年龄相差无几的老妇人。

卡车司机问我："你认得她是谁吗?"

我摇头，我从来没有见过这个老人。面目暴露的她反而不再惊惶，她举双手号叫着扑到我面前，屈指成爪，撕挠着我的脸。要不是那卡车司机阻拦得及时，我非让她给挠毁容了不可。她号啕大哭，骂我丧尽天良，是狗娘养的，王八操的。

卡车司机掏出手帕给她擦眼泪，悲愤地说："大娘，你说说，恶人钱快乐是怎么害你的。"

大娘哭诉着我的罪恶，原来她把所有的钱都交给了于卫东。她甚至偷偷把自己老公辛苦一辈子才买的房子也抵押了出去，抵押款全在我这里。我塌了以后，几个大汉闯进了大娘家，把她和老公像提溜小鸡一样给扔出家门，换了门锁，房子成了典当行的。大娘一瞬间就变成了赤贫的穷鬼。她只能租一个简陋的住处维持生活。那住处在公共厕所旁边，她说根本不是人住的地方。

更让大娘伤心的是她老公。他突然有一天不再说话，只是念叨一连串一连串的数字。愤怒的时候，他就用激扬的语气报数。悲伤的时候，他就小声地哽咽报数。数字从他苍白的嘴唇中飞出来，像是一串串缠绕脖颈的黑色符咒。大家认为他老年痴呆了，结果有次大娘给典当行还钱时才发现自己的丈夫是在计算每一秒都在上涨的利息。他除了吃饭睡觉及必要的生理活动，完全活在报数中。街上的顽童最爱干的恶作剧就是在他耳边突然大喊一声，吓得他思维短路，只得重新心算。

大妈说到此处悲痛欲绝："当年他是我们单位有名的金嗓子，我就是因为他朗诵的普希金跟他好的。风风雨雨几十年哪，结果被你个狗日的害成个只会报数的傻子！钱快乐，你让我都失去了对爱情的信心！"

她指着我，鼻涕眼泪的。我表情木然，内心对一个将近七十岁的女人指责我让她怀疑爱情感到惶恐。

她的同伴们不这么想，他们纷纷扯掉帽子和口罩，露出花白的头发和衰老的面容。可我不敢轻视他们，因为每个人手里拎着的家伙都是货真价实的凶器。他们指责我是只害虫，他们有责任消灭我。

我感到害怕，可我不能感到害怕，我要救我儿子。如果我是只害人虫，我也要做只蟑螂。即使原子弹爆炸，即使好人坏人，伟人小人，菩萨魔鬼，天鹅蛤蟆，一切的一切，所有生灵都死了，我也要活到最后。

3. 黄金时代

我们的金市有股淡淡的火药味道，街道的黑暗散发出喉咙深处的味道。

以前这座城市整夜整夜洋溢着黄金般的光彩，马路两旁使用的路灯单价一根一百五十万，这个数字曾经轰动了世界。那一排排灯柱镶金镀银。灯罩分红、蓝、绿三种，红是红宝石，蓝是蓝水晶，绿是碧玉琉璃。灯柱每天从黄昏六点亮到第二天早上六点。珠光宝气的灯光散发着钞票的甜美香味，像是蜂蜜吸引苍蝇一样吸引五湖四海的人来到金市，如同飞蛾扑火。

以前每个人都和灯光一样，充满活力。他们坐着飞机去巴黎买包，去米兰做头发，去东京喝茶，享尽荣华富贵。他们认为金钱像动物一样不断繁衍，不断进化。

灭亡总是无声无息。陈诺心想，一切盛景都散发肥皂泡的气味，"啪"的一声繁华就灰飞烟灭。

雪暴遮住太阳。明明是上午，警车却似乎潜入海底。冰雪被气流卷进车窗，打在陈诺的脸上。陈诺感觉不到丝毫的倦意。他知道这不是一件好事，它意味着一切结束后，他浑身的肌肉会像被撕开一样疼痛，前提是那时他还活着。

前方不远处有人影，白气在从那人影的嘴巴中呵出，像是一朵云彩。陈诺害怕他突然冲到马路中间来，于是放慢车速。那人毫无反应，只是呆呆地站在那里，仿佛一棵树，或者他自己的影子。

车队疾驰而过，陈诺在一刹那虽然没有看清那人的面貌，却看清了那双鞋。那是"李宁"牌白色篮球鞋，上面沾着斑斑血迹。眼前这身影模糊的人，竟是少年王童。

王童好像一团火，抬头望向楼群外的天空。头顶上是漫天的风雪，他的表情漠然。陈诺不知道在他单薄的身体里，在他并不算英俊的平凡外表下究竟隐藏着怎样的心情。可他眼眸中的光却是在燃烧，比群星还要璀璨的燃烧。

陈诺闻出了王童目光中的味道，如糖果般甜蜜，如春日般温暖。这样的味道陈诺在西门萝卜偷窥丁淑娟的目光里闻到过，在为爱人复仇的孙大胜眼中闻到过，在丁烈对李梦痴迷的注视中闻到过，在自己面对残留小叮当唇印的留恋中也闻到过。只有爱情才会散发这样的味道。那个女孩会不会知道王童此时此刻的行为。这是零下三十摄氏度的深夜呀！那个女孩会像王童爱自己一样爱王童吗？陈诺觉得自己鼻子发酸。在这雪暴中的街头，王童像一个天使在发光。

冰雪中显现巨兽尸骸的阴影，那是"黄金时代"酒店的残破楼体。他看着自己呼出的热气在车窗上凝结成了白霜，霜的轮廓隐隐约约像是小叮当的笑脸。

陈诺叹口气，再次检查佩枪和子弹。确认无误。下车。

第二十二章

1. 身陷绝境

在楼梯上，汗水打透他的衣服。丁烈在他身后汇报，西门萝卜和人质在上面。

陈诺离头顶的星光越来越近，隐约能够听到几声孩子的啼哭，一根钢筋突然从盘旋的楼梯中急速坠落，人们纷纷贴墙。枪口瞄准上方的黑暗处，可那里什么都没有。钢筋砸在地，发出巨响，像是惊雷。

陈诺四处张望，却看不到钱奋斗的踪迹。

"你留下，让他们都撤出去。"钱奋斗的声音从楼上传过来。

陈诺犹豫，小叮当的惨叫传来，声音中有股鱼腹的苍白味道。"所有人撤出去。"陈诺说，"如果谈判失败，我会和他搏斗。你们尽可能地把他和人质隔离开。一旦有空间，狙击手可以直接开枪，不用考虑我。"

丁烈说："陈队，千万小心。"

陈诺捂着自己的身子说："别磨叽了，冻死我了。"

同事们僵立。陈诺怒吼："都给我出去！"众人不响，蹑手蹑脚，撤出楼体。

"现在这栋楼里能说话的，就剩下咱们两个人了。"陈诺说。

在黑暗中，钱奋斗说："把你的枪扔了。"

陈诺把手中的佩枪扔在地上。

钱奋斗说："不是这把。"

陈诺一愣，点头，弯腰从小腿内侧把隐藏的第二把枪从胶带上撕下来，也扔在地上。他抬头不耐烦地说："现在可以了吧？"

北风拍打着陈诺的胸膛，陈诺闻到自己身体的内部如同一座微小的玻璃房间，渐渐渗漏出棉花糖般的酥软味道。钱奋斗不说话，算是默许。

陈诺走到顶层，发现窗户都钉上了木板。密不透风的大厅里有股被水泡湿后的旧皮靴味。

陈诺环视四周："你在哪儿？"

黑暗中有颗石子滚落到陈诺脚前。他循声望去，看到钱奋斗像一只猿猴般蜷曲着身体，躲在三面墙体之间，完全没给楼外的狙击手留下射击角度。

"直接让我来找你不就得了，害我们费半天劲儿。"

"打猎得设计和布置陷阱，这需要时间。"

"你不是猎人，你没有机会。"

"我不需要机会。"

陈诺苦笑："我真没想到会是你。"

钱奋斗没有说话。

陈诺说："为什么要针对我？"

钱奋斗说："你是大象。"

陈诺没等钱奋斗说完，猛地扑向了他，玻璃碎裂一地。陈诺蒙了，眼前的钱奋斗就是陷阱，是他故意设计的倒影镜像。真正的他躲在陈诺身后，陈诺把整个后背都暴露在他面前——

陈诺刚想回头，却已经晚了，后背一阵剧痛，他听到刀刃砍在自己身上发出的坚硬声响。幸亏这次穿了防弹衣。他想。陈诺被人推倒在地上，后背像裂开一样疼。陈诺看到钱奋斗站在他的眼前，高大威猛，手里拿着一把猎刀，影子如一只笔直站立的老虎。陈诺想站起来，钱奋斗用脚踹在他的头上。陈诺彻底失去力气。钱奋斗的刀向陈诺的脑袋劈来——

陈诺的求生本能代替思考。他的左手在右手的手腕处摸到一块尖锐物，那是他刚倒地时，深深扎进他血肉里的玻璃碴。陈诺急忙把它揪出来，锋利的玻璃边沿再次割开皮肉的疼痛让他冷汗直流。他飞扑到钱奋斗的怀里，玻璃碎片在钱奋斗的脖颈上乱划。钱奋斗沉闷地呻吟一声，身体像一只虾米般蜷曲，陈诺闻到一股浓郁的血腥味道。

钱奋斗推开陈诺，捂着脖子向黑暗中跑去。陈诺这才看清，小叮当和未来坐在那角落里，猎刀向小叮当胸口扎过去——

A. 我是钱快乐

雪越来越大，老人们都累了。他们气喘吁吁地把我抬上主席台。

主席台上有张桌子，我被人们捆好放置在桌子上。台上的老人围拢在桌子四周，没有合适位置的老人都跳到台下，挤在舞台前，手舞足蹈着，嘴巴叫骂着。他们像一群斗兽场里的观众，而我呢？我被他们脱下外衣，脱下裤子，除去内裤遮挡着我的关键部位，全身上下暴露在众人的目光中。

我浑身起了一层又一层鸡皮疙瘩。我想起有次去日本，我花大价钱吃过一顿"女体盛"。一个面容美丽、身体修长的女人脱光衣服，躺在餐桌上。她的身体上摆满用最新鲜，自然也是最昂贵的食材捏制而成的料理。寿司香气扑鼻，带着那女人皮肤芬芳的气息，吃起来像吃她的灵魂。她闭着眼睛，像是在享受一个美梦。

我说："叔叔阿姨们，千万不要冲动。我好说，你们气坏身体，我真是罪大恶极呀。"

"你本来就罪大恶极，我们要审判你！"

我说："这就是不讲道理了，你们又不是法院，凭什么审判我？"

卡车司机站出来说："凭你干的这些人类干不出来的事儿，我们就能代表人民审判你。历史是由人民写成的，最终的胜利也必将属于人民。"

他胡言乱语，手臂像触电一样在空中乱抖。那些老人的情绪被他挥舞的手臂煽动起来，他们指着我，用属于几十年前的语言辱骂我、斥责我。好像我是他们这苦难不幸的人生中灾星的总和。

"你们要对我动私刑，这是违法的。"

他冷笑："一个杀人凶手还谈法律，真是天大的笑话。"

他挥挥手，把老人们的声音压下去："你诈骗无辜群众，杀害无辜群众。现在，我代表大家宣布，你怎么杀的别人，我们就怎么杀你。"

"你们犯法了！"

那不再相信爱情的老太太从人群中冲出来，指着我说："我家也没了，钱也没了，我没几年活头了，我不怕。"

众人附和那老妇。我干脆闭上眼睛，把这些噪声统统屏蔽。与其浪费时间和泛滥的情绪对抗，我还不如想想怎么逃生。

想着想着，我的双眼流出泪来，我感觉泪水像两条河流，温暖我的脸颊。

"他哭了……"

"他是不是后悔？"

"不要相信他，他那是鳄鱼的眼泪！"

我望着人们，我认命了。爱咋咋的吧，嘴巴使劲在动，就是发不出声音。

卡车司机伏下身子，把耳朵贴在我的嘴唇边，然后抬起头说："你们不要吵了，我们听他怎么认罪！"

我眼睛望着天花板，穹顶上有个五角星，像老天爷的眼睛。我说："有钱……有钱……"

"有钱"这两个字，像是魔法。礼堂里停止喧哗，所有人都望着我，眼神流露出希望。他们的希望就是我的希望。我想起有次我陪着林晓丹去教堂，神父讲《圣经》，摩西带着一堆人逃亡，在大海边停下来。人们认为走到死路，哭天抹泪。摩西说，我有魔法，能够把大海分开，让我们过去。此时此刻，我觉得我就是摩西，"有钱"就是咒语，能够让我死里逃生。

我说："……有很多很多钱，在我送给我父亲的鞋里藏着银行卡，我打算用来跑路。那些钱足够还你们本金，还有利息！"

老人们你看看我，我看看你，然后所有人的目光都投向我、审视我。他们聚拢在我身边，像是一群秃鹫在分享水牛的尸体。

"你爸在哪儿？"

"在'黄金时代'酒店，找到他，你们就得救了。"我说。

2．坠楼

小叮当看着那刀刃向自己刺来，再无其他任何的可能。她看一眼陈诺，竟在微笑，似乎是告别。

陈诺怒吼着朝钱奋斗冲来，钱奋斗猝不及防，和陈诺跌入空洞电梯井。一连串的巨响后，电梯中寂静无声，扬起一阵灰尘。

陈诺的手紧紧地攀在地板边沿，他的十指即将失去力气，他已经闻到自己被摔成肉泥时的味道。"陈诺！陈诺！"他听到小叮当在呼唤自己，这喊声给了他生的力量，他想象自己身体里全部的血都涌到十个指尖之上，咬牙蹬腿，终于爬回楼上。

陈诺冲到窗前，拆开木板，大声呼喊同事前来救人。警察从各个入口冲进来，陈诺指指电梯井。他抱起身边的未来，摘掉他嘴里的毛巾，解开捆绑他的绳子，抱着他向小叮当走去。

小叮当站起来，扑到陈诺面前，陈诺把未来还到小叮当的怀中。小叮当紧紧搂着未来，仿佛一个溺水的人摸到了大地上粗壮的藤蔓。陈诺万语千言，最后用手轻轻拍了拍小叮当的肩膀，算是安慰。他没想到小叮当在他要离开时抓住他的手。一股暖流顺着手指滑入陈诺的小腹，散发出一股热黄酒的香甜。

陈诺握握她的手指："放心，一切都会好的。"

雪暴停了，空气清新，万物都清晰地呈现在人眼前。

那根钢筋指向窗外的月亮，笔直修长的曲线上寒光闪烁，有血滴下。钱奋斗消失不见了。

陈诺说："应该是钱奋斗坠落下来时它轻松地刺穿了钱奋斗的身体，拦住坠落的他。"

丁烈说："他负了这么重的伤，一定跑不远的，还在这栋楼里。"

陈诺点头，使劲地在空气中扩张他的鼻孔，希望能闻到钱奋斗身上的些许味道。楼外的天空上传来一声脆响，紧接着是无数声脆响。硝烟味迅速弥漫，遮掩了一切味道。新生的陈腐的，香的臭的，真的假的。

天边有了些许微光。这已经是农历大年三十，万众狂欢之时，漆黑的世界在晨光中披上一层深蓝色的光，城市中鞭炮声不断，欢笑不断，在大雪中，如同万亿生命的欢乐战场。

楼体里突然传出一声巨响。警察们戒备，楼上却又恢复寂静。钱奋斗就在那黑暗中，陈诺突然皱紧眉头，他闻到一股味道。

B. 我是钱快乐

只要我活着，一切就还有机会。

我在拼命奔跑，我已经看到"黄金时代"酒店的楼顶。雾霭中隐隐约约的红蓝灯光闪烁，如同一道道闪电，又似一把把利刃，把我心劈得七零八碎。

在我身后，那些老人在喘气，呼哧呼哧，如同疲惫的耕牛。我没有想到他们竟然能够跟得上来。可见能够让时间倒流，让人重新年轻的，除了爱情的力量，还有金钱的诱惑。

只要我活着。

这座喜气洋洋的城市在除夕的灯光下仿佛一个卡通世界。沿着灯光，我看到身旁店铺玻璃上自己的倒影，我惊讶得差点摔个跟头：那穿着我身上这身行头的不是人，是只黄鼠狼。它的胡须上沾满雪花，鼻子被磕破，眼睛里流露出的全是凶光。

我再看那些老人的镜像，竟也都不是人。有的是老虎，有的是豪猪，有的是八哥，有的是秃鹫。

我感慨道："这就叫人为财死，鸟为食亡吧。"

卡车司机抬头看我，说："啥？你啥意思？"

我摇摇头，说不出话。

他拍拍我的肩膀，说："你熬过这一关，必有大福。"

是呀，我们在苦熬，我们心中的它们也在苦熬。我听到惊呼，一个又瘦又高的男人出现在前方，挡住我们的去路。我认得他，他叫丁烈，是那个刑警队的副队长。

此时，我离"黄金时代"酒店就剩下两条街了。警察却堵住各个路口，警灯闪烁，警笛轰鸣。

我说："你们真是阴魂不散。"

丁烈挠头："你这次真的跑不了了。"

玻璃中的倒影从河马变成蛤蟆。我气得浑身哆嗦，对丁烈说："我顾不上和你斗嘴皮子，让我过去。"

"回去吧，钱快乐。"

我说："我父亲的鞋呢？"

丁烈说："你父亲的鞋？什么鞋？赶紧滚蛋！"

我说："你黑我！"

我感觉身后老人们的身体紧绷如满弦的弓。

丁烈皱眉："啥我黑你？你脑子被风吹傻了吧。既然人不是你杀的，你就还有未来，想想你儿子。"

我说："你们想黑我父亲的鞋！"

丁烈被我气笑了："你自己说的话你信不信？"

我肯定是不信的，可我说这话，是说给我身后的那群老人听的。丁烈见老人们又紧张起来，举起手让所有人戒备。警察的包围圈越来越小，老人们又举起手中的家伙什，我看到他们的镜像，一个个从小动物重新变回大牲口，血盆大口，龇牙咧嘴。

警察们举起警棍和盾牌，他们在寒冬里满头大汗。

老人们推搡我："你快跑，钱快乐，你快跑，替我们把鞋找回来。要不把鞋找回来，我们就和你拼命！"

我苦笑："亲爹亲妈们，这里都被警察包围了，我怎么跑？"

他们不说话，我感到人群像一个巨大的火药桶，愤怒在发酵，马上就要爆炸了。

"为了棺材本！"人群中突然想起一个老妇人的尖叫声，"兄弟姐妹们，我们拼啦！"

老人们丢下铁棍，嘴里狂呼着，向四周冲去。他们一头扎进警察的怀中，衰老而脆弱的身体疯狂扭动着。胖的像是气球，一不小心就会被扎漏，瘦的像是木棍，一不小心就会被折断。警察面对这群撒泼耍混的老人手忙脚乱，一时间尘土飞扬。

有人在喊叫："钱快乐让警察逼得没法还钱，那就让警察给我们养老，给我们送终。"场面彻底失控了，丁烈被两个老人摁着，望着我大喊："抓住钱快乐，抓住钱快乐。"

已经晚了，我跑进一条小巷。我知道那里直通"黄金时代"。在冰面上我看到我自己的倒影，我是尖嘴猴腮的悲伤黄鼠狼。

一切都还有机会。

3．真凶

陈诺的鼻子在混乱如杂烩般的世界里仿佛一只蜘蛛般伸出它的八只手臂疯狂攫取着大楼里的各种味道，水泥石块马桶澡盆血迹粪便食物污渍雪花枯叶爱恨情仇生老病死善恶功过，被鼻子一道道体验又一道道丢弃，那都不是钱奋斗的味道。最终鼻子闻到一股味道，那是灼热的目光和生命的灰烬混合在一起的味道。陈诺找不到这味道的实体。

丁烈找来了一张"黄金时代"的传单，上面说"黄金时代"酒店的楼顶天台上面有一座和旋转餐厅联通的秘密瞭望台。开发商原本的初衷是男男女女们吃完米其林顶级晚宴之后可以携手登上瞭望台。配备着先进的高倍望远镜，可以望到夜空中的任何一个星座或是城市中的任何一个房间。

陈诺说："他就在那里。"

瞭望台只建了一半就停工了，它像一件到处都是破洞的背心，四处走风漏气。站在连接瞭望台和旋转餐厅的通道里，陈诺觉得这里好像已经被废弃几百年。

一堆废弃钢筋上帆布笼罩，帆布的一角在月光下不断抖动，手电一照，是人身体的轮廓。

那人影动得更加厉害，却始终不露出面容。

因为无法判断钱奋斗是否持有武器，陈诺要求所有人观察戒备，不要贸然进行抓捕。

陈诺心中还有担忧——这件案子有很多谜团，他害怕把钱奋斗惹急了自杀，所有的真相将会跟他烟消云散。

同事们挤在那唯一的通道中，喘息残忍而兴奋，人的味道闻起来就像一群即将开始捕猎的猎犬。

钱奋斗蜷曲在墨绿色的帆布之下，血从帆布下流出来，在风中血光晃动，像是颤抖。陈诺叹口气，对同事们挥手。他伸出右手的食指，在空中画了一个圈，示意包抄抓捕。

陈诺伏下身子，第一个走到瞭望台上，蹑手蹑脚，向那团人影过去。此时他突然闻到那股奇怪的味道，像是动物的毛发被火燎着，刺鼻辛辣。他看到帆布遮盖的黑暗中，钱奋斗的双眼炯炯有神，像是森林中的野火。

陈诺看到地上有黑色的粉末，散发出淡淡的硝石味道。

陈诺大叫："所有人都撤下去。"

已成包围态的同事们虽然惊讶，但训练有素，迅速回撤到下面的旋转餐厅。

陈诺是最后一个撤退的人，当他想回到走廊上的时候，他看到门口的铁桶里青烟升起，越来越浓，火光从铁桶中冲出。铁桶膨胀碎裂。陈诺急忙卧倒在地。

巨大的爆炸声中，陈诺觉得自己的衣服在燃烧，皮肤在燃烧，骨头在燃烧。火光散去，烟雾弥漫，眼前那条唯一和下面世界联系的通道变成了一片断壁残垣。

陈诺想站起来，却发现自己的左腿卡在两块巨大的水泥中，他心中叫苦不迭。浓雾中出现了一只老虎的影子……

陈诺揉揉眼睛，发现那是幻觉。钱奋斗来到陈诺面前，喘息着上下打量陈诺，像是不认识陈诺。那眼神野蛮而狂热，仿佛一只狼撕开了羚羊的喉管，闻到猎物的血腥味。

第二十三章

1. 对决

钱奋斗黝黑的脸庞遍布皱纹，离陈诺的大鼻子近在咫尺，那老脸闻起来像是一颗风干的葡萄。

"你从哪里弄到的炸药？"

"西门萝卜的。"

"在矿井里点燃引线的也是你？"

钱奋斗点点头："今天我必须干掉你。"

陈诺对钱奋斗说："投降吧。你就是杀了我，也是逃不掉的。"

钱奋斗像是回答，又像是自言自语，说："你是一只大象。"

陈诺不明白钱奋斗的意思。钱奋斗说："大象的鼻子很灵。"陈诺似乎闻到了自己身上真有一股大象的味道。陈诺不说话，腿部暗中使劲。他感觉卡住的部位有些松动了。

钱奋斗站起来四处张望。他捡起一根钢筋，在陈诺脑袋上比画着，然后扔掉。他在寻找合适的武器。

钱奋斗低头看眼陈诺，像是在看爬到自己鞋上的蚂蚁。他回身蹲下，在瓦砾中继续寻找。

"他们用金钱和欲望腐蚀了他，又把他逼得太紧了，逼到绝路上。连山林里的走兽，都知道为保护幼崽和对手厮杀，更何况是我。"

钱奋斗转身，左手拿着一把锋利的钢片。陈诺看向被炸毁的通道，那里堆积满了巨大的石块，一丝光线都没漏出来，不可能有救援了。

钱奋斗蹲下身子，揪起陈诺的头发，让他的脖颈暴露在自己的眼皮子底下。被钱奋斗注视着，陈诺感觉到自己的皮肤起了一层鸡皮疙瘩。

"你的鼻子害了你，你受不了我儿子的味道。你这一生会一直折磨我儿子，所以我必须干掉你。"

钱奋斗又唱起那首歌，歌声颤抖，不在调上，但每一句都很真挚，像是老兽在呼唤幼兽。

钢片向陈诺的脖颈划去。陈诺握起手边燃烧的木块砸到了钱奋斗脸上，火星四溅，钱奋斗应声倒地。

陈诺终于从废墟中抽出腿。他站起来，急速拍打着自己的双手，还是能感到被灼烧的剧痛。陈诺向楼梯口冲去，突然感觉背后一股凉风袭来，铁棍砸中他的后脑勺。陈诺感到一阵头晕目眩，倒在地上。在昏死过去之前，陈诺闻到自己的呼吸中有一股疾病的味道，他想起很久之前有次看电视，纪录片频道播放的节目关于鲸鱼。有些鲸鱼被潮汐推到了沙滩上，搁浅于烈日下。他从电视屏幕上闻到鲸鱼散发着这样的味道，大张着嘴，干瞪着眼等死。

A. 我是钱快乐

"黄金时代"大酒店有条密道，可以从地下停车场的封闭车位直接到顶楼的瞭望台。一般的有钱人，在那里消费八千八百元，只配在瞭望台上用望远镜看半小时星星。可开发商很明白，对于那些超级富豪而言，他们连氧气都不愿意和人分享。所以开发商修建了这条密道，只要你愿意花钱，你就可以包下那座瞭望台，开着你的豪车，带着你不愿意让你熟人，尤其是你老婆知道的客人进入地下停车场，再从密道坐电梯到楼顶，独享瞭望台和整个夜空，以及在这座城市中谁都看不到你，但你能看到所有人的快感。

"那是一种类似于神般的快感。"我记得当时他跟我介绍这条密道和它的用途时这样说。

当然，做神仙也不是便宜的，这项服务一小时的费用是三万八千八。当时金市吸引着全世界的超级富豪。就在我考虑掏不掏这会员费的时候，我的资金链断了，一切玩完。开发商也玩完，只留下这栋高耸入云的烂尾楼。这栋烂尾楼里唯一修好的设施，就是这条密道中的施工电梯。

在顶层瞭望台，我躲在没人能看到我的暗处，一直等到爆炸。瞭望台在金市上空完全与世隔绝，这里只剩下陈诺、我父亲和躲在暗处的我。

陈诺躺在地上，父亲愕然地看着我出现，虽然我此刻蓬头垢面破衣烂衫，像个傻瓜像个要饭的，可我父亲看我时的眼神依然像是在看一个长着翅膀没长鸡鸡的小天使，这真让我难堪。

他说："儿子，你来了？"

我没有说话，我不知道该说什么。

他的神志全部重归身体，他意识到了我们是在什么地方，面对何种情况。他说："儿子，你快跑吧。对不起你，给你添麻烦了。"

我说："咱不说这个，咱不说这个。"

他说："你快跑吧，带着东东，跑得越远越好。我看林晓丹那个女人不错，虽然不是个过日子的人，但对你是真心。你们重新开始生活吧，再也别回这个地方。"

"这多像是打雪仗。"我对我父亲说。

我父亲看着我，说："儿子，我不知道你这话是什么意思。"

"我说，打来打去，打到最后都忘了究竟是为什么，多像小孩子们在打雪仗。"

我父亲说："我没忘了为什么，我做所有的一切，都只是想让你和东东好好活下去。"

"小时候我最期待的就是和你，还有我妈出去打雪仗了，你答应过我的。"

"我记得，以后你可以和东东一起去打雪仗。你让我把我该做的事情做完。"

雪下得更大了，我们的话语都被大雪淹没。老天爷像是要堵住我的眼耳口鼻，像是要冻住我，要把我变成一个石头雕刻的人；像是他看我太累了，太可怜了，让我不再逃跑，让我获得解脱。可我不能解脱，活着就还有机会，东东才有未来。我看到陈诺的腿弹了两下，他马上就要醒过来了。

我说："你把棍子放下！自首吧！不要再犯错了！"

我把那袋钻石从我裤裆里特制的秘密口袋中掏出来展现给他看，它们每一颗都晶莹璀璨如少女的胸膛。在被老人们包围的时候我做了手脚把这钻石调包，他们得到的不过是玻璃球。我对我父亲说："我们有钱，我们不会有事的！"

我父亲看着我，他面色苍白，像是得了重病。我把装满钻石的口袋扔给他，他没有接，却依然举起棍子，向陈诺的头上砸去——

2．最后的战斗

陈诺醒来的时候，正好听到钱快乐让钱奋斗放下凶器的喊声。钱奋斗回身砸晕钱快乐，继续举铁棍向陈诺的脑袋砸来。陈诺躺在地上，明明处于火焰的中心，却感到身体彻骨地冰冷。举着铁棍砸来的钱奋斗的脑袋低垂，像是一个巨大的惊叹号。钱奋斗的表情很平静，似乎马上要发生的事情很平常，就像去街上买烟，或是到厨房去端菜。

陈诺闻到很多人的灵魂味道，有男人，有女人，有芬芳，也有恶臭，可没有一个人的味道像钱奋斗一样，让陈诺从心底里对"人"这种生灵感到恐惧。热情和冷酷，爱和无耻，竟能如此和谐地统一在"人"这种动物的灵魂中吗？

陈诺想站起来，可全身没有一根神经、一个关节听从他的指挥。之前那一下重击似乎摧毁他大脑中分管行动的神经。陈诺大口大口地呼吸着，提醒自己不要惊慌，只要自己的喉咙还没被钱奋斗割开，自己就还有活下来的机会。

钱奋斗身上的热气已喷在陈诺的脸上，里面都是血和火的味道。钱奋斗的喉咙里发出一串呜咽，像是野兽的哀嚎。

钱奋斗又叫唤几声，有了旋律。陈诺这才明白，钱奋斗是在唱歌，那首童谣。

陈诺使劲地摇晃着脑袋，可歌声却执拗地在往他的耳朵里钻。

他闭上眼睛，黑暗中浮现出小叮当的笑脸，小叮当似乎在对他说："我在等你。"那呼唤中有一股食物的味道，家的味道。

陈诺睁开双眼，瞪着钱奋斗。钱奋斗愣了一下，陈诺捡起地上装满钻石的口袋狠狠砸在钱奋斗的鼻梁上。

"咯噔"一声，钱奋斗的鼻梁碎了，撒落的钻石晶莹璀璨，仿佛星群陨落，掉在雪地里，每一颗都沾着鲜血。还没等他反应过来，陈诺已经站起身，将他扑倒在地，双手紧紧勒住他的脖颈。

钱奋斗抬头看着陈诺，又看看那些血钻，他气息越来越微弱。他走风漏气的喉管里，似乎还在鼓动着那童谣的旋律，最后无声无息。钱奋斗死了，死时竟然在笑。仿佛他不是凶手，而是这一幕人间喜剧落幕后走出剧场获得大解脱的台下观众。他手里还捏着一个雪球，像是要出门去打雪仗。

陈诺回头，墙壁上不知何时出现一扇打开的门，那是钱快乐来时的密道。钱快乐半只脚已经跨进密道，陈诺飞身将他扑倒在地。

陈诺看着钱快乐的脸，那是一张精致的脸，却毫无光泽，散发着一股轮胎的胶皮味道。钱快乐看着陈诺的脸，那是一张布满了血污的脸，散发着汗臭、血腥、和烟火的味道，像是刚从猎场中逃出来的猎物。

钱快乐双手紧紧地扼住陈诺的脖子。他的呼吸越来越困难，他的眼前黑暗一片。直到他感觉有人冲过来，感觉他们在怒吼，有几双手掰开钱快乐的手，他大口大口呼吸着氧气，还是什么都看不见，还是不敢放开钱快乐。他听到有人对他说："陈队，松手吧！陈队，他快被你勒死了。"

陈诺眼前的黑暗渐渐消退，万物显出轮廓，终于变得清晰有形，他看到钱快乐被同事们包围。

丁烈对陈诺说:"都过去了,都过去了。陈队,咱们破案了。"

鞭炮声在金市上空此起彼伏地响起,陈诺这才反应过来现在已是大年三十。

透过汽车的玻璃,陈诺看到一群老人。他们站在酒店的门口,无声地哭泣。泪水滑过他们呆滞的脸庞,掉落在雪地里,砸出一个个小坑。他们的味道闻起来像一群哀伤的河马。

李梦给他擦伤的时候,他的头开始剧烈疼痛,好像要裂开一样,他不由自主地龇牙咧嘴。

丁烈说:"陈队,你要不喝点热水?"

丁烈劝解别人的方式,就是让对方喝点热水。

陈诺对丁烈笑笑:"我真不敢想你以后有了媳妇该咋办。"

丁烈愣了,红着脸问陈诺:"说这个干啥?"

陈诺说:"你想啊,你老婆要生孩子了,疼得哭天抹泪的。你在旁边干着急,这时候来一句,老婆,你喝点热水。你说你老婆想不想揍你。"

李梦笑了。丁烈狼狈地说:"我以为钱快乐这狗日的把你打坏了。行,还能开玩笑。"

丁烈一边帮李梦给陈诺包扎伤口,一边问李梦等结案了,有没有时间看电影,美国大片,讲机器人打地球的。

李梦看了眼陈诺,脸红了:"我怕我没有时间哪丁队,你有什么事吗?不用看电影。"

丁烈"吭吭哧哧"再说不出一句话,陈诺急了:"李梦,那你最近什么时候有时间?"

丁烈和李梦都愣了。李梦说:"啥意思?"

"他想跟你看电影,他想跟你约会!他就是个木头脑袋,说不明白。你要是觉得他还行,就赶紧答应他吧!要不他磨磨叽叽,耽误工作!"

正说着，车门拉开，两个警察簇拥着戴手铐的钱快乐坐在陈诺面前。所有人都不说话，盯着钱快乐。

他扬着头，丝毫不在意警察们的注视。

他问陈诺："我儿子东东还好吗？"

钱快乐语气平静，像是在和自己的一个老朋友聊天。他又变成了一个没有味道的人。

陈诺点头："你放心，他不会出事的。"

钱快乐说："案子终于破了。我一直都说我没杀人，你就是不信。"

"你害怕吗？"

陈诺惊讶地看钱快乐："我害怕什么？"

"你们诬陷我，伤害我。"钱快乐说，"你们就不怕我去告你们？"

陈诺摇头："案子还没破。"

陈诺冲李梦点头示意，李梦拿出一个证物袋放在钱快乐面前，证物袋里面有一截抽剩的烟头。

"这颗烟头经化验是你的，在王彪家里发现的。"

钱快乐愕然道："我听不明白。"

陈诺说："你被人陷害了。"

钱快乐不说话。陈诺说："在王彪被杀的时候，你们父子和孙大胜都在西门萝卜的矿井里。我们找到了监控录像可以做不在场证据。你们不是杀死这个受害人的凶手，是第三个人杀死了王彪，陷害你。你好好想想，这个人会是谁。"

钱快乐看着陈诺，眉毛向下耷拉嘴角向上扬起，似笑非笑似哭非哭。

"你在想什么？"陈诺说。

"我在想，我这辈子都不想再看到你们这些警察了。这事真古怪，我们父子俩为了躲债把命搭上了，到最后却变成了别人的踏脚石。可笑不可笑？"

钱快乐咧着嘴，两个深深的酒窝里发出一股苦味，如隔夜的铁观音。

同事把钱快乐带走后，陈诺看着证物袋中的烟头发呆。发黄的烟头上什么都没有。"什么都没有"是对陈诺最大的嘲笑。丁烈看着疲惫不堪、浑身都是伤的陈诺，想起不久前他还是一副龙精虎猛的样子，不由得有些难过。

他问陈诺："需不需要休息一下？天快亮了。"

陈诺摇头："我们必须尽快查到这起案子的凶手是谁。今天是大年三十，明天正好是春运。可能以后我们就再也找不到他了。"

陈诺之前忙于钱快乐的案子，如今这是他第一次全身心地调查王彪被杀案。他闻到那证物袋上隐隐约约有一股很淡的异味传来，陈诺打开证物袋，气味强了一些。气味来自那颗烟头，此刻他觉得这异味无比熟悉。

他说："这上面有股混着焗油膏味道的羊膻味儿，你们闻到了吗？"

B. 我是凶手

我在收拾行李，这时是中午，机场应该没什么人。大年三十，能回家的人早就回家了，回不去的也就不回去了。而我不同，我将起程，去往一个陌生的城市，做一个神秘的逃犯。

我没有和你告别，是因为我不想让你为我感到担忧。也许我的事情警察永远都查不出来，那是最好的结局。这座城市里只不过少了一个平凡的庸人，而我却拥有了至高的光荣，和实现了梦想的心满意足。

而你呢？你还是你，不增添什么，也不减少什么。这样很好，你的生活很幸福，我希望你能永远这样幸福。

你是我认识的最美好的人，只有这个世界上最美好的事物才能与你相提并论。但也许会有一天，警察会找到你，问起你我的事情。你一定会感到诧异，我希望你不要觉得你欠了我什么，我爱你，我所做的一切，都是自愿的、主动的。我说过，那是我的光荣和梦想，我愿意为你下地狱，永生永世。

我听到有人敲门，急忙停止手中的动作。打开监控屏幕，我看到门口的摄像头显示着外面的景象。虽然那敲门声很单薄，但外面站满警察，为首的是陈诺和丁烈。

我没想到他们这么快就会找到我，所以我没有备选方案，这很不像我。这里没有后门，我只剩下两条路，两条都是死路。我转了几个圈，捶了自己脑袋几下，不是因为后悔，而是因为恨自己太笨，会连累到你。

没用多长时间，我恢复平静。我知道顽抗是没有用的。我已经完成我能为你做的所有事情，无论自己是何种下场，我都能够坦然接受。

我走出里屋，走进店里。外面大概听到我的脚步声，敲门变成砸门，"咣当咣当"，铁门直晃。

我喊道："我来了。"

大概是我的声音太沉稳，敲门声瞬间消失。我走到门前，深呼吸，打开了门。

警察们簇拥着陈诺冲进来，把我围在中间。陈诺看着我，我了解那种眼神。经常有像他一样大的人这样看我，好像我活着是一件多么可怜的事情一样。

丁烈给我铐上手铐，其他人则冲进我的柜台和里屋，噪声不绝于耳。我皱起眉头，说："你们这是干吗？"

"王彪是你杀的？"陈诺问我。

我说："啥，啥王彪？"

他说："是你把烟头带到王彪家，杀死了他，在王彪的电脑上做了手脚，伪造他和钱快乐之间的假账。"

我说："你在说什么，我不明白。"

他说："草原黑精羊牧场的脚印出卖了你。"

我不说话，看着他。

他说："那个牧场很偏，人迹罕至，所以脚印很容易鉴别。在草地上，我们统共发现了五个脚印，一个属于钱快乐，一个属于孙大胜，一个属于李扬德，一个属于小叮当。他们四个人在王彪死时都有不在场证明。第五个脚印来自一双 42 号的'李宁'篮球鞋。"

陈诺指着墙角，那里放着我的白球鞋。我父亲咳出的血迹还沾在上面，已经褪色，从血红变得乌黑。

陈诺说："我们在案发现场残留的凶手烟头上发现了羊毛和焗油膏的成分。只有钱快乐的草原黑精羊需要焗黑油。钱快乐的牧场，烟头来自那里。"

陈诺说："我已经闻到你鞋上有一股焗油膏的味道了。要是拿鞋印对比你这双鞋的鞋底，应该痕迹一模一样。"

我低下头，虽然我知道是徒劳的，但我仍然不甘心。我说："我去那里，是和钱快乐要债的。我爸快病死了，他不给钱，反而打我。不能说我在那里留下了脚印，就说我杀了人。"

陈诺从兜子里掏出一样东西抵到我眼前，说："你这么聪明，应该明白我没有十足把握，是不会来找你的。当我察觉脚印属于你的时候，我第一反应就是检查我的手机。我在手机里发现了这个。"

他把监控芯片拿到我眼前晃了一晃。

"我技术科的同事告诉我，这玩意儿很厉害，装上它，你能控制我手机的短信、定位、电话听筒和摄像头，也就是说我干什么你都知道。你就是通过这玩意儿把我们当成傻子玩的。"

我不说话，我在想怎么解释。

他说："王童，我来不是想听你撒谎的，我只想知道为什么。你本来和这件事情一点关系也没有。"

这个时候，搜查里屋的人走了出来，一脸凝重地对陈诺说："陈队我们发现监控设备了，里面有咱们行动的全部资料。这儿还有些东西，你必须进来看看。"

我知道，一切都瞒不住了。警察们把我推进里屋，陈诺长叹一口气。所有人都惊讶地望着我，我知道这是为了什么。

里屋空空荡荡的，除了一张行军床，和一张摆满电脑、耳机以及各种电子元件和监视设备的电脑桌，这里再无其他摆设，可四周都是眼睛，你的眼睛。

墙壁上贴满你的照片，那是我在各种场合偷拍的。每张照片你都处于画面的中心位置，万物模糊，你无比清晰。你或是在笑，或是在眺望远方，或是在蹙眉。无论你在做什么，都美得像丰饶阳光。你能够扫清这世界上的一切阴霾。我看着你，不由得露出微笑。

陈诺指着你的照片，问我这是怎么回事。我皱眉，别的男人拿指头指着你，这是我不能允许的事情。要不是我被手铐铐着，我一定一拳砸在他的脸上。我说："王彪是我杀的。"

他问我："她知不知道这件事？"

我苦笑，说："如果她知道，这墙上怎么会挂满她的照片？"

他看着我，不说话，似乎不明白我的意思。

我对他解释道："她认识我，可也仅限于认识我。她不知道我为她究竟做了什么。我所做的这一切事情，都是秘密。"

3. 杀了王彪的人

陈诺没有想到这个男孩为了一份单恋，竟然会做出这么疯狂的事情。他回忆起了偶遇男孩时的景象：站在街边，仰望星空时眼中的那种热烈和执念，一切就都说得通了。

男孩眼神里光芒狂热地闪烁着，他完全沉浸在自己那热恋的世界中。

陈诺对男孩说："你把一切都说出来吧。"

男孩说："我为什么要告诉你。让你去立功？"

陈诺摇头："为了你自己。"

男孩说："我做这件事，就不是为了自己。"

丁烈走了过来，认真地注视着男孩，像是在看一个魁梧的壮汉。陈诺问他怎么了。丁烈说："我们在他电脑里发现点东西。"

陈诺来到电脑桌前，看着桌上那一堆零散的电子芯片。满满一墙梁心的相片，它们被一阵风吹动，"哗哗"作响。

丁烈点开一个叫《金市奇人异事录》的文件夹，里面有很多文章。有些陈诺在网上看过，比如钱快乐、李扬德、老狼；有些还只是文档，甚至还有未完成的文章。

男孩的双腿不断地挪动。他终于再也没有秘密。此时此刻，他像是脊椎从体内被抽出来了一样，无比放松又无比虚无。

男孩叹了一口气："陈诺，我从第一眼看见你的时候，就觉得你会破案的。你眼里有股什么都不为、什么也都不怕的狠劲。"

"你是《金市奇人异事录》的作者？"

"写着玩的。我总得干点正事。"

丁烈点开一篇文章："陈队，你看这篇。"

金市奇人异事录——王童篇

我无处不在，我穿墙而过，我无孔不入。我是蜘蛛，我们金市就是蛛网。你们以为你们是通过这篇文章窥伺人心的看客，其实我的网已经粘住你们的双脚。

是我干的，杀死王彪，我恨这个坏透的人。他欺辱梁心。我爱梁心。她是这座城市唯一美丽的事物，她是金市之光。

通过我的宝贝芯片，我这组成蛛网的黏液，梁心在做什么，和什么人在一起，我都一清二楚。在杀死王彪之前，我已经做了很多。我在竭尽全力地保护她：

我痛殴过李扬德。因为王彪逼债逼得太狠了，让梁心无路可逃。她本想去找李扬德求救，可李扬德算什么教授，就是衣冠禽兽，斯文败类。他想占梁心便宜，我气坏了。他和钱快乐在机场等那个活菩萨的时候，我在厕所堵住了李扬德，装作认错人，把他痛打了一顿。

还有那个梁心的舍友，王彪把梁心的裸照发给她，她不但不帮助自己的同学，反而讹诈梁心。为了让她闭上嘴，我偷偷地劫了她，把她衣服脱光，也给她拍了裸照，让她也尝尽梁心遭遇的耻辱……

这篇"王童传"在陈诺这个警察眼里，更像一篇认罪书。它事无巨细，颠三倒四。作者陷入了迷狂的回忆迷宫中，把一切都暴露在了世人面前。陈诺略过几段对梁心无关紧要的抒情和赞美，又被下面的文字吸引：

　　一年前，我正在店里忙活，我门口的铃铛响了，我看到梁心走进来。那时也是冬天，她的脸冻得像一个红苹果。她说，老板，我手机坏了，你能不能帮我修一下。我没说话，我觉得我的脸红了。那是她第一次在只有我们两个人的时候跟我说话。我接过她的手机，她手机的毛病在于电源插孔坏了，我给她换了个插孔，顺便给她手机里装了一个监控芯片。她身上可真香啊……
　　从我第一眼看见她，我知道这是上天的安排，我爱上了她。我费尽心思，调查出她的住址、背景，她一切的一切。可我不敢跟她说话，我知道我不配。条件太不对等了，她是大学生，我就是个修手机的，初中还没毕业。所以每天跟在她身后拍下她美丽的瞬间，是我最幸福的事情。直到一年前，她走进我的店里那一刻，我们的关系无比接近了。我知道，那是老天爷给我的恩泽和启示，他希望我能做梁心的守护者。所以我利用监控尽力创造和她见面的机会。就连去找钱快乐要债，我也是她什么时候去，我什么时候去。你们不知道网络贷款有多么地可怕，她就像一只幼小的飞虫飞进了灯笼草。后贷还前贷，越还钱越多。越挣扎，这陷阱裹得越紧。王彪的一系列恐吓和威胁让梁心彻底崩溃了。她答应和王彪去开房，我听到她在电话里哭着答应王彪的时候，心如刀绞。我本想冲到王彪家，一刀把他捅死的。这个时候，上天再一次显示了他的威力。我接到了以前一个顾客的电话，让我去满贵大酒店修手机。我去了，没想到他让我修的手机竟然是金市刑警队队长陈诺的，他正在调查一起离奇的老人死亡案……

陈诺看着丁烈苦笑，从嘴里迸出来个"操"字。

　　我给陈诺的手机中装上监控芯片，知道他手头办的这件案子有多么地复杂。我突然冒出了一个大胆的想法：为什么不能借着别人的手，除掉王彪。我一直在等待着机会。在"天乐大峡谷"，是我救了孙大胜。我不仅救了他，还帮他锁定了钱快乐被囚禁的矿井位置。

　　当孙大胜知道我的计划时，为了报答我帮他复仇，同意如果计划失败，他就承认是自己杀了王彪，为我开罪。于是他去矿井找钱快乐，我去王彪家，杀死他。我做了假账，把钱快乐打我时我偷的烟头留在现场。

陈诺说："你和孙大胜，你们这是两个疯子遇到一块儿了。"
"你也可以这么说。"王童闭着眼睛说，他似乎什么都不在乎，似乎对这个世界充满了轻蔑的态度。

　　善良的金市市民们，我知道你们会很好奇，为什么我会去监听别人电话，这是件很没有道德很疯狂的事情。而在你们看来，金市不仅有金色的大雪和金色的财富，更有金色的道德。可在我看来，你们的道德就是一坨屎。

　　我告诉你们，我有天上网，无意打开一个广告链接，就卖这窃听芯片。三百五一个，你可以知道一个人所有的秘密。我不信当你们遇到这种事就不想尝试。想买的朋友可以给我站内私信，买五个以上包邮……

　　金市经济最繁荣的时候，似乎每个男人都有情妇，每个女人都有情夫。我一开始只是用这些芯片做秘密的私家侦探，帮那些中年妇女抓小三的，贴补家用。非常赚钱，那些女人根本不把钱当钱，为了查到老公偷情的证据出手非常大方。从那个时候我就知道金市的道德是一坨屎。可钱是真的，我有钱才能给我爸爸治病。

可我始终感到不甘心。我这辈子就这样了吗？像个见不得人的废物？靠躲在影子里，翻看人们卧室里的垃圾桶为生？我和一只老鼠、一只蟑螂有什么区别？那不是我想要的人生……

我知道，当你们看到这里时，你们会唏嘘地说你其实很聪明，应该好好上学。

亲爱的看客，你们不用这么伪善的。像我这样的人走在金市大街上，有谁会拿正眼瞧我，都不会把我当个人看。你们说实话，你们不也是这个样子吗？如果你们不是知道这篇《金市奇人异事录》的作者杀了人，你们会一直追到这篇更新吗？我不后悔我做过的事情。就是因为芯片，我能帮我心爱的人除暴安良。你知道有多少人追梁心吗？有硕士生有博士生，可他们都不如我为梁心做的事情多。你知道每次我为她解决麻烦后她有多喜悦吗？她觉得这是天赐她的好运。只要她笑，我就比所有人都强。

我还记得我第一次遇见梁心，时间还要比我为她修手机往前推半年，在钱快乐家。我带着我父亲去要钱，他咳血了。我看着地板上那摊血，心里像烧着了一样。所有人都在厌恶地往后退，其实我当时腰里别着一把刀，那个时候我就不想活了。就在我要拔刀和钱快乐同归于尽的时候，梁心走了过来，扶起我父亲，拿她的手帕擦掉我父亲嘴角的血，让我快叫救护车。那个时刻我爱上了她，她让我多活了一年半。她是一个天使。

陈诺关闭文档，深深叹了口气。眼前这散发着旧电池味道的少年容颜如铂金。陈诺说："铁证如山，把他带回去吧！"

第二十四章

1. 梁心

警察来到梁心家楼下时已是黄昏。梁心穿着睡衣睡裤，裹一件厚重的大棉袄从楼道里走出来。天色将暗，四周不时传来鞭炮声。小区里有人家亮起灯，雾霭中影影绰绰能看到有居民在街上走动。

梁心走得特别快，跟在她身后的丁烈让她慢些，她听到声音反而走得更快了。谁都不想让邻居们看到有几辆警车等着自己，尤其还是一个女孩子。

梁心打开警车门，一股冷风裹挟着雪花冲进来。梁心都没看清车上的情况，就一屁股坐在后座上。她的长发上沾着雪花，抬起头来，才看到身旁坐着的是陈诺。梁心惊讶地说："我们见过。"

陈诺点头。他看着梁心的脸，她纯净无瑕，像一只受惊的小鹿。陈诺心想如果自己是个年轻人，大概也会对梁心有好感。梁心怯生生地问："叔叔，你们找我有什么事？"

丁烈说："你不要害怕，他问你什么，你认真答就好。"丁烈说这话的时候声音里有股土地开裂后从地心深处散发出的霉泥味道。陈诺从没见过天不怕地不怕的丁烈会这样紧张。

陈诺喝一口手里纸杯中的苦咖啡，皱眉说："王彪逼你开房，咱们是最后一次见面，你还有印象吗？"

梁心点头，说："你帮我拦他，谢谢你，叔叔。"

陈诺说："后来呢？"

"后来那些天他总是纠缠我，我熬不住，答应了他。可等我到了酒店，实在过不了自己这一关，我就逃跑了。再后来，是你的同事敲门，说你们想找我调查案子。"

梁心低着头，陈诺看不到她的表情。

陈诺说："这些天你都在家？有人能证明吗？"

梁心点头："这段日子我爸我妈单位放假，他们整天就在屋里跟自己几个朋友打麻将看电视，他们能证明。"

陈诺说："王彪死了。"

陈诺看着梁心的脸，她喘着粗气，十分震惊的样子。梁心想要惊叫，急忙用手捂住嘴，两行眼泪顺着脸颊流淌下来。她的脸被憋得通红，散发出一股狂风吹过竹林时叶子狂响的尘土味道。过了一会儿，她恢复镇定，放开手，干呕两下，问陈诺："王彪是怎么死的？"

陈诺说："你认识王童吗？"

梁心点点头，脸上的红晕还未完全褪去。她说："认识，我妈妈，还有他父亲都在钱快乐那里放了钱，要债的时候总能碰着。"

"私下你们有交流吗？"

"他顶多就算得上是一个我认识的人，就和我跟你一样。"梁心停顿片刻，又说，"有一次我手机坏了，正好他是修手机的，我去找他修，他说不要我的钱，我还是掏了钱，那好像是我们唯一一次私下交谈。"

陈诺说："你对他印象怎么样。"

梁心愣了，说："这让我怎么回答。我对他其实一点印象都没有。"

陈诺感到一阵悲哀。梁心把车窗开一条小缝，清新的寒风扑打在她的脸上。看着窗外雪中的世界，她说："他长得不帅，说话吞吞吐吐，不敢抬头看人。他家里条件好像也不好，我看他浑身上下除了那双鞋是李宁的，其他都是杂牌。他就是一个很普通的人哪，在哪里都会遇到这样的男孩子。我真是没什么印象。是他杀了王彪？"

陈诺点点头，梁心瞪大眼睛，声音也随之颤抖。她问陈诺："他为什么要这么做？"

陈诺把除去作案手段的一切告诉了梁心。

"有烟吗?"梁心沉默良久,问陈诺。

陈诺点点头,递给她一根烟,她点燃,大口吸两下,突然打开车门。"你要去哪儿?"丁烈问她。她没有回答,像是没听到。她下了车,只把背影留给人们,陈诺看不到她的脸。

丁烈小声地对陈诺说:"陈队,我觉得没什么问题。"陈诺没有说话。

过了一会儿,梁心回到了车上,她的眼睛哭肿了,有股雪花膏的味道。她问陈诺:"你说,接下来我该怎么办?"

小区里的人渐渐多起来,都是一家一家的。孩子们在吵闹,大人则在雪地上放炮。礼花一个又一个地蹿到天上,发出巨响,震得马路不住颤抖。夜空被礼花染得无比绚烂,到了夜里十二点,金市将会变成欢乐的不夜城,散发出一个偷情女人般的香水味道。可陈诺没有心思去期待那一刻。

他透过红肿的鼻子闻着这因为烟花和泪水遮蔽而万物变形的世界,眼前这面孔清秀五官分明的少女却模糊如水中月镜中花,散发出一股玫瑰被枪炮击碎后花瓣被火焰熔化的味道。

陈诺说:"王童让我转告你,他做出了他的选择,他以后没的选了。希望你能记住他,你能做好将来你的每一个选择。"

梁心听着这话,嘴角咧开,陈诺闻不出来这究竟是哭还是笑。他想自己要是梁心,的确也不知道自己是该哭还是该笑。

梁心说:"我现在都不知道我在哪里,在干吗了。我觉得我的脚踩着的是棉花,我都不知道我自己是谁了。你告诉我,我究竟是谁。"

陈诺说:"审判王童的时候,可能需要你做证。"

又下起雪,雪花大得像是花瓣。这个春节的雪比往年都大,一下就是三四天。

梁心哽咽的声音里有股小鹿的蹄子被雪地里的捕兽夹上的利齿切断后的甜腥味:"为什么一切会变成这个样子。两年前,我还是这个世界上最幸福、最有希望的人。我想要什么就有什么,每个人都很喜欢我，很尊敬我。我拒绝了很多我们学校的男生，因为他们在我心里都不够优秀。我觉得只有最优秀的男人才配得上我。我以为我会读到大三就出国，到美国或者欧洲去念个名牌大学的研究生，嫁给一个外国人，定居海外。没想到呢，一夜之间，一切全变了。我们家破落了，败了。我现在一无所有，负债累累，我的导师想睡我，我的债主想睡我，就连为我修手机的人都偷窥我。我究竟是谁？"

"我不知道，我就是个警察。你好好上学，好好考试，将来考上研究生，变成一个有学问的人，你自己去找问题的答案。"

梁心苦笑，凄惨如秋雨过后的石板街："不可能了。我欠太多债，利滚利。钱快乐这个王八蛋把我家害得太惨了。我这辈子都还不清。"

陈诺又掏出了一根烟，给自己点上。他看着梁心，一言不发。困境如尼古丁烟雾，人与雪花，或是其他的万事万物，都像不存在。

陈诺见梁心情绪黯然，知道一时半刻再问不出什么有效信息，终止了盘问。

丁烈说："梁心，你的手机我们要留存作为证物。"

梁心点头，从自己裤兜中掏出手机交给丁烈。丁烈手一颤，差点把手机掉在地上，多亏陈诺接住。他把手机交给丁烈，不满地瞪了丁烈一眼。

丁烈尴尬地笑："你还有别的手机吗？所有手机我们都要带走。"

梁心摇头。丁烈想关手机，却皱起眉头："你这手机好慢，半天关不上，好像还中毒了。"

梁心没精打采地说："用三年了，一开始特别快。"

丁烈当着梁心的面，让技术科的同事拆了手机，从手机里取出了王童装的监控芯片。陈诺嘱咐梁心，让她这段时间哪里都不要去，等着警方的传唤。然后，他让两名女同事把梁心送上楼。看着梁心单薄的背影，陈诺在心中深深地叹口气。

回警队的路上，陈诺一直沉默不语。

"怎么就变成了这样？怎么就变成了这样？"

丁烈不断地重复着这句话，陈诺说："你念经呢？什么变了？"

丁烈说："陈队，我瞎说呀我拿不准。我觉得梁心有个地方不对劲。"

雪未停，雾又起。城市中的一切都暧昧模糊，似是而非。

大街上空空荡荡，但为避免追尾，丁烈还是打开双闪。陈诺看了眼丁烈，说："你也发现她的手机有问题了？"

丁烈点头说："我现在对她的第一印象还很深刻。我觉得这个女孩很华贵，很洋气，很新潮，像是电视里出来的模特。她的衣服、她的包、首饰，还有表，看着都很贵，也很时尚。我听咱队里女同事悄声嘀咕，她那一个包估摸着就相当于咱们半年的工资。她自己不是也说了，她必须享受最好的物质条件，要不她觉得生不如死……"

"可是在大学里，那些学生相互攀比时最重要的东西是手机。大学校园里因为手机引起的盗窃和抢劫案件是最多的。"陈诺说。

"既然她所有的东西都是最好的、最新的，既然手机是最能给人撑门面的东西，那为什么她的手机一直没有更新换代，甚至坏了也不换，还去找王童修理用到现在？那个品牌的手机都更新好几代了，她还在用三年前的款式。这不符合她的做事风格。"丁烈长出一口气，口吻如一座冰山般凝重。

"虽然她显得像一只小羊，可还是在我们面前散出了狼味。"

丁烈说："手机是前男友送的？或者什么重要的人送的？她有特殊情愫，她舍不得。"这句话说完，还没等陈诺反驳，丁烈自己就摇头否定了。

陈诺说："存不存在另外一种可能。一年半以前，她在钱快乐家遇到王童的时候，家道已经破落，为了维持自己的高消费生活，她频繁在网络上贷款，后贷还前贷，债主们逼得越来越紧。她的生活面临崩溃。此时，她发现了王童在偷窥自己，王童调查她的时候，她其实也在调查王童。她发现王童暗地里是在帮人监控手机，做婚姻调查，据有一定的侦查和反侦查能力，认为其是一个很好的帮手，或者说是棋子。于是借修手机的名义，接近王童，让王童监控了自己的手机。从那一刻起，与其说王童掌握她的生活，还不如说是她通过手机所营造的假象，控制了王童的心智。从此之后，她操纵王童为自己做了很多事情，比如帮她教训李扬德，给要挟她的舍友拍裸照。直到最后，她实在逃不过去了，于是和王彪通过电话商议开房，逼王童杀死了王彪。"

警车猛地停下，是丁烈猛踩刹车，他冲出去，对着路边的花坛干呕。陈诺下车，点根烟。天已经亮了大半。

丁烈站起来，面如死灰。他说："我一直对她特别在意，你肯定以为我喜欢她。我第一次看到她时，就觉得这个女孩已经站在悬崖边上跨出去半步了，早晚会出事。我想拉她一把，让她回到正常的人生，可惜……"

陈诺对丁烈说："过了三十，初一雪就该停了。就像这世上的事，从不为我们警察的意志所转移。"

此地离刑警队不远了，陈诺已经能看到那里的大门。陈诺过去，拍拍丁烈的后背，说："没有一个罪人能假装无辜，平静地过完这一辈子。"

A.　我是钱快乐

我坐在小桌子前，不敢动弹。双腿像是灌了铅，胀得像是要爆炸，它一定已经肿得比树干还粗。陈诺和丁烈走进审讯室，坐在桌子对面的椅子上，隔着铁栏杆看我，就像是看一条死狗。

我对陈诺说："我救了你，要不是我，你在'黄金时代'早就没命了。我没有杀任何人，嫌疑都排除了。我是一个优秀的企业家，也是这起案子，这出悲剧的受害者，你们不帮助受害者，还把我关起来，你们是啥意思？"

丁烈吼我："问你什么你答什么！没问你的别废话！"

"把你的事从头再给我们捋一遍，你就能出去了。可这段时间你哪里都不能去，不能离开金市。有什么事我会随时通知你。"陈诺对我说，他的语气很奇怪，有一点温柔，让我很不舒服。

陈诺问我，所有事情都结束了，感觉怎么样。

"感觉很怪，在外面的时候，我都在想怎么逃跑。现在案子也破了，我的名声也臭了，我反而踏实了。我刚才还睡了一觉，好久没睡这么香了……"

丁烈拍桌子："没问你心得体会，是问你，事情都吐干净了吗？"

我说："你们抓住杀王彪的人了吗？"

陈诺说："抓住了，是王童。"

我点了点头："你要没抓到他，我也会告诉你。这小子已经被我逼疯了。他杀人这事其实也不奇怪。"

陈诺说："在'黄金时代'我问你的时候，其实你就知道了。"

我点头："可他为什么要杀王彪？"

陈诺看我一眼，说："这和你还有关系吗？"

我想了想，苦笑着说："也是，爱谁谁吧。总之我栽了。"

陈诺说："你别说别人，关键是你。你的事情都说完了？不要再跟我们变魔术了，玩火者必自焚。"

我双手摊开，十分无奈地说："我进来前被你们洗了三遍，小聪明、小把戏都被你们洗干净了，彻底落魄，彻底干净。要说自己的事，我有一个小请求，不知道你能不能帮忙？"

陈诺说："什么事？"

我说："不难为你，是小事一桩。我把一张我母亲的照片塞到东东卧室的枕头里了。你能不能把它带来给我，我现在彻底明白了，你们不把我折腾没劲了是绝对不会放我出去的。"

陈诺瞪大了眼睛："就这？"

我说："就这么一个要求。"

陈诺看着我，像是我长着两个脑袋，或者八条胳膊。

"我在这里睡着的时候做了个梦，梦到我妈。她跟我说，她很想我，问我东东还好吗。我的心狂跳起来，我没脸告诉她，我被警察抓了。我少年时，她就去世了。她长什么样子，我都忘了。可是在梦里，她的每一根头发、每一道皱纹都特别清楚，我甚至都闻到了她身上的味道，像是森林里树木的清香。我对她喊，妈呀，妈呀，我想抱抱你。我张开怀抱，向她冲过去，可她却离我越来越远，越来越远。我心慌得不行，我就醒了……我觉得，这是我妈在天之灵觉得我坏事干太多了，想让我为东东积德。陈警官，她那张照片是当年一个科考队进我们村子给我妈拍的。村子早就没有了，大家早就四散了，失去联系了，我父亲也死了。我不知道我什么时候会死，等我死了之后，我就把这张照片留给东东。那是我妈作为一个人，存在过的痕迹呀。但凡是个人，他就得在这世间留下痕迹呀……"

说着说着，我哭了起来，可我流不出眼泪，我似乎已经不会哭了。陈诺让丁烈给我递两张纸巾。他对我说："你对你母亲的情感让我很感动，可我更好奇，你是怎么看你父亲的？怎么看他杀人这件事的？"

"他死有余辜。"我冷冷地说，"我和他没什么关系，他这么做不仅毁了他，也毁了我和东东。我恨死他了。"

我被带回牢房的时候，看着楼道里的窗户上凝结的冰花，觉得脸上湿湿的，通过那层潮湿的雾气去看冰花，里面似乎隐藏着我母亲的容颜，她在对我微笑。

2．人性的痕迹

从警队出来，已近深夜。空中繁花锦簇，炮声震耳欲聋。陈诺看到林晓丹站在门口的雪地上，远远地望着楼上那一座座亮灯的房间。陈诺从她的目光中闻到哀伤的味道，那味道犹如一只狐狸围着另一只狐狸的尸体转圈。当她发现陈诺和丁烈注意到自己时，她拉低帽檐，消失在了阴影中。陈诺心里清楚，这个女孩被钱快乐毁了。

一个雪球砸在陈诺的肩头，把他吓一跳。陈诺和丁烈回头，是小叮当和未来。小叮当又捏起一个雪球，轻轻扔在陈诺肚子上。

未来看着陈诺的窘态，欢叫出了声音，欢叫中有一股爆米花中的焦糖味。

丁烈抱起了未来："打雪仗哦！打雪仗！"未来在半空中踢着腿，好像一只刚学会奔跑的马驹。

"你们怎么在这里？"陈诺问小叮当。

小叮当说："过来协助调查……"

"都办完了？"

小叮当点头，陈诺不知道该说什么。小叮当轻轻地说："你的案子呢？"

"还没办完。"

"你要小心。"小叮当担忧地说，"现在的人真是和疯了一样。"

"嗯。"

"等你办完案子，我们带未来打雪仗吧！希望那时雪还没化。"

听到这话，陈诺不知道哪里来的勇气，这勇气和鲜血都涌在他的脸上，他感觉到自己面色赤红，那赤红的味道仿佛他从高台上赤膊跳下来时闻到的肾上腺素味。

陈诺说："不要把未来交给他爸，那就是个浑蛋。"

"好。"

"等我办完案子回来……"

小叮当用手指堵住陈诺的双唇，把他没说完的话堵了回去。小叮当说："现在的事现在好好办，以后的事以后再说。"

小叮当看着陈诺，陈诺从她的目光中闻到一股比糖果还甜蜜比春日还温暖的味道，像是阳光下洗干净的白衬衣。他从自己，从西门萝卜，从孙大胜，还有王童的眼中都看到过这被叫作"爱"的目光。还有王童，还有王童……

陈诺的心突然狂跳起来，他拿出手机，翻看地图。

小叮当不知道发生了什么事情，她问陈诺怎么了。陈诺顾不上理她，大声呼唤丁烈。丁烈放下未来，冲了过来。

"怎么了，陈队？"

陈诺皱眉说："钱快乐这狗嘴里还真吐出了象牙。他说但凡是人，就得留下存在的痕迹。梁心也是人，我找到她人性的痕迹了。"

车驶出刑警队大门，他才想起没有和小叮当告别。回头看去，那对母子的身影离他越来越远，越来越远，散发出画中风景的味道。婴儿在笑，在比雪还朦胧的人的迷宫中像一阵春风。他将永存希望。这是陈诺唯一高兴的事情。

丁烈按照陈诺的定位驾车，两人来到一条街道的大树旁，那正是昨晚陈诺去"黄金时代"大酒店救小叮当时偶遇王童的地方。

陈诺站在大树下，指着王童当时所仰望的地方，对丁烈说："王童当时不是在看天空，他是在看那里——"

顺着陈诺的指示，丁烈看到了不远处的三楼靠马路边的一户人家阳台，原来是梁心的家，梁心的卧室。陈诺甚至都能看到梁心伏在书桌前的身影，她在写着什么。

陈诺说："这个地方真是个极好的观察点，他能看到梁心，可梁心看不到他。他一定是在跟踪过梁心无数次之后，才选择了这里。每天晚上他都会来……"

两人站在树下，看着三楼中那少女的身影，他们感受到了王童的孤寂。这个时候，陈诺闻到一缕心酸的味道，他循着味道望去，发出轻轻的惊呼。他示意丁烈看身旁大树的树干——

在树干上，是用小刀刻下的文字，密密麻麻，触目惊心。翻来覆去，只有一个人的名字："梁心"。陈诺感到自己浑身发冷，冷空气像是海浪一样在他身边翻涌着。

街边的礼品店拉开卷帘门，一个四十多岁的男人从里面走出来，他看到陈诺和丁烈正对着那儿走过来，问陈诺什么事。

陈诺掏出证件，亮明身份，问他是谁。那男人指指礼品店："这家店是我开的。"他又指指那棵写满了人名的大树，"你们是为这来的？我就知道这两个孩子早晚得出事。这都大年下你们也不休息，出大事了？"

陈诺说："这案子对我们很重要，你跟我们详细说说。"

礼品店老板说："有啥详细说的，我每晚都住在这里，大概一年前我起夜，无意间瞄见一小子就站在这树边，跟中了邪似的抬着头看楼上，我就知道这是闹单相思，瞭不知道哪家姑娘呢。这不算完，他还拿出小刀在上面刻字。我寻思这也不是我们家的树，管那么多干吗。后来这小子每天晚上一到街上没人的点就来了。我心想你有这力气折磨自己，折磨这大树，你还不如跟人家姑娘表白呢。后来有一天晚上，我刚睡着，就被一阵哭声吵醒了，哭声那叫一个惨。我头皮都发麻，然后窗户边一看，是住我们小区的一姑娘，正和小伙子对着掉眼泪呢。我才明白，敢情梁心就是她呀。从那天起，两个孩子每天都会在这树底下待一阵。我本来还挺为小伙子开心的，觉得他终于追求到心爱的女孩了。可后来越瞅越不对劲，这两个孩子一点都不高兴，天天抹眼泪，别提多别扭了。男欢女爱的事情，咱们上了年龄的人，说不明白……"

礼品店老板摇着头，问陈诺究竟出了啥事。丁烈说："不关你的事。"礼品店老板扫兴地回去。陈诺看着不远处电线杆上的摄像头，那就是上帝在注视人间的眼睛。

陈诺说："操，这么说来，王童电脑里那篇文章是故意误导我们的。"

丁烈问陈诺："陈队，你说这个摄像头能照到咱们吗？"

陈诺点头。

"能照到咱们，那也就能照到刚才他说的那些事了吧？"

陈诺拍拍他的肩膀："你去调监控吧。"

丁烈跑了，只剩下陈诺站在大树前，他看着树上的这些字，雪下得越来越大了，像是在哀悼什么。

这个时候，从礼品店的外置喇叭里传出了音乐。苍茫的歌声穿破了雪和雾：

　　　　那天是你用一块红布

　　　　蒙住我双眼也蒙住了天

　　　　你问我看见了什么

　　　　我说我看见了幸福

　　　　这个感觉真让我舒服

　　　　它让我忘掉我没地儿住

你问我还要去何方

我说要上你的路

看不见你也看不见路

我的手也被你攥住

你问我在想什么

我说我要你做主

我感觉你不是铁

却像铁一样的强和烈

我感觉你身上有血

因为你的手是热乎乎

我感觉这不是荒野

却看见这儿的土地已经干裂

我感觉我要喝点水

可你的嘴将我的嘴堵住

我不能走我也不能哭

因为我的身体现在已经干枯

我要永远这样陪伴着你

因为我最知道你的痛苦

……

B. 我是王童

　　看到陈诺，我的心狂跳起来。他就像是一盏探照灯，总能照到人心里最不想让别人看见的东西。我想是因为他的鼻子，那鼻子又红又大，像一只趴在他脸上的龙虾。如果让我找一种动物形容陈诺，我想说陈诺和大象很相似。不仅是因为他的鼻子，也是因为他的性格。他们一样木讷，认死理，只知道向前，不会后退。他们不是虎狼，可是虎狼都会躲着他们。

陈诺对我说你已经认罪了的时候，我闭上了眼睛。我曾经无数次设想过如果一切都败露的话我会怎么办，好像每次我都认为自己会痛不欲生，像是骨头被人抽走一样瘫在地上。可当它真的来临时我却内心感到十分宁静。这证明我们和钱快乐、钱奋斗还是不一样。

我问陈诺："我能见见梁心吗？"

陈诺摇头，他说唯一能见面的时候就是庭审了。

还能见到你，我心里很知足。你会永远想着我，你心里知道我是对你最好的人，我心里也很知足。

陈诺说："她认罪以后，让我给你带句话。"

我看着陈诺，不知道他要说什么。我的心狂跳起来，恨不得就在那个时候地球爆炸宇宙毁灭。我和你，到此结束已经足够。

"梁心让我转告你，"陈诺的声音听起来像是有人用磨砂纸摩擦我的耳膜一样，"你是一个好人，希望你能积极认罪，让法庭能够轻判你。你为她做的那些事情她背不起。"

我这个人虽然没谈过恋爱，但也知道陈诺是什么意思。我不相信你会对他这样说，我笑着对陈诺说："你骗鬼去吧！"

陈诺递给我一张纸巾，这个时候我才发现我的异样，真是见鬼，我明明在笑，可满脸全是泪。

陈诺说："你还有什么要说的吗？"

"那起老人猎杀案怎么样了？"

"钱奋斗死了。"

"你是个警察，你真认为钱快乐像他说的那么无辜吗？"

陈诺看着我的眼睛说："我是警察，所以我只相信证据。我有钱奋斗杀人的证据，没有钱快乐杀人的证据。"

我笑了："可你内心不这么想，你知道钱奋斗为什么一定要杀了你。因为你会一直盯着钱快乐，他知道自己儿子心里有鬼。你要是不死，早晚会查出真相。"

陈诺沉默了一阵，我能看出来他在思考接下来怎么对付我。他抬起头看着我，说话的声音像只旧皮鞋般干涩："你是替人顶罪，你还能出来。你很聪明，本质不坏。在里面好好学点技术，出来做个好人。"

"我坐牢的时候想要写作。"

"写作？"两个警察对视一眼，那眼神就像我是个疯子一样。"你要写什么？"陈诺问我。

"我要把《金市奇人异事录》写完，最后一篇叫《陈诺篇》，会是个很长的故事。我要拿一首叫《人类》的诗做题记。我要在里面写会发金光的大雪，写沙漠里遨游的鲨鱼；也写有古怪大鼻子的警察，割耳朵的打手；还会写到把生活当成变魔术的坏人，以及大难不死的婴儿。"

"这都什么乱七八糟，你真是胡编乱造。"陈诺笑了。

我说："写着玩吧，这段日子发生的破事真也真不到哪里去，假也假不到哪里去，不写的话就没人知道这些事了，当个纪念也好。"

"你觉得会有人看吗？"

我指指我头顶的天花板："地球人不看，说不定外星人看呢。"

"行，外星人不看我会看。"陈诺说，"我会跟狱方说你这个要求的。"

我点点头，对他表示感谢。我说第一段我已经想好怎么写了。他让我念来听听。

  陈诺走到金河的河岸边。他头上的太阳仿佛被金色的雪雾闷死了，光线有气无力，散发死鱼的味道。河边的白毛风长着爪子，使劲撕扯陈诺的脸。陈诺的助手、金市刑警队的副队长丁烈紧紧跟着他，明明是冬季，丁烈仿佛伏热天的狼一样"呼哧呼哧"地喘气……

我不念了，看着陈诺。陈诺站起来，"咕咚咕咚"两口喝完杯中的水，说期待。他和丁烈转身向门口走去，他们的身影看起来就像两匹大象硕大的屁股在摇晃。我叫住了陈诺，我对他们说："为了感谢你们支持我写作，我送你们一份礼物，就在梁心家楼下那棵树的树洞里。"

他们跑了出去。我无限思念你，我能为你做的事情全做完了。

3. 最后

礼物是一个U盘，里面有一份视频。

陈诺的手机在"黄金时代"酒店的搏斗中被打掉了。摄像头正好拍到案发时的所有情况，被监控芯片实时传输回了王童的电脑里。王童看到视频的内容后通过远程遥控删掉了陈诺手机里的原文件。

视频完整记录了当时从陈诺晕倒不省人事到钱奋斗死的全部经过。

视频显示，陈诺晕倒那一下是钱快乐用铁棍砸的。他试着想站起来，但钱快乐又给了一下，着实让他够呛。即使只是看视频，陈诺都能闻到一股糨糊味，那是脑震荡的味道。

钱快乐在地上摸索一阵，把钱奋斗本想用来杀陈诺的钢棍重新递还到钱奋斗的手上。父亲看着儿子，不明白是什么意思。

钱奋斗用东山话问钱快乐："你是不是生气了？不要恨我呀我亲爱的儿子。我本想替你解决麻烦的，没想到却成了你最大的麻烦。"

钱快乐用普通话跟他说："你不要再跟我说东山话，咱们那里的话，我已经忘得差不多了。你爬过去，把陈诺杀了。"

钱奋斗愣了，似乎钱快乐说的不是东山话，也不是普通话，而是外国话。

钱奋斗跟钱快乐说："啥？你什么意思？"

"你肯定是活不了了，既然这样，你不如好事做到底，把他杀了。然后我再把你送给警察。"

钱奋斗看着钱快乐，那眼神像是不认识儿子一样。

钱快乐耐心地解释道："如果我就这么跑了，那我就是你的共犯，不但要判刑，还要还债。你杀了陈诺，我再把你交到警察手里，我就是见义勇为、大义灭亲的英雄。我的事业能保住，你孙子的未来也能保住。"

老人的身体似乎桥断了一样垮塌下来，散发出一股脊梁断了后的骨髓气味。

钱奋斗对钱快乐说:"我没有想到,你是这么想的。"

钱快乐失去了耐心,粗暴地说:"怎么会没有想到呢?你真的是个傻瓜吗?"

钱奋斗吃惊地看着钱快乐,不,那不仅仅是吃惊,简直是惊骇,像是钱快乐的话里有千万白蚁群,正在向他狂奔。

钱快乐说:"你杀于卫东的时候,我就发现了。于卫东应该是你杀的第二个人吧?"

钱奋斗点头说:"你怎么发现我的?"

钱快乐说:"你是一个好猎人,善于无声无息地捕猎。可你也是一个父亲,是父亲就无法阻止自己偷听儿子电话。那次于卫东打来电话跟我逼债的时候,我瞥了一眼镜子,你站在我身后,你的表情出卖了你。你满脸杀气,我太熟悉那样的表情了。你只有在捕猎的时候,才会有那样的表情。我一直奇怪一个事情,之前有个老太太叫丁淑娟,一直逼债,特别急,却再没了踪迹,像人间蒸发。我想起来,那次我打电话和丁淑娟约好在'华府天城'见面的时候,你也在场。等我快到地方,再给她打电话,就不通了。于是我就回家了。我有了一个大胆的设想,我大声地说和于卫东约好在'太阳城'见面。那几天我跟踪你,我亲眼目睹了你对于卫东下手……"

"你为什么不阻止我?"钱奋斗的声音闻起来苦如鱼鳞。

钱快乐说:"我为什么要阻止你?你已经把该做的事情都做完了。我阻止你,告发你?你杀人了,这是死罪。你为了我杀人,我送你去死?"

钱奋斗不说话,低下头,眼泪像是珍珠一样,砸在焦黑的水泥地上。钱快乐叹气,拍拍他的肩膀:

"我从'太阳城'出来,那天下大雪,可我浑身燥热。我找了片没人的野地,躺在大雪里,才舒服一点。我望着天上飘下来的雪花,心想这都是天意。咱们父子俩都一样,只能一条道走到黑了。从那天起,谁逼债逼得紧,要把我往绝路上逼,我就故意向你暴露他的信息。我知道你是怎么办事的。为了配合你，我约的地方都是烂尾楼，别说人了，鬼都不去的那些地方。没啥摄像头，拍不上你。那些烂尾楼，四处都是敞开的，大风一刮，大雨一下，啥证据都没有了。后来，我没想到事情会失控。你做的案子被发现了，孙大胜和橘子姐又来了金市，不像是要钱，倒像是要命。我只能在心里对自己说，稳住，只要没死，我就还有活下去的机会。为了东东……和橘子姐约在'天乐大峡谷'之前，我故意先给你打电话……"

"我还以为你是在和我告别。我发誓一定要保护你……"

钱奋斗的身体在颤抖，像是有某种东西在他的体内生长、膨胀，即将要爆炸，破体而出。显示屏像素低，钱快乐的面目模糊。他不说话，似乎直盼着他父亲能早点下手，早点结束这一切。

钱快乐说："我发现你刺杀西门萝卜失败还受伤之后，为了掩护你，我自己找了刀把自己弄伤了。"

钱奋斗的脸在屏幕上扭曲变形，闻起来像一张被火烤着卷了边，即将要化成灰的纸片。

"我怕你被他们发现，所以演苦肉计。我就是想把所有的嫌疑引到自己身上，好迷惑警察们。"

钱奋斗大口大口地喘气，看着天空。

"今天这天色和我那天从'太阳城'出来，躺在雪地上所看到的差不多。云层越来越蓝，天色越来越亮。"钱快乐说。

钱快乐扶起钱奋斗，把他向陈诺推来，就像一个人给死神指引自己所在的方向。陈诺呻吟着，他即将苏醒。

钱快乐推开钱奋斗，冲着父亲大喊："你把棍子放下！自首吧！不要再犯错了！"

……

陈诺关上显示器，全身疼痛，那味道犹如皮肤干裂的伤口。陈诺和丁烈走出办公室，走出那栋楼，丁烈大口大口呼吸着，北国的正月夜晚，空气清新，但冰冷，冷到有股月亮上的冻土之味。

丁烈问陈诺："陈队，王童说你始终没放弃对钱快乐的怀疑。你是怎么发觉钱快乐不对劲的?"

陈诺说:"钱快乐回忆他母亲的时候哭得像条狗,可我的鼻子没闻到任何气味。最后我问他怎么看他父亲为他杀人这件事时,他说钱奋斗死有余辜。"

丁烈皱眉道:"我当时也在,他说得咬牙切齿,充满了恨意。"

"他是个魔术师,他暗示自己,他没有亲手杀人,所以连测谎仪对他都无效。"陈诺摸着自己的鼻子说,"可在他说起钱奋斗的时候,我闻到他周边的空气有一股咸味,那是泪水的味道。"

此时李梦路过,和陈诺、丁烈打招呼。丁烈高兴地说:"李梦,我们案子破了,我们可以去看美国大片了。"

李梦尴尬地说:"我不想看美国大片。"

陈诺看着丁烈的脸色瞬间黯淡,闻起来如同一杯凉白开。他刚想打圆场,李梦又说:"我想看话剧,你知道最近有什么好话剧吗?"

丁烈说:"话剧?我不懂啊……"

陈诺心中苦笑,李梦说:"那我找找看,找到告诉你。你来买票!"

丁烈急忙点头,李梦走了,背影有股雪白信鸽的味道。丁烈看着陈诺偷笑,像个傻子一样。

陈诺拍拍他的肩膀,说:"走吧!我们去突审钱快乐,估计又得一个通宵。"

眼前到处是雪,冰冷的黄金世界。向大雪中走去的时候,陈诺心想,明早是不是也该去趟小叮当家,去和未来打雪仗。他捧起一簇雪,捏成雪球,轻轻地扔了出去。

一稿2018年11月25日于北京

二稿2019年2月18日于鄂尔多斯

三稿2019年8月23日于北京

四稿2019年11月9日于长沙

五稿2019年12月30日于北京

六稿2020年1月6日于长沙